Ilona Andrews
Dina – Macht des Zaubers

AF178703

47N⬤RTH

Das Buch

Dina Demilles eigenwillige Pension kann zwar Magisches vollbringen, aber sie könnte etwas besser laufen – ihr einziger zahlender Gast ist eine tyrannische Herrscherin aus dem All namens Caldenia, die weltweit gesucht wird. Doch dann steht eines Tages ein Schiedsmann vor Dinas Tür und sucht Räumlichkeiten für eine Friedenskonferenz mit magischen Teilnehmern. Das Überleben Tausender hängt vom Ergebnis der Konferenz ab, also überlegt Dina nicht lange und sagt zu. Und plötzlich muss sie zwischen angriffslustigen Vampiren und anderen kapriziösen Wesen vermitteln, einen neuen Koch finden und Blutvergießen unter ihrem Dach verhindern. Aber das ist ja normal in einem magischen Gasthaus wie dem ihren.

Die Autorin

Ilona Andrews ist das Pseudonym eines gemeinsam schreibenden Ehepaars. Ilona ist gebürtige Russin und Gordon ehemaliger Sergeant der U.S. Army. Entgegen der landläufigen Meinung war Gordon nie ein Agent mit der Lizenz zum Töten, und Ilona war auch nicht die mysteriöse russische Spionin, die ihn verführt hat.

Ilona und Gordon leben mit ihren zwei Kindern, drei Hunden und einer Katze in Portland. Gemeinsam schreiben die Eheleute Urban-Fantasy-Serien. Ihre Bücher finden sich regelmäßig auf verschiedenen Bestsellerlisten wieder.

Mehr über ihre Arbeit ist auf ihrer Website unter http://www.ilona-andrews.com zu erfahren.

ILONA
ANDREWS

DINA

MACHT DES ZAUBERS

ROMAN

Aus dem Amerikanischen
von Oliver Hoffmann

47N⬤RTH

Die amerikanische Ausgabe erschien 2015 unter dem
Titel »Sweep in Peace« bei NYLA Publishing, New York.

Deutsche Erstveröffentlichung bei
47North, Amazon Media EU S.à r.l.
5 Rue Plaetis, L-2338, Luxembourg
Mai 2018
Copyright © der Originalausgabe 2015
By Ilona Andrews
All rights reserved.
Copyright © der deutschsprachigen Ausgabe 2018
By Oliver Hoffmann

Die Übersetzung dieses Buches wurde durch AmazonCrossing ermöglicht.

Umschlaggestaltung: @blacksheep-uk.com
Umschlagmotiv: © Ascent/PKS Media Inc. / Getty;
© Lovely Bird / Shutterstock; © Martin Kacl / Shutterstock;
© Aleksey Oleynikov / Shutterstock
Lektorat: Ute-Christine Geiler, Birte Lilienthal, Agentur Libelli GmbH
Printed in Germany
By Amazon Distribution GmbH
Amazonstraße 1
04347 Leipzig, Germany

ISBN: 978-2-919-80096-4

www.47North.de

Prolog

Auf leisen Sohlen betrat ein Mann einen dunklen Raum. An dem runden Tisch blieb er stehen, goss sich aus einer Flasche ein Glas Rotwein ein und trank. Ein voller, leicht holziger Geschmack schmeichelte seiner Zunge.

Er genoss ihn und beobachtete durch ein riesiges Fenster, wie die Sterne über einem steinernen Balkon aufgingen. Durch den Boden drangen von unten gedämpft die Geräusche eines Balls empor. Es würde gut zwanzig Minuten, vielleicht sogar eine halbe Stunde dauern, bis jemand die hinter dem Schreibtisch versteckte Leiche in dem Büro entdeckte. Bis dahin würde er lange fort sein.

Er arbeitete eigentlich fast nie mehr im Feld. Aber dies war eine Ausnahme. Politisch inzwischen unerheblich, doch auf persönlicher Ebene ungeheuer befriedigend. Ein leises Lächeln kräuselte seine Lippen. Manche hätten ihn wohl grausam genannt, weil er einen alten Mann getötet hatte, den Magie und Krankheiten gleichermaßen aufgezehrt hatten, andere hätten es als gnädig bezeichnet. Er war beides nicht. Es hatte einfach sein müssen, und er hatte es getan.

Wenn sein alter Mentor noch das Sagen gehabt hätte, hätte er für diesen kleinen Ausflug mächtig Druck bekommen. Sein

Lächeln gerann, wurde finster und bitter. Niemand sagte ihm mehr, was er zu tun hatte. Niemand hatte das Recht, ihn zu tadeln. Nicht einmal die Krone. Er hatte viel zu viel erreicht, um sich Ermahnungen anhören zu müssen. Wenn die gegenwärtige Herrscherfamilie auch nur den geringsten Ehrgeiz besäße, müsste sie ihn eigentlich schon aus Prinzip ermorden lassen, um ihre Macht zu sichern. Dankenswerterweise war sie dafür viel zu zivilisiert und selbstzufrieden.

Mit achtundzwanzig stand er an der Spitze der Karriereleiter seines Traumberufs. Das Leben stellte keine Herausforderung mehr dar.

Er langweilte sich so entsetzlich.

Ein bleicher Stern löste sich von seinen Nachbarn, zog über den Himmel und regnete in einem fahl schimmernden Funkenregen auf den Balkon herab. Aus dem Licht trat ein dunkelhaariger Mann. Interessant. Der Meisterspion nippte an seinem Wein. Entweder war der mit erstaunlich starken Halluzinogenen versetzt, oder er war gerade Zeuge einer neuen Form von Magie geworden.

Der Mann trug Jeans und einen abgerissenen Mantel. Kein Einheimischer.

»Ich bin so froh, dass ich Sie hier antreffe«, sagte der Dunkelhaarige. »Es ist schwer, Sie mal allein zu erwischen.«

Interessante Wortwahl. »Wein?«

»Nein, danke. Nicht im Dienst. Kommen wir gleich zum Punkt. Ist Ihnen langweilig?« Der Meisterspion blinzelte. »Ich meine, langweilt Sie das hier?« Der Mann deutete auf den verschwenderisch eingerichteten Raum. »Die Zukunft von Ländern und Kolonien zu beeinflussen? Eigentlich Kleinkram, meinen Sie nicht?«

»Manchmal macht es Spaß.«

»Wie würde es Ihnen gefallen, den Einsatz zu erhöhen?« Der Dunkelhaarige lächelte. »Ich vertrete eine kleine, aber mächtige Organisation. Wir bezeichnen uns als Schiedsmänner. Wir sind darauf spezialisiert, Streitigkeiten beizulegen. Ihnen ist klar, dass die Erde nur einer der Planeten dieses Sonnensystems ist. Es gibt da draußen zahlreiche Sternensysteme und viele Planeten. Um genau zu sein, viele Dimensionen und verschiedene Wirklichkeiten. Einst beschlossen die Bewohner dieses Größeren Jenseits, einen interstellaren Krieg zu führen. Er lief ziemlich aus dem Ruder, und als sich der radioaktive Fallout gelegt hatte, war man sich einig, dass eine neutrale Instanz zum Beilegen von Konflikten vonnöten war. Wir hätten Sie gern als Mitglied dieser handverlesenen Gruppe.«

Vielleicht war der Mann wahnsinnig. Aber wenn nicht …

»Wir werden Sie gründlich ausbilden, und Sie erhalten ein eigenes Personalbudget. Leider wird es Ihnen bis zum Ende der Vertragslaufzeit nicht gestattet sein, andere Einkommensquellen zu nutzen. Sie dürfen auch nicht vor Ablauf Ihres Vertrags auf Ihren Heimatplaneten zurückkehren.«

»Wie lange läuft so ein Vertrag?«

»Etwa zwanzig Standardjahre. Die meisten Leute dienen lieber länger. Nichts ist besser, als einen interstellaren Krieg zu verhindern, bei dem man weiß, dass Milliarden von Leben auf dem Spiel stehen.« Der Mann grinste und krauste die Nase. »Ich habe es ein bisschen eilig.«

Der Meisterspion spürte, wie sein Herz schneller schlug, und bemühte sich, sich zu beherrschen.

»Wir rekrutieren nur die Besten, und ich fürchte, es handelt sich um ein einmaliges Angebot. Sie werden keine Zeit für einen großen Abschied haben.«

»Muss ich die Entscheidung jetzt sofort treffen?«

»Ja.«

Der Meisterspion leerte sein Glas. Unter ihnen schrie jemand.

»Das ist unser Stichwort.« Wieder lächelte der Dunkel-haarige. »Ja oder nein?«

»Ja.«

»Sehr schön.«

»Mein Bruder kommt auch mit. Außerdem würde ich noch zwei weiteren Personen anbieten wollen, in meine Dienste zu treten.«

»Das lässt sich arrangieren. Ihnen muss klar sein, dass diese Personen völlige Entscheidungsfreiheit haben. Wir zwingen niemanden. Wir machen nur Angebote.«

Der Meisterspion zuckte die Achseln. »Ich bin sicher, sie sind dabei.« Ihnen war auch langweilig. Draußen erklangen Schritte auf der Treppe.

»Nun gut. Wir sollten gehen.« Der Mann hielt ihm die Hand hin. »So abgeschmackt das auch klingt, bitte nehmen Sie meine Hand.«

Der Meisterspion streckte die Hand aus, und der Dunkelhaarige ergriff sie fest.

»Willkommen im Dienst, George Camarine. Ich heiße Klaus Demille. Ich werde in Ihrer Orientierungsphase Ihr Mentor sein.«

Die Tür flog auf.

Ein fahles Licht blendete George. Das Letzte, was er sah, waren Wachen, die ihn in einem vergeblichen Versuch, den Mord an ihrem Herrn zu rächen, ansprangen.

»Ruhe in Frieden, Spinne«, murmelte er, ehe das Licht ihn verschluckte.

KAPITEL 1

Ein Jahr später ...

Wer den schönen Staat Texas besucht, erwartet eine trockene, hügelige Ebene voller Longhornrinder, Erdölbohrtürme und gelegentlich Cowboys mit breitkrempigen Hüten. Der Erwartung dieser Besucher zufolge gibt es in Texas nur ein Wetter: sengende Hitze. Doch das stimmt gar nicht. Tatsächlich gibt es zwei Sorten Wetter bei uns, Dürre und Sintflut. In diesem Dezember herrschte in der Stadt Red Deer Letzteres. Es regnete unablässig, und der beständige Niederschlag machte die Welt grau, feucht und trostlos.

Ich schaute aus dem Wohnzimmerfenster und schlang die Arme um mich. Ich sah einen Teil der überfluteten Straße und dahinter die Trabantenstadt Avalon, die sich unter der kalten Sturzflut zusammengekauert hatte, entschlossen, sie auszusitzen. In meiner Frühstückspension, dem Gertrude Hunt, war es trocken und warm, aber trotzdem litt ich unter dem Regen. Nach einer Woche Wolkenbruch sehnte ich mich nach blauem

Himmel. Vielleicht würde es am nächsten Tag besser werden. Hoffen durfte man ja wohl.

Der Abend war wie geschaffen dafür, es sich mit einem Buch gemütlich zu machen, ein Videospiel zu spielen oder fernzusehen. Ich hatte allerdings auf nichts davon Lust. Ich hatte in den vergangenen sechs Monaten abends nichts anderes getan, als es mir mit einem Buch gemütlich zu machen, ein Videospiel zu spielen oder fernzusehen, und zwar nur in Gesellschaft meines Hundes, meines Gasthauses und seines einzigen Gastes, und ich hatte es ziemlich satt.

Caldenia kam aus der Küche, eine Tasse Tee in der Hand. Sie sah aus wie Mitte sechzig, schön, elegant und in eine Aura der Erfahrenheit gehüllt. Wäre man ihr in New York oder London auf der Straße begegnet, hätte man sie für eine Dame der Oberschicht gehalten, deren Tage aus Brunches mit Freunden und Auktionen für wohltätige Zwecke bestanden. Ihre Hoheit Caldenia ka ret Magren gehörte in der Tat der Oberschicht an, hatte allerdings früher die Weltherrschaft freundschaftlichen Brunches und Massenmord der Wohltätigkeit vorgezogen. Dankenswerterweise lagen diese Tage hinter ihr. Nun war sie nur noch Gast in meiner Herberge, und ihre Vergangenheit spielte praktisch keine Rolle, wenn man einmal davon absah, dass gelegentlich ein Kopfgeldjäger dumm genug war, zu versuchen, sich die enorme auf sie ausgesetzte Belohnung zu verdienen.

An diesem Abend trug sie einen prächtigen roséfarbenen Kimono mit goldenen Akzenten. Er bauschte sich, wenn sie ging, was ihre schlanke Gestalt angemessen königlich wirken ließ. Ihr silbernes Haar, das üblicherweise kunstvoll frisiert war, hing ihr uninspiriert um den Kopf. Ihr Make-up wirkte verschmiert und keineswegs so makellos perfekt wie sonst. Auch sie litt unter dem Regen.

Sie räusperte sich. Was war denn jetzt schon wieder? »Hoheit?«

»Dina, mir ist langweilig«, verkündete Caldenia.

Nicht mein Problem. Ich garantierte für ihre Sicherheit, aber nicht für ihre Unterhaltung. »Was ist mit Eurem Spiel?«

Ihre Hoheit zuckte die Achseln. »Ich habe es mit der Schwierigkeitsstufe ›Gottheit‹ fünfmal geknackt. Ich habe Paris in Schutt und Asche gelegt, weil mich Napoleon irritiert hat. Ich habe Gandhi ausgelöscht. Ich habe George Washington vernichtend geschlagen. Kaiserin Wu hatte Potenzial, deshalb habe ich sie noch vor Ende der Bronzezeit ausgemerzt. Die Ägypter kontrolliere ich. Ich beherrsche den Planeten. Seltsamerweise fasziniert mich Dschingis Khan. Ein gerissener, wilder Krieger, von dem eine gewisse Anziehungskraft ausgeht. Ich habe ihm eine einzige Stadt gelassen, und gelegentlich stelle ich absurde Forderungen, von denen ich weiß, dass er sie nicht erfüllen kann, um zu sehen, wie er sich windet.«

Sie mochte ihn, also quälte sie ihn. Das brachte Ihre Hoheit ganz gut auf den Punkt. »Welche Zivilisation habt Ihr gewählt?«

»Natürlich Rom. Kaiserin ist der einzig akzeptable Titel. Aber darum geht es nicht. Es geht vielmehr darum, meine Liebe, dass unser beider Leben schrecklich langweilig ist. Wir hatten vor zwei Monaten den letzten Gast.«

Damit rannte sie bei mir offene Türen ein. Das Gertrude Hunt brauchte aus finanziellen und anderen Gründen Gäste. Sie waren das Lebenselixier jeder Herberge. Caldenia war zwar nicht zu verachten, doch damit das Gertrude Hunt gedieh, brauchten wir Gäste – entweder einen steten Strom oder eine große Gruppe. Leider hatte ich keine Idee, wo ich die herbekommen sollte. Einst hatte das Gertrude Hunt an der

Kreuzung zweier viel benutzter Straßen gestanden, im Laufe der Jahrzehnte hatten sich die Welt und der Straßenverlauf allerdings verändert, und heute war Red Deer eine Kleinstadt mitten im Nirgendwo von Texas. Wir hatten nicht viel Laufkundschaft.

»Soll ich an der Ecke Flugblätter verteilen, Hoheit?«

»Glaubst du, das würde sich förderlich auf das Geschäft auswirken?«

»Wahrscheinlich nicht.«

»Nun, da hast du die Antwort auf deine Frage. Sei nicht so schnippisch, Dina. Das steht dir wirklich nicht.« Sie glitt die Treppe empor, und ihr Kimono schleifte hinter ihr her wie ein Krönungsmantel.

Ich brauchte Tee. Alles war besser mit Tee.

Ich ging in die Küche und griff nach einem Wasserkessel. Mit dem linken Fuß trat ich in etwas Kaltes, Nasses. Ich senkte den Blick. Er fiel auf eine kleine gelbe Lache. Das hatte mir gerade noch gefehlt.

»Beast!«

Mein winziger Shih Tzu kam in die Küche gestürmt, sein schwarz-weißes Fell wehte hinter ihm her wie eine Kriegsflagge. Beast sah meinen Fuß in der Lache. Ihr Gehirn befand, es sei Zeit für einen raschen Rückzug, aber ihr Körper bewegte sich einfach weiter. Sie stolperte über ihre eigenen Pfoten und knallte mit dem Kopf gegen die Kücheninsel.

»Was ist das?« Ich deutete auf die Lache.

Beast rappelte sich auf, schlich hinter die Kücheninsel und streckte mit schuldbewusstem Gesichtsausdruck den Kopf hervor.

»Du hast eine einwandfrei funktionierende Hundeklappe. Mir ist egal, ob es regnet, du machst dein Geschäft draußen.«

Beast schlich noch ein bisschen herum und winselte.

Magie klingelte, ein leises Beinahe-Geräusch, das nur für meine Ohren bestimmt war – das Gasthaus ließ mich wissen, dass wir Gäste hatten.

Gäste!

Beast begann heftig zu bellen und rannte in engen Kreisen um die Kücheninsel. Ich hüpfte auf einem Bein zum Spülbecken, hob meinen Fuß unter den Hahn und wusch ihn und meine Hände mit Seife. Der Boden unter der Lache tat sich auf und bildete einen schmalen Spalt. Die plötzlich flüssig wirkenden Fliesen verformten sich, und die störende Flüssigkeit verschwand. Dann versiegelte sich der Boden wieder. Ich trocknete mir die Hände mit dem Küchenhandtuch ab, eilte, dicht gefolgt von Beast, zur Vordertür und riss sie auf.

Ein weißer Ford Explorer stand in der Einfahrt. Durch das Fliegengitter der Tür sah ich einen Mann hinter dem Steuer. Neben ihm saß eine Frau. Hinter ihnen bewegten sich zwei kleinere Köpfe – Kinder auf dem Rücksitz, die nach der langen Fahrt wahrscheinlich quengelig waren. Eine intakte Familie. Ich tastete mit meiner Magie nach ihr.

Oh.

Ich hatte richtig gehört – das Klingeln hatte ein wenig seltsam geklungen.

Der Mann stieg aus, kam zur Eingangstür gerannt, wobei er mit der Hand seine Brille vor dem Regen zu schützen versuchte, und betrat die überdachte Veranda. Er war etwa fünfunddreißig und sah aus wie ein typischer Vater aus der Vorstadt: Jeans, T-Shirt und der leicht verzweifelte Gesichtsausdruck von jemandem, der mehrere Stunden mit kleinen Kindern in einem Auto verbracht hatte.

»Hi!«, sagte er. »Ich hätte gerne ein Zimmer.«

Genau deswegen hatte das Gertrude Hunt eine Geheimtelefonnummer und war online nicht zu finden. Wir standen in keinem Touristenführer. Wie waren die überhaupt auf uns gestoßen?

»Tut mir leid, wir haben keine freien Zimmer.«

Er blinzelte. »Was meinen Sie damit, keine freien Zimmer? Das Haus sieht doch ziemlich groß aus, und in der Einfahrt stehen keine Autos.«

»Tut mir leid, wir haben keine Zimmer frei.«

Die Frau stieg aus und kam herübergerannt. »Was ist das Problem?«

Der Mann wandte sich ihr zu. »Alles belegt.«

Die Frau sah mich an. »Wir sind bei dem Regen sechs Stunden von Little Rock hergefahren. Wir machen keinen Ärger. Wir brauchen nur ein paar Zimmer.«

»Gut drei Kilometer von hier ist ein hübsches Holiday Inn«, sagte ich.

Die Frau deutete auf die Trabantenstadt Avalon. »Da lebt meine Schwester. Sie hat erzählt, der einzige Gast, der hier je absteigt, sei eine alte Frau.«

Ah. Rätsel gelöst. Die Nachbarn wussten, dass ich eine Frühstückspension betrieb, denn das war die einzige Möglichkeit, meine gelegentlichen Besucher zu erklären.

»Liegt es daran, dass wir Kinder haben?«, fragte die Frau.

»Keineswegs«, erwiderte ich. »Soll ich Ihnen den Weg zum Holiday Inn beschreiben?«

Der Mann schnitt eine Grimasse. »Nein, danke. Komm, Louise.«

Sie wandten sich ab und gingen zu ihrem Auto. Die Frau murmelte etwas. »… ungeheuerlich.«

Ich sah zu, wie sie einstiegen, in der Auffahrt wendeten und davonfuhren. Das Gasthaus klingelte leise und untermalte damit ihren Aufbruch.

»Ich dachte, wir hätten Gäste!«, rief Caldenia von der Treppe her.

»Nicht von der richtigen Sorte«, sagte ich.

Das Gasthaus knarrte. Ich streichelte den Türrahmen. »Keine Sorge. Wird schon wieder.«

Caldenia seufzte. »Vielleicht solltest du mal mit einem Mann ausgehen, Liebes. Männer sind so aufmerksam, wenn sie hoffen, einen ins Bett kriegen zu können. Das ist ungeheuer aufbauend.«

Mit einem Mann ausgehen. Ja klar.

»Was ist mit Sean Evans?«

»Er ist nicht daheim«, sagte ich leise.

»Wie schade. Es war so vergnüglich, als er und der andere Typ hier waren.« Caldenia zuckte die Achseln und ging die Treppe hinauf.

Etwa sechs Monate zuvor hatte ich zugesehen, wie Sean Evans eine Tür öffnete und durch sie hindurch in das dahinterliegende Universum trat. Seither hatte ich nichts mehr von ihm gehört. Nicht, dass er mir etwas schuldig gewesen wäre. Nach einem Kuss konnte man kaum von einer Beziehung sprechen, egal, wie denkwürdig er gewesen war. Ich wusste aus Erfahrung, dass das Universum sehr groß war. Eine einzelne Frau konnte kaum mit all seinen Wundern mithalten. Außerdem war ich Wirtin. Gäste brachen zu aufregenden Abenteuern auf, und unsereins blieb zurück. Das brachte der Beruf so mit sich.

Aber es half mir nicht, mir das immer wieder einzureden. Wenn ich an Sean Evans dachte, war das, wie wenn Geschäftsreisende aus Kanada mitten im Februar an einen Kurztrip nach Miami dachten. Sie würden Taxi fahren, vom Fenster aus den Strand sehen, wissen, dass sie keine Zeit haben würden, ihn zu besuchen, und sich fragen, wie es wohl wäre, durch den Sand zu gehen und zu spüren, wie die Wellen einem die nackten Füße überspülten. Aus Sean und mir hätte etwas werden können, wenn wir mehr Zeit gehabt hätten, doch jetzt würden wir niemals herausfinden, ob sich dieser Strand als Paradies erwiesen hätte oder ob wir Quallen im Wasser und Sand zwischen den Zähnen gehabt hätten.

Wahrscheinlich war es besser so. Werwölfe bedeuteten ohnehin nur Ärger.

Ich wollte gerade die Tür schließen, als die Magie Wellen schlug, als hätte jemand einen Stein in einen unbewegten Teich geworfen. Das fühlte sich ganz anders an. Jemand hatte das Gelände des Gasthauses betreten. Jemand, der große Macht besaß und gefährlich war.

Ich griff nach meinem Besen, der neben der Tür in der Ecke lehnte, und trat hinaus auf die vordere Veranda. Eine Gestalt in einem grauen Regencape stand an der Ecke, ganz am Rand des Gasthausgeländes, und wartete höflich auf eine Einladung.

Wir hatten einen Besucher. Diesmal vielleicht sogar einen Gast von der richtigen Sorte. Ich neigte den Kopf, was eher nach einer angedeuteten Verbeugung als nach einem Nicken aussah.

Die beiden Türen hinter mir öffneten sich selbsttätig. Die Gestalt kam langsam näher. Der Besucher war groß, fast dreißig Zentimeter größer als ich und damit über eins fünfundachtzig. Er betrat das Gasthaus. Ich folgte ihm, und die Tür schloss sich hinter mir.

Die Gestalt löste die Kordel, die ihre Kapuze geschlossen hielt, und streifte das Regencape ab. Vor mir stand ein Mann Anfang dreißig, muskulös, aber schlank, der sein schulterlanges blondes Haar am Hinterkopf zu einem unordentlichen Pferdeschwanz zusammengebunden hatte. Er war mit einem weißen Hemd mit weiten Ärmeln bekleidet, einer dunkelgrauen Hose und weich aussehenden, schwarzen Stiefeln, die ihm bis zur Hälfte der Wade reichten.

Über dem Hemd trug er eine eng anliegende, mit blauen Mustern bestickte schwarze Weste, die seine breiten Schultern und den flachen Bauch betonte. Ein lederner Schwertgurt lag um seine schmalen Hüften, und daran hing eine lange Scheide, aus der ein kunstvoll verzierter Degenkorb ragte. Wahrscheinlich besaß er auch einen breitkrempigen Hut mit weißen, fluffigen Federn und möglicherweise ein oder zwei Umhänge.

Sein Gesicht war schockierend. Maskulin, gut geschnitten, keineswegs brutal, mit klaren, eleganten Linien, wie sie gerne mal als aristokratisch bezeichnet wurden: hohe, breite Stirn, gerade Nase, scharf gezeichnete Wangenknochen, kantiges Kinn und volle Lippen. Er hatte nichts Feminines an sich, doch die meisten Menschen hätten ihn vermutlich eher als schön denn als gut aussehend bezeichnet.

Der Mann lächelte mich an. Seine hellblauen Augen wirken leicht erheitert, als empfände er die Welt als extrem amüsant. Es war die Sorte Augen, aus deren Blick Intelligenz, Selbstvertrauen und kühle Berechnung sprachen. Er schaute nicht, er beobachtete, bemerkte und evaluierte, und ich hatte das Gefühl, dass sein Geist aufmerksam und rasiermesserscharf blieb, auch wenn sein Mund und seine Augen lächelten.

Ich hatte ihn schon einmal gesehen. Sein Gesicht kam mir bekannt vor. Aber woher?

»Ich bin auf der Suche nach Dina Demille.« Seine Stimme passte zu ihm: warm und selbstbewusst. Er hatte einen leichten Akzent, nicht wirklich britisch, allerdings auch nicht südstaatentypisch, sondern eine seltsame, melodiöse Vermischung von beidem.

»Sie haben sie gefunden«, erwiderte ich. »Willkommen im Gertrude Hunt. Ihr Cape?«

»Danke.« Er gab es mir, und ich hängte es an die Garderobe neben der Tür. »Übernachten Sie hier?«

»Leider nein.« Er lächelte mich entschuldigend an.

Natürlich nicht.

»Was kann ich dann für Sie tun?«

Er hob die Hand und zeichnete ein Muster zwischen uns in die Luft. Die Spur, die sein Finger zog, leuchtete blassblau. Eine stilisierte Waage, zwei ausgewogene Waagschalen, flackerte zwischen uns auf, war eine Sekunde lang zu sehen und verschwand dann. Er war ein Schiedsmann.

Oh, Scheiße. Mein Herz raste. Wer mochte uns verklagt haben? Das Gertrude Hunt verfügte nicht über die finanziellen Mittel, gegen ein Schiedsgerichtsverfahren vorzugehen. Ich stützte mich auf meinen Besen. »Man hat mich nicht über eine Schlichtung informiert.«

Er lächelte. Sein ganzes Gesicht strahlte dabei auf. Wow.

»Entschuldigung. Ich fürchte, ich habe einen falschen Eindruck erweckt. Sie haben kein Verfahren zu befürchten. Ich möchte Ihnen vielmehr einen geschäftlichen Vorschlag unterbreiten.«

Geschäfte waren so viel besser als eine Schlichtung. Ich deutete auf die Sofas im Empfangsbereich. »Bitte setzen Sie sich doch. Kann ich Ihnen etwas zu trinken anbieten, Schiedsmann?«

»Tee wäre großartig«, sagte er. »Und bitte nennen Sie mich George.«

* * *

Wir saßen auf meinen bequemen Polstermöbeln und tranken Tee. George runzelte die Stirn und versuchte offenbar, sich zu sammeln. Er wirkte so … nett. Kultiviert und vornehm. In meiner Branche lernte man allerdings schnell, dass der Schein oft trog. Ich schnalzte mit der Zunge, und Beast sprang auf meinen Schoß und positionierte sich so, dass sie

18

jederzeit wieder loshechten konnte. Vorsicht war die Mutter der Porzellankiste.

»Haben Sie schon einmal von Nexus gehört?«, fragte George.

»Ja.« Ich war schon auf Nexus gewesen. Es war einer der bizarren Orte in der Galaxie, an denen sich die Wirklichkeit bog wie eine Brezel. »Aber fahren Sie bitte fort. Ich bevorzuge es, alle erforderlichen Informationen zu erhalten, statt davon auszugehen, dass ich etwas weiß, was mir gar nicht bekannt ist.«

»Nun gut. Nexus ist der umgangssprachliche Name für Onetrikvasth IV, ein Sternensystem mit einem einzelnen bewohnbaren Planeten.«

Er sprach den Namen fehlerlos aus. Offensichtlich hatte er Übung darin.

»Nexus ist eine Zeitanomalie. Die Zeit vergeht dort schneller. Ein Erdenmonat entspricht grob drei Monaten auf Nexus. Doch die biologische Alterung verläuft weiter wie auf dem Herkunftsplaneten.«

Mein Bruder Klaus hatte mir das Nexusparadox einmal genau dargelegt, und zwar komplett mit allen Formeln. Damals hatten wir versucht, unsere Eltern zu finden, und die komplexe Erklärung war einfach zu hoch für mich gewesen. Ich fasste das alles unter »Magie« zusammen. Das Universum war voller Wunder. Manche davon machten einen wahnsinnig, wenn man zu lange über sie nachdachte.

»Nexus verfügt auch über große, unterirdische Kuyovorkommen. Kuyo ist ein Naturprodukt, eine zähe Flüssigkeit, die man nach der Veredelung zur Herstellung von etwas verwenden kann, das laut meinen Hintergrundinformationen als ›pharmazeutische Wirtschaftsgüter von beträchtlichem strategischen Wert‹ bezeichnet wird.«

19

»Man stellt militärische Stimulanzien damit her«, sagte ich. »Sie wirken sich auf unterschiedliche Spezies sehr unterschiedlich aus, erhöhen aber üblicherweise Kraft und Geschwindigkeit, während sie gleichzeitig Erschöpfung und Angst unterdrücken. Menschen beispielsweise verwandeln sie in Berserker.«

George lächelte. »Ich sollte wahrscheinlich offen sprechen.«

Ich erwiderte sein Lächeln. »Das würde uns viel Zeit sparen.«

»Nun gut.« George nippte an seinem Tee. »Kuyo kommt in der gesamten Galaxie vor, wenn auch nur in kleinen Mengen, was Nexus ungeheuer wertvoll macht. Gegenwärtig streiten drei Fraktionen um die Kontrolle über den Planeten. Alle drei behaupten, die Nutzungsrechte für alle Bodenschätze auf Nexus zu besitzen, und zeigen sich nicht kompromissbereit. Sie führen einen blutigen Krieg. Er tobt jetzt schon seit etwas mehr als sieben Erdenjahren und fast zwanzig Jahren in Nexuszeit. Der Krieg ist brutal und hat alle Beteiligten viel gekostet. Gemäßigte Geister auf allen Seiten sind sich darüber einig, dass es so nicht weitergehen kann. Eine der beteiligten Fraktionen hat in der Frage eine Schlichtung beantragt, die anderen beiden haben zugestimmt, und hier bin ich nun.«

»Ich schätze, eine der Fraktionen sind die Händler?« Als wir auf Nexus gelandet waren, hatten wir einen Raumhafen der Händler genutzt. Sie trieben in der gesamten bekannten Galaxie und ihren vielen Dimensionen Handel. Wenn man seltene Waren oder große Mengen von etwas brauchte, wandte man sich an einen Händler. Ihre Motive waren Profit und Prestige.

George nickte. »Ja. Der Krieg fängt an, sie Geld zu kosten.«

»Welche Familie? Die Amas?«

»Die Nuans. Familie Ama hat vor zwei Jahren Schadensbegrenzung betrieben und ihre Besitztümer auf Nexus an die Nuans verkauft.«

Plötzlich ergab seine Anwesenheit deutlich mehr Sinn. »Ist Nuan Cee in die Sache verwickelt?«

»Ja. Tatsächlich hat er mir Ihr Etablissement empfohlen.«

Vor dem Verschwinden meiner Eltern hatten diese häufig mit Nuan Cee zu tun gehabt. Wer ein Gasthaus leitete, brauchte manchmal exotische Waren, und er konnte auch die ausgefallensten Bedürfnisse befriedigen. Selbst ich hatte schon einmal ein Geschäft mit ihm gemacht. Ich hatte den seltensten Honig der Welt gegen Eier einer tödlichen Riesenspinne eingetauscht.

»Der Tee ist köstlich«, sagte George.

»Danke. Welches sind die beiden anderen Fraktionen?«

»Haus Krahr von der Heiligen Kosmischen Anokratie.«

Sechs Monate zuvor hatte ich einen Vampir des Hauses Krahr zu Gast gehabt, nachdem er beim Versuch, eines außerirdischen Assassinen habhaft zu werden, verletzt worden war. Sein Neffe war aufgetaucht, um ihn zu retten. Dieser Neffe hieß Arland, war der Marschall seines Hauses und hatte mit mir geflirtet. Zumindest für Vampirbegriffe. Er hatte mir versichert, er wäre mit dem größten Vergnügen mein Schild und ich solle nicht zögern, auf seine kriegerischen Fähigkeiten zurückzugreifen. Er hatte sich außerdem mit Kaffee betrunken und war nackt durch meinen Obstgarten gerannt.

Mein Gott, wer konnte den Vampiren des Hauses Krahr für zwanzig Jahre Paroli bieten? Sie waren eine der wildesten vernunftbegabten Spezies der Galaxie, Raubtiere, die ausschließlich für den Krieg lebten. Ihre gesamte Zivilisation beruhte darauf.

»Wer bildet die letzte Fraktion?«

George stellte seine Tasse ab. »Die Otrokars.«

Ich blinzelte.

Eine ganze Weile herrschte Stille.

»Die Horde der Hoffnungsfresser?«

George wirkte leicht peinlich berührt. »Ja, so lautet wohl ihre offizielle Bezeichnung.«

Die Otrokars waren die Geißel der Galaxie. Sie waren groß, gewalttätig und lebten nur für die Eroberung. Mit einem Planeten hatten sie angefangen und ihre Domäne dann auf neun ausgedehnt. Sie machten ihrem Namen alle Ehre, denn wenn man sie sah, ließ man am besten alle Hoffnung fahren.

Die Heilige Anokratie und die Horde waren in den zurückliegenden drei Jahrhunderten mehrfach aufeinander-geprallt, und zwar stets mit verheerenden Ergebnissen. Die beiden Spezies hassten einander so sehr, dass ihre Fehde zur Legende geworden war. Die Hälfte aller Witze in der Galaxie begann mit »Ein Vampir und ein Otrokar kommen in eine Bar ...«

Vampire und Otrokars auf engem Raum zusammenzupfer-chen war, als mischte man Nitro mit Glyzerin und schlüge dann mit einem Vorschlaghammer darauf. Sie würden explodieren. Es würde ein Gemetzel geben.

Ich beugte mich vor. »Sie suchen also nach neutralem Boden für die Schlichtung?«

»Ja. Ein Gasthaus auf der Erde wäre ideal. Es ist als neutra-ler Boden definiert, und wir könnten uns auf die Macht einer Wirtin verlassen, die die Beteiligten in Schach hält.«

»Lassen Sie mich raten: Sie haben es schon in anderen Gasthäusern versucht und konnten nirgends landen. Bin ich Ihre letzte Chance?«

George holte tief Luft. »Ja.«

»Während ihres Zehn-Jahres-Krieges gab es einen Versuch, Frieden zwischen den Otrokars und der Heiligen Kosmischen Anokratie zu stiften«, fuhr ich fort. »Vor etwa fünfzig Jahren.«

Er ballte die langen, eleganten Finger zur Faust. »Ja, das ist mir bekannt.«

»Dann wissen Sie auch, wie das ausging.«

»Ich glaube, der Patriarch des Hauses Jero sprang den Khan der Otrokars an, und dieser enthauptete ihn.«

»Er hat dem Patriarchen mit bloßen Händen den Kopf abgerissen und dann den Marschall des Hauses Jero damit zu Tode geprügelt.«

»Nun, man könnte durchaus sagen, es handelt sich um ein riskantes Unterfangen, wenn man diese Tatsache in Betracht zieht …«

»Es ist nicht riskant, es ist selbstmörderisch.«

»Ist das ein Nein?«, wollte George wissen.

Es war eine wirklich schlechte Idee. »Wie viele Leute erwarten Sie?«

»Mindestens zwölf pro Partei.«

Sechsunddreißig Gäste. Mein Herz raste. Sechsunddreißig Gäste, alle höchst magisch begabt. Das würde das Gasthaus auf Jahre hinaus erhalten. Ganz zu schweigen davon, wie sehr wir im allgemeinen Ansehen steigen würden, wenn es mir gelänge, diese unmögliche Nummer durchzuziehen.

Nein. Wie konnte ich das auch nur denken? Es wäre Wahnsinn. Ich würde den Frieden zwischen sechsunddreißig Personen wahren müssen, die einander durchweg nach dem Leben trachteten. Schrecklicher Gedanke. Das Risiko … war einfach zu hoch.

Andererseits: Was hatte ich zu verlieren?

George fasste in die Tasche, zog ein kleines Tablet von der Größe und Dicke einer Spielkarte hervor und zeigte es mir. Zwei Zahlen standen auf dem Display: 500.000 Dollar und 1.000.000 Dollar.

»Die erste Summe erhalten Sie, falls die Schlichtung scheitert. Die zweite im Erfolgsfall.«

Fünfhunderttausend. Wir brauchten das Geld. Ich würde endlich meine Bibliothek aufstocken können. Die erforderlichen Baumaterialien für das Gasthaus kaufen.

Nein. Genauso gut konnte ich das Gertrude Hunt abfackeln.

Mein Blick fiel auf das Bild meiner Eltern. Sie sahen mich an. Demilles stellten sich jeder Herausforderung. Aber andererseits gingen wir auch keine unnötigen Risiken ein.

Wer nicht wagt, der nicht gewinnt, hieß es. Ich konnte einfach hier sitzen und weiter auf Laufkundschaft warten ...

»Wenn ich das mache, dann nur zu meinen Bedingungen«, sagte ich.

»Natürlich.«

»Ich will, dass wir die Schadensersatzmodalitäten schriftlich festhalten und dass alle Beteiligten sie unterzeichnen. Außerdem muss jede Partei eine Kaution hinterlegen, die Sie verwalten. Wird das Gasthaus in Mitleidenschaft gezogen, möchte ich nicht selbst für die Schäden aufkommen müssen.«

»Das finde ich sinnvoll.«

»Jede beteiligte Partei muss die Verschwiegenheitsvereinbarung bezüglich der Erde zur Kenntnis nehmen und unterzeichnen. Normale Bürger dieses Planeten dürfen nicht von ihrer Existenz erfahren. Wir könnten beispielsweise Besuch von den örtlichen Ordnungshütern bekommen, und ich will unter allen Umständen vermeiden, dass dann irgendjemand Genicke bricht oder Köpfe abreißt.«

»Auch sinnvoll.«

»Vielleicht fallen mir auch noch ein paar weitere Einschränkungen ein. Haben Sie selbst Fragen?«

»Ein paar.« George beugte sich vor. »Die Art der Beziehung zwischen dem Gasthaus und seinen Gästen ist mir nicht klar. Wozu braucht es sie?«

»Es ist eine Symbiose«, erklärte ich. »Das Gasthaus bietet ihnen Schutz und Verpflegung. Es kümmert sich um alle Bedürfnisse seiner Gäste. Dafür ernährt es sich von der Energie, die alle Lebewesen von Natur aus umgibt. Je vielfältiger und mächtiger diese Energie ist, desto mehr Magie kann das Gasthaus wirken und desto stärker wird es.«

George kniff die Augen zusammen. »Ist das Gasthaus empathisch begabt?«

»Nein, nicht im eigentlichen Sinne.«

»Kann es die Stimmung seiner Gäste beeinflussen?«

»Nur in dem Maße, wie unsere Umgebung uns alle beeinflusst.«

George runzelte die Stirn. »Ich habe von Fällen gelesen, in denen der Verdacht nahelag, dass ein Gasthaus eine Verbindung zu seinen Gästen geknüpft hat.«

Oh. Darauf wollte er also hinaus. »Davon kann keine Rede sein. Das Gasthaus kann eine geistige Verbindung zwischen einem Wirt und einem Gast herstellen, aber nicht den Geisteszustand seiner Gäste beeinflussen. Das Verbindungsritual wurde erst eine Handvoll Mal durchgeführt, beispielsweise in seltenen Fällen, in denen das Gasthaus oder die Gäste in Gefahr waren, oder wenn es galt, alles daranzusetzen, einen Mord aufzuklären. Der Gast muss sich diesem Vorgang freiwillig unterziehen und von sich aus versuchen, die Verbindung einzugehen. Wenn Sie mich also fragen, ob das Gasthaus die Gäste auf magischem Weg zugänglicher und dem Friedensvertrag gegenüber aufgeschlossener machen kann: Nein. Ich kann dafür sorgen, dass die Unterhändler die weichste Bettwäsche und die ruhigsten Räume haben, aber ich kann keinen Einfluss auf sie nehmen. Und selbst wenn, würde ich es nicht tun. Die Privatsphäre meiner Gäste ist mir heilig, und ich muss stets neutral bleiben. Alles andere wäre ein Verstoß gegen die ethischen Grundsätze.«

»Nun ja«, sagte er. »War nur so ein Gedanke.«

In Anbetracht der Herkulesaufgabe, die vor ihm lag, war mir klar, warum er sich an jeden Strohhalm klammerte, der deren Ausgang möglicherweise positiv beeinflussen konnte. »Sonst noch was?«

»Ja.« George wandte sich ab und sah sich in dem bescheidenen Raum um. »Ich möchte nicht respektlos erscheinen. Ihr Etablissement ist allerdings deutlich kleiner, als man mir zu verstehen gegeben hat. Ich glaube, es bietet nicht genug Platz.«

Ich erhob mich. »Waren Sie schon in vielen Gasthäusern?«

»Nein. Ich habe im Zusammenhang mit diesem Gipfel mehrere besucht, war aber bisher in keinem zu Gast. Ihres ist das erste.«

Ich zog die Magie an mich. Was ich vorhatte, würde meine Ressourcen und die des Gasthauses vermutlich weitgehend aufbrauchen. Wenn er danach einen Rückzieher machte, würden wir beide sehr lange brauchen, um uns zu erholen. Doch wenn wir dadurch Gäste bekamen, war es die Sache wert.

Ich nahm meinen Besen. Die Magie vibrierte in mir, baute sich unablässig auf, komprimiert wie eine riesige Feder im Grenzbelastungsbereich. George stand auf und trat neben mich.

Ich hob den Besen mit den Borsten nach oben, stellte mir das Innere des Gasthauses vor und senkte ihn ruckartig. Mit einem trockenen Knacken traf der Holzstiel auf die Dielen.

Magie wogte durch das Gasthaus wie eine Lawine, Holz und Stein waren plötzlich elastisch und in Bewegung. Das Innere des Gasthauses öffnete sich wie eine Blüte. Die Wände rückten auseinander. Die Decke stieg in die Luft. Immer weiter strömte Magie aus mir heraus, so schnell, dass mir schwindelte. Glänzender rosa Marmor bedeckte den Boden, verkleidete die Wände und bildete imposante Säulen. George stand ganz still neben mir.

Im Marmor taten sich Fenster auf, die sich über zwei Etagen erstreckten. Ich stützte mich auf den Besen. Kuppeldecken nahmen eine reinweiße Farbe an. Kristalllüster wuchsen daraus hervor wie prachtvolle Blütendolden. Goldene, spiralförmige Ornamente bedeckten den Boden. Kerzen flammten im Kristall auf.

Ich gebot der Magie Einhalt. Die Kraft schnalzte in mich zurück wie ein Gummiband. Sie traf mich mit solcher Wucht, dass ich taumelte. Vor uns lag ein großer Ballsaal, pompös, elegant und strahlend.

Der Schiedsmann schloss den Mund mit einem hörbaren Schnappen. »Ich nehme alles zurück.«

KAPITEL 2

Der gewaltige Ballen Kunstseide entrollte sich langsam zu meinen Füßen, die Enden verschwanden im Marmorfußboden. Beast hatte ihn aus Prinzip etwa fünf Minuten lang verbellt, bis sie schließlich beschlossen hatte, dass er so aufregend auch wieder nicht war, und sich aufgemacht hatte, den gewaltigen Ballsaal zu erkunden. Sie schnupperte in den Ecken, fand ein ruhiges Plätzchen und legte sich hin.

Nichts wäre mir lieber gewesen, als es ihr gleichzutun, allerdings nicht auf dem Boden, sondern in meinem bequemen, weichen Bett. Die Eröffnung des Ballsaals hatte mich erschöpft. Mir war, als sei ich kilometerweit gerannt.

Am liebsten hätte ich schon direkt nach dem Aufbruch des Schiedsmannes ein Nickerchen gemacht, aber der Zeitplan bis zum Beginn des Friedensgipfels war straff. George wollte in achtundvierzig Stunden anfangen, weswegen ich statt eines Nickerchens eine Dose von Caldenias Energydrink geklaut hatte, um wach zu bleiben, und durch den Regen gefahren war, um mir einen Transporter zu mieten.

Mit dem war ich dann zwei Stunden nach Austin zum größten Stoffhandel der Region gebraust. Dort hatte ich einen Riesenballen Kunstseide und einen ebenso großen

Ballen Baumwollstoff gekauft. Das hatte ein Drittel meines Notgroschens aufgezehrt. Dann war ich bei einem Steinmetz vorbeigefahren, der zugleich auch Landschaftsgärtner war und bei dem ich größere Mengen Steine erworben hatte. Man hatte mir beim Einladen geholfen, und als ich zurückgekommen war, hatte ich die ganze Ladung in den Garten gekippt, woraufhin das Gasthaus sie prompt verschluckt hatte.

Jetzt gab ich mir die größte Mühe, mich auf den Beinen zu halten, während das Gasthaus die Kunstseide Zentimeter für Zentimeter zu sich nahm.

»Na, das ist ja mal eine erfreuliche Entwicklung.«

Ich drehte mich um und sah Caldenia im Türrahmen stehen. »Hoheit.«

Langsam betrat die ältere Frau den Ballsaal. Ihr Blick wanderte über den Marmorfußboden, die Säulen und die hohe weiße Decke mit der Goldverzierung.

»Was hast du vor?«

»Wir veranstalten einen diplomatischen Gipfel.«

Sie machte auf dem Absatz kehrt und schaute mich mit scharfem Blick an. »Meine Liebe, nimm mich nicht auf den Arm.«

»Dieser Ballen Kunstseide hat mich sechs Dollar den Meter gekostet«, teilte ich ihr mit. »Wenn ich das Essen eingekauft habe, bin ich pleite.«

Caldenia blinzelte. »Wer nimmt alles teil?«

»Die Heilige Anokratie, vertreten durch Haus Krahr, die Horde der Hoffnungsfresser und die Händler von Baha-char. Sie kommen zu einer Schlichtung hierher und werden vermutlich versuchen, sich gegenseitig umzubringen, kaum dass sie das Gasthaus betreten haben.«

Caldenia riss die Augen auf. »Meinst du wirklich? Das ist ja wunderbar!« Natürlich empfand sie das so. »Erzähl mir mehr.«

Ich seufzte und deutete auf die Ostwand. Dort sowie an der West- und Südwand des Raumes hatte ich einen Balkon geschaffen. Die drei Balkone hatten jeweils einen großen Sicherheitsabstand zu ihren Nachbarn, so groß, dass kein Vertreter einer der drei Spezies ihn mit einem Satz überqueren konnte. Außerdem waren sie zu hoch über dem Boden, um gefahrlos herunterspringen zu können.

»Da oben werden die Otrokars untergebracht sein. Sie beten bei Sonnenaufgang, müssen also die Morgensonne sehen können.«

Ich drehte mich um und deutete auf die gegenüberliegende Wand. »Da kommen die Vampire hin. Wenn die Sonne untergegangen ist, beginnt ihre Meditationsphase, deshalb wohnen sie im Westen.«

Ich deutete auf die Nordwand. »Dort werden die Händler residieren. Sie sind Waldbewohner und bevorzugen schattige Räume und gedämpftes Licht. Jede Gruppe hat ihre eigene Treppe. Niemand kann die Unterkünfte der jeweils anderen betreten. Das wird das Gasthaus nicht zulassen.«

Ich zeigte nach Süden, wo hohe Fenster die Wand unterteilten. »Dort werde ich einen Tisch aufstellen, an dem die Verhandlungsführer ihre Gespräche abhalten können.«

»Ein guter Plan«, lobte Caldenia. »Aber warum rosa Marmor?« Sie deutete auf die Decke. »Rosa Marmor, weiße Decke, goldene Akzente … Bei elektrischem Licht wird sich das Ganze in ein widerliches Orange verwandeln.«

»Ich hatte nur eine Chance, den Schiedsmann zu beeindrucken, und musste improvisieren.«

Caldenia hob eine Braue.

»Ich habe diesen Saal mal in einem Film gesehen«, erklärte ich. »Deshalb konnte ich ihn mir gut vorstellen.«

»In einem Porno?«

»Es kam ein sprechender Kerzenleuchter darin vor, der mit einer übellaunigen Uhr befreundet war.«

»Verstehe. Wie wäre es mit dem Ballsaal aus dem Gasthaus deiner Eltern?«

Ich schüttelte den Kopf. Ich konnte ihn mir bis ins kleinste Detail vorstellen, doch bei dem Gedanken, ihn nachzubauen, krampfte sich mein Herz schmerzlich zusammen. Ich seufzte. »Wenn es Euch lieber wäre, kann ich ihn ganz weiß einfärben.«

Caldenia kniff die Augen zusammen. »Man kann also die Farbe verändern?«

»Ja.«

»Dann kein Weiß. Weiß ist immer die naheliegende Wahl. Wenn ich mich recht entsinne, baut Haus Krahr außerdem seine Burgen aus grauem Stein, und du willst ja nicht parteiisch wirken.«

»Die Otrokars bevorzugen grelle Farben und komplexe Verzierungen«, sagte ich. »Sie neigen zu Rot- und Grüntönen.«

»Dann müssen wir zwischen den beiden Geschmäckern das Gleichgewicht finden. Blau ist eine beruhigende Farbe, die die meisten Spezies als dem Nachdenken förderlich empfinden. Warum versuchen wir es nicht mit Türkis?«

Ich konzentrierte mich. Gehorsam veränderten die Marmorsäulen ihre Farbe.

»Ein bisschen mehr Grau. Etwas dunkler. Noch ein bisschen … Kannst du sie auch mit helleren Adern versehen? Und mit Goldsprenkeln … perfekt.«

Ich musste zugeben, dass die Säulen schön waren.

»Lass uns das Blattgold entfernen«, schlug Caldenia vor. »Eleganz sollte nie protzig sein, und es gibt nichts Primitiveres, als alles mit Gold zuzukleistern. Das spricht von zu viel Geld und zu wenig Geschmack und bringt außerdem die Bauern auf.

Ein Palast sollte ein Gefühl von Macht und Größe vermitteln. Man sollte ihn betreten und von Ehrfurcht ergriffen sein. Ich habe festgestellt, dass Ehrfurcht die Wahrscheinlichkeit einer Revolte vermindert.«

Ich bezweifelte sehr, dass mir eine Revolte drohte, aber wenn die Maßnahme dazu beitrug, das Gemetzel in Grenzen zu halten, sollte es mir recht sein.

»Gold ist nützlich, allerdings muss man es vorsichtig dosieren«, fuhr Caldenia fort. »Habe ich dir je von Cai Pa erzählt? Es ist eine Wasserwelt. Der ganze Planet ist ein Ozean, und die Bevölkerung lebt auf riesigen künstlichen schwimmenden Inseln. Es ist erstaunlich, wie viele Leute man auf ein paar Quadratkilometern unterbringen kann. Jede davon regiert ein Adliger, der mit Pharmahandel und Unterwasserbergbau reich geworden ist. Es gibt kaum Platz, also bauen sich die Narren natürlich prachtvolle Paläste. Ich hatte einmal Grund, an einem Treffen in einer dieser Monstrositäten teilzunehmen. Sie verfügen über diese Unterwasser-Algenwälder, die eigentlich recht schön sind, wenn man auf so etwas steht. Sämtliche Palastmauern waren mit vergoldeten Algen bedeckt. An den Wänden und an der Decke gab es keine einzige freie Stelle, die nicht von einer Ranke oder Blüte in Gold oder einer anderen grellen Farbe wie Scharlachrot bedeckt war. Zwischen den Algen hingen Porträts des Gastgebers und seiner Familie, mit Edelsteinen statt Augen.«

»Edelsteinen?«

Caldenia hielt inne und blickte mich an. »Edelsteinen, Dina. Es sah grässlich aus. Nach zehn Minuten hatte ich das Gefühl, ein interstellares Schlachtschiff attackiere meine Sehnerven. Es bereitete mir körperliches Unbehagen.«

»Manche Leute leben echt nur dafür, zu beweisen, dass sie mehr haben als andere.«

»In der Tat. Ich hielt es bloß einen Tag aus, und als ich ging, besaß der Gastgeber die Frechheit, zu behaupten, ich hätte seine Familie beleidigt. Ich hätte sie ja alle vergiftet, aber ich konnte einfach keine Sekunde mehr in dem Gebäude bleiben.«

Ihre Hoheit hob die Arme. »Das ist dein Ballsaal, meine Liebe. Dein Raum. Das Herz deines kleinen Palasts. Wie sagt man so schön? Der Fantasie sind keine Grenzen gesetzt. Vergiss alle Konventionen. Vergiss die Paläste deiner Welt. Vergiss das Gasthaus deiner Eltern und alle anderen obendrein. Nutze deine Fantasie, und mache ihn zu deinem eigenen. Mach ihn prachtvoll.«

Der Fantasie sind keine Grenzen gesetzt … Ich schloss die Augen und öffnete meinen Geist. Um mich herum veränderte sich das Gasthaus, als seine Magie auf mich reagierte. Meine Macht floss aus mir heraus, und ich ließ sie sich ausdehnen und wachsen, erblühen.

»Dina…«, murmelte Caldenia neben mir verblüfft.

Ich öffnete die Augen. Der rosa Marmor, das Blattgold und die Kristalllüster waren verschwunden. Es waren nur drei Fenster verblieben, alle in der Nordwand. Ein prächtiger Nachthimmel erstreckte sich über die dunklen Wände und die Decke, endlos und schön, und Andeutungen von Lavendel, Grün und Blau bildeten hauchzarte Nebel, die gesprenkelt waren mit winzigen Sternenhaufen. Solche Himmel lockten Weltraumpiraten auf ihre Schiffe.

Lange Ranken umschlossen die türkisfarbenen Säulen, die die Balkone stützten, und daran schimmerten zart weiße und gelbe Glasblüten. Der Boden bestand aus poliertem weißen Marmor mit prachtvollen Mosaikintarsien in einem Dutzend Farbtönen von Schwarz über Indigo bis zu Neonblau und Gold, in deren Mitte ein stilisiertes Bild des Gertrude Hunt, umgeben von einer Abbildung meines Besens, den Boden zierte.

Ich hob den Blick. Über alldem erglommen drei gewaltige Lichtinstallationen, komplexe Anordnungen leuchtender Kugeln, die den Raum in ihren hellen Schimmer tauchten. Ich lächelte.

»Das nenne ich mal Ehrfurcht gebietend«, sagte Caldenia neben mir leise.

* * *

Die Magie klingelte in meinem Kopf. Ich öffnete die Augen. Zehn Minuten nach Mitternacht. Ein bisschen früh für den Gipfel, der erst am nächsten Abend beginnen sollte.

Ich schwang mich aus dem Bett. Immerhin hatte ich eine Stunde geschlafen. Mein Kopf fühlte sich an, als sei er zu schwer für meinen Hals. Ich erinnerte mich nicht, wann ich das letzte Mal so hart gearbeitet hatte. Noch immer war ich nicht sicher, ob die Gruben in den Zimmern der Otrokars tief genug waren.

Es bestand irgendein heiliger Zusammenhang zwischen der Tiefe der zentralen »Grube« und der Größe der runden Polstermöbel ringsherum. Ich hatte es nachgeschlagen und mich genau an die Vorgaben gehalten, aber mein Bauchgefühl sagte mir, dass die Höhe nicht ganz stimmte. Es sah einfach nicht richtig aus, also hatte ich die letzte halbe Stunde meines Tages damit verbracht, die improvisierten Holzcouches höher und niedriger zu machen, ehe ich das Gasthaus sie aus Stein anfertigen ließ. Es würde sich alles auszahlen.

Ein weiteres unsichtbares Zupfen, wie kleine Wellen in einem flachen Teich. Jemand stand am anderen Ende meiner Einfahrt, hatte gerade das Gelände des Gasthauses betreten und wartete höflich auf eine Einladung.

Ich stand auf und streifte meine Wirtinnenrobe über. Es handelte sich um ein einfaches graues Gewand mit Kapuze, das mich von Kopf bis Fuß einhüllte. Beast, die wie immer neben dem Bett lag, hob den Kopf und bellte leise und schläfrig. Ich sah aus dem Fenster. An der vorderen Hecke stand eine dunkle Gestalt und verschmolz mit dem breiten nächtlichen Schatten einer Eiche. Für einen Menschen wäre sie sehr groß gewesen. Wahrscheinlich ein paar Zentimeter größer als Sean.

Uff.

Ich nahm meinen Besen, verließ das Schlafzimmer und schritt den langen Gang entlang zur vorderen Treppe. Beast trottete neben mir her. Die Architektur des Gasthauses hatte sich in den vergangenen paar Stunden so verändert, dass der Marsch zur Vordertür fast doppelt so lang dauerte wie zuvor.

Der Boden unter meinen nackten Füßen war kühl. Es regnete noch, und das Gasthaus und ich waren uns über eine angenehme Innentemperatur von einundzwanzig Grad einig gewesen, aber wie in jedem Haus waren einige Stellen wärmer als andere, und ich wünschte, ich hätte Socken angezogen.

Warum dachte ich überhaupt an Sean Evans?

Sean war ein Werwolf der Generation Alpha. Seine Eltern waren der Vernichtung ihres Heimatplaneten entkommen und hatten sich auf die Erde geflüchtet, wo sie sich im Verborgenen eine Existenz aufgebaut, Sean bekommen und ihn großgezogen hatten.

Die Erde diente vielen Reisenden aus dem Weltall als Zwischenstopp. Das Universum mit all seinen Planeten, Dimensionen und Zeitstrahlen brauchte einen zentralen Punkt, einen neutralen Treffpunkt, wo man Geschäfte machen oder eben manchmal auch einfach nur rasten konnte. Die Erde spielte seit Jahrtausenden diese Rolle, wobei ihre Ureinwohner

35

keine Ahnung von den seltsamen Wesen hatten, die ihren Planeten manchmal besuchten.

Deshalb gab es Gasthäuser und Wirtinnen und Wirte wie mich. Wir hatten zwei Aufgaben: die Sicherheit unserer Gäste zu garantieren – und ihre Unauffälligkeit. Wir waren neutral und mischten uns nicht ein. Sean Evans war in mein Leben getreten, als ich alle Vorsicht in den Wind geschlagen und mich auf ein wirklich gefährliches Unterfangen eingelassen hatte.

In der Rückschau war das wahrscheinlich töricht gewesen, aber es tat mir nicht leid. Zusammen mit Sean und Arland hatte ich meine Kleinstadt vor einem interstellaren Assassinen gerettet. Obendrein hatte Arland noch einen Mord rächen können, und Sean hatte die Wahrheit erfahren: Er war kein Mutant von der Erde, wie seine Eltern behauptet hatten, sondern ein Produkt militärischer Genexperimente von einem anderen Planeten.

Alle Werwölfe waren Soldaten, die eine planetenweite Invasion einer übermächtigen feindlichen Macht hatten verhindern sollen, aber Sean gehörte der Generation Alpha an. Größer, schneller, stärker – eine Art Supersoldat. Seine genetische Programmierung musste durchgeschlagen sein, denn er war auch auf der Erde Soldat geworden, hatte sich allerdings nie richtig zu Hause gefühlt.

Dann hatten wir einander kennengelernt, und ich hatte gedacht, zwischen uns wäre etwas. Nein, das war Wunschdenken. Zwischen uns war ganz behutsam etwas entstanden, doch sobald er das Universum jenseits unseres Planeten zum ersten Mal gesehen hatte, war alles aus gewesen.

Die Werwölfe hatten ihren eigenen Planeten zerstört, statt ihn dem Feind zu überlassen, und er konnte nie wieder »nach Hause« zurück, aber die Sterne riefen nach ihm. Meinetwegen hatte er einem alten Werwolf einen Gefallen geschuldet, und sobald die Gefahr hier gebannt gewesen war, war Sean aufgebrochen, um seine Schuld zu begleichen.

Ich kannte den Lockruf der Sterne. Ich war ihm selbst eine Weile gefolgt. Als er auf den sonnenbeschienenen Straßen Bahachars durch ein Tor trat, hatte ein Teil von mir gewusst, dass er so bald nicht wiederkommen würde, dennoch hatte ich gehofft, ihn nach ein oder zwei Monaten wiederzusehen. Inzwischen war fast ein halbes Jahr vergangen. Sean war fort.

Ich hatte beschlossen, ihn zu vergessen, was mir auch fast gelungen war, doch manchmal kam er mir einfach ungebeten in den Sinn. Dann schaute ich auf die hintere Terrasse, sah ihn im Geiste wieder vor mir, wie er einen Meter in die Luft gesprungen war, als ich sie bewegt hatte, und musste lächeln. Oder ich dachte an seine Stimme. Oder das Gefühl, wenn er mich geküsst hatte.

»Ich kann nichts dagegen tun«, sagte ich zu Beast. »Aber das wird schon wieder. Ich brauche nur noch etwas Zeit.«

Wenn Beast eine Meinung zu meinen gelegentlichen Anflügen von Liebeskummer hatte, behielt sie sie für sich.

Ich öffnete die Vordertür und ging nach unten, wo die dunkle Gestalt im Gras bei der Eiche auf mich wartete. Der Mann war in einen Umhang gehüllt. Als ich ihn von oben gesehen hatte, hatte er groß gewirkt. Jetzt, als ich ihm gegenüberstand, war er riesig, deutlich über einen Meter neunzig. Ich musste den Kopf in den Nacken legen. Beast knurrte leise.

Die dunkle Gestalt hob die linke Hand mit den Fingern nach oben. »Wintersonne.« Die Stimme des Mannes war rau, seine Aussprache jedoch fehlerlos. Sein Übersetzer funktionierte hervorragend.

Ein Otrokar. »Möge auch Ihnen die Wintersonne scheinen.« Sie war die freundlichere, weniger stechende Sonne.

»Willkommen.« Wir kehrten zur Vordertür zurück, und ich ließ ihn ein.

Er streifte den Mantel ab. Ich hatte vorher schon Otrokars gesehen. Sie waren gelegentlich im Gasthaus meiner Eltern abgestiegen. Aber ihn hier in meinem kleinen Empfangsbereich stehen zu haben war etwas ganz anderes.

Seine Schultern waren breit, doch er bewegte sich trotz seiner Größe leichtfüßig. Eine dunkelbraune Rüstung aus geflochtenen Lederriemen umschloss seinen Körper. Harte rot-schwarze Schienen, mit einer Maserung, wie sie nur ein lebendes Wesen hervorgebracht haben konnte, schützten seine Unterarme, Oberschenkel und Schienbeine.

Platten aus demselben Material bedeckten seine Brust. Der chitinartige Werkstoff war mit komplexen goldenen Metallmustern durchzogen, die auf die Nutzung von Hightech-Elektronik schließen ließen. Ein Gürtel mit Taschen, an dem kleine Talismane aus Holz, Knochen und Metall hingen, umspannte seine Taille.

Otrokars waren ausgezeichnete Raumfahrer, und diese Rüstung war augenscheinlich dazu gedacht, Beweglichkeit und Flexibilität zu gewährleisten, wenn man in Schiffen auf engem Raum kämpfen musste. Er trug nur ein Kurzschwert oder ein langes Messer in einer Scheide am rechten Oberschenkel.

Von hinten hätte er fast als wirklich großer Erdling durchgehen können, doch sein Gesicht machte deutlich, dass er genetisch vom selben Ur-Menschengeschlecht abstammte wie wir und die Vampire, aber eindeutig auf einem anderen Planeten aufgewachsen war.

Die Otrokars hatten sich in einer Welt mit sengender Sonne und endlosen Ebenen entwickelt. Sie jagten in Rudeln und hetzten ihre Beute zu Tode. Die Linien seines Gesichtes waren schärfer als die von Erdlingen, als hätte man sie mit einem Messer aus einem Stück Ton geschnitten. Die Textur seiner tief gebräunten Haut war rauer.

Die Proportionen seines Gesichts waren ein wenig verzerrt, was ihn gefährlich und raubtierhaft wirken ließ. Sein Kinn war dreieckig, seine Nase schmal, und wenn er sprach, sah man zwischen seinen Lippen scharfe Zähne aufblitzen. Sein kurzes Haar war drahtig wie eine Pferdemähne und wirkte schwarz, bis sich das Licht darauf brach und man erkannte, dass es in Wirklichkeit im tiefen Rotviolett taubenblutfarbener Rubine schimmerte. Seine Augen unter den dichten Brauen waren auffallend hellgrün.

Wir musterten einander. Zu meinen Füßen knurrte Beast leise. Sein Geruch behagte ihr offenbar nicht. Der Otrokar betrachtete sie abschätzend. Er wirkte wie ein Mann, der jeden Augenblick mit einem Angriff rechnete und keine Zweifel daran lassen wollte, dass er in diesem Falle sein Messer ziehen und den Angreifer in schmale Streifen schneiden würde.

»Was kann ich für Sie tun?« *Bitte hören Sie auf, meinen Hund so anzuschauen.*

»Ich heiße Dagorkun.« Der Otrokar hob die Hand. An einem Lederriemen, den er zwischen den Fingern hielt, hing ein goldenes, juwelenbesetztes Medaillon. Eine stilisierte Sonne mit Strahlenkranz, das Symbol des Khans, des Anführers der Horde.

Ich neigte den Kopf. »Es ist mir eine Ehre.«

»Ich bin hier, um mir stellvertretend für mein Volk die Zimmer anzusehen.«

»Natürlich. Hätten Sie gerne ein Tasse Tee?«

Er blinzelte überrascht. »Ja.«

»Einen Augenblick.« Ich betrat die Küche. Einige Konstanten gab es im Universum. Zwei und zwei ergab nicht immer vier, aber jede auf Wasser beruhende Spezies hatte irgendwann einmal Wasser erhitzt und irgendwelche Pflanzen hineingeworfen.

Dagorkun folgte mir in die Küche. Ich nahm zwei Becher aus dem Schrank, einen mit Erdbeeren und einen mit einem Kätzchen darauf, füllte sie mit heißem Wasser aus dem Wasserkocher und hängte jeweils einen Beutel Chai hinein. Dagorkun beobachtete mich mit Adleraugen. Offenbar rechnete er mit einem Giftanschlag.

»Ist dies Ihr erster Besuch auf der Erde?«

Er wartete lange und überlegte offenbar, ob es klug wäre, zu antworten. »Ja.«

»Sie sind jetzt Gast meines Gasthauses. Ihre Sicherheit hat höchste Priorität.« Ich nahm die Teebeutel heraus, öffnete eine Zuckerdose aus dickem blauem Glas und rührte einen Löffel Zucker in meinen Chai. »Weder mein Hund noch mein Gasthaus werden Ihnen etwas tun, es sei denn, Sie versuchen, anderen Gästen zu schaden.«

»Die Vampire haben Sie empfohlen«, sagte Dagorkun.

Ich löffelte ihm Zucker in die Tasse. Ein Löffel, zwei ... »Ja, aber das bedeutet nicht, dass ich anders mit ihnen umgehen werde als mit Ihrem Volk. Ich bin neutral.«

Drei ... vier sollten richtig sein. Er sah für mich wie ein Otrokar aus dem Norden aus. Die aus dem Süden hatten eine grünlichere Haut. Ich reichte ihm die Tasse. Er nahm sie vorsichtig.

»Was würde passieren, wenn Sie Ihre Neutralität aufgäben?«

»Meinem Gasthaus würden Sterne gestrichen. Es würde als unsicherer Aufenthaltsort bekannt. Die Gäste würden ausbleiben, und ohne Gäste würde das Gasthaus dahinwelken, in den Winterschlaf fallen und letztlich sterben.«

»Was ist mit der Hexe?«

»Welcher Hexe?«

»Der alten Hexe, die bei Ihnen wohnt.«

Bei den meisten Völkern galt »alte Hexe« als Beleidigung, aber für einen Otrokar sprach die Bezeichnung von großer, finsterer Macht. Er erwies Ihrer Hoheit einfach den verdienten Respekt.

»Caldenia wird sich in die Friedensverhandlungen nicht einmischen. Das Gasthaus und ich sind die einzigen Gründe dafür, dass sie noch lebt. Das wird sie nicht aufs Spiel setzen.«

Dagorkun dachte darüber nach, hob den Becher an die Lippen und nippte daran. Seine Augen strahlten auf. »Gut.«

»Wollen wir uns die Zimmer ansehen?«

Er nickte. Ich führte ihn durch den Empfangsbereich in einen schlichten Korridor. Er passte perfekt zum vorderen Bereich des Hauses: Holzboden und einfache beigefarbene Wände. Mittendrin hing in einer kleinen Nische direkt gegenüber dem Eingang das Porträt meiner Eltern. Ich hatte es dort zu diesem speziellen Anlass platziert. Dagorkun betrachtete es. Ich studierte sein Gesicht. Keine Reaktion.

Eines Tages würde jemand durch diese Tür treten, meine Eltern sehen und erkennen. Dann würde ich bereit sein. Ich brauchte nur eine winzige Spur, eine Brotkrume, den Hauch einer Information, wo ich meine Suche nach ihnen beginnen sollte. Dann würde ich nicht mehr aufhören, nach ihnen zu forschen, bis ich sie gefunden hatte.

Wir bogen rechts ab, gingen ein paar Schritte zu einem weiteren schlichten Durchgang und traten hindurch. Dagorkun blieb stehen. Hier führte eine dunkle Holzwendeltreppe nach oben, deren Geländer mit Schnitzereien stilisierter Tiere verziert war: der langbeinige Dreihornhirsch, der Kair, ein wolfsähnliches Raubtier, das gewaltige, gepanzerte Garuz, das wirkte wie ein dreigehörntes Nashorn auf Steroiden … Ich hatte die traditionelle Heraldik der Otrokars in der überlieferten Reihenfolge abgearbeitet. Lampen, die wie Fackeln aussahen, leuchteten in Haltern an den rot-golden gestreiften Wänden. Dazwischen hingen bunte Banner der Horde der Hoffnungsfresser.

»Gefällt Ihnen das Treppenhaus?«, fragte ich.

»Es wird genügen«, erwiderte Dagorkun vorsichtig.

»Bitte.« Ich deutete auf die Treppe.

Er ging nach oben. Hoffentlich waren die Gruben tief genug.

Zwanzig Minuten später hatten wir festgestellt, dass die Gruben die perfekte Größe hatten, die kunstseidenen Kissen weich genug waren und ihr Farbspektrum stimmte, dass die Bogenfenster angemessen verziert waren und der Blick auf den Obstgarten, für den ich bei den Dimensionen derart hatte mogeln müssen, dass eine ganze Universität voller theoretischer Physiker um Gnade gebettelt hätte, ausreichend anregend war.

Den Obstgarten konnte man von jedem neuen Fremdenzimmer aus sehen, das ich für den Gipfel erschaffen hatte, was unmöglich hätte sein müssen, aber Naturgesetze hatten mich noch nie besonders interessiert. Wenn sie beschlossen, aus dem Fenster zu springen, würden sie in meinem Obstgarten hinter dem Haus landen, der von der Hauptstraße und der Trabantenstadt aus nicht einsehbar war. Nicht, dass ich vorhatte, tatenlos dabeizustehen, wenn jemand das Gasthaus ohne mein Wissen verlassen wollte.

Am Ende unseres Rundgangs hatte sich Dagorkun so weit entspannt, dass er nicht mehr ständig in jeder Ecke nach lauernden Assassinen Ausschau hielt. Wir waren fast wieder im Empfangsbereich, als das Gasthaus klingelte. Ich blickte gerade noch rechtzeitig aus dem Fenster, um ein vertrautes Rot zu erkennen. O nein.

»Wir haben Gesellschaft«, teilte ich Dagorkun mit. »Entschuldigen Sie mich bitte.«

Ich ging zur Vordertür und öffnete sie. Eine gewaltige Gestalt stand im Türrahmen, breitschultrig und in eine schwarze, blutrot verzierte Rüstung gekleidet, die sie riesig erscheinen ließ. Das blonde Haar fiel dem Mann wie eine Löwenmähne auf den Rücken. Sein männliches Gesicht mit dem ausgeprägt kantigen Kinn war so attraktiv, dass mir der Atem stockte.

»Mylady Dina.« Seine Stimme war voll und laut, die Art von Stimme, die Kampfgetöse übertönen konnte, was auch ganz passend war, denn schließlich war er der Marschall des Hauses Krahr und musste ziemlich oft mitten in der Schlacht Befehle brüllen.

»Lord Arland«, sagte ich. »Kommt doch bitte herein.«

Arland trat ein und sah Dagorkun. Beide erstarrten. »Hallo, Arland«, presste Dagorkun schließlich heraus. Kein traditioneller Sonnengruß, was?

»Hallo, Dagorkun«, erwiderte Arland kurz.

Der Vampir und der Otrokar funkelten einander an. Ein Augenblick verstrich. Dann noch einer. Wenn das so weiterging, würde der Boden zwischen ihnen Feuer fangen.

Ich seufzte. »Möchten die Herren Tee?«

* * *

Der Vampir und der Otrokar starrten einander über den Rand ihrer Tassen hinweg an. Arland war gebaut wie ein Säbelzahntiger: groß, stark und muskulös. Dagorkun war ein paar Zentimeter größer als er und zwar nicht so schwer, aber dennoch muskelbepackt. Beide schienen keine besondere Angst zu verspüren. Sie saßen nur höflich da, tranken Tee und versuchten, einander mit schierer Willenskraft zu erwürgen.

»Wie geht es Ihrem Vater?«, fragte Arland beiläufig und jedes Wort sehr exakt betonend.

»Dem Khan geht es gut«, antwortete Dagorkun. »Wie geht es Lady Ilemina?«

»Auch gut.«

»Freut mich zu hören. Wird sie ebenfalls zugegen sein?«

Arland hob die dichten Brauen. »Nein, sie hat anderweitig zu tun. Wird uns der Khan mit seiner Anwesenheit beehren?«

»Auch der Khan hat viele Verpflichtungen«, antwortete Dagorkun. »Die Khanum wird ihn vertreten.«

Arlands Mutter kam also nicht, Dagorkuns hingegen schon. Im Handbuch der Großmächte, das ich im Sommer für ein Heidengeld erworben hatte, war Lady Ilemina als Präzeptorin des Hauses Krahr mit zwei Seiten voller Titel und Beinamen gelistet, darunter »Schlächterin von« und »Oberstes Raubtier von«. Die Titelliste der Khanum war ebenso lang und wies Juwelen wie »Rückgratbrecherin« und »Darmreißerin« auf. Unterm Strich war ich froh, dass nur eine von beiden anwesend sein würde.

Es war schon schwierig genug, dass ihre Söhne einander gegenübersaßen, Tee nippten und wünschten, sie könnten die zivilisierte Fassade fallen lassen und einander einfach den Kopf abreißen. Endlich begriff ich das volle Ausmaß des Schlamassels, in den ich mich da hineingeritten hatte. Bei mindestens zwölf Vertreterinnen und Vertretern pro Seite würde es fast unmöglich werden, Gewalt zu vermeiden. Genau deshalb freute sich Caldenia so auf diese Friedensgespräche. Meine Fantasie malte sich ein riesiges Handgemenge im Ballsaal aus, von dem sich Ihre Hoheit leise mit einer blutverschmierten Leiche davonstahl.

»Die Khanum?« Arland hüstelte. Er musste sich an seinem Tee verschluckt haben.

»Geht es Ihnen nicht gut?«, erkundigte sich Dagorkun.

»Ich bin gesund wie ein Krahr«, sagte Arland.

»Es erleichtert mich, das zu hören. Es wäre mir gar nicht recht, wenn eine Krankheit Ihrerseits die große Feier stören oder gar unmöglich machen würde, die ich für den Tag geplant habe, an dem ich Sie ins Jenseits befördere.«

»Wirklich?« Arland kniff die Augen zusammen. »Ich glaube, es wäre ein Segen für Sie, wenn ich krank würde, denn nur dann könnte Ihnen das gelingen. Ich wage sogar zu behaupten, es müsste eine schwere Krankheit sein, und selbst dann wären Ihre Siegchancen verschwindend gering, fürchte ich.«

Der Otrokar schnalzte mit der Zunge. »Solche Hybris, Marschall.«

»Ich verabscheue falsche Bescheidenheit.«

»Vielleicht können wir die Probe aufs Exempel machen?«, bot Dagorkun an.

An dieser Stelle reichte es mir. »Es freut mich, dass Sie mit den Zimmern zufrieden waren, Unter-Khan. Leider muss ich Sie bitten, jetzt zu gehen, damit der Marschall des Hauses Krahr die Quartiere seiner Leute in Augenschein nehmen kann.«

Dagorkun kniff die Augen zusammen. »Was, wenn ich darauf bestehe, zu bleiben?«

Im Stiel meines Besens bildeten sich schmale, blau leuchtende Risse. Der Boden vor Dagorkun wogte wie das Meer. »Dann schließe ich Ihren Körper in Holz ein, sodass Sie nur noch atmen und als Rasenschmuck dienen können.«

Dagorkun blinzelte überrascht.

»Dieser Gipfel ist mir sehr wichtig«, erklärte ich.

Die Wand hinter mir knarrte, als sich das Gasthaus als Reaktion auf meinen Tonfall in Richtung Dagorkun neigte. Die Hand des Otrokars fuhr zum Messer.

Ich gestikulierte mit den Fingern, und die Wand zog sich wieder zurück. »Ich werde nicht zulassen, dass in meiner Domäne irgendjemand oder irgendetwas die Friedensgespräche gefährdet.«

Arland stellte seine Tasse ab. »Sie sollten sie auf die Probe stellen, Dagorkun. So mächtig kann sie unmöglich sein.«

Ich deutete mit dem Besenstiel auf ihn. Der Vampir grinste, ließ die Fänge aufblitzen und lachte leise.

»Verstehe.« Dagorkun erhob sich. »Danke für den Tee, Wirtin.«

Ich verfestigte den Boden und brachte den Otrokar zur Tür. Er warf sich seinen Umhang um und schritt in die Nacht. Ich wartete, bis mir das Gasthaus mitgeteilt hatte, dass er fort war, dann wandte ich mich zu Arland um.

»Eine alte Rivalität«, erklärte er. »Daraus könnt Ihr uns keinen Vorwurf machen. Das sind Barbaren. Wisst Ihr, wie man Khan wird? Da erwartet man doch eigentlich eine ordentliche Erbfolge – der Sohn eines Herrschers, der auf den Knien seines Vaters die Staatskunst erlernt, von den besten Lehrern unterrichtet wird, auf dem Schlachtfeld unter begabten Generälen Erfahrungen sammelt, Bündnisse aufbaut und schließlich unterstützt von seiner Hausmacht sein angestammtes Erbe antritt. Ja, das sollte man erwarten, aber nein. Sie wählen ihn. Die Armee versammelt sich und wählt.« Er breitete die Arme aus. »Lächerlich.«

Natürlich war Erbadel viel besser. Dabei war noch nie etwas schiefgegangen. Wie lächerlich, es mit Demokratie zu versuchen. Ich fragte mich, was er gesagt hätte, wenn ich ihm verraten hätte, dass die Vereinigten Staaten eine Republik waren. »Sollen wir uns die Zimmer ansehen?«

»Es wäre mir ein Vergnügen.«

Arland erhob sich, und ich führte ihn auf den Flur. Diesmal wandten wir uns nach links. Der Gang führte in ein formell gestaltetes Treppenhaus aus blassgrauem Stein. Karmesinrote Banner der Heiligen Kosmischen Anokratie hingen an den Wänden, beleuchtet von zarten Zierlämpchen aus Glas, in denen sanftes, fahles Licht schimmerte.

Arland hob die dichten Brauen. »Genau wie daheim.«

Perfekt. Wir gingen die Treppe hoch.

»Noch vor sechs Monaten war Haus Krahr in Ermangelung eines Krieges ganz eingerostet«, begann ich. »Jetzt ist es plötzlich in den Nexuskonflikt verwickelt? Was ist passiert?«

Arland schnitt eine Grimasse. »Haus Meer ist passiert. Was da auf Nexus stattfindet, ist kein Krieg. Es ist die Hölle. Das geht jetzt seit fast zehn Jahren so, und das würde jedes Haus überfordern. Als der Krieg etwa ein Jahr getobt hatte, teilte die Heilige Anokratie die Häuser in sieben Orden auf, um die Last des Konflikts gemeinsam zu tragen. Jeder Orden hat ein Jahr lang die Verantwortung für Nexus. Krahr ist ein Haus des Ersten Ordens. Wir haben schon vor fünf Jahren auf Nexus gekämpft. So eilig hatten wir es nicht, zurückzukehren.«

Jedes Mal, wenn er »Nexus« sagte, machte er eine winzige Pause, so wie jemand, der »Hölle« sagte und es im Wortsinn meinte. Fünf Standardjahre zuvor war er schon ein erfahrener Ritter gewesen. Es musste schrecklich gewesen sein, wenn ihn die Erinnerung daran noch immer nicht losließ.

Die Treppe endete an einem steinernen Torbogen. Dort erhoben sich die Wände in schwindelnde Höhe, und das blutrote Banner der Heiligen Anokratie hing von der Decke herab, geziert mit den in Silber aufgestickten Heiligen Fängen und dem achtzackigen Stern. Der Stern, der an die Errungenschaften der Vampire im Bereich interstellarer Reisen erinnerte, saß genau zwischen den stilisierten Fängen. Die Symbolik war eindeutig: Die Heilige Anokratie würde die gesamte Galaxie zwischen die Reißzähne nehmen und schlucken.

Wortlos sank Arland auf ein Knie und neigte das Haupt. Er schloss für einen Moment die Augen, dann erhob er sich, als sei die schwere Rüstung federleicht. Wir schritten durch den Torbogen.

»Vor zwei Monaten hätte der Sechste Orden übernehmen sollen, aber seine beiden größten Häuser waren dezimiert worden, das eine durch einen Krieg und das andere durch eine planetenumspannende Naturkatastrophe. Sie hatten weder die Mittel noch die Macht, der Otrokar-Offensive sinnvoll etwas entgegenzusetzen. Sie waren willens, es trotzdem zu versuchen, doch man kam zu dem Schluss, dass wir Nexus verlieren würden, wenn man ihnen allein die Verantwortung dafür überließe. Die Pflicht hätte an den Siebten Orden übergehen sollen. Er besteht aus vier Häusern, von denen Haus Meer das mit Abstand mächtigste ist. Haus Meer entehrte sich, indem es sich weigerte zu kämpfen. In Anbetracht der Tatsache, dass die anderen drei Häuser des Ordens klein sind und zwei von ihnen derzeit auch noch miteinander im Clinch liegen, fiel die Verantwortung für Nexus wieder an uns.«

Ich runzelte die Stirn. »Kann Haus Meer das einfach so tun?«

»Nicht ohne Konsequenzen. Die Anokratie wird das Haus exkommunizieren und Wirtschaftssanktionen einleiten, aber dieses Risiko ist es bereit einzugehen. Es hat schon seit Jahren ein Auge auf unsere Besitztümer geworfen. Wenn unsere Pflicht auf Nexus endet, wird unser Haus erschöpft sein. Wir werden Jahre brauchen, um uns davon zu erholen. Haus Meer wird uns angreifen, wenn wir am schwächsten sind, und die Reichtümer, die es erringt, wenn es den Leichnam unseres Hauses fleddert, werden die Wirtschaftssanktionen mehr als wettmachen. Die Anokratie liebt den Sieg und verabscheut die Niederlage. Der Präzeptor von Meer opfert vielleicht seine unsterbliche Seele auf dem Altar des Verrats, doch seine Nachkommen wird die Heilige Kirche wieder unter ihren Schäfchen willkommen heißen.«

Ja, sie würden zu mächtig und zu reich sein, um sie weiter außen vor zu lassen. »Auf der Erde sagt man, dass die Geschichte von den Siegern geschrieben wird.«

Arland nickte. »Ich habe die letzten beiden Monate auf diesem verfluchten Planeten zugebracht. Ich habe Männer und Familienangehörige verloren, aber damit ist jetzt Schluss. Wenn ich dafür Frieden mit der Horde schließen muss, soll es mir recht sein. Das wäre allerdings unendlich viel leichter, wenn nicht die Khanum, sondern der Khan käme. Er ist ein großer Krieger und Anführer, ein Diplomat und der Mann, dem die Horde in die Schlacht folgen will. Die Khanum ist eine großartige Generalin. Sie plant ihre Kriege und Schlachten, und der Khan setzt ihre Pläne dann um. Ich verhandle nur ungern mit Dagorkuns Mutter.«

Er blieb stehen. Helle Räume aus fahlem Stein mit eleganten, klaren Linien erstreckten sich vor uns. Von den hohen Simsen hingen grüne Ranken bis auf den polierten Steinboden herab. Gewaltige, dunkle Holzmöbel mit karmesinroten und weißen Polstern, stabil und schlicht, boten Sitzgelegenheiten. Bodentiefe Fenster öffneten sich zu schmalen Steinbalkonen hin. Es war ein Ort der Ruhe, elegant und schön anzusehen wie eine scharfe, funktionale Klinge.

Arland wandte sich mit erstauntem Gesicht zu mir um. »Das ist Zamak, die Küstenburg unseres Hauses.«

»Ein Nachbau«, sagte ich. »Leider konnte ich das Meer nicht reproduzieren, aber ich hörte, der Anblick des Obstgartens sei beruhigend. Gefällt es Euch?«

»Ausgezeichnet.«

Ja. Toll. Wunderbar. Fantastisch.

»Wie ist das mit der Verpflegung geregelt?«

Mir drehte sich der Magen um. Irgendwie schaffte ich es, die Lippen zu bewegen. »Sollte jemand aus Eurer Delegation Ernährungseinschränkungen haben, lasst es mich bitte wissen, und ich werde mein Bestes tun, um sie zu berücksichtigen.«

»Selbstverständlich.«

Zehn Minuten später sah ich Arland in ein hellrotes Licht treten, sich in einen Stern verwandeln und in den Nachthimmel emporschießen. In meinem Kopf klingelte das Gasthaus und informierte mich über seine Abreise, und ich ließ mich gegen den Türrahmen sinken.

Das Essen. Ich hatte das Essen ganz vergessen. Was sollte ich nur tun?

KAPITEL 3

Die meisten erfolgreichen Gasthäuser hatten Personal. Manche Aufgaben erforderten einfach Fachleute: Üblicherweise gab es einen Koch, einen Buchhalter und manchmal einen Stallmeister, wenn das Gasthaus sich auf Gäste mit Tieren spezialisiert hatte. Häufig übernahm viele dieser Aufgaben die Familie des Wirts.

Im Gasthaus meiner Eltern hatte ich als Gärtnerin gearbeitet. Es war meine Aufgabe gewesen, mich um die riesigen Blumengärten zu kümmern, die Teiche sauber zu halten und die Obstbäume zu beschneiden. Ich hatte die Gärten geliebt. Sie waren voller kleiner Geheimverstecke gewesen, die mir ganz allein gehört hatten.

Ich erinnerte mich an den zarten Duft der Aprikosenblüte, an die winzigen weißen Blüten an den dunklen, knorrigen Ästen, an die Erdbeerbeete und die beiden Kirschbäume, auf die ich immer geklettert war … All das gab es jetzt nicht mehr, buchstäblich spurlos verschwunden, zusammen mit dem Gasthaus und meinen darin befindlichen Eltern. Eines Tages war das Gasthaus, in dem ich gewohnt hatte, einfach weg gewesen. Niemand wusste, wie oder warum.

Ich empfand einen vertrauten Schmerz, Sorge, gemischt mit Angst und einem Schuss Trauer. Ich vermisste meine Eltern so sehr. Es war Jahre her, und dennoch wachte ich manchmal auf und glaubte in jenen schlaftrunkenen Augenblicken zu hören, wie meine Mutter mich aus dem Erdgeschoss zum Frühstück rief.

Jetzt lebte ich in einem anderen Gasthaus, meinem eigenen. Bisher hatte das Gertrude Hunt kein Personal gebraucht. Ich kochte für Caldenia, mich und unsere gelegentlichen Gäste. Zwei Personen zu verköstigen war etwas ganz anderes, als das für mindestens vierzig zu tun, wenn ich das Team des Schiedsmannes mitzählte, wobei die Gruppe aus mindestens vier verschiedenen Spezies bestand. Mehr noch, da sich Otrokars und Vampire im selben Gebäude aufhalten würden, würde ich alle Hände voll damit zu tun haben, zu verhindern, dass sie einander an die Gurgel gingen. Außerdem würden sie ein Bankett erwarten, ganz klar. Wir hatten nicht einmal einen definitiven Endtermin für den Gipfel angesetzt. Vielleicht würde ich sie wochenlang durchfüttern müssen.

Das würde ich nicht schaffen. Unmöglich. Ich musste einen Koch einstellen, aber einer, der gut genug war, um ein Festmahl für vier verschiedene Spezies anzurichten, würde ein Vermögen kosten, denn dafür reichte ein normaler Koch nicht – dafür musste ein Gourmetkoch her. Für das Essen hatte ich Geld beiseitegelegt, doch irgendwie hatte ich bei all den Vorbereitungen nie daran gedacht, dass jemand es würde zubereiten müssen. Für einen Gourmetkoch hatte ich kein Budget. Und wo sollte ich innerhalb von weniger als vierundzwanzig Stunden einen herbekommen? So etwas dauerte normalerweise Wochen.

Ich konnte mir die Anzeige regelrecht vorstellen. *Hi, ich heiße Dina. Ich leite ein kleines Gasthaus auf der Erde, zweieinhalb Sterne, und möchte, dass Sie alles stehen und liegen lassen und*

Mahlzeiten für eine Gruppe zubereiten, die aus Otrokars, Vampiren und verwöhnten Händlern besteht. Ich habe ein Minimalbudget, und Ihr Gehalt wäre miserabel.

Ich stöhnte, und Beast musterte mich irritiert.

Ich sah den winzigen Shih Tzu an. »Was soll ich denn jetzt machen?«

Mein Hund wedelte hektisch mit dem Schwanz.

Ich seufzte. Panik führte zu nichts. Ich musste das Problem logisch angehen. Die erste Hürde war Geld. Wo konnte ich Geld herbekommen, um einen Koch einzustellen?

Das einzige Geld, das ich außer den Reserven für Lebensmittel besaß, war das Budget für das Gasthaus für das nächste halbe Jahr. Gäste kamen und gingen, und die Einnahmen eines Wirtes waren üblicherweise großen Schwankungen unterworfen. Meine Eltern hatten mich gelehrt, immer Geld für die nächsten sechs Monate beiseitezulegen und es nicht anzurühren.

Wenn ich diese Ersparnisse jetzt aufbrauchte, würde ich in den kommenden Monaten meine Nebenkosten nicht bezahlen können, und niemand wollte in einem Gasthaus ohne fließendes Wasser oder Strom absteigen. Wir hatten Notstromgeneratoren, aber die waren eben nur für den Notfall gedacht. Wenn ich dieses Geld ausgab, würde ich eine der Grundregeln meiner Eltern brechen.

Konnte ich das irgendwie vermeiden? Ganz egal, wie?

Nein.

Nein, konnte ich nicht. Ich konnte keinen Geschäftskredit aufnehmen, weil ich nicht genug Umsatz machte, um einen zu bekommen, und weil Geschäftskrediten und Dispos mehrere Tage Bearbeitungszeit vorausgingen. Auch ein persönlicher Kredit kam nicht infrage. Genauso wenig, wie andere Wirte um finanzielle Unterstützung zu bitten. Das tat man nicht. Außerdem war ich ein echtes finanzielles Risiko, denn ich hatte keine Erfolgsbilanz vorzuweisen und verfügte als einziges

Gasthaus nur über zweieinhalb Sterne. Ehrlich gesagt hätte ich mir selbst auch kein Geld geliehen.

Ich würde schlicht und ergreifend nirgends Geld herbekommen. Aber ich musste meine Gäste verköstigen. Vampire brauchten Fleisch mit frischen Kräutern, Otrokars wollten zu allem Gewürze und Zitrusfrüchte, und Nuan Cees Clan hatte eine Vorliebe für Geflügel, das auf eine ganz bestimmte Weise zubereitet sein musste. Ich musste jemanden einstellen, egal, was es kostete.

Diese Erkenntnis traf mich, als hätte man mir einen Eimer Eiswasser über den Kopf geschüttet. Wenn es keinen anderen Weg gab, dann war das eben so. Ich musste das Geld ausgeben und beten, dass es dafür ausreichte, jemanden bis zum Ende des Gipfels zu bezahlen.

»Ein Problem gelöst«, teilte ich Beast mit. Jetzt die zweite Hürde. Der Gourmetkoch.

Meine Eltern hatten viele Wirte gekannt, waren aber nur mit wenigen befreundet gewesen. Wir waren ein einzelgängerischer Haufen. Wirte waren Geheimniskrämer. Sie besiegelten Abmachungen mit einem Handschlag, trafen Absprachen in der Regel von Angesicht zu Angesicht, und jedes Gasthaus war seine eigene kleine Insel der Absonderlichkeit in einem Meer der Normalität.

Als das Gasthaus meiner Eltern verschwunden war, waren selbst unsere früheren Freunde von mir abgerückt. Was geschehen war, war seltsam und unerwartet gewesen. Niemand hatte je davon gehört, dass ein ganzes Gasthaus einfach verschwand. »Seltsam und unerwartet« war gefährlich, und für Leute, die täglich mit den Seltsamkeiten des Universums zu tun hatten, waren Wirte erstaunlich wenig risikobereit.

Ich war auf mich allein gestellt, kannte aber einen Mann, der mir helfen konnte. Brian Rodriguez. Er war Wirt wie ich und leitete die Casa Feliz in Dallas, eines der größten und umsatzstärksten Gasthäuser im Südwesten. Wie andere auch war er mit meinen Eltern befreundet gewesen.

Einige Monate zuvor, als ich ihn aus reiner Verzweiflung um Rat gebeten hatte, hatte er mir geholfen. Seither hatten wir einander ein paarmal geschrieben, und er hatte mir seine Handynummer gegeben, was in unserer Welt einen großen Vertrauensbeweis darstellte. Ich konnte ihn unmöglich um Geld bitten, doch es wäre nicht das erste Mal, dass sich ein Wirt von einem anderen Personal auslieh.

Ich wählte seine Handynummer. Beim zweiten Klingeln nahm er ab. »Dina, wie geht es Ihnen?«

»Gut«, log ich, »und Ihnen?«

»Ich komm so durch. Was kann ich für Sie tun?«

»Tut mir leid, Sie darum bitten zu müssen, aber ich brauche kurzfristig einen Koch.« Die nächsten Worte wollte ich eigentlich lieber nicht aussprechen. Sie blieben mir im Halse stecken, doch ich presste sie hervor. »Könnten Sie mir einen ausleihen?«

Er zögerte keine Sekunde. »Wie gut soll er sein?«

»So gut wie irgend möglich.«

Mr Rodriguez hielt inne. »Richten Sie den Nexusgipfel aus?«

»Ja.« Es hatte sich offenbar schnell herumgesprochen.

»Mich hat man auch gefragt, ich habe allerdings abgelehnt. Das Risiko für meine Gäste war mir zu groß.«

Die Risiken waren mir durchaus bewusst, nur hatte ich keine Wahl.

»Leider …« Das Herz rutschte mir in die Hose. »… ist mein gesamtes Küchenpersonal sehr beschäftigt. Wir sind im Moment selbst unterbesetzt.«

Ich gab mir größte Mühe, nicht zu hoffnungslos zu klingen. »Trotzdem danke.«

»Zufällig kenne ich jemanden, der Ihnen helfen könnte«, fuhr er fort. »Wenn Sie verzweifelt genug sind.«

Was? Hoffnung keimte in mir auf. »Ich bin sehr verzweifelt.«

»Man hat ihm vor ein paar Jahren ein Rotes Küchenbeil verliehen.«

Meine Hoffnungen prallten heftig auf dem Boden auf und zerschellten. »Einen Koch mit einem Roten Küchenbeil kann ich mir nicht leisten.«

Vermutlich konnte das nicht einmal Mr Rodriguez. Das Rote Küchenbeil war der zweithöchste Rang. Ich konnte mir nicht einmal einen Koch mit einem Grauen Küchenbeil leisten, dem niedrigsten Rang. Die Küchenbeile waren ein Bewertungssystem der Galaktischen Gastronomiebehörde, das ein Diplom von der besten Kochschule der Galaxie und eine lange Lehrzeit in einem der angesehensten Restaurants voraussetzte. Küchenbeilköche waren buchstäblich ihr Gewicht in Gold wert.

»Man hat ihm die Klassifizierung aberkannt.«

Ich hatte noch nie gehört, dass jemand sein Küchenbeil verloren hatte. »Warum?«

Mr Rodriguez zögerte. »Er hat möglicherweise jemanden vergiftet.«

Ich schlug mir die Hand vors Gesicht. Das wurde ja immer besser. Ein Giftmischer als Koch. Was konnte da schon schiefgehen?

»Dina, sind Sie noch da?«, fragte Mr Rodriguez.

»Ja. Ich versuche gerade, diese Information zu verdauen.«

»Ich habe Sie ja gewarnt, man muss verzweifelt sein, um ihn einzustellen. Ich glaube nicht, dass er je verurteilt wurde, aber irgendwie hatte er mit dem Tod eines Diplomaten zu tun. Um Genaueres zu erfahren, müssten Sie mit ihm persönlich reden.«

Ich stand mit dem Rücken zur Wand und hatte keine Wahl. Zumindest mit ihm sprechen konnte ich ja mal. »Wo finde ich ihn?«

»Er lebt in einem Rattenloch von einer Hütte auf Baha-char. Direkt neben dem gorivianischen Waffenhändler.«

»Ich weiß, wo das ist. Danke.«

»Oh, und Dina – er ist ein Stachler. Die können manchmal ziemlich eigen sein.«

Das war die Untertreibung des Jahres. Stachler waren für ihr schwieriges Wesen berüchtigt.

»Ich hoffe, es klappt.«

Er legte auf, und ich ließ mich gegen die Wand sinken. Müde hin oder her, ich musste diesen empfindlichen, ent-ehrten Stachler-Gourmetkoch aufsuchen, der möglicherweise jemanden vergiftet hatte, denn am nächsten Abend sollte der Schiedsmann eintreffen.

Vielleicht hatte ich mich übernommen. Nein, dieser Gedanke würde alles nur noch schlimmer machen. Da sprach die Müdigkeit aus mir. Ich würde diesen Gipfel ausrichten, und er würde erfolgreich sein. Das Gertrude Hunt brauchte die Gäste.

Ich holte meine Stiefel aus dem Schrank, zog sie an und schnallte mir unter der Robe einen Gürtel samt Messer um die Taille. Baha-char war der Ort, an den man sich begab, um Dinge zu finden. Manchmal fanden die Dinge einen auch von sich aus und versuchten, einen auszurauben. Auf dem Grundstück des Gasthauses war mein Wort Gesetz. Außerhalb nahm meine Macht sprunghaft ab. Ich konnte zwar nach wie vor auf mich achtgeben, aber es konnte nicht schaden, mit dem Schlimmsten zu rechnen und vorbereitet zu sein.

Aufgeregt bellte Beast einmal. Ich schnappte mir meinen Besen, zog die Kapuze meiner Robe hoch und nahm den Gang. Das Gasthaus knarrte beunruhigt.

»Ich bin bald zurück«, murmelte ich. »Keine Sorge.«

Die Tür am Ende des Ganges öffnete sich. Helles Licht fiel durch die rechteckige Öffnung, und trockene, überwältigende Hitze schlug mir entgegen. Ich blinzelte, als sich meine Augen an das Licht gewöhnten, und Beast und ich traten in die Hitze und den Sonnenschein Baha-chars.

* * *

Wir liefen durch die glühend heißen Straßen des galaktischen Basars, und der Saum meiner Robe fegte über das gelbe Straßenpflaster. Ringsum atmete und schillerte der Marktplatz der Galaxie, sein Herz schlug schnell, und er pulsierte vor Leben.

Hohe Gebäude aus sandfarbenem Stein, die mit von den Balkonen hängenden, hellen Bannern verziert waren, säumten die Straßen. Grüne, blaue, rote und magentafarbene Pflanzen mit üppigen Blütenkaskaden erstreckten sich unter der am hellpurpurnen Himmel stehenden Sonne über die gemustert gefliesten Terrassen. Über mir spannten sich die Bögen schmaler Steinbrücken über die Zwischenräume zwischen den Gebäuden.

Verkaufsstände, die allerlei Waren aus dem gesamten Universum feilboten, säumten die Passage. Offene Türen mit grellen Schildern luden Kunden ins Innere ein. Marktschreier priesen ihre Waren an und hielten Hologramme ihrer Angebote in die vorbeiströmende Menge.

Rings um mich wälzte sich die bunte Schlange der Einkaufenden durch die Straßen. Wesen von Dutzenden Planeten und aus Dutzenden Dimensionen in Leder, Stoff, Metall oder Plastik, große und kleine, dicke und dünne, und alle hatten ihren eigenen, speziellen Geruch und suchten nach den Waren, die sie begehrten. Es hing ein ständiges Summen in der Luft, eine Kakofonie von Hunderten von Stimmen, die sich zu einem Geräusch verbanden, wie man es nur in Baha-char zu hören bekam.

Das letzte Mal hatte ich Sean dabeigehabt. Jetzt wusste ich nicht einmal, ob er noch lebte. Es war so schön gewesen, seine Reaktion auf all das hier zu sehen. Er war beim Militär viel herumgekommen und hatte sich für weltgewandt gehalten, aber dann hatte ich die Tür zu diesen sonnenbeschienenen Straßen aufgestoßen, und Sean hatte sich in ein Kind verwandelt, das zum ersten Mal in Disney World war. Alles war neu, seltsam und wundervoll gewesen.

Sechs Monate ohne ein Wort. Entweder hatte ich mir das alles eingebildet, und er interessierte sich gar nicht für mich, oder es war ihm etwas zugestoßen. Die Vorstellung, Sean könnte irgendwo da draußen zwischen den Sternen gestorben sein, machte mich wütend. Zuerst waren meine Eltern verschwunden, und jetzt Sean.

Ich ertappte mich bei dem Gedanken, wie furchtbar es mir doch ging. In diesem Augenblick war ich nicht gerade besonders stolz auf mich. Sobald die Sache mit dem Koch geregelt war, musste ich zurück ins Bett, bevor mich der Schlafmangel noch ganz weinerlich machte.

Vor mir staute es sich. Ich stellte mich auf die Zehenspitzen und spähte über die dürre Schulter eines Insektenwesens. Eine Kreatur, die einer Made von der Größe eines Lkws ähnelte, kroch langsam die Straße entlang. Sie trug ein Plastikgestell auf dem Rücken. Daraus ragten in regelmäßigen Abständen Schirme in hellem Burgunderrot und Gold auf, die ihr schrumpeliges, bleiches Fleisch vor der Sonne schützten. An den Haken links und rechts des Gestells hingen mehrere Einkaufstüten. Eine davon war eine Hello-Kitty-Tüte.

Wir bewegten uns mit schneckengleicher Geschwindigkeit. Seufzend sah ich mich um. Ich kam schon nach Baha-char, seit ich ein Kind gewesen war, und meist marschierte ich hier durch wie auf Autopilot.

Rechts von mir ragte ein vertrauter dunkler Torbogen auf. Ich spitzte die Ohren und vernahm eine leise, klagende Melodie. Dieser Laden gehörte Wilmos Gerwar, einem alten Werwolf. Als wir auf Baha-char gewesen waren, hatte Sean ihn aufgesucht. Wilmos verkaufte Nanorüstungen, die speziell für Werwölfe der Generation Alpha wie Sean gefertigt waren.

Er hatte die Rüstungen gesehen und war wie besessen davon gewesen. Eine von ihnen hatte irgendetwas in ihm angesprochen, und er hatte sie haben müssen. Wilmos hatte ihm ein Angebot gemacht: Er war bereit gewesen, Sean die Rüstung zu überlassen, aber im Gegenzug sollte ihm Sean einen Gefallen schulden.

Ich hatte das für eine schreckliche Idee gehalten und daraus auch keinen Hehl gemacht, doch Sean hatte die Rüstung genommen, und nachdem wir uns um den Assassinen gekümmert hatten, der das Gasthaus bedrohte, war er nach Baha-char zurückgekehrt, um seine Schuld zu begleichen. Damals hatte ich ihn das letzte Mal gesehen.

Wenn jemand wusste, wo Sean war, dann Wilmos.

Leute rempelten mich an. Die Menge setzte sich wieder in Bewegung, und der Strom der Leiber drohte, mich mitzureißen. Reingehen oder nicht? Was, wenn Sean da drinnen saß und Tee von Auul, seinem mittlerweile zerstörten Planeten, trank? Das wäre wirklich unangenehm.

Hi, erinnerst du dich an mich? Ich habe dich rausgeschmissen, weil du ein Idiot gewesen bist, und später hast du mich geküsst?

Er war nicht ohne Grund gegangen, und ich wollte für niemanden der Schatten aus der Vergangenheit sein. Dennoch war mein Nichtwissen schlimmer als jede potenziell peinliche Begegnung.

Ich schob mich durch die Menge und durchquerte den Torbogen. Ein penibel aufgeräumter Laden empfing mich.

An den Wänden hingen Waffen mit bedrohlich gekrümmten Klingen. Messer lagen in Vitrinen aus. Seltsame Schaufensterpuppen in Rüstungen waren neben Hightech-Schusswaffen in Metallständern aufgereiht wie Soldaten bei einer Militärparade.

Ein massiges Tier, dessen Pfoten größer waren als meine Hände, kam angetapst. Es war blaugrün, hatte eine zottige Mähne, seine Ohren reichten mir bis zur Brust, und es bewegte sich wie ein Raubtier. Trotz der Größe und der Mähne hatte es etwas Wölfisches an sich. Es fühlte sich an wie ein Wolf, und hätte man es auf der Erde gesehen, hätte man es für den Avatar aller Wölfe gehalten.

»Hallo, Gorvar«, sagte ich.

Zu meinen Füßen öffnete Beast das Maul und knurrte leise.

»Wer ist da?« Ein Mann kam aus dem Nebenraum. Er war groß, grauhaarig, aber noch immer fit und bewegte sich genau wie Sean mit natürlicher, entspannter Geschmeidigkeit. Das Haar reichte ihm bis auf die Schultern, und als das Licht von der Tür her in seine Augen fiel, verfärbten sich seine Iriden blassgolden.

»Hallo, Wilmos.« Ich lächelte.

»Ah, ja. Dina, richtig?«

»Richtig.«

»Was kann ich für Sie tun?«

»Ich war zufällig in der Gegend und dachte, ich schaue mal nach Sean. Habe ihn schon eine ganze Weile nicht mehr gesehen.« Das hatte gar nicht *so* verzweifelt geklungen.

»Er tut Dienst auf einem Solarfrachter«, sagte Wilmos. »Er schuldete mir einen Gefallen, und ich schuldete einem Freund einen. Dieser Freund hat eine feste Lieferroute und holt die Einnahmen von einer Reihe von Vergnügungsplaneten ab, weswegen er häufig überfallen wird. Er braucht eine gute Sicherheitskraft, also habe ich ihm für ein Jahr Sean zur

Verfügung gestellt. Das ist gut für ihn. Er wollte die Weiten des Universums sehen, und jetzt kann er eine Rundfahrt machen.«

Hmmm.

»Soll ich ihm etwas ausrichten?«, fragte Wilmos. »Ich kann ihm wahrscheinlich eine Nachricht hinterlassen. Ich habe die Codes des Frachters.«

Ich schenkte ihm ein freundliches Lächeln. »Klar! Das wäre toll.«

Wilmos klopfte auf das Glas der nächstbesten Verkaufstheke. Es verdunkelte sich, und in der Ecke erschien ein kleiner Kreis mit leuchtenden Symbolen. »Tut mir leid, es geht ausschließlich Text. Für einen Video-Chat sind sie zu weit weg.«

Er tippte auf den Kreis und drehte ihn mit den Fingerspitzen. Unten in dem Rechteck erschien eine Tastatur mit englischer Belegung. Ich würde gleich eine interstellare SMS verschicken.

»Dann mal los«, sagte er.

Ich musste etwas übermitteln, das nur Sean verstehen würde. So würde ich wenigstens herausfinden, ob er tot war oder noch lebte. Ich tippte: *Dina hier. Die Apfelbäume haben sich erholt.*

Wilmos berührte ein schillerndes Symbol. Die Nachricht leuchtete auf und wurde dann dunkler. Sekunden vergingen. Ich lächelte krampfhaft weiter.

Seine Antwort erschien. *Ich sagte doch, ich bin nicht giftig.*

Sean lebte. Niemand anders konnte wissen, dass ich ihm beinahe mit meinem Besen den Schädel eingeschlagen hatte, weil er in meinem Obstgarten markiert hatte.

»Sonst noch was?«, fragte Wilmos. Er versuchte, beiläufig zu klingen, aber er behielt mich sehr genau im Auge.

»Nein, das war alles. Ich weiß das sehr zu schätzen.«

»Immer gern. Ich bin sicher, er wird Sie besuchen, wenn er Landgang hat.«

»Er ist jederzeit willkommen, und Sie auch. Komm, Beast.«

Beast knurrte Gorvar zum Abschied ein letztes Mal an, dann verließen wir den Laden, mischten uns unter die Menge und gingen weiter die Straße entlang.

Das ergab keinen Sinn. Wilmos baute und verkaufte Waffen. Ein Teil der Waren in seinem Laden sah zu neu aus, als dass es Antiquitäten sein könnten. Er musste gute Kontakte im Söldnermilieu haben.

Als Wilmos Sean erkannt hatte, war er ausgeflippt. Sean war ein natürliches, leibliches Kind zweier Werwölfe der Generation Alpha, die die Vernichtung ihres Planeten nicht hätten überleben sollen. Ein normaler Werwolf war schon unschön, aber Sean war stärker, schneller und tödlicher als neunundneunzig Prozent der über die Galaxie verstreuten Werwolfsflüchtlinge. Wilmos hatte getan, als sei Sean ein Wunder.

»Ein Wunder steckt man nicht als Wachmann in einen Frachter«, teilte ich Beast mit. »Es gibt tollere Methoden, die Weiten des Universums zu sehen.«

Es war, als hätte man den letzten bekannten Beuteltiger entdeckt und an einen reichen Typen verhökert, der ihn als Haustier in seinem Garten halten wollte. Das passte einfach alles nicht zusammen.

Wilmos wollte nicht, dass ich erfuhr, was Sean gerade tat. Ich wusste nicht, warum, doch ich wollte es unbedingt herauskriegen.

* * *

Ich brauchte fast eine halbe Stunde bis zum Wohnsitz des Stachlers. Die Ladenbesitzer zeigten mir die richtige Tür. Sie lag im dritten Stock, und ich musste den Weg nach oben und dann die richtigen Steinbrücken finden, um die entsprechende Terrasse zu erreichen.

Stachler waren ein einsiedlerisches Völkchen, dessen Mitglieder für ihren Stolz und ihren Hang zur Melodramatik bekannt waren – und für ihre Gewaltbereitschaft, wenn man sie in die Ecke trieb. Ein paar von ihnen waren manchmal im Gasthaus meiner Eltern abgestiegen, und solange alles zu ihrer Zufriedenheit lief, waren sie total umgänglich gewesen, aber sobald irgendein kleines Problem aufgetaucht war, hatten sie angefangen, ihre Sätze nur noch in Ausrufezeichen enden zu lassen.

Meine Mutter hatte sie nicht gern als Gäste gehabt. Sie war eine sehr praktische Frau gewesen. Wenn man ihr ein Problem vortrug, zerpflückte sie es und fand die beste Lösung dafür. Soweit ich mich erinnerte, strebten Stachler allerdings gar nicht immer nach einer Lösung für ihre Probleme. Sie wollten bloß eine Gelegenheit, ihre klauenbewehrten Fäuste gen Himmel zu recken, ihre Götter anzurufen und so zu tun, als ginge die Welt unter.

Mein Vater war extrem gut mit ihnen klargekommen. Ehe er Wirt geworden war, war er ein sehr guter Trickbetrüger gewesen, der seine Opfer hervorragend lesen konnte, und hatte sich deshalb um unsere schwierigeren Gäste gekümmert. Es dauerte nicht lange, und sie fraßen ihm aus der Hand. Ich versuchte, mich zu erinnern, was er über sie gesagt hatte. Was war das noch mal gewesen? Irgendwas mit Spielen …

Ich überquerte die Terrasse und betrat eine Steinbrücke. Die Brücke hatte kein Geländer, war kaum sechzig Zentimeter breit und endete an einem schmalen Balkon mit dunkler Holztür. Das Holz hatte tiefe Schrammen, als hätte sich jemand mit übermenschlicher Kraft und rasiermesserscharfen Klauen in Raserei auf die Tür gestürzt. Ich kniff die Augen zusammen. Die Kratzer verbanden sich zu einem kurzen Satz, der in mehreren verbreiteten Sprachen dastand. VERPISS DICH. Na toll.

Ich beugte mich vor und sah auf einer Seite nach unten. Mindestens fünfzehn Meter über der Straße. Wenn der Stachler aus der Tür gerannt kam und mich von der Brücke stieß, würde ich zweifellos sterben. Ich würde unten aufklatschen, flach wie ein Pfannkuchen.

Beast winselte.

Ich nahm sie hoch und machte die ersten Schritte auf die Brücke, wobei ich mir Zeit ließ. Ich hatte keine Höhenangst, hätte aber trotzdem gerne etwas zum Festhalten gehabt.

Ein Schritt, dann noch einer. Ich betrat den Balkon und klopfte. Ehe ich ein zweites Mal klopfen konnte, flog die Tür auf. Eine dunkle Gestalt trat heraus. Ich sah zwei leuchtend weiße Augen und einen Mund voller scharfer Zähne.

Der Mund öffnete sich weit, und eine tiefe Stimme brüllte: »Hauen Sie ab!« Dann schlug er mir die Tür vor der Nase zu.

Ich blinzelte. Mal ehrlich, ich hatte wirklich das Gefühl, dass er mir mit seinem Geschrei eine neue Föhnfrisur verpasst hatte. Ich klopfte erneut.

Die Tür flog auf, aufgerissen von einer starken Hand, und Zähne schlugen knapp vor meiner Nase zusammen. »Was? Was ist denn? Schulde ich Ihnen Geld? Geht es darum? Ich habe kein Geld! Ich habe gar nichts!«

»Ich brauche einen Koch.«

Er machte eine zornerfüllte Pause. »Ach so, verstehe. Sie sind gekommen, um mich zu verspotten.« Er zog die dunklen Lippen zurück, die seine Zähne verbargen, und zeigte mir Fänge von der Größe meiner kleinen Finger. »Vielleicht sollte ich Sie zum Abendessen zubereiten!«

Beasts Fell sträubte sich. Bedrohliche Klauen schoben sich aus ihren Füßen. Sie riss das Maul unnatürlich weit auf und entblößte vier Reihen rasiermesserscharfer Zähne. Sie schnappte und stieß ein durchdringendes Heulen aus.

Der Stachler wich erschrocken zurück und brüllte los.

Beast schnappte blitzschnell erneut zu und wand sich in meinen Armen. Wenn er uns jetzt die Tür vor der Nase zuschlug, würde sie sie in Konfetti verwandeln.

»Aufhören, alle beide!«, schrie ich sie an.

Beast schloss das Maul.

Der Stachler ließ sich gegen den Türrahmen sinken. »Was wollen Sie?«

»Ich brauche einen Koch«, wiederholte ich.

»Heilige Mutter der Rache … Na schön. Kommen Sie rein. Ihren kleinen Dämon können Sie mitbringen.«

Ich folgte ihm durch die Tür in eine schmale Diele. Die Wände waren mit Ruß verschmiert, der sich über die Jahre in den Putz gebrannt hatte. Die Diele öffnete sich zu einem ebenso schmutzigen Wohnzimmer hin. Die Fensterscheiben waren schon lange zerschlagen, und oben im Rahmen steckte noch eine einzelne dunkle Scherbe.

In den Ecken hatte sich Staub angesammelt wie Dünen in der Wüste. Mitten im Raum stand eine durchgesessene Couch. Aus den Rissen in ihrem Polster quoll dreckiger Hightech-Schaum hervor. Vor der Couch befand sich in einem angekokelten Metalleimer ein Haufen Holzspäne. Offenbar machte der Stachler in dem Eimer Feuer, wenn ihm kalt war.

Ein saurer, widerlicher Gestank wehte durchs Fenster herein. Während ich meinem Gastgeber folgte, spähte ich nach draußen. Unter uns erhoben sich gewaltige Betontanks. Der eine war mit etwas gefüllt, was wohl Kalk war, ein weiterer mit irgendeinem dunklen Zeug. In den anderen drei befand sich gelbe, blaue und rote Farbe.

Große Vogelwesen wateten durch die Behälter und wühlten mit den Füßen etwas auf. Das musste eine Gerberei sein, was wahrscheinlich bedeutete, dass es sich bei dem Zeug im anderen Tank um Vogeldreck handelte. Der Wind trug mir eine weitere

Wolke Gestank zu. Ich legte mir die Hand fest über Mund und Nase und schob mich durch den nächsten Durchgang.

Vor mir lag eine blank geputzte Küche. Die billigen Holzschränke waren so sauber, dass sie blitzten. Die Arbeitsfläche, eine schlichte Steinplatte, war auf Hochglanz poliert. In der Ecke neben einem alten, aber sauberen Herd stand ein Hackblock, der aus einem einfachen Holzquader geschnitzt war und in dem drei Messer steckten.

Der Kontrast war so überraschend, dass ich einen verstohlenen Blick ins Wohnzimmer warf, um mich zu vergewissern, dass wir uns noch am selben Ort befanden.

Der Stachler wandte sich mir zu, und endlich sah ich ihn im Licht. Obwohl er leicht gebeugt lief, war er bestimmt zwei Meter zehn groß. Kurzes, schokoladenbraunes Fell bedeckte die Vorderseite seines muskulösen Körpers und ging auf dem Rücken in einen dichten Wald dreißig Zentimeter langer Stacheln über. Deshalb nannten die Wirte sie Stachler. Ihr wahrer Name war zu schwierig auszusprechen.

Er hatte einen vage humanoiden Oberkörper, sein dicker, muskulöser Hals war allerdings lang und nach vorn gereckt. Sein Kopf war dreieckig und verfügte über eine Art Hundeschnauze, die in einer sensiblen schwarzen Nase endete. Seine Hände hatten vier Finger und zwei Daumen, die alle lang und elegant waren. An den Fingerspitzen saßen fünf Zentimeter lange, schwarze Krallen. Stachler waren, wenn mich mein Gedächtnis nicht trog, Raubtiere. Sie jagten keine Menschen, hatten aber wohl keine Probleme damit, einen in Stücke zu reißen.

»Was wissen Sie?« Der Stachler starrte mich an. An der Tür hatten seine Augen vollkommen weiß gewirkt, doch jetzt sah ich eine blass türkisfarbene Iris mit kleiner, schwarzer Pupille.

»Sie waren Träger eines Roten Küchenbeils, aber man hat Ihnen die Auszeichnung aberkannt, weil Sie möglicherweise jemanden vergiftet haben.«

»Ich habe niemanden vergiftet.« Der Stachler schüttelte mit raschelnden Stacheln den Kopf. »Lassen Sie es mich erklären, dann können Sie gehen und die Tür hinter sich zuschlagen. Ich habe im Blauen Juwel auf Buharpoor gearbeitet. Ich erwarte nicht, dass Sie wissen, was oder wo das ist, vertrauen Sie mir einfach, wenn ich sage, es war eine schillernde Perle von einem Restaurant in einem unfassbar luxuriösen Hotel.«

Das glaubte ich. Das Implantat, das es ihm ermöglichte, Englisch zu sprechen, war eindeutig von hoher Qualität.

»Wir haben eine Gala für ein benachbartes System ausgerichtet. Dreitausend Personen. Ich war der Gesamtverantwortliche. Alles lief ausgezeichnet, bis mein Souschef sich bestechen ließ und einem der Prinzen eine vergiftete Suppe servierte. Der Prinz brach während des Abendessens zusammen und starb.«

»Sie haben also gar niemanden vergiftet?« Warum hatte man ihm dann seinen Rang aberkannt?

»Darum geht es doch gar nicht!« Der Stachler warf die Hände in die Luft. »Ich habe zwei Millionen Geschmacksknospen. Ich kann einen Tropfen Sirup in einem Wasserbottich von der Größe dieses Gebäudes herausschmecken und Tausende von Giften am Geschmack erkennen. Hätte ich das Gericht probiert, ehe es meine Küche verließ, hätte ich das Gift darin geschmeckt. Aber das habe ich nicht. Ich habe die Frische der Zutaten überprüft und die Suppe während der Zubereitung gekostet, doch Soo hatte seit zehn Jahren für mich gearbeitet, und wir haben ein Bankett für dreitausend Personen serviert, also habe ich die Suppe durchgewinkt. Sobald das Gift bemerkt wurde, wusste die gesamte Galaxie, dass ein Gericht meine Küche verlassen hatte, ohne dass ich es probiert hatte.«

Er sackte gegen die Wand und legte sich eine Hand über die Augen.

»Damit wir uns richtig verstehen: Man hat Ihnen das Küchenbeil aberkannt, weil Sie die Suppe nicht gekostet haben?«

»Ja. Genau. Ich habe sie rausgeschickt. Einfach durchgewunken.« Der Stachler machte die entsprechende Geste. »Jetzt kennen Sie meine Schande. Zwanzig Jahre Ausbildung, zehn Jahre als Lehrling, zwanzig Jahre als Chefkoch. Ich habe Gerichte kreiert, bin mit Preisen überhäuft worden … Ich war ein aufsteigender Stern und habe alles weggeworfen. Ich hoffe, es hat Ihnen Spaß bereitet, mich zu quälen. Da ist die Tür.«

Jetzt ergab alles Sinn. Er machte sich selbst Vorwürfe. Er lebte in dieser dreckigen Bruchbude über einer Gerberei, weil er nichts Besseres verdiente. Aber seine Küche war trotzdem blitzblank. Sosehr er sich auch selbst in den Staub treten wollte, seine Berufsehre gestattete ihm nicht, die Küche verkommen zu lassen.

»Ich brauche immer noch einen Koch«, teilte ich ihm mit.

Er bleckte die Zähne. »Haben Sie nicht gehört? Es gibt hier keinen Koch.«

»Ich bin Wirtin auf der Erde. Ich leite ein sehr kleines Gasthaus und richte einen Friedensgipfel aus. Ich suche verzweifelt einen Koch.«

Er stieß sich von der Wand ab. Die Stacheln auf seinem Rücken standen senkrecht nach oben. »Es gibt hier keinen Koch.«

Endlich fiel mir wieder ein, was mir mein Vater über die Stachler erzählt hatte. Einfach so. *Shakespeare hat gesagt:* »*Die ganze Welt ist eine Bühne und alle Frauen und Männer bloße Spieler, sie treten auf und gehen wieder ab.*« *Also lass ihnen ihren Monolog, Dina.*

Mein zukünftiger Koch war ein übergroßer, hysterischer Igel mit Märtyrerkomplex. Offenbar liebte er seinen Beruf. Ich musste ihn mit Arbeit locken, musste ihn seine Rolle spielen lassen und ihm zeigen, dass es Zeit war, sein Martyrium zu beenden. Es gab eine neue Rolle zu spielen: die des Außenseiters, der das Rennen für sich entschied.

»Am Gipfel nehmen drei Parteien teil«, begann ich. »Mit jeweils zwölf Personen, wahrscheinlich mehr. Die Heilige Anokratie, vertreten durch Haus Krahr und andere, mit mindestens einem Marschall. Sie alle sind nur beste Küche gewohnt.«

Das war nicht ganz zutreffend. Vampire waren Fleischfresser. Ihre Küche war ausgefeilt, aber sie waren zur Not auch damit zufrieden, einem beliebigen Waldbewohner die Kehle durchzubeißen, ihn aufzuspießen und über einem Feuer zu rösten.

Der Stachler sah mich an. Ich hatte seine Aufmerksamkeit.

»Die zweite Gruppe von Gipfelteilnehmern ist die Horde der Hoffnungsfresser. Die Khanum wird anwesend sein.«

Der Stachler blinzelte. »Persönlich?«

»Persönlich, in Begleitung einiger Unter-Khane.«

Er riss die Augen auf. Er dachte darüber nach. Vielleicht …

Der Stachler sackte kopfschüttelnd wieder gegen die Wand. »Nein. Einfach nein. Ich bin nur ein Schatten meiner selbst.«

Das war schon ganz gut. »Dann sind da noch die Händler von Baha-char. Sie sind aufgrund ihres Reichtums verwöhnt und haben einen sehr geschulten Gaumen.«

»Welcher Clan?«

»Nuan Cees Familie. Dazu der Schiedsmann und sein Team.«

Ich spürte fast, wie er im Kopf Berechnungen anstellte. »Wie lange?«

»Das weiß ich nicht«, sagte ich ehrlich.

»Wie sieht das Budget aus?«

»Für den Anfang: zehntausend.«

»In Erdenwährung, Dollar?«

»Ja.«

»Unmöglich!«

»Vielleicht für einen normalen Koch. Aber nicht für einen mit einem Roten Küchenbeil.«

»Das bin ich nicht mehr.« Er wandte den Blick himmelwärts. »Irgendwo lachen die Götter über mich.«

Zeit, herauszufinden, ob ich ihn richtig eingeschätzt hatte. »Es ist kein Witz. Es ist eine Herausforderung.«

Seine Augen wurden komplett weiß. Er starrte mich an. *Komm schon, schluck den Köder.*

»Ich kann nicht.« Zitternd schloss er die Augen. »Ich kann einfach nicht. Die Schande ist zu …«

»Ich verstehe. Sie haben recht, das könnte nur ein wahrer Meister seiner Kunst bewältigen.«

Er stürzte sich fast auf mich. »Wollen Sie damit sagen, das sei ich nicht?«

»Würde es denn stimmen?«

Er seufzte. »Was ist mit Ihrem letzten Koch passiert?«

»Normalerweise übernehme ich das selbst. Aber das übersteigt meine Fähigkeiten. Ich werde alle Hände voll damit zu tun haben, unsere geschätzten Gäste daran zu hindern, sich gegenseitig an die Kehle zu gehen.«

»Wie schaut es mit Servicepersonal aus?«, fragte er.

»Brauchen wir nicht. Das Gasthaus wird das Essen Ihren Anweisungen folgend auftragen.« Er öffnete den Mund. »Ich bin hier, um einen Koch zu finden«, fuhr ich schnell fort. »Ohne gehe ich nicht wieder weg.«

»Ich bin ein gebrochener Mann.«

Ich hob die Hände. »Diese Küche sagt etwas anderes.«

Er blickte sich um, als sähe er den Raum zum ersten Mal.

»Es ist vielleicht nicht das Blaue Juwel, aber es ist die Küche eines Kochs, der stolz auf seinen Beruf ist. Sie können mitkommen und allen Widrigkeiten zum Trotz triumphieren, oder Sie können die Herausforderung ablehnen und hierbleiben. Wären

71

Sie lieber ein Held, der sein Schicksal selbst in die Hände nimmt, oder ein Märtyrer, der sich in Selbstmitleid suhlt? Na?«

* * *

Der Stachler sah sich in meiner Küche um. Ich war mit der Mimik von Stachlern nicht vertraut genug, um seinen Gesichtsausdruck hundertprozentig korrekt zu deuten, aber wenn ich hätte raten müssen, hätte ich auf irgendetwas zwischen Schock, Ekel und Verzweiflung getippt.

Er seufzte tief. »Hier soll ich kochen?« Er schloss die Augen und öffnete sie lange nicht mehr. »Speisekammer?«, fragte er dann mit noch immer geschlossenen Lidern.

»Da.« Ich deutete in die entsprechende Richtung.

Er öffnete die Augen, sah die Tür an, durch die wir gekommen waren und die verriet, dass die Wand etwa fünfzehn Zentimeter dick war, und starrte dann die Speisekammertür an. »Soll das ein Witz sein?«

»Nein.«

Seine Klauenhand legte sich um die Klinke, und er riss die Tür entschlossen auf. Vor ihm erstreckte sich ein fast fünfzig Quadratmeter großer Raum mit zwei Meter siebzig hohen Wänden, die Metallregale säumten, in denen sich allerlei Töpfe, Pfannen, Geschirr und Kochutensilien stapelten. Trockengut war in etikettierten Plastikbehältern aufgereiht wie Soldaten bei einer Militärparade. Eine Gefriertruhe in Großküchengröße stand neben zwei Kühlschränken an der Wand.

Der Stachler schloss die Tür, marschierte zurück, sah sich die Mauer an, kam wieder herüber und öffnete erneut die Tür. Lange starrte er in die Speisekammer, dann schloss er die Tür rasch und riss sie abrupt wieder auf. Die Speisekammer war immer noch da. Magie war etwas Wunderbares.

Der Stachler streckte vorsichtig das linke Bein aus und stellte den Fuß in die Speisekammer, als erwarte er, dass der Boden Zähne ausfuhr und ihn verschlang. Im Gegensatz zu seinen Erwartungen tat der Boden gar nichts.

»Nun?«, fragte ich.

»Es wird reichen«, erwiderte er. »Für wen soll ich heute Morgen eine Mahlzeit zubereiten?«

»Für Caldenia und mich. Möglicherweise auch für den Schiedsmann und seine Leute. Er hat drei Personen erwähnt.«

»Caldenia?« Seine Stacheln stellten sich auf. »Caldenia ka ret Magren? *Letere Olivione?*«

»Ja. Ist das ein Problem?«

»Ich hatte noch nie das Vergnügen, für sie zu kochen, aber ich kenne sie natürlich dem Namen nach. Sie ist eine der bekanntesten Feinschmeckerinnen der Galaxie. Ihr Gaumen ist der Inbegriff von gutem Geschmack.«

Ich fragte mich, was er wohl gesagt hätte, wenn er gewusst hätte, dass die Besitzerin dieses verwöhnten Gaumens sich oft mit Energydrinks und Zwiebelringen vollstopfte. »Das Gasthaus wird Ihnen helfen. Wenn Sie etwas brauchen, fragen Sie einfach.« Ich hob die Stimme. »Einen Zwei-Liter-Topf, bitte.«

Auf dem mittleren Regal schob sich der entsprechende Topf nach vorn.

»Ich brauche bitte einen Gastrokoagulator«, sagte der Stachler.

Nichts regte sich.

Der Stachler sah mich an. »Es passiert gar nichts.«

»Wir haben keinen.« Koagulatoren kannte ich nur aus Operationssälen.

»Sie erwarten von mir, dass ich Vampire und Caldenia ohne einen Koagulator bekoche?«

»Ja.«

»Einhängethermostat?«

»Nein.«

»Sphärifikator?«

»Ich weiß nicht einmal, was das ist.«

»Ein Gerät, das Kügelchen herstellt, indem es Tröpfchen einer Flüssigkeit in eine Lösung wie etwa Kalziumchlorid einbringt, sodass sich um die flüssige Mitte des Tropfens eine feste Haut bildet. Unter dem Druck der Zähne zerplatzen sie dann im Mund.«

Ich schüttelte den Kopf.

»Besitzen Sie wenigstens eine elektromagnetische Waage?«

»Nein.«

Er rang die Hände. »Na schön, was haben Sie eigentlich?«

»Töpfe, Pfannen, Messer, Schüsseln, Messbecher und Besteck. Außerdem Auflauf- und Backformen.«

Der Stachler wippte auf den Fersen und starrte zur Decke. »Die Götter treiben Schabernack mit mir.«

Nicht schon wieder. »Es ist eine Herausforderung.«

Mit angewinkelten Ellbogen reckte er die Arme, sodass seine Krallenhände gen Himmel zeigten. »Nun gut. Wie ein primitiver Barbar, der sich aufmacht, die Wildnis zu zähmen, ausgestattet nur mit einem Messer und seinem unbändigen Willen, werde ich mich hier behaupten. Ich werde dem gierigen Maul der Niederlage den Sieg entreißen. Ich werde segeln wie ein Raubvogel in der Thermik, die Krallen zum Schlag erhoben, und ich werde meine Beute reißen.«

Oh, wow. Ich hoffte, das Gasthaus hatte das mitgeschnitten.

»Wann frühstücken Sie normalerweise?«

Die Uhr verriet mir, es war vier. »In etwa drei Stunden.«

»In drei Stunden wird das Frühstück serviert.« Er ließ den Kopf hängen. »Sie können mich Orro nennen. Guten Tag.«

»Guten Tag, Maître.«

74

Ich verließ die Küche und stieg die Treppe hoch. Ich war so müde, dass ich anfangen würde zu halluzinieren, wenn ich nicht bald etwas Schlaf bekam.

Caldenia kam mir von ihrer Seite der Stufen entgegen. »Dina, da bist du ja.«

»Ja, Hoheit?«

In der Küche klapperte ein Metalltopf.

Caldenia runzelte die Stirn. »Warte, wenn du hier bist, wer ist dann in der Küche?«

»Daniel Boone, der mit seinen Klauen kocht.«

»Ich liebe deinen Sinn für Humor. Wer ist es wirklich?«

»Ein Stachler-Koch, früherer Träger eines Roten Küchenbeils. Er heißt Orro und kümmert sich um das Essen für das Bankett.«

Caldenia lächelte. »Ein Stachler-Koch. Meine Liebe, das wäre doch nicht nötig gewesen. Na ja, eigentlich wäre das schon vor Monaten nötig gewesen, aber man soll ja nicht nachtragend sein. Endlich. Endlich werde ich angemessen speisen können. Fantastisch. Hat er moralische Bedenken? Ich bin recht sicher, dass es bei diesem Gipfel zu mindestens einem Mord kommen wird, und ich habe noch nie Otrokar gegessen.«

»Ich werde bei Gelegenheit nachfragen.«

Ich begab mich in mein Zimmer, zog Schuhe, Robe und Jeans aus, fiel ins Bett und schlief umgehend ein.

75

KAPITEL 4

Das Gasthaus weckte mich um Viertel vor sechs, und ich schleppte mich unter die Dusche, die mich angemessen wach machte, mein Gesicht aber auch nicht retten konnte. Es war verquollen, die Ringe unter den eingesunkenen Augen waren definitiv nicht von Cartier, und ich sah ganz allgemein aus, als hätte ich eine Woche lang gesoffen und jetzt einen Riesenkater.

Ich hatte keine Zeit, etwas dagegen zu tun, also tuschte ich mir die Wimpern, trug ein bisschen Puder auf, zog Jogginghose und T-Shirt an, falls ich mich plötzlich schnell bewegen musste, und schnappte mir meine Lieblingsrobe. Sie war dunkelblau, sehr elastisch und herrlich leicht, bestand aus Spinnenseide und war reißfester als Kevlar. Wenn man sie anzog, war es, als hülle man sich in eine Seidenrüstung. Sie war nicht kugelfest, würde jedoch ein Messer abhalten. Meine Mutter hatte sie mir zum achtzehnten Geburtstag geschenkt.

Heftige Traurigkeit überfiel mich, und ich hielt inne, die Robe in den Händen. Ich wollte meine Mutter zurück. Auf der Stelle, jetzt sofort, als ob ich wieder ein Kind wäre und mich verängstigt in ihre Arme flüchten wollte, damit sie alles wieder in Ordnung brachte.

Ich seufzte und versuchte, den plötzlichen Schmerz in meiner Brust loszuwerden. Wenn ich meine Eltern zurückwollte, brauchte ich zuerst mehr Gäste. Mindestens vierzig von ihnen würden gleich eintreffen, und ich würde mir ihre Gesichter genau ansehen, wenn sie am Porträt meiner Eltern vorbeigingen. Ich zog die Robe an.

Roben waren die traditionelle Kleidung von Wirtinnen und Wirten. Mein Vater pflegte immer zu sagen, das hätte zwei Gründe: Zum einen verhüllten sie den Körper, sodass es schwerer wurde, auf den Träger zu zielen, zum anderen verliehen sie ihm »etwas Geheimnisvolles«. Letzteres würde ich brauchen. Die drei an diesem Gipfel beteiligten Parteien würden ihre besten Leute mitbringen. Jeder Vampir war für sich schon eine Festung, jeder Otrokar war unglaublich stark, und die Mitglieder von Nuan Cees Clan waren skrupellos. Es würde durchaus hilfreich sein, wenn sie zögerten, bevor sie Dummheiten machten.

Das Gasthaus klingelte und kündigte damit Magie an, die sich meinem Obstgarten näherte. Ich nahm meinen Besen, verließ mein Schlafzimmer und ging den Korridor entlang bis zur Wand. Beast war seltsamerweise nirgends zu finden.

»Terminal, bitte.«

Die Wand teilte sich, glitt zur Seite und gab den Blick auf einen großen Bildschirm frei. »Bilder von den Kameras im Obstgarten.«

Der Bildschirm leuchtete auf und zeigte das Feld hinter meinen Apfelbäumen. Dreißig Zentimeter über dem Rasen formte sich eine dichte Kugel, als bildete eine klare Flüssigkeit eine Blase mit knapp drei Meter Durchmesser. Die Blase platzte, und auf dem Rasen standen drei Wesen neben einer Plattform mit Rädern, die mit Gepäck beladen war. Da war zum einen der Schiedsmann, hochgewachsen und blond, in dunkelgrauer Hose, ebensolchem Hemd, einer schwarzen Weste mit Goldstickerei und Piratenstiefeln.

Der Mann zu seiner Rechten war etwa dreißig Zentimeter kleiner, musste aber mindestens fünfzig Kilo schwerer sein. Er hatte wuchtige Schultern, eine breite Brust und Arme mit exakt definierten Muskeln. Eine taktische Hightech-Rüstung, die sich so passgenau an seinen flachen Bauch schmiegte, dass sie für ihn gefertigt worden sein musste, schützte seinen Oberkörper. Er war einfach zu massiv für normale Konfektionsgrößen. Sein schwarzes Haar war zu einem schlichten Pferdeschwanz zusammengefasst. Er strahlte Kraft und Macht aus. Der Mann schien unerschütterlich wie ein Felsen, doch dann trat er überraschend leichtfüßig vor. Sein Gesicht war seltsam. Die Proportionen waren nicht ganz menschlich.

»Bitte vergrößern.«

Das Gesicht des Mannes füllte den Bildschirm aus. Er hatte einen olivfarbenen Teint, aber seine tief liegenden Augen unter den buschigen schwarzen Augenbrauen waren überraschend hellgrau. So einen Silberton bekamen die meisten Menschen nur mit Kontaktlinsen hin. Sein Kiefer war zu kantig und zu scharf geschnitten, es handelte sich um eine Kinnpartie, wie man sie normalerweise ausschließlich bei alten, angegrauten Vampiren fand, und das war er definitiv nicht. Ich hatte schon alles Mögliche gesehen, allerdings noch nie jemanden wie ihn.

Der Grauäugige packte den Griff der Plattform, und die Besucher kamen aufs Haus zu.

Der dritte Mann war fast so groß wie der Schiedsmann, doch während George schlank war und über die kultivierte Eleganz eines trainierten Fechters verfügte, strahlte dieser Mann sorgfältig kontrollierte Aggression aus. Er ging nicht, er schritt – zielgerichtet, ruhig, aufmerksam.

Sein tief kastanienbraunes Haar war zerzaust. Er trug Schwarz, und obgleich die dunkle Hose und das schwarze Wams die genauen Konturen seines Körpers verbargen, war eindeutig, dass er muskelbepackt war. Eine gezackte Narbe auf seiner linken Wange erinnerte an einen kleinen bleichen Strahlenkranz auf seiner Haut. Er wirkte hart, wie es altgediente Soldaten manchmal taten.

Die Narbe schien so vertraut … Ich hatte ihn und den Schiedsmann definitiv schon einmal gesehen. Ich wusste nur nicht mehr, wo.

»Na, dann mal los«, murmelte ich und ging nach unten.

Auf dem Weg stieg mir der köstliche Geruch von bratendem Speck und Gewürzen in die Nase. Beast kam wie ein schwarz-weißer Blitz aus der Küche geschossen, einen schmalen Streifen Speck im Maul. Na also. Geheimnis gelüftet.

Ich streckte den Kopf in die Küche. Orro stand mit einem Löffel in der Hand am Herd. Darauf brutzelte es in drei verschiedenen Pfannen, und auf der Arbeitsfläche waren unterschiedliche Zutaten angeordnet.

»Der Schiedsmann ist hier. Drei weitere Gäste, Männer, vermutlich Menschen.«

Orro knurrte und rührte weiter in dem, was er da gerade zubereitete. Na schön.

Ich ging zur Hintertür, wartete, bis jemand klopfte, und riss sie auf. »Willkommen.«

George nickte. »Hallo, Dina. Ich hoffe, wir sind nicht zu früh dran.«

»Ganz und gar nicht. Genau rechtzeitig zum Frühstück. Kommen Sie herein.«

George trat ein. Der Mann mit dem kastanienbraunen Haar folgte ihm. Der dritte Mann warf einen Blick auf die Plattform, die nicht durch die Tür passte.

Ich lächelte. »Bitte lassen Sie sie stehen. Ich kümmere mich darum.«

Der Mann wandte sich mir wieder zu. Hinter ihm versank die Plattform lautlos im Boden. Das Gasthaus würde die Taschen in ihre Zimmer stellen.

»Die ist schwer«, sagte er mit tiefer Stimme. »Ich kann die Taschen nur einzeln tragen.«

»Schon gut«, versicherte ich ihm. Hinter ihm schloss sich das Gras, als hätte es die Plattform niemals gegeben. Er sah sich um und riss überrascht die Augen auf.

»Gaston?«, rief George von drinnen.

Achselzuckend betrat der große Mann das Gasthaus.

Ich führte sie in den Empfangsbereich. George setzte sich links, Gaston nahm die Couch, und der Mann mit dem kastanienbraunen Haar lehnte sich an die Wand und atmete tief ein. Das hatte Sean auch immer getan. Dieser Mann war ein Gestaltwandler. Kein Werwolf und keine Werkatze, jedenfalls keine von der Sonnenhorde, sondern etwas anderes.

»Um sieben gibt es Frühstück«, teilte ich ihnen mit.

»Das riecht göttlich«, erklärte George. »Ich hatte gehofft, wir könnten die Gelegenheit nutzen, um einen Teil unserer Strategie durchzusprechen.«

Ich setzte mich in meinen Lieblingsstuhl. Beast kam hereingerannt, sah den Mann mit dem kastanienbraunen Haar und knurrte. Er erwiderte ihren Blick. Dann hob er leicht die Oberlippe und ließ seine Zähne aufblitzen. Ja, definitiv ein Gestaltwandler.

»Bitte versuchen Sie nicht, meinen Hund einzuschüchtern«, sagte ich.

»Tu ich ja gar nicht«, widersprach der Mann. »Wenn ich jemanden einschüchtern möchte …«

»Kriege ich das mit«, beendete ich den Satz für ihn. »Sie ist kein normaler Hund. Wenn sie Sie beißt, wird sie echten Schaden anrichten.«

Der Gestaltwandler betrachtete Beast. »Mhm.«

George lächelte. »Das ist mein Bruder Jack. Das da drüben ist unser Vetter Gaston.«

Interessante Familie. »Ihnen ist sicher klar, dass sowohl die Otrokars als auch die Vampire Gaston als Bedrohung empfinden werden.«

»Darauf setze ich. Ehrlich gesagt bin ich derjenige, der alles plant«, erklärte George. »Gaston hat die Muskeln. Seine Aufgabe ist es, Aufmerksamkeit zu erregen und bedrohlich zu wirken. Darin ist er sehr gut.«

Gaston grinste und zeigte dabei Sägezähne.

»Jack ist der Killer«, fuhr George fort. »Er kennt andere Killer, versteht sie und wird wenn nötig physische Bedrohungen ausschalten, bevor sie Schaden anrichten können.«

In der Küche ging etwas zu Bruch.

Die drei Männer sahen in Richtung des Durchgangs.

»Ich habe gehört, Leute Ihres Berufsstandes sind mit den Otrokars und den Vampiren vertraut«, sagte George. »Vielleicht könnten wir Informationen austauschen?«

Die Archive der Schiedsleute waren legendär. Er wusste wahrscheinlich alles Menschenmögliche über die drei am Gipfel teilnehmenden Fraktionen. Nein, er versuchte, auf diese Weise herauszufinden, wie viel *ich* wusste. Entweder hatte er von Wirtinnen und Wirten keine Ahnung, was ich in Anbetracht der Archive für unwahrscheinlich hielt, oder er vertraute nicht darauf, dass mir bereits alle relevanten Informationen vorlagen, was mich nervte. Vielleicht war ich auch nur unausgeschlafen. »Gerne …«

Das aggressive Knurren eines Stachlers in Lebensgefahr unterbrach mich. Was war denn jetzt schon wieder los? »Entschuldigen Sie mich bitte.« Ich erhob mich und ging in die Küche.

Die Tür des Küchenschranks am anderen Ende des Raums war weit geöffnet. Orro stand davor, die Rückenstacheln aufgerichtet. In den Händen hielt er einen Teller. Auch ein dickes hölzernes Tentakel hielt den Teller umklammert und versuchte, ihn Orro zu entreißen und in den Schrank zurückzustellen.

»Was ist hier los?«

»Ich habe einen Teller kaputt gemacht, und jetzt will es mir keinen neuen geben!«, fauchte Orro. »Woher hätte ich wissen sollen, dass die prähistorisch zerbrechlich sind?«

»Bitte gib ihm den Teller.«

Das Tentakel ließ los, und Orro stolperte rückwärts.

»Bitte hilf ihm«, sagte ich zum Gasthaus.

Die Küche knarrte.

»Ich weiß«, erwiderte ich. »Aber du musst lernen, mit ihm zusammenzuarbeiten.«

Orro schwang den Teller. »Ich werde mich nicht aufhalten lassen.«

»Da bin ich mir sicher.«

Ich ging zurück ins Wohnzimmer, setzte mich wieder auf meinen Stuhl und nutzte meine Magie. »Terminal, Bildschirmteilung, Dateien über Vampire und Otrokars, bitte.«

Ein Großbildschirm formte sich an der gegenüberliegenden Wand, seine linke Seite zeigte einen Vampir, die rechte einen Otrokar.

George hob die Brauen. »Danke. Oberflächlich scheinen Vampire und Otrokars einander zu ähneln. Beide gehen auf denselben humanoiden Stamm von Jägern zurück. Beide leben in einer kriegerischen Gesellschaft, in deren Zentrum Vorstellungen von Eroberung und Landgewinn stehen, weil sie das jeder anderen Form von materiellem Wohlstand vorziehen. Beide sind aggressiv und gewalttätig. Kunst und Religion beider Zivilisationen huldigen sehr der kriegerischen Ehre. Beide Kulturen kennen fast keine Geschlechtertrennung. Aber damit enden die Ähnlichkeiten auch.«

Da hatte er recht.

»Die Vampire der Heiligen Anokratie streben nach Perfektion als Soldaten«, fuhr George fort.

»Vampire«, murmelte ich. Die linke Bildschirmhälfte zeigte die Nahaufnahme eines Vampirritters in Schlachtrüstung mit einem schwarz-roten Streitkolben in der Hand.

»Jeder Ritter ist eine umfassend begabte Killermaschine, ein Krieger, der eine Vielfalt von Kampfstilen beherrscht.«

Der Vampir auf dem Bildschirm kämpfte mit einem echsenartigen Gegner. Die purpurne Echse packte den Streitkolben und entriss ihn dem Vampir. Der zog zwei Kurzschwerter aus den Scheiden in seiner Rüstung, wirbelte herum und nahm eine andere Haltung ein.

»Wenn fünfzig Vampire auf dem Schlachtfeld sind, ist einer von ihnen der Anführer, und zwei weitere dienen als seine Stellvertreter«, erklärte George. »Fällt der Anführer, nimmt einer der beiden Stellvertreter seinen Platz ein, und der beste Soldat unter seinem Kommando wird neuer Stellvertreter. Bei der Kriegerausbildung durchlaufen sie mehrere Phasen. Jeder beginnt als einfacher Soldat und genießt das gleiche Basistraining. Wer will, kann danach weitermachen, Ritter werden und innerhalb des Standes aufsteigen. Es gibt Spezialisierungen, doch insgesamt sind alle Vampire ziemlich anpassungsfähig. Der Kern der Heiligen Anokratie, die Adelshäuser, besteht aus Personen, denen das Soldatenleben in die Wiege gelegt wird. Sie bilden die Kriegerelite. Bei den Otrokars läuft das anders.«

»Otrokar«, flüsterte ich dem Gasthaus zu. Der Bildschirm erweiterte sich und zeigte einen gewaltigen Otrokar. Er musste über zwei Meter zehn groß sein und mindestens hundertsiebzig Kilo wiegen, vieles davon Muskelmasse. Das Bild verblasste, wich einem neuen: ein weiterer Otrokar, der aber keinen Meter achtzig groß und von schlankem Wuchs war und zwei Äxte unglaublich schnell herumwirbeln ließ.

»Sie wundern sich wahrscheinlich über den Größenunterschied«, mutmaßte George.

Nein, tat ich nicht. Ich seufzte und versuchte, gelangweilt dreinzuschauen. »In der Pubertät produzieren Otrokars ein Hormon, das ihre Körper grundlegend umgestalten kann. Wenn sie Gewichte heben, macht das Hormon sie muskulöser und größer. Wenn sie sich auf Gymnastik spezialisieren, macht es sie kompakt und schlank. Dieses Hormon hat sich als Teil ihrer evolutionären Anpassung entwickelt und erlaubt es ihnen, in sehr vielen Klimata zu überleben. Kinder, die während einer Trockenzeit aufwachsen, bleiben kleiner, solche, die in einem kalten Klima aufwachsen, werden größer, und so weiter. Auf Kosten ihrer Gesundheit haben die Otrokars es übertrieben, und bis sie eine strenge Überwachung der Pubertierenden einführten, waren einige von ihnen so groß geworden, dass ihre Knorpel unter ihrem eigenen Gewicht nachgaben. Das bezeichnet man als Veteranenknie, und Gäste, die darunter leiden, brauchen eine spezielle Unterbringung.«

Schweigen senkte sich über den Raum.

Jack grinste. »Gelegentlich vergisst er, dass wir anderen auch keine Idioten sind.«

»Nein, ich halte andere niemals für Idioten«, widersprach George. »Ich rechne damit, dass sie nicht alle notwendigen Informationen haben, weil ich aus Erfahrung weiß, dass es zu Katastrophen führt, wenn man davon ausgeht, dass Personen in Schlüsselpositionen auch alles erforderliche Wissen besitzen. Aber wir sprachen vom hohen Grad der Spezialisierung der Otrokars. Wenn sie erwachsen sind, endet die Hormonproduktion, und sie müssen mit den Entscheidungen ihrer Pubertät leben. Sie lernen einen Beruf, den sie meisterlich ausüben.«

»Wenn also jemand im Feindesland eine Brücke in die Luft jagen muss …«, begann Gaston.

»Würden Vampire eine Fünfergruppe schicken«, brachte Jack den Satz zu Ende. »Alle fünf wüssten, wie man Sprengladungen scharf macht und entschärft.«

»Otrokars würden eine Gruppe von zwanzig Personen schicken«, fuhr George fort. »Fünf davon wüssten, wie man die Sprengung auslöst, und der Rest würde dafür sorgen, dass sie am Leben bleiben, bis sie am Ziel wären. Die Otrokars leben in Großfamilien und sind den Vampiren zahlenmäßig etwa drei zu eins überlegen. Einzeln sind Vampire bessere Soldaten, weswegen Otrokars lieber in Horden angreifen. An der Spitze der Vampire steht der Erbadel, während die Otrokars eine von Beliebtheitswettbewerben beeinflusste Meritokratie praktizieren. Die ideologischen Unterschiede zwischen ihnen sind gewaltig. Die beiden Zivilisationen hassen einander, ganz zu schweigen davon, dass sie derzeit in einem blutigen Krieg miteinander liegen. Wenn Mitglieder beider Delegationen in direkten Kontakt kommen, müssen wir mit explosiven Folgen rechnen.«

»Es wird nicht viel Gelegenheit zu unbeaufsichtigtem Kontakt geben«, sagte ich. »Sie werden in getrennten Flügeln untergebracht sein und je einen eigenen Zugang zum Speise- und zum Ballsaal haben. Wenn sie versuchen, einander an die Kehle zu gehen, wird das Konsequenzen haben.«

»Wie genau werden die aussehen?«, fragte Jack. »Wir müssen dringend die Sicherheitsvorkehrungen Ihres Teams erörtern.«

Echt? »Ich bin Wirtin. Ich brauche kein Sicherheitsteam.«

Er kniff die Augen zu schmalen Schlitzen zusammen. »Sie wollen sie also ganz allein daran hindern, sich gegenseitig umzubringen?«

»Ja.«

Gaston rieb sich das Kinn.

»Ihnen ist schon klar, dass das Berufssoldaten sind?«, fragte Jack.

»Ja.«

Jack sah seinen Bruder an. George lächelte.

Jack würde nicht aufhören. Ich kannte diese Sorte Männer. Er war vielleicht kein Teil der Sonnenhorde, aber er war ein Gestaltwandler, vermutlich irgendeine Katzenart. Katzen vertrauten nur sich selbst und hassten Autorität. Sean hatte mir zumindest einen Vertrauensvorschuss eingeräumt, doch das würde Jack nicht tun. Es sei denn, ich verpasste ihm einen Nasenstüber.

»Sind Sie Berufssoldat?«, fragte ich.

»Ich war es eine Weile«, antwortete Jack.

Aha. »Ich vermute, Sie sind schnell und tödlich?«

Jack zog die Augenbrauen zusammen. »Klar.«

Ich sah Gaston an. »Sind Sie auch Berufssoldat?«

Er grinste. »Ich bin eher ein Abenteurer.«

George lachte leise.

»Ich rette die beiden vor sich selbst«, fuhr Gaston fort. »Gelegentlich vollführe ich ein paar Kunststückchen.«

Was? »Kunststückchen?«

»Ich erklimme eine drei Meter hohe Mauer, stürze mich aus den Schatten herab, breche einem Diplomaten das Genick, schiebe ihm falsche Beweise unter und vermeide so einen internationalen Zwischenfall, der zu einem Krieg geführt hätte«, erklärte Gaston hilfreich. »Schlimm, aber eben leider notwendig.«

Das war eine ziemlich interessante Definition von »Kunststückchen«. Ich lächelte die zwei an. »Da Sie beide Männer der Tat sind, sollte ein kleiner Test für Sie kein Problem darstellen. Nehmen Sie mir meinen Besen weg.«

Die beiden Männer schätzten den Abstand zwischen ihnen und mir ab. Jack sah seinen Bruder an. »Hast du dazu etwas zu sagen?«

George schüttelte den Kopf. »Nein, ich werde euch einfach in diese Falle gehen lassen. Ihr macht das ganz prima.«

Jack zuckte die Achseln.

Gaston sprang in die Luft. Es war ein unglaublich kraftvoller Sprung. Er schoss vom Boden hoch wie aus einer Kanone und kam durch die Luft direkt auf mich zugeflogen. Die Wand des Gasthauses teilte sich. Dicke, biegsame Wurzeln, glatt wie Holz, aber beweglich wie Peitschenschnüre, schossen hervor, schnappten sich Gaston aus der Luft und wanden sich um ihn wie ein Kokon.

Jack hechtete unter Gaston durch. Die Tentakel des Gasthauses griffen nach ihm, doch er wich aus, brachte sich außerhalb ihrer Reichweite, als seien seine Gelenke aus Wasser. Es war wunderschön anzusehen. Ich ließ ihn bis auf einen knappen Meter an mich herankommen und klopfte dann mit dem Besen auf den Boden. Der Besenstiel zersplitterte. Gleißendes Neonblau schoss hervor und traf Jacks Haut. Er zuckte und ging zu Boden wie ein gefällter Baum.

George warf etwas. Die Handbewegung war so schnell, dass ich ihr mit den Augen nicht folgen konnte. Die Tentakel zuckten vor und fingen einen zehn Zentimeter langen Wurfpfeil ab, der harmlos zu Boden fiel.

Der Boden des Gasthauses teilte sich, und Jack sank bis zum Hals ein. Rings um mich dehnte sich der Raum abwartend ein wenig aus. In meiner Hand erstand der Besen neu. Ich schnippte mit den Fingern, und der Boden hob sich elastisch und brachte Jack auf meine Augenhöhe. Über ihm hing kopfunter Gaston. Nur sein Gesicht war sichtbar.

Der Mann mit den grauen Augen schob seinen gewaltigen Unterkiefer vor. »Nun. Das ist ein kleines Dilemma.«

Ich wandte mich der gegenüberliegenden Wand zu und setzte meine Magie ein. Das Holz löste sich auf. Ein riesiger, flacher Ozean in einem fahlen Orange erstreckte sich unter einem amethystfarbenen Himmel vor uns. In der Ferne erhoben sich zerklüftete Gipfel aus dem Wasser. Der Wind streichelte mich, trug mir den Duft von Salz und Algen zu. Ja, das passte.

Wellen kräuselten die Oberfläche. Eine riesige dreieckige Flosse mit langen Dornen pflügte durchs Wasser wie ein Messer, kam mit großer Geschwindigkeit auf uns zu.

»Das Gasthaus ist meine Domäne«, erklärte ich. »Hier habe ich das Sagen. Wenn Sie weiter Probleme machen, werde ich Sie in diesen Ozean verbannen und Sie über Nacht darin lassen.«

Die Flosse war kaum noch fünfundzwanzig Meter entfernt. Zwanzig.

Fünfzehn. Ein schillernder blauer Rücken hob sich aus dem Wasser.

Die Mauer bildete sich wieder, unmittelbar bevor sich ein gewaltiges, mit dolchartigen Zähnen übersätes Maul aus dem Ozean hob.

Caldenia kam die Treppe herunter. »Ooh. So früh am Morgen schon Fesselspiele, meine Liebe?«

Schön wär's. »Darf ich Ihnen Caldenia ka ret Magren vorstellen?«, sagte ich. »Ihre Hoheit ist Dauergast bei uns.«

George erhob sich von der Couch und verbeugte sich mit vollendeter Höflichkeit tief und mit ausladender Geste. Ich löste die Tentakel um Gaston, und er fiel leichtfüßig zu Boden und verneigte sich ebenfalls.

»Werden Sie mich auch befreien?«, fragte Jack ruhig.

»Ich denke noch darüber nach.«

»Ach, Gaston lassen Sie frei, mich aber nicht?«

»Ich mag ihn lieber.«

Jack sah mich grinsend an. »Na gut. Das hatte ich verdient.«

Ich holte ihn aus dem Boden und ließ ihn sich vorstellen.

George kam zu mir herüber. »Ich wusste gar nicht, dass Sie Dimensionstore öffnen können.«

»Kann ich auch nicht, das Gertrude Hunt jedoch schon.«

Als jemand hüstelte, drehte ich mich um. Orro stand im Türrahmen des kleinen Speisezimmers. »Ich glaube, das Frühstück ist fertig«, verkündete ich.

Die drei Männer, Caldenia und ich betraten den Speisesaal und setzten uns um den schweren alten Tisch. Tentakel glitten aus der Wand und stellten mir behutsam einen Teller hin. Ich blinzelte überrascht.

Ein papierdünn zubereitetes Omelett war kunstvoll zu einem Umschlag gefaltet, der kleine, perfekt goldbraun gebratene Kartoffelstückchen, Wurstwürfelchen und winzige Champignonscheibchen enthielt. Inmitten der Füllung erhob sich ein grazilier grüner Stängel, an dem zarte, aus einer Erdbeere geschnitzte Blütenblätter prangten.

Ein aus dünnen Speckstreifen geflochtenes Körbchen lag neben der Eiertasche. Es enthielt gewürztes Spiegelei und daneben eine Blume aus Gurkenblütenblättern, deren Mitte ein cremiges Eigelb bildete, das mit chirurgischer Präzision im Zentrum der Blume platziert worden war.

Es war so hübsch, dass ich nicht wusste, ob ich es essen oder einrahmen sollte. Schon von dem Geruch lief mir das Wasser im Mund zusammen.

»Dreierlei vom Ei!«, verkündete Orro und zog sich in die Küche zurück.

* * *

Das Dreierlei vom Ei war unglaublich köstlich. Caldenia zuzusehen, wie sie es verzehrte, war eine Erfahrung für sich. Ihre Hoheit kostete anmutig die Füllung der Eiertasche, zog die Spitzen ihrer Gabel über das gestockte Eigelb, nahm das

Speckkörbchen und schob es sich komplett in den Mund. Spitze Raubtierzähne blitzten auf, Speck krachte, und sie tupfte sich die Lippen mit einer Serviette ab.

Von meinem Platz aus überschaute ich durch die offene Tür einen kleinen Ausschnitt der Küche. Drinnen stand Orro an der Arbeitsfläche, ein Geschirrtuch in der Hand.

Ihre Hoheit legte die Serviette hin. »Exquisit.«

Orros gesamte Stacheln stellten sich auf. Für eine Sekunde sah er aus wie einer dieser neonfarbenen Stachelbälle aus der Spielwarenabteilung des Supermarkts. Dann senkten sich seine Stacheln wieder, und er säuberte weiter die Arbeitsplatte.

Um zwölf gab es Mittagessen, etwas, das Orro als »einfaches Crème-fraîche-Huhn mit Gemüse« bezeichnete und das sich als knuspriges, butterzartes Brathähnchen erwies, das unter dem Druck meiner Gabel zerfiel und mit Spinat, Zitrone, Mandeln und irgendeiner himmlischen Soße serviert wurde. Ich konnte mir Orro auf keinen Fall dauerhaft leisten, dafür war er zu teuer. Aber ich wäre eine Närrin gewesen, wenn ich nicht genossen hätte, was er kochte, solange er da war.

Um halb sieben war alles vorbereitet, und ich wartete in meiner Robe auf der hinteren Veranda. Das Feld hinter meinem Obstgarten war der vereinbarte Ankunftspunkt. Es war von der Straße vor dem Haus aus nicht einsehbar, und die Büsche und Bäume würden den Großteil der grellen Lichteffekte, von denen das Eintreffen meiner Gäste zweifellos begleitet sein würde, verbergen.

Ich hatte sechs Apfelbäume sanft ermutigt, ein paar Meter zur Seite zu rücken, sodass sich ein gerader Weg durch den Obstgarten bildete, und ich konnte von da aus, wo ich stand, das frisch gemähte Feld sehen. Der Himmel war bewölkt, was einen frühen Einbruch der Dunkelheit und eine verregnete Nacht versprach. Ein kalter Wind pfiff durch die Bäume.

Fast vierzig Gäste, die meisten davon hochrangig. Ein Fehler, und mein Ruf und die Klassifizierung des Gasthauses würden sich nie mehr erholen. Immer wieder ging ich im Geiste die Vorbereitungen durch: Zimmer, Ballsaal, Anweisungen an Orro … Im letzten Augenblick hatte ich den Stall reaktiviert. Die Händler von Baha-char reisten manchmal mit Tieren. Nicht immer, aber wenn meine Eltern sie vor vielen Jahren beherbergt hatten, waren sie gelegentlich mit einem Last- oder Haustier aufgetaucht.

Das Gasthaus hatte vor vielen Jahrzehnten schon einmal einen Stall geformt, ich hatte ihn also nur aus dem unterirdischen Lager hervorholen müssen. Das hatte das Gasthaus und mich erheblich angestrengt, doch es war besser, den Stall zu haben und nicht zu brauchen, als wenn jemandes kostbarer Renndinosaurier im Regen würde warten müssen, bis er zur Verfügung stand.

Ich hatte an alles gedacht. Ich war meine Checkliste durchgegangen und hatte Punkt für Punkt abgehakt. Dennoch war ich angespannt. Wäre ich ein Motor gewesen, ich hätte im Leerlauf zu hohe Drehzahlen erreicht. Mit vierzig Gästen würde ich fertigwerden. Im Gasthaus meiner Eltern hatte ich mich schon um mehr gekümmert, allerdings nur kurzzeitig, und sie hatten nie aktiv miteinander im Krieg gelegen.

Alles würde gut gehen. Dies war mein Gasthaus, und daran würde sich nichts ändern, egal, wie viele Gäste wir hatten.

Ich streckte die Hand aus und berührte den Pfosten, der die Überdachung der hinteren Veranda stützte. Die Magie des Gasthauses verband sich mit meiner und fühlte sich ruhelos an. Auch das Gasthaus war nervös.

Die Pfosten und das Dach waren eine Neuerung, die das Gasthaus von sich aus entwickelt hatte. Es war mir gar nicht aufgefallen, doch ich hatte mir angewöhnt, auf die hintere Veranda zu gehen, die früher nur eine gegossene Betonplatte gewesen war, und die Bäume zu betrachten. Manchmal hatte ich dort einen Klappstuhl hingestellt und gelesen.

Die texanische Sonne war gnadenlos, und nachdem ich mir zum zweiten Mal schon nach ein oder zwei Minuten einen Sonnenbrand geholt hatte, hatte das Gasthaus die Dinge in die Hand genommen und sich steinerne und hölzerne Pfosten sowie ein Dach wachsen lassen. Es hatte auch die gegossene Betonplatte durch hübsche Steinplatten ersetzt, von denen ich nicht wusste, wo es sie herhatte.

»Alles wird gut gehen«, murmelte ich dem Haus zu und streichelte das Holz mit den Fingerspitzen. Beruhigt schmiegte sich die Magie des Gasthauses an mich.

»Ja«, sagte George. Er stand im selben Aufzug wie am Morgen neben mir, hatte jetzt aber einen Stock mit verziertem Griff in der Hand, dunkles Holz mit spiralförmigen Silberintarsien. Ich wäre nicht überrascht gewesen, wenn es sich um einen Stockdegen gehandelt hätte. Seltsamerweise hinkte er auch. Der Schiedsmann zog es wohl vor, unterschätzt zu werden.

Hinter uns unterhielten sich Gaston und Orro leise. Das Fenster war offen, und ihre Stimmen drangen an unsere Ohren.

»Warum Eier, wenn das deine erste Mahlzeit war?«, fragte Gaston. »Warum nicht Kaviar, Trüffel oder etwas Kompliziertes?«

»Nehmen wir mal als Beispiel Coq au Vin«, antwortete Orro. »Selbst das einfachste Rezept für dieses Gericht ist aufwendig. Man braucht einen ausgewachsenen Vogel und muss ihn zwei Tage lang in Burgunder marinieren. Dann röstet man dicke Speckstreifen in einer Pfanne. Anschließend brät man das Huhn an und flambiert es mit Cognac.«

Das war definitiv ein Rezept von der Erde, und zwar aus Frankreich. Woher um alles in der Welt kannte er es?

»Dann muss man das Huhn würzen. Salz, Pfeffer, Lorbeer und Thymian. Man gibt Zwiebeln dazu, lässt das Ganze köcheln, streut Mehl darüber und lässt es erneut simmern. Dann kommen weitere Zutaten – Speck, Knoblauch, Geflügelbrühe, Pilze –, bis sich alles zu einem köstlichen, harmonischen Ganzen verbindet.«

»Jetzt habe ich zwar Hunger«, sagte Gaston, »aber ich kapiere es noch immer nicht.«

»Bei diesem Gericht ist keine einzelne Zutat der Star«, erklärte Orro. »Es geht ums Ganze. Ich könnte es auf ein Dutzend verschiedene Arten zubereiten, indem ich die Dosierung von Zutaten und Gewürzen verändere und neue Variationen erschaffe. Wie macht man die Brühe? Welche Rebsorte verwendet man? Ein Koch-Azubi im zweiten Lehrjahr kann dieses Gericht mit einem essbaren Resultat herstellen. Gerade die Komplexität der Vorbereitungen macht das Rezept flexibel. Doch jetzt stell dir mal das bescheidene Ei vor. Es ist möglicherweise das älteste bekannte Nahrungsmittel des Universums. Das Ei ist einfach nur ein Ei. Wenn man es zu lange kocht, wird es hart. Wenn man es zu kurz kocht, hat man eine glibberige Masse. Wenn man unachtsam ist und den Eidotter zerstört, ist das Gericht ruiniert. Wenn man die zarte Haut beim Schälen zerreißt, kann keine kulinarische Expertise der Welt mehr etwas retten. Das Ei verzeiht keine Fehler. Beim Ei zeigt sich wahre Meisterschaft.«

Jack schob sich in die Küche und trat dann auf die Veranda heraus. »Zwei Häuser weiter steht an der Straße ein Polizeiauto. Der Bulle, der darin sitzt, beobachtet das Gasthaus.«

Ich seufzte. »Das ist dann sicher Officer Marais.« Wie unerwartet …

»Müssen wir uns Sorgen machen?«, wollte George wissen.

»Officer Marais und ich kennen einander schon länger.«

Alle Menschen waren magiebegabt. Die meisten von ihnen konnten ihre Magie nicht einsetzen, weil sie es nie versuchten, aber die Magie fand trotzdem Wege, um durchzuschimmern. Bei Officer Marais manifestierte sie sich als Intuition. Jedes Bauchgefühl, das er hatte, sagte ihm, dass mit mir und dem Gertrude Hunt etwas nicht stimmte. Er konnte es nicht beweisen, doch es ließ ihm keine Ruhe.

Officer Marais war sowohl pflichtbewusst als auch fleißig, und in dieser Nacht hatte ihn ein überdeutliches Bauchgefühl gewarnt, dass etwas »Komisches« passieren würde, also musste er in die Trabantenstadt Avalon gefahren sein und sich auf Beobachtungsposten begeben haben.

»Er hat eine überentwickelte Intuition«, erklärte ich. »Deshalb habe ich allen nahegelegt, durch den Obstgarten hereinzukommen. Solange er nichts sieht, ist alles im grünen Bereich.«

»Hast du bei den Delegierten ihre Ankunftszeiten abgefragt?«, erkundigte sich George.

Jack nickte. »Die Otrokars um sieben, die Händler um halb acht und die Vampire um acht. Ich habe etwas Interessantes aus dem Zentralbüro gehört. Man hat uns vor Problemen mit den Vampiren gewarnt.«

George hob eine Braue. »Haus Vorga.«

Jack seufzte. »Es nervt wirklich, dass du die Sachen immer schon weißt, bevor ich sie dir mitteilen kann.«

»Das hast du schon mal erwähnt.« George wandte sich an mich. »Zur Delegation gehören Ritter aller Häuser, die unmittelbar in den Kampf auf Nexus verwickelt sind. Es sind drei große und zwei kleine Häuser. Alle großen Häuser standen den Friedensgesprächen zunächst positiv gegenüber. Doch in den letzten paar Tagen neigt Haus Vorga immer mehr dazu, den Konflikt fortzusetzen.«

»Was bedeutet das?«, fragte Gaston aus der Küche.

»Das weiß ich genauso wenig wie du.« George schnitt eine Grimasse. »Es könnte bedeuten, dass Haus Vorga insgeheim ein Bündnis mit Haus Meer geschlossen hat, um die anderen Häuser zu stürzen. Es könnte bedeuten, dass jemand aus Haus Vorga von jemandem aus Haus Krahr beleidigt worden ist, weil der Betreffende auf seinen Schatten getreten ist, die falsche Farbe getragen oder vor einem heiligen Altar nicht lange genug innegehalten hat. Es könnte auch bedeuten, dass jemand einen Vogel in die falsche Richtung über den Giebel der örtlichen Kathedrale hat fliegen sehen. Wir reden hier von Vampirpolitik. Das ist, als stecke man die Hand in ein Fass mit vierzig Kobras, um die Blindschleiche dazwischen zu ertasten.«

Das Beste an Vampirpolitik war, dass sie das Problem des Schiedsmanns war. Ich musste nur für die Sicherheit der Vampire sorgen.

George betrachtete geistesabwesend den Obstgarten.

»Sag mal, George?«, fragte Gaston. Ich sah ihn an, und er zwinkerte mir zu. »Warum vierzig?«

»Weil es eine ausreichend große Zahl ist, um die Wahrscheinlichkeit, die Blindschleiche zu ertasten, gering werden zu lassen«, erwiderte George ausdruckslos.

»Ja, aber warum nicht fünfzig oder hundert? Warum so eine seltsame Zahl? Vierzig? Man misst doch Schlangen normalerweise nicht in Vierzigereinheiten.«

George wirbelte herum und schaute Gaston an. Der große Mann grinste.

Jack lachte leise.

»Wenn er sich so konzentriert«, teilte mir Gaston mit, »kann man, wenn man ganz still ist, hören, wie sich die Zahnräder in seinem Kopf drehen. Manchmal sieht man auch Rauchwölkchen aus seinen Ohren aufsteigen ...«

Die Luft über dem Gras zerriss wie ein durchsichtiger Plastikvorhang und zeigte für einen Sekundenbruchteil ein tiefpurpurnes Nichts. Das Nichts zwinkerte mit seinem purpurnen Auge, und auf dem Gras erschien eine Gruppe von Otrokars. Eins, zwei, drei … zwölf. Wie erwartet.

Der vorderste kam auf uns zu. Er war fast einen Meter fünfundneunzig groß und, den mächtigen Armen und Beinen nach zu urteilen, muskulös. Er trug das traditionelle Kurzcape, das eigentlich mehr ein wirklich breiter, langer Schal war, mit dem sie ihre Arme und Gesichter vor der Sonne schützten. Es bedeckte Kopf, Schultern und Oberkörper des Trägers und reichte bis zur Mitte der Oberschenkel. Über der Schulter des Otrokars ragte ein riesiges, in Leder gewickeltes Schwertheft auf.

Der zweite Otrokar folgte dem ersten auf dem Fuße. Er war schlank und etwa zehn Zentimeter kleiner als der Anführer. Der Unterschied zwischen den beiden war so auffällig, dass man sie beinahe nicht für Artgenossen gehalten hätte. Die anderen folgten ihnen.

Der Anführer erreichte die Veranda und schälte sich in einer geschmeidigen Bewegung aus seinem Umhang. Eine riesige Otrokar in Leder und dem traditionellen Halbkilt stand vor mir. Sie hatte einen dunklen, bronzenen Hautton mit einem Hauch Orange und war muskelbepackt.

Ihre Schläfenlocken waren geflochten und am Hinterkopf zusammengeführt. Der restliche Haarschopf, eine lange Mähne, war zurückgekämmt und an den Ansätzen so dunkel, dass er fast schwarz wirkte. Zu den Spitzen hin hellte sich die Mähne nach und nach bis zu einem tiefen Rubinrot auf, als hätte sie ihr Haar mit frischem Blut gefärbt.

Ihre dunkelvioletten Augen unter den schwarzen Brauen blickten uns abschätzend an. In dem Sekundenbruchteil, in dem sie uns musterte, hatte sie alles gesehen – Jack, George, mich, Gaston in der Tür und Orro in der Küche – und einen Schlachtplan formuliert.

George verneigte sich. »Seien Sie gegrüßt, Khanum. Wir müssen leider leise sprechen. In der Nähe sind örtliche Gesetzeshüter unterwegs. Ich hoffe, Sie hatten eine angenehme Reise?«

»Wir haben sie überlebt.« Ihre Stimme war tief für eine Frau. Die Art von Stimme, die sich zum Brüllen eignete. »Ich hasse Reisen durch die Leere. Sie drehen mir jedes Mal den Magen um.« Die Khanum schnitt eine Grimasse. »Ich schätze, die offizielle Vorstellung muss warten, bis alle da sind.«

»So ist es Brauch«, bestätigte George.

Der Otrokar an ihrer Seite legte den Umhang ab. Er trug keine Rüstung, nur den Kilt, und hatte einen nackten Oberkörper. Er war schlank und sehnig, seine Muskeln unter der bronzenen Haut mit dem Grünschimmer waren nicht übertrieben, doch klar definiert, als hätte das Leben alle Weichheit aus ihm herausgemeißelt. Wäre er ein Mensch gewesen, hätte ich ihn für Mitte dreißig gehalten, aber bei einem Otrokar war das Alter schwer zu schätzen.

Sein langes Haar war so schwarz, dass es purpurn schimmerte, und fiel ihm bis auf den Rücken. Schmale Ledergürtel und Ketten, an denen Dutzende von Amuletten, Beuteln und Fläschchen hingen, lagen um seine Hüften. Die Khanum sah aus wie eine mächtige Raubkatze. Neben ihr wirkte er wie ein knorriger Baum oder vielleicht wie eine Schlange: nichts als trockene Muskeln.

Sein Gesicht passte zu diesem Erscheinungsbild: schroff, wie aus grob behauenem Stein gemeißelt, mit grünen Augen, die so hell waren, dass sie auf unheimliche Weise von innen zu leuchten schienen. Ich wäre bereit gewesen, meinen Besen zu fressen, wenn das kein Schamane war.

Er sah sich im Gasthaus um. »Gibt es eine Feuerstelle?«

»Es gibt einen speziell für die Geister vorgesehenen Raum«, teilte ich ihm mit. »Samt Feuerring.«

Er riss ein klein wenig die Augen auf. »Gut. Ich werde die Geister bitten, mir die Omen für diese Friedensgespräche zu zeigen.«

»Die Omen sollten besser gut sein«, sagte die Khanum leise, doch mit Stahl in der Stimme.

Der Schamane blinzelte nicht einmal. »Die Omen werden sein, wie sie sind.«

Die Khanum holte tief Luft. »Ich schätze, wir sollten hier mal weitermachen.« Sie hob leicht die Stimme. »Grüße, Schiedsmann. Grüße, Wirtin.«

»Das Gertrude Hunt heißt Sie willkommen, Khanum.« Ich neigte den Kopf. »Möge die Wintersonne Ihnen und Ihren Kriegern scheinen. Mein Wasser ist Ihr Wasser. Mein Feuer ist Ihr Feuer. Meine Betten sind weich, und meine Messer sind scharf. Spucken Sie auf meine Gastfreundschaft, und ich schneide Ihnen die Kehle durch.« So. Immer schön traditionell.

Jack wurde neben mir plötzlich ganz still. Nicht angespannt – er wirkte vollkommen friedlich.

Die Khanum lächelte. »Ich fühle mich schon zu Hause. Möge die Wintersonne Ihnen scheinen. Wir werden dieses Haus und seine Besitzer ehren. Unsere Messer sind scharf, und unser Schlaf ist leicht. Beschmutzen Sie die Ehre Ihres Feuers, und ich werde Ihnen das Herz herausschneiden.«

Die Tür gehorchte dem Druck meiner Magie und schwang auf. Ich trat ein. »Bitte folgen Sie mir, Khanum.«

Zehn Minuten später war ich wieder auf meinem Posten auf der Veranda. Das Gasthaus hatte die Tür hinter dem letzten Otrokar versiegelt. Der einzige Weg nach draußen führte für sie jetzt durch den Ballsaal.

Um halb acht schimmerte die Luft über dem Feld, als habe sich plötzlich ein Ring heißer Luft aus dem Gras erhoben. Das Schimmern verfestigte sich zu einem riesigen Schiff mit eleganten, geschwungenen Linien, das an einen durchs Wasser gleitenden Manta erinnerte. Es sank zu Boden, landete federleicht, eine Luke öffnete sich, und Nuan Cee trat hervor.

Er war einen Meter zwanzig groß und ähnelte einem Fuchs mit Katzenaugen und Luchsohren. Weiches, prächtiges Fell, silberblau und perfekt gebürstet, bedeckte ihn von Kopf bis Fuß, wurde am Bauch weiß und verdunkelte sich auf dem Rücken zu einem beinah türkisen Farbton mit goldener Zeichnung. Er trug einen schönen Seidenschurz und ein mit blauen Edelsteinen besetztes Halsband.

Nuan Cee sah mich, winkte und rief über die Schulter nach hinten: »Hier sind wir richtig. Ladet alles aus.«

Er kam auf mich zu. Vier Füchse, die eine Sänfte mit rosa Vorhängen trugen, traten aus dem Schiff. Hinter ihnen kamen fünf weitere, deren Fellfarben von Weiß bis zu Dunkelblau reichten und die leichtfüßig über das Gras hüpften. Alle fünf waren in Seide und Geschmeide gekleidet.

Aus dem Bauch des Schiffs erklang ein leises Wiehern. Gleich darauf stieg ein kleiner Fuchs aus, der etwas am Zügel hinter sich herzog, das an eine bepelzte Kreuzung zwischen einem Kamel und einem Esel erinnerte. Auf dem Rücken des Tieres befand sich ein akut absturzgefährdeter Stapel von Koffern, Rucksäcken und Truhen, die fast doppelt so hoch übereinandergeschichtet waren, wie das Wesen groß war.

Wieder zog der Fuchs an den Zügeln, und das Eselkamel trat ins Gras. Hinter ihm erschien ein zweites Tier, geführt von einem weiteren Fuchs.

»Nur damit ich das richtig verstehe«, murmelte Jack, »sie fliegen in Raumschiffen herum, haben aber Esel dabei?«

»Sie mögen Esel«, teilte George ihm mit.

Der fünfte Esel verließ das Schiff, beladen wie die anderen. Nuan Cee war schon bei meinen Eltern abgestiegen. Geistig klopfte ich mir auf den Rücken, weil ich ihnen Zimmer für eine dreimal so große Gruppe zugewiesen und den Stall wieder aus der Versenkung geholt hatte.

»Wie lange soll das hier dauern?« Gaston stieß einen Pfiff aus. »Ein Jahr?«

»Sie lieben Luxus«, erklärte ich. »Das Schlimmste, was man ihnen antun kann, ist, ihn ihnen vorzuenthalten. Würde es Ihnen etwas ausmachen, ihnen ihre Zimmer zu zeigen, wenn wir sie alle im Haus haben?« Ich würde ihnen folgen, um darauf zu achten, dass niemand den vorgesehenen Weg verließ, und dann würde ich alle Esel in den Stall schaffen.

»Kein Problem«, sagte Gaston.

Schließlich erreichte uns Nuan Cee. Jack sah sich mit mehr als nur Neugier die Puschel auf den Ohren des kleinen Fuchses an. Vielleicht war er ein Luchswandler.

»Diiina!« Der Händler zog das Wort in die Länge.

»Psst«, flüsterte ich. »Ehrenwerter Nuan Cee, ein Polizist beobachtet das Haus.«

»Oh.« Nuan Cee senkte die Stimme. »Gewiss. Ich bin so froh, bei dir absteigen zu können, so froh. Darf ich dir meine Familie vorstellen?« Er wedelte mit seiner Handpfote, und die Füchse reihten sich auf, allen voran die Sänfte. »Meine Großmutter Nuan Re.« Die Sänfte wurde an uns vorbeigetragen. »Meine Schwester Nuan Kuo. Die angeheiratete Cousine meiner Schwester, Nuan Oler. Mein zweiter Schwager …«

Fünf Minuten später betrat der letzte Fuchs meine Veranda. »Nuan Couki, der siebte Sohn meiner Cousine dritten Grades«, verkündete Nuan Cee triumphierend. »Dies ist seine erste Reise.«

Der siebte Sohn sah uns an. Er war nur knapp über einen Meter groß, hatte helles, sandfarbenes Fell und große blaue Augen. Er winkte uns mit der Pfote, quiekte mit dünnem Stimmchen: »Hi!«, und folgte der Prozession von Nuan Cees Verwandten eilig ins Gasthaus.

»Puh.« Nuan Cee wischte sich imaginären Schweiß von der Stirn. »Ich arbeite zu hart. Zeig uns unsere Zimmer.« Er verschwand ins Gasthaus, und ich folgte ihm.

»Cookie?«, fragte Jack hinter mir.

»Tu einfach, als ob nichts wäre«, entgegnete George.

Punkt acht Uhr war ich wieder auf der Veranda. Es hatte länger gedauert als erwartet, Nuan Cees Clan zu versorgen. Ich kam wirklich auf den letzten Drücker. Wenigstens hatten sie keinen großen Lärm gemacht. Wenn mit den Vampiren alles glattlief, würden wir gerade so noch einmal davonkommen.

Wir warteten schweigend. Eine Minute verging. Eine weitere.

»Unpünktlichkeit sieht ihnen gar nicht ähnlich.« George runzelte die Stirn. Meine Magie meldete sich in meinem Geist. O nein.

»Nach vorne!« Ich hetzte durchs Haus. Die Männer folgten mir. »Sie kommen von vorn!«

Ich stürmte durch die Vordertür.

»Runter auf den Boden!«, schrie eine Männerstimme.

Mitten auf der Straße zogen zwölf Ritter der Heiligen Kosmischen Anokratie in voller Blutrüstung ihre Waffen. Officer Marais stand neben seinem Fahrzeug und hatte einen Taser auf den vordersten Ritter gerichtet.

»Runter, habe ich gesagt!«, wiederholte Officer Marais.

Der Vampir direkt neben ihm umfasste seine gewaltige Axt. Hellrote Blitze zuckten durch die Waffe. Er hatte sie gerade scharf gemacht.

»Nein!« Ich rannte auf die Straße.

Officer Marais schoss den Taser ab. Die Spitzen mit den beiden Elektroden prallten gegen die Blutrüstung des Vampirs und schlugen blaue Funken.

Der Vampir brüllte auf. Die große Axt beschrieb einen Bogen und spaltete die Motorhaube des Streifenwagens, als sei er eine leere Coladose. Für eine Sekunde starrte Officer Marais sie in verblüfftem Staunen an. Seine Hand fuhr zur Waffe. Ich konnte nicht zulassen, dass er schoss.

Magie explodierte aus meiner Hand in meinen Besen. Der Stiel teilte sich in ein Dutzend langer Fäden, die auf Officer Marais zurasten wie ein Facehugger aus Alien. Die Fäden umwickelten ihn und spannten seinen Körper in einen Kokon ein. Er drehte sich um sich selbst und krachte auf den Asphalt.

Die Vampire brüllten triumphierend.

KAPITEL 5

Ich drehte mich zu den Vampiren um. Ich war so wütend, dass mir die Worte fehlten.

Der Ritter mit der Axt sah mein Gesicht. Eine Sekunde später begriff er auch, dass ich eine Wirtinnenrobe trug und er etwas sehr, sehr Schlimmes getan hatte.

Ich marschierte zu ihm hinüber. Er wich ein paar Schritte in Richtung Gasthaus zurück, schuf Distanz zwischen sich und dem Auto wie ein kleiner Junge, der etwas kaputt gemacht hatte und jetzt versuchte, nicht damit in Verbindung gebracht zu werden. Sein Fuß streifte die Grenze des Gasthauses. Eine Wurzel zuckte aus dem Halbdunkel, packte den Vampir und zerrte ihn in den Boden, als sei er gewichtslos. Eben war er noch da gewesen, dann war er verschwunden.

Ich funkelte die anderen Vampire an. »Greift Euch dieses Auto und diesen Mann«, presste ich zwischen zusammengebissenen Zähnen hervor. »Schafft beide unbeschadet in meine Einfahrt, sonst verwandle ich Euch in Blutflecken auf dem Pflaster. Auf der Stelle.«

Zwei Lichtpunkte verrieten, dass sich von rechts ein Fahrzeug näherte.

»Los!«, fauchte Arland irgendwo hinter den massigen Vampiren.

Lord Soren, Arlands Onkel, schnappte sich Officer Marais und hastete ins Gasthaus, so schnell es seine sperrige Rüstung erlaubte. Zwei Vampire ergriffen den Streifenwagen, hoben ihn an und trugen ihn in die Einfahrt.

Sobald die Räder den Boden berührten, versank der Wagen. Die Erde verschlang ihn, und das Auto war spurlos verschwunden. Die Vampire strömten ins Haus.

Die Lichter hatten uns beinahe erreicht.

Ich trat hinter die Eiche. Das Haus verschob sich und verbarg die Waffen. George kauerte sich hinter eine Hecke.

An der Tür bellte Arland einen knappen Befehl. Die drei Vampire, die sich noch draußen befanden, warfen sich auf den Boden. Ein weißer Lkw donnerte vorbei.

Ich wartete ein paar Sekunden, dann nickte ich Arland zu. Die Ritter erhoben sich und huschten geduckt ins Haus. George folgte ihnen. Ich wartete und behielt die Straße im Auge. Doch sie war unbelebt.

Ich wartete weiter, spitzte die Ohren. Nichts.

Keine Sirenen, keine aufgeregten Nachbarn, die aus dem Haus gerannt kamen, um zu sehen, was da vor sich ging, keine Schüsse. Das miese Wetter und die kalte Nacht an einem ganz normalen Dienstag wie jeder andere hatten verhindert, dass die Bewohner der Trabantenstadt Avalon vor die Tür gingen.

Waren wir noch einmal mit einem blauen Auge davongekommen?

Als Wirtin hatte ich offiziell nur zwei Verpflichtungen: für die Sicherheit meiner Gäste zu sorgen und ihre Existenz dem Rest des Planeten vorzuenthalten. Die Vampire wussten das. Vor allem Arland und sein Onkel wussten und verstanden das ganz genau. Wie hatten sie das Gasthaus in Gefahr bringen können?

Kalter Nieselregen setzte ein.

In der Trabantenstadt blieb es still. Irgendwo in der Ferne bellte kläglich ein Hund, wollte ins Haus gelassen werden. Vielleicht bildete ich es mir nur ein, doch ich glaubte zu hören, wie sich eine Tür öffnete. Das Gebell hörte auf.

Ich atmete langsam aus und ging zum Gasthaus.

Die Vampirdelegation drängte sich in meinem Empfangsbereich.

Ein hochgewachsener Ritter mit pechschwarzem Haar stand Brust an Brust mit Arland, so dicht, dass ihre Rüstungen sich fast berührten. Beide hatten sich voreinander aufgebaut, die Schultern zurückgenommen, die Muskeln angespannt, bereit, einander zu packen und zu zerfetzen.

Ihre Münder waren weit aufgerissen, sie zeigten die Fänge, und ihre Gesichter waren zornverzerrt. Sie strahlten Aggression aus wie zwei Heizöfen Wärme. Alle anderen hatten sich zurückgezogen, um ihnen Bewegungsfreiheit zu geben. Sie waren unmittelbar davor, einander an die Kehle zu springen, und waren fast gleich groß und breit. Das würde furchtbar und blutig werden.

Nein, das kam gar nicht infrage. Sie würden das nicht in meinem Empfangsbereich austragen. Ich schnippte mit den Fingern. Das hätte ich eigentlich nicht gemusst, aber ich wollte für den Rest der Anwesenden ein klares Zeichen setzen. Die beiden Vampire versanken bis zur Hüfte im Boden. Ich berührte mit der Spitze meines einen Zeigefingers den anderen und löste sie dann wieder voneinander. Die Vampire glitten auf eine Entfernung von einem Meter fünfzig auseinander. George trat zwischen sie und stützte sich auf seinen Stock.

»Marschall des Hauses Krahr.« Er nickte Arland zu. »Marschall des Hauses Vorga.« Er nickte dem dunkelhaarigen Ritter zu. Seine Stimme war heiter und unbeschwert. »Wessen Idee war es, durch die Vordertür hereinzukommen?«

»Wo ist mein Ritter?«, fauchte der Marschall des Hauses Vorga. Ich ließ ihn noch fünfzehn Zentimeter tiefer im Boden versinken.

»Ich verlange ...«

Weitere fünfzehn Zentimeter. Jetzt war er bis fast zu den Achseln eingesunken.

Der Marschall des Hauses Vorga öffnete den Mund und schloss ihn hörbar wieder.

George machte auf dem Absatz kehrt. »Marschallin des Hauses Sabla, würdet Ihr mir vielleicht Klarheit in dieser Frage verschaffen?«

Eine Ritterin trat vor. Langes kastanienbraunes Haar umrahmte ihr Gesicht. »Wir erhielten die Koordinaten vom Marschall von Krahr. Der Marschall des Hauses Vorga hat sie persönlich eingegeben.«

»Dürfte ich um diese Koordinaten bitten?«, fragte George.

Sie hob die Hand. An der Innenseite ihres Handgelenks leuchtete ein kleines Anzeigefeld auf. Fremdartige Zeichen huschten in Blassrot darüber.

»Danke, Lady Isur«, sagte George. »Fürs Protokoll: Arland von Krahr hat den Häusern die korrekten Koordinaten geliefert. Lord Robart, habt Ihr sie aus Versehen falsch eingegeben?«

»Wir sind die Ritter der Heiligen Anokratie«, antwortete Lord Robart. »Wir schleichen uns nicht durch die Hintertür ein. Wir folgen nicht den Otrokars.«

»Verstehe«, erwiderte George. »Habt Ihr diese Entscheidung allein getroffen?«

»Ich bin Marschall eines Vampirhauses«, fauchte Lord Robart. »Ich bin Euresgleichen keine Rechenschaft schuldig.«

George lächelte. »Wohl wahr, obgleich Ihr meine erste Frage bereits beantwortet habt, was diese Trotzgeste ein wenig verwässert. Nun gut.« Er hob die Hand. Wie von Zauberhand erschien eine Schriftrolle darin. Er ließ sie sich entrollen. Ein grellrotes

Symbol der Heiligen Pyramide prangte darauf. Wie ein Mann knieten die Vampire nieder, und ich sah, wie Caldenia, die an der Rückwand auf einem Stuhl saß und eine Tasse Tee trank, amüsiert die Lippen zu einem kleinen Lächeln verzog.

»Dies ist eine heilige Vollmacht Ihrer Brillanz, der Hierophantin«, sagte George.

Er hatte eine heilige Vollmacht des religiösen Oberhaupts der Heiligen Kosmischen Anokratie. Wow. Er hatte gerade das Äquivalent einer Atombombe gezündet.

»Diese Vollmacht legt Leben und Tod jedes und jeder Einzelnen von Euch in meine Hände«, fuhr George fort. »Ich kann ohne Angst vor Vergeltung jede und jeden von Euch jederzeit vernichten. Wer sich mir widersetzt, widersetzt sich der Hierophantin. Sollte sich jemand dafür entscheiden, wird sie die betreffende Person exkommunizieren. Bei ihrem Tode wird ihrer Seele das Paradies verwehrt bleiben, und sie wird gezwungen sein, die leblosen, eisigen Ebenen des Nichts zu durchwandern, wo keine Sonne scheint, kein Tier ihren Weg kreuzt und kein Laut die Stille durchdringt. Habe ich mich klar ausgedrückt?«

»Glasklar«, bestätigte Lady Isur mit nach wie vor gesenktem Kopf.

George rollte die Vollmacht wieder ein und ließ sie in seinen Ärmel gleiten. »Erhebt Euch.« Die Vampire kamen seiner Aufforderung nach.

George sah mich an. »Dina, Sie können die Marschälle freilassen.«

Ich ließ den Boden beide Vampire aus sich heraus- und wieder auf ihre Füße schieben. Im Raum herrschte völlige Stille. Man hätte eine Stecknadel fallen hören können. George hatte die volle Aufmerksamkeit aller.

»Die Interaktionen dieser Galaxie mit der Erde unterliegen einem Erlass des Kosmischen Senats«, sagte George. »Lady Dina, wie lautet der wichtigste Satz dieses Erlasses?«

»Die Existenz anderen intelligenten Lebens in der Galaxie muss geheim bleiben«, antwortete ich.

»Welche Strafe steht auf einen Verstoß gegen diese Vorschrift?«

»Verbannung«, erklärte ich.

Lord Robart biss die Zähne zusammen.

»Hätte Haus Vorga Konsequenzen zu befürchten, wenn Lord Robarts Fehlgriff öffentlich würde?«

»Ja. Sein Haus wäre entehrt und würde von der Erde verbannt.«

Ein paar Vampire zuckten zusammen. Die Erde war eine wichtige Zwischenstation. Der Verlust des Zugangs zu ihr würde beschwerliche Reisebehinderungen für Haus Vorga bedeuten. Andere Häuser würden das nur zu gerne ausnutzen.

»Lord Robart vom Haus Vorga«, sagte George. »Ich halte nichts davon, Friedensverhandlungen mit Blutvergießen zu eröffnen. Ich finde auch nicht, dass Haus Vorga die Konsequenzen für einen Fehltritt tragen müssen sollte, der wahrscheinlich eher aus Stolz denn aus Bosheit begangen wurde. Doch Eure Taten hätten diesen Gipfel beinahe in Gefahr gebracht, und dafür müsst Ihr sühnen, ehe wir weitermachen können. Lady Dina, erinnern Sie sich an Ihre Demonstration von vorhin? Könnten Sie diese Tür bitte noch einmal öffnen?«

George zu verärgern war wirklich keine gute Idee. Ich wandte mich also der gegenüberliegenden Wand zu und wirkte mit meiner Magie auf sie ein. Das Holz zerschmolz, gab den Blick frei auf das endlose bernsteinfarbene Meer unter dem purpurnen Himmel. In der Ferne ragten unter einem geborstenen Perlenstrang roter Planeten zerklüftete, dunkle Klippen aus dem Wasser. Salzluft hüllte uns ein, der Planet atmete mir ins Gesicht.

Ein Körper glitt durch das orangefarbene Wasser, dick, geschuppt und gekrönt von einer langen, gezackten

Rückenflosse. Er schien endlos lang zu sein, wand sich unter Wasser und glitt durch die Wogen.

George sah Lord Robart an. »Eine Stunde, Marschall. Wir werden die formellen Vorstellungen bis zu Eurer Rückkehr aufschieben.«

Der Vampir hob den Kopf.

Wenn er in dieses Wasser ging, würde seine Rüstung ihn unter die Oberfläche ziehen. Er würde zu langsam sein, würde ertrinken. Überhaupt in dieses Wasser zu gehen war Selbstmord.

Lord Robart bleckte die Fänge.

Sie trugen ihre Rüstung wie eine zweite Haut. Er würde niemals …

Lord Robart zog eine kurze, brutale Axt aus einer Gürtelschlaufe und umkrallte das Hauswappen auf seiner Rüstung. Das schwarze Metall tat sich auf, fiel von ihm ab, und er stand nur noch in einem einfachen schwarzen Bodysuit da. Er stieg aus seinen Stiefeln, machte mit einer raschen Bewegung aus dem Handgelenk seine Axt scharf und sprang ins Wasser. Es reichte ihm bis zur Taille.

»Bitte versiegeln Sie den Durchgang«, sagte George.

Ich ließ das Holz wieder zusammenfließen, und wir sahen den Vampirritter nicht mehr. Wir würden einen Countdown brauchen. Ich wandte mich murmelnd an das Gasthaus, und an der Wand erschien eine große Digitaluhr, die in Sekundenschritten von sechzig Minuten herunterzählte.

George drehte sich zu mir um. »Wir haben nach wie vor das Problem mit dem Auto und dem Polizisten.« Er schenkte mir ein strahlendes Lächeln. »Das ist Ihr Spezialgebiet. Die Delegation der Heiligen Anokratie, meine Leute und ich stehen Ihnen zur Verfügung, Mylady. Wie wollen Sie vorgehen?«

* * *

Ich wandte mich an Arland. »Marschall, ich brauche Euren besten Ingenieur. Die anderen müssen sich in ihre Räumlichkeiten zurückziehen.«

»Hardwir, zu mir«, befahl Arland.

Ein älterer, dunkelhaariger Vampir schob sich nach vorn. »Ich komme auch mit«, verkündete Lady Isur.

»Die anderen gehen bitte durch den Gang links. Jetzt. Versucht nicht, das Gasthaus zu verlassen. Es wird es nicht zulassen.«

Die Mehrheit der Ritter verließ den Raum, aber fünf von ihnen blieben zurück. »Wir dürfen unseren Marschall nicht allein lassen«, sagte eine Ritterin.

Lady Isur sah mich an. »Wirtin?«

»Ihr dürft zwei der Euren bestimmen«, verfügte ich. »Sie können hier Wache halten. Wenn sie versuchen, den Raum zu verlassen, wird das Gasthaus sie festhalten.«

Die Ritterin und ein älterer, ergrauter Vampir bezogen Stellung an der Wand. Die anderen zogen sich in ihre Gemächer zurück. Caldenia nippte immer noch an ihrem Tee und wirkte rundum zufrieden.

Jetzt musste ich diesen Albtraum in Ordnung bringen.

»Folgt mir.« Ich ging den langen Gang entlang.

Der Stall nahm die Nordostecke des Gebäudes ein und öffnete sich zum Obstgarten hin. Von außen sah er aus wie eine Veranda mit Windschutz.

Beast rannte vor mir hin und her und überschlug sich fast vor Aufregung. Nun, wenigstens hatte irgendjemand Spaß.

»Ich könnte ihn töten«, erbot sich Lady Isur.

»Das würde nur noch mehr Probleme verursachen«, sagte Jack.

»Die Exekutive ist hier sehr gut organisiert«, stellte Arland fest. »Wenn ein Polizist fällt, alarmiert das seine Kollegen. Das würde alles überaus erschweren.«

Die Tür flog vor mir auf, und ich betrat den Stall. Meine Hände zitterten leicht. Zu viel Adrenalin und zu viel Magie-Einsatz in zu kurzer Zeit. Wenn die Gäste erst einmal alle untergebracht waren, würde ich mich wieder erholen, aber im Augenblick fühlte ich mich kribbelig, als hätte ich auf leeren Magen drei Tassen starken Kaffees getrunken.

Officer Marais lag auf dem Boden neben seinem kaputten Streifenwagen, links und rechts von Stallboxen flankiert. Eine Frau aus dem Clan Nuan Cees verteilte seelenruhig Futter auf die Eimer. Als sie uns sah, hielt sie inne.

Ich trat näher, und die Fäden lösten sich von Marais' Körper, sodass ihn nur noch die harten Wurzeln des Gasthauses am Boden festnagelten. Die Fäden strebten mir entgegen und vereinigten sich reibungslos wieder zu dem Besen in meiner Hand.

Die Wurzeln knebelten Officer Marais, seine Augen sagten allerdings mehr als tausend Worte. Er war wütend. Hätte er sich befreien können, er hätte gegen uns alle um sein Leben gekämpft.

Ich warf einen Blick auf das Auto. Es war sogar schlimmer beschädigt, als ich gedacht hatte. Die Axt hatte die Motorhaube zerschmettert und den Motor gespalten, als sei er aus Wackelpudding. Durch den Spalt sah ich den Boden.

Im Stall war es ruhig, man hörte nur das rhythmische Kauen der Eselkamele in ihren Boxen.

»Ich kann es schmerzlos machen«, murmelte Lady Isur. »Er wird überhaupt nichts spüren.«

Ich hob die Hand. »Gib mir die Ultima Ratio.«

Die Wand des Stalls spie eine kleine Spritze aus. Ich kauerte mich neben Officer Marais nieder und verpasste sie ihm. Er funkelte mich an, als wünschte er sich mit jeder Faser seines Daseins, mein Kopf würde platzen. Dann entspannte sich sein

Gesicht. Er atmete ruhiger und erschlaffte, schloss die Augen und fiel in einen tiefen Schlaf.

»Was haben Sie ihm gegeben?«, fragte George.

»Ein Beruhigungsmittel.«

»Aber er wird sich trotzdem erinnern, was passiert ist«, sagte Jack.

»Egal«, versetzte ich. »Er wird Beweise brauchen, wenn ihm jemand glauben soll. Die jedoch werden wir vernichten.«

»Das ist alles?« Lady Isur runzelte die Stirn. »Das ist Euer Plan?«

»Ja«, bestätigte ich. »Das haben viele verschiedene Wirte schon häufig erfolgreich so gemacht. Manchmal sind die einfachen Pläne die besten.« Ich wandte mich an Arlands Ingenieur. »Bitte repariert ihn.«

Hardwir starrte den Streifenwagen an. »Ich soll ihn reparieren?«

»Ja. Ich brauche ihn im Originalzustand, genau wie er vor dem Schlag war.«

Der dunkelhaarige Ritter runzelte die Stirn, näherte sich dem Streifenwagen, sah in den Spalt in der Motorhaube und öffnete sie schließlich. »Das ist ein Verbrennungsmotor.«

»Genau«, stimmte ich zu.

»Das ist ein Verbrechen wider die Natur.« Hardwir ließ die zertrümmerte Motorhaube los. Sie fiel herab, brach ab und krachte zu Boden. »Das mache ich nicht.«

Arlands Augen loderten auf. Er spannte sich an und wurde irgendwie größer. »Was meint Ihr damit?«

»Das mache ich nicht! Ich habe einen Ingenieurseid geleistet. Ich bin meinem Beruf verpflichtet, und diese Verpflichtungen zwingen mich, mein Handwerk mit Integrität auszuüben und das kostbare Wesen des Universums zu bewahren.«

Hardwir wies mit einem behandschuhten Finger auf den Motor. »Der vergiftet die Umwelt, ist schrecklich ineffizient und nutzt fossile Brennstoffe. Er erfordert also eine endliche, höchst umweltschädliche Ressource. Was für ein Idiot würde einen Motor auf Basis einer nicht erneuerbaren Ressource erfinden?«

»Mir egal«, fauchte Arland. »Ihr werdet ihn reparieren.«

Hardwir hob das Kinn. »Nein. Ihr verlangt von mir, etwas zu reparieren, das Giftstoffe erzeugt und in die Umwelt abgibt. Wenn dies ein Kriegsgerät wäre, wäre es längst geächtet.«

»Ihr habt mir persönlich einen Lehnseid geleistet. Ihr seid ein Lehnsmann unseres Hauses.«

»Ich bin Ingenieur. Ich werde mich nicht verbiegen.«

Arland öffnete den Mund und sagte nur ein einziges Wort. »Ryona.«

Hardwir fauchte und bleckte die Zähne.

Arlands Miene war unerbittlich. »Wenn wir ihn nicht reparieren, fliegen wir auf, was bedeutet, dieser Friedensgipfel scheitert. Dann wären all die Opfer, die Eure Schwester auf dem Schlachtfeld gebracht hat, umsonst gewesen.«

Hardwir drehte sich abrupt um, funkelte den nicht mehr durch die Kühlerhaube geschützten Motor an und wandte sich dann wieder Arland zu. »Nein.«

Arland berührte sein Wappen. »Odalon? Tut mir leid, dass ich deine Vigil unterbrechen muss. Wir brauchen dich. Ist ein Notfall.«

Ein einzelnes Wort erklang aus dem Wappen.

Unmittelbar darauf klingelte das Gasthaus und kündigte einen Besucher hinten im Obstgarten an. Ich öffnete die Stalltüren. Ein Vampirritter ohne Begleitung kam uns zwischen den Bäumen hindurch entgegen. Er war für einen Vampir durchschnittlich groß, knapp über eins achtzig, und schlank, fast schon schmal.

Er hatte die dunkelste Haut des Vampir-Genotyps, grau mit bläulichem Schimmer wie die Konturfedern eines ausgewachsenen Graureihers. Das Haar fiel ihm in einer Kaskade langer, dünner Zöpfe bis auf die Schultern. Es war wohl irgendwann schwarz gewesen, hatte inzwischen aber graue Strähnen. Vampire ergrauten frühestens mit Mitte siebzig, doch er schien noch nicht einmal annähernd so alt zu sein.

Über der Rüstung trug er lange karmesinrote und silberne Gewänder, im Gegensatz zur Robe eines katholischen Priesters war sein Überwurf allerdings in zwanzig Zentimeter breite Streifen geteilt. Sie umwogten ihn, wenn er ging, und fielen von seinen Schultern wie ein Mantel aus dem Jenseits. Ihn näher kommen zu sehen hatte etwas Unwirkliches.

Arland hatte seinen Feldgeistlichen gerufen. Im Orbit musste sich ein Raumschiff der Vampire befinden.

Der Geistliche betrat den Stall. Sein Gesicht war völlig entspannt, als er ruhigen Blickes den Streifenwagen, Officer Marais und schließlich uns musterte.

Arland trat zu ihm und sprach leise mit ihm, seine Stimme war kaum mehr als ein Flüstern.

Odalon nickte und wandte sich an Hardwir. »Deine Vorbehalte ehren dich.« Seine Stimme war beruhigend und unaufgeregt, eine Stimme, bei deren Klang man sich unwillkürlich entspannte.

»Ich werde es nicht tun«, sagte Hardwir.

»Geh ein Stück mit mir«, erwiderte Odalon einladend.

Der Ingenieur folgte ihm hinaus in den Obstgarten. Unter einem der Apfelbäume blieben sie stehen und unterhielten sich leise.

Arland seufzte. »All das hätte sich vermeiden lassen.«

Lady Isur zuckte die Achseln. »Wenn das nicht passiert wäre, wäre etwas anderes schiefgegangen. Robart wird die Verhandlungen so schwierig wie möglich gestalten. Das wusstet Ihr von Anfang an.«

Hardwir und der Feldgeistliche kehrten zurück.

»Selbst wenn ich wollte, würde ich das nicht hinbekommen«, sagte Hardwir. »Ich bräuchte einen Molekularsynthesizer, um die Teile zu reparieren …«

»Sie werden standardmäßig in den meisten Militärfahrzeugen verbaut«, stellte Lady Isur fest.

»Ich war noch nicht fertig, Marschallin«, fuhr Hardwir fort. »Wir haben einen Molekularsynthesizer an Bord, aber die Reparaturen müssen dem Abnutzungsgrad des Motors entsprechen. Dafür muss ich Alter und Abnutzung des gegenwärtigen Motors bestimmen, was bedeutet, ich brauche einen Alterssequenzer und spezielle Software. Beides haben wir nicht. Wir sind ein Militärschiff, kein archäologisches Forschungsschiff.«

Das weibliche Mitglied von Nuan Cees Clan räusperte sich. Wir alle sahen sie an.

»Onkel Nuan Cee hat einen«, erklärte sie. »Er ist sehr kompliziert. Sehr teuer. Übersteigt mein Begriffsvermögen bei Weitem.«

George lächelte. »Vielleicht kann ich den geschätzten Nuan Cee dazu bringen, dass er ihn uns benutzen lässt.«

»Das würde er sicher«, sagte sie. »Wenn der Preis stimmt.«

»Wenn der Preis stimmt?«, knurrte Arland. »Er verlangt vermutlich eine Lunge und ein halbes Herz. Ich habe schon mit ihm Geschäfte gemacht. Er quetscht einen bis aufs Blut …«

»Ich kümmere mich darum«, unterbrach ich ihn.

George und ich fanden den geschätzten Nuan Cee in seinen Gemächern. Er hatte sich neben einem kleinen Zimmerspringbrunnen auf den Polstermöbeln ausgestreckt. George setzte ihn ins Bild.

Nuan Cee beugte sich mit eindeutig raubtierhaftem Glitzern in den Augen vor. »Der Alterssequenzer ist ein sehr empfindlicher Ausrüstungsgegenstand. Sehr teuer. Ich habe einen bei mir, weil mir manchmal Leute Dinge zu verkaufen versuchen, deren

Echtheit ich überprüfen muss. Können Sie sich vorstellen, was los wäre, wenn ich eine Fälschung weiterveräußern würde?« Er kicherte röchelnd.

Ich spürte, dass das teuer werden würde. »Wir bewundern deine Weisheit«, sagte ich.

»Ja, und wir setzen auf Ihre Großzügigkeit«, fügte George an.

»Großzügigkeit ist eine schreckliche Sünde«, erklärte Nuan Cee. »Aber natürlich bin auch ich nicht frei davon.« Er hatte uns bei den Eiern und wusste es.

Ich lächelte. »Du hast ein berechtigtes Interesse daran, dass dieser Gipfel Erfolg hat. Schließlich würde dein Raumhafen auf Nexus überrannt, wenn er scheitert.«

Nuan Cee winkte mit den Pfoten ab. »Dann hätten wir immer noch Turan Adin. Selbst wenn sich die Heilige Anokratie und die Horde der Hoffnungsfresser zusammentäten, hätten wir nichts zu befürchten.«

Wer oder was war Turan Adin?

»Dennoch ist der Krieg schlecht fürs Geschäft. Ich bin geneigt, diesen Gefallen zu gewähren.«

Ich hielt schon mal die Luft an. Da kam bestimmt ein Aber.

»Aber ich verlange dafür einen Gegengefallen.«

»Was immer Sie wollen«, sagte George.

»Nicht von Ihnen. Von Dina.«

Natürlich. »Wie kann ich dem großen Nuan Cee helfen?«

Nuan Cee grinste und zeigte dabei kleine scharfe Zähne. »Das weiß ich noch nicht. Ich werde darüber nachdenken. Normalerweise hätte ich drei Gefallen verlangt, doch aus Respekt vor deinen Eltern und der Freundschaft zwischen uns habe ich mich zurückgehalten. Verrate es niemandem. Ich will nicht mein Gesicht verlieren.«

Ein nicht näher festgelegter Gefallen, den ich Nuan Cee schuldete. Es wäre Irrsinn, darauf einzugehen. Man konnte nie wissen, was er verlangen würde.

Doch der Friedensgipfel musste unter allen Umständen weitergehen. Ich hatte keine Wahl. »Abgemacht.« Ich streckte ihm die Hand hin.

Nuan Cee nahm sie und lachte. »Wunderbar. Ich liebe diesen Erdenbrauch. Sprich im Stall mit Nuan Sama. Sie ist die Expertin dafür.«

Natürlich.

Wir dankten Nuan Cee und gingen.

»Ich vermute, dass man denen nicht trauen darf«, sagte George.

»Kommt darauf an. Während der Verhandlungen kennen sie keinerlei Maß, aber sobald sie ein Abkommen geschlossen haben, werden sie sich daran halten.« Ich hatte mich gerade eben noch tiefer in die Bredouille gebracht.

Fünf Minuten später gingen Hardwir und Nuan Sama auf Nuans auf dem Feld geparktes, getarntes Schiff zu. Ich entnahm der Kamera auf dem Armaturenbrett des Autos die Speicherkarte.

»Das Auge.« Ich streckte die Hand aus. Aus einem neuen Loch in der Wand rollte eine Silberkugel, die etwa die Größe einer Zitrone hatte, in meine Handfläche. Ich drückte sie leicht. Die Kugel klickte, und ein SD-Karten-Slot tat sich auf. Ich schob die Karte ein und öffnete die Finger. Die Kugel schoss durch die offene Stalltür nach draußen und verschwand hinter dem Haus.

»Was hast du zu Hardwir gesagt?«, fragte Arland Odalon.

Der Feldgeistliche seufzte. »Ich habe ihn daran erinnert, dass sein Ingenieurseid ihn auch verpflichtet, seine Fertigkeiten und sein Wissen zum Wohl der Öffentlichkeit einzusetzen, wenn es erforderlich ist. Mir fällt nichts ein, was dem Wohl der Öffentlichkeit zuträglicher wäre als die Beendigung eines Krieges, der Leben verschlingt, aber weder Ehre noch Ruhm oder Land bringt. Dieses Elend muss aufhören, koste es, was es wolle.«

Ein leiser Piepton hallte durch die Ställe.

»Die Stunde des Marschalls des Hauses Vorga endet in drei Minuten.«

Ich eilte in den Empfangsbereich zurück. Die Vampire und George folgten mir. Dieses ganze Herumgerenne wäre witzig gewesen, wäre es nicht um Leben und das Gertrude Hunt gegangen.

Ich betrat das Foyer. Der Countdown war bei fünfzehn Sekunden. Völlig reglos standen die beiden Vampire da und behielten ihn im Auge.

Ich hoffte nur, der Marschall hatte überlebt.

Die Uhr fiel auf null und blinkte einmal auf. Ich ließ die Wand schmelzen.

Der Marschall des Hauses Vorga trat in den Empfangsbereich. Er war klatschnass. Blut tropfte aus Dutzenden von Rissen in seinem Bodysuit. In der Rechten hatte er seine Axt. In der Linken hielt er einen neunzig Zentimeter langen, monströsen Kopf. Er war hellorange, mit schimmernden Schuppen bedeckt und sah aus wie etwas, das man auf einer altertümlichen Karte mit der Bildunterschrift »Hier gibt es Ungeheuer« erwartet hätte.

Mit einer Grimasse ließ der Marschall den Kopf samt anderthalb Meter langem Halsstumpf auf den Boden fallen, stieg darüber hinweg und schaute George an.

»Die Schiedsstelle ist zufrieden«, verkündete George.

Lord Robart wandte sich in Richtung Gang. Die beiden Vampire hoben seine Rüstung auf und folgten ihm wortlos.

»Was sollen wir mit dem Kopf machen?«, fragte Orro aus dem Durchgang zur Küche.

Der Marschall hielt inne. »Was immer Ihr wollt.«

Sie bogen in den Gang ab, der zu den Räumlichkeiten der Vampire führte.

»Ich glaube, ich sollte meine Zimmer aufsuchen«, teilte uns Lady Isur mit. »Schiedsmann, Wirtin, Marschall, Hoheit, verzeiht, wenn ich mich jetzt zurückziehe. Ich muss mich vor der Eröffnungszeremonie noch ein wenig frisch machen.«

»Natürlich«, erwiderte George.

Arland schnitt eine Grimasse. »Ich schätze, ich gehe am besten auch. Ihr entschuldigt mich.« Die beiden Marschälle verabschiedeten sich.

Orro kam aus der Küche gestapft und schnappte sich mit seinen langen Krallen den Kopf.

»Bitte erzählen Sie mir nicht, dass Sie den kochen wollen«, sagte ich.

»Aber natürlich.« Um seine Worte zu unterstreichen, wedelte er mit der Hand. »Darf ich Sie daran erinnern, dass unser Budget beschränkt ist?«

»Was, wenn er giftig ist?«, wollte Jack wissen.

»Lächerlich!«, knurrte Orro. »Das ist eindeutig ein moreanischer Wasserdrache.«

Er klemmte sich den abgeschlagenen Kopf unter den Arm und ging in die Küche, wobei er den Hals hinter sich herschleifte.

»Ich muss ebenfalls ein paar Vorbereitungen treffen«, erklärte George. Er und Jack verließen den Raum.

Meine Beine gaben nach, und ich ließ mich auf einen Stuhl fallen. Beast sprang auf meinen Schoß.

Caldenia sah mich vom anderen Ende des Raumes aus an. »So viel Aufregung, und die Friedensgespräche haben noch nicht mal begonnen.«

Ich stöhnte und barg mein Gesicht in den Händen.

* * *

George trug eine weiche, anthrazitfarbene Hose. Stiefel aus geschmeidigem dunkelgrauem Leder mit einem leichten Blauschimmer umschlossen seine Füße und Unterschenkel. Sein Hemd war in einem hellen Cremeton gehalten, und seine dunkelblaue Weste war mit einem komplexen Silbermuster bestickt, bei dem man auf den ersten Blick keinen Anfang und kein Ende erkennen konnte. Sein langes goldblondes Haar war zurückgekämmt und zu einem Pferdeschwanz zusammengebunden. Er stützte sich auf seinen Gehstock und hinkte wieder, doch wie er so im Hintergrund des großen Ballsaals wartete, sah er aus wie ein altersloser Prinz aus einem hoffnungslos romantischen Märchen.

Sein Bruder befand sich, ganz in braunes Leder gehüllt, zu seiner Rechten. Er trug keine sichtbaren Waffen, war aber ganz sicher nicht unbewaffnet. Sein kastanienbraunes Haar war leicht zerzaust. George strahlte eine fast fragile Eleganz aus, Jack hingegen war völlig entspannt, stand locker da und schaute geistesabwesend drein, als hätte er absolut kein Interesse an dem, was gleich passieren würde, und hätte nicht vor, den Geschehnissen auch nur im Geringsten Aufmerksamkeit zu schenken.

Sie sahen einander nicht ähnlich, ich war allerdings absolut sicher, dass sie Brüder waren. Ich hatte noch nie zwei Menschen erlebt, die so gut darin waren, so zu tun, als verkörperten sie absolute Gegensätze.

Gaston hatte sich rechts neben Jack gestellt. Er schien von den dreien als Einziger ganz er selbst zu sein, was bedeutete, er wirkte wie ein niedriges, wenn auch unerschütterliches Gebirge und blickte finster.

Ich suchte mir einen Platz links und seitlich von George. Ich war nicht Teil der Zeremonie, sondern Gastgeberin dieser irren Versammlung, und die Mitglieder der Delegationen mussten mein Gesicht kennen. Ich hatte mich für eine schlichte Robe entschieden. Zur Feier des Tages hatte ich außerdem meinen Besen in einen Stab verwandelt. Der Stab konnte im Handumdrehen zum Speer werden. Nicht, dass das nötig werden würde, aber man wusste ja nie.

Hinter uns wartete eine lange Tafel, an der die Oberhäupter der Delegationen die Möglichkeit eines Friedensschlusses erörtern sollten. Im Augenblick erschien das eher unwahrscheinlich, doch die Friedensverhandlungen selbst waren nicht mein Problem. Den Frieden zu wahren hingegen schon.

Ich hob den Blick. An der gegenüberliegenden Wand saß Caldenia in etwa neun Metern Höhe in einer Königsloge. Ihre Hoheit trug ein kupferfarbenes Gewand mit viel Spitze und nippte Wein aus einem Glas. Beast war direkt neben ihr. Bis ich die Teilnehmer des Gipfels besser einschätzen konnte, wollte ich Caldenia aus dem Weg haben. Ihre Hoheit konnte auf sich aufpassen, aber ich hatte Beast als zusätzliche Vorsichtsmaßnahme angewiesen, bei ihr zu bleiben.

George warf einen Blick auf die elektronische Uhr an der Wand über der Tür. »Wir können anfangen.«

Ich nickte und murmelte: »Licht.«

Der Boden des Ballsaals war plötzlich in helles Licht getaucht.

»Lass die Heilige Anokratie ein.«

Die Türen auf der linken Seite des großen Ballsaals schwangen auf. Ein riesiger Vampir in Blutrüstung kam herein. Er war selbst für Vampirbegriffe enorm groß und trug die Standarte der Heiligen Anokratie, schwarze Fänge auf einem roten Banner. Er trat uns gegenüber, das Banner in der linken Hand, und stellte es auf dem Boden ab.

Laute Musik erklang aus verborgenen Lautsprechern, ein epischer Marsch, gemessen, aber treibend und unaufhaltsam. Bilder huschten über die Wände des Ballsaals: eine gerüstete

Vampirin, die sich auf eine tausendfüßlerartige Kreatur warf, die fünfmal so groß war wie sie, zwei Vampire mit gebleckten Fängen im Kampf auf Leben und Tod, ein Vampir mit einer Hausstandarte, der vor Wut brüllend auf einem Leichenberg stand. Das Werbevideo der Heiligen Anokratie. Dieselben Aufnahmen wurden in die Gemächer der Otrokars und der Händler übertragen.

Die schrecklichen Bilder nahmen kein Ende. Eine unglaublich große Zitadelle der Karmesinkathedrale, endlose Reihen von Vampiren, die darauf warteten, ein Raumschiff zu besteigen, eine Vampirin in der fließenden Robe einer Hierophantin, die am Rückgrat einer riesigen Kreatur emporrannte, dann senkrecht in die Höhe sprang und ihr das Schwert in den Hals rammte.

An der Wand erschien das Bild einer kleinen Gruppe von Vampiren in blutbesudelter Rüstung, die sich ruhig und methodisch einen Weg durch Reihen rasender Otrokars bahnten. Die Horde brandete immer wieder gegen sie wie ein tobendes Meer gegen Klippen und fiel zurück, blutüberströmt und hilflos. Klarer hätte die Botschaft nicht ausfallen können. Die Otrokars waren undisziplinierte Wilde, und auch Hunderte von ihnen waren den sechs Vampiren nicht gewachsen.

Nett. In weniger als zwei Minuten war es ihnen gelungen, die Friedensgespräche zu torpedieren. Das war rekordverdächtig.

George seufzte leise.

Die Aufnahmen hörten auf und verschmolzen zu einem einzigen, riesigen Bild, das alle drei Wände ausfüllte: die sieben Planeten der Heiligen Anokratie. Als das Bild sich scharf stellte, traten die restlichen Vampirritter in drei Gruppen ein, je eine pro Haus. Sie schritten zu dem Standartenträger und blieben stocksteif stehen.

Drei Gesichter erschienen in der besternten Weite des Weltraums, an jeder Wand eines: rechts das strenge Gesicht des

Kriegsherrn, eines Vampirs mittleren Alters mit pechschwarzem Haar, links das heitere Gesicht der Hierophantin und in der Mitte das eines alten Vampirs. Sein Haar war schneeweiß, seine Haut faltig und sein Blick stechend. Er wirkte ebenso alt wie der Weltraum hinter ihm. Das musste die Gerechtigkeit sein, der Vorsitzende Richter des Obersten Gerichtshofs der Heiligen Anokratie.

Die Vampire brüllten im Chor auf. Meine Nackenhärchen richteten sich auf.

Die Vampirdelegation drehte sich wie ein Mann um und reihte sich an der linken Wand des großen Ballsaals auf, sodass die drei Marschälle und der Standartenträger direkt neben uns standen.

»Wir sind bereit für die Otrokars«, murmelte George mir zu.

»Lass die Horde ein«, flüsterte ich.

Rechts schwang die große Tür auf, und die Otrokars traten ein, geführt von der Khanum, die dicht gefolgt von ihrem Sohn vor ihrer Delegation herschritt. Hinter ihnen kamen drei riesige Otrokars, alle größer als jeder der anwesenden Vampire, danach hatte sich der Rest eingereiht.

Sie gingen nicht, sie pirschten wie große Raubkatzen, und smaragdgrüne, saphirblaue und rubinrote Lichtreflexe spielten auf ihren Chitinpanzern, von deren einer Seite in langen Bahnen ihre zeremoniellen Kilts herabhingen. Ein schriller Pfiff ertönte im großen Ballsaal und wurde zu einer wilden Melodie, getragen von Flöten und schnellen Trommeln.

Wieder leuchteten die Wände auf, zeigten diesmal die hellen, endlosen Ebenen Otrokas, des Heimatplaneten der Horde. Eine Gruppe von Otrokars ritt auf seltsamen Tieren mit rötlichem Fell, Hufen und hundeartigen Köpfen durch gelbes Gras. Das Bild löste sich auf und wich einer Gebirgslandschaft voller Klüfte und Spalten. Der harte Boden war übersät mit

Metalldornen, und auf jeden davon war ein abgeschlagener Vampirkopf gespießt.

Die Gesichter der Ritter zu meiner Linken waren völlig ausdruckslos.

Die Vampirblutlachen am Fuß der Metalldornen gerieten in Bewegung. Der Boden bebte. Ein dumpfes Rauschen wie von einem fernen Wasserfall erfüllte die Luft. Die Kamera schwenkte nach oben und zeigte ein Tal, das jenseits der Köpfe lag. Es war erfüllt von einer See von unzählbar vielen Otrokars, einer Horde, die in vollem Tempo dahinstürmte, dabei heulte wie Wölfe und deren Schritte den Boden erbeben ließen.

Sie rannten an der Kamera vorbei, Körper huschten durchs Bild. Ein muskulöser Otrokar mit vor Wut verzerrtem Gesicht erschien auf dem Bildschirm. Er schwang ein Langschwert, seine Unterarmmuskeln spannten sich an, als er zuschlug, und das Bild wurde schwarz.

Okay. Sie hießen nicht umsonst Horde der Hoffnungsfresser.

Die Musik lief weiter. Das Bild an der Wand verwandelte sich in den Schild der Horde, von hinten von Flammen erleuchtet. Die Khanum trat beiseite, die Otrokars machten Platz, und einer von ihnen kam nach vorn. Er war mittelgroß und im Vergleich fast schmächtig gebaut, klein genug, um als Mensch durchzugehen. Er trug sein schwarzes Haar kurz.

Der Otrokar streifte seine Rüstung ab und ließ sie zu Boden fallen. Alle Muskeln an seinem Oberkörper waren klar definiert. Er war nicht massig wie ein Bodybuilder, sondern eher mit übermenschlicher Präzision ausdefiniert. Sein Bauch sah so hart aus, dass mein Stab daran zersplittert wäre, hätte ich ihn damit geschlagen. Der Otrokar zog zwei lange, dunkle Klingen aus Scheiden an seinen Hüften.

Die Khanum klatschte im Takt der Musik, und die Otrokars fielen ein. Der Schwertkämpfer in ihrer Mitte drehte sich um sich selbst, wärmte sich auf. Wir würden gleich eine kleine Präsentation kriegen.

Ein weiterer Otrokar brachte der Khanum einen Korb voller kleiner, grüner, apfelartiger Früchte. Sie nahm eine und warf sie nach dem Schwertkämpfer. Im letzten Augenblick bewegte er sich, erwischte die Frucht mit der linken Seite seiner Klinge, schlug sie mit übermenschlicher Geschicklichkeit nach rechts und wieder zurück. Die Otrokars klatschten weiter. Der Schwertkämpfer warf die Frucht in die Luft. Seine Waffe blitzte, und die Frucht fiel halbiert zu Boden.

»Wir haben alles im Griff«, sagte Jack ruhig.

Die Khanum nahm eine Handvoll Früchte und gab den Korb nach links weiter. Dagorkun nahm ebenfalls einige und tat es ihr dann gleich. Die Khanum stieß einen knappen Pfiff aus, und die Otrokars bombardierten den Schwertkämpfer mit Äpfeln. Er wirbelte im Kreis herum wie ein Derwisch, tanzte über den Boden und schlug zu. Halbiert fielen die Früchte zu Boden, keine einzige traf ihn.

»Er könnte eine Herausforderung darstellen«, flüsterte George. Seine Lippen bewegten sich dabei kaum. Hätte ich nicht neben ihm gestanden, ich hätte nicht mitbekommen, dass er sprach. »Im Kampf Mann gegen Mann schaffe ich ihn aber.«

Immer schneller drehte sich der Schwertkämpfer, grazil, biegsam, stark. Ein leichtes oranges Leuchten umspielte seine Klingen. Dann flammten sie auf.

George verengte die Augen zu schmalen Schlitzen.

Der Schwertkämpfer blieb stehen, die Schwerter zu beiden Seiten ausgestreckt wie die Schwingen eines Vogels, der abheben wollte.

Die Otrokars machten erneut Platz, ließen eine Otrokar mit einer Art Maschinengewehr durch. O nein!

Sie legte die Waffe an und schoss.

Ich nutzte meine Magie. Transparente Wände erhoben sich aus dem Boden und schirmten die Vampire und uns ab.

Der Kugelhagel traf den Schwertkämpfer. Er schwang die Klingen so schnell, dass ich ihnen mit meinem Blick nicht zu folgen vermochte, dass sie sich in orange Lichtbögen zu verwandeln schienen. Mir stockte der Atem.

Dann war die Waffe leer. Ein Stakkato leiser Aufprallgeräusche hallte durch den großen Ballsaal – die letzten Kugeln fielen zu Boden. Der Schwertkämpfer stand absolut reglos da. Sein Oberkörper war schweißbedeckt. Er war unverletzt. Die Kugeln, allesamt halbiert, lagen hufeisenförmig um ihn herum.

Unglaublich.

Die Otrokars brüllten vor Begeisterung. Die Khanum lächelte breit, zwinkerte den Vampiren zu und führte ihre Leute auf die rechte Seite des großen Ballsaals, wo sie den Vampiren gegenüber Aufstellung nahmen.

Ich seufzte und ließ den Boden die Kugeln und das zerhackte Obst verschlucken.

»Wir werden Hilfe brauchen«, sagte Jack mit grimmigem Gesicht.

George antwortete nicht. »Die Händler, bitte.«

Ich öffnete die Eingangstüren. Nuan Cees Clan musste von vorn kommen, weil ihre Gemächer zur Rückwand hin lagen, also hatte ich just zu diesem Zweck einen weiteren Korridor geschaffen. Die Türen schwangen auf, und da war Cookie. Er trug einen Schurz in hellem Türkis und einen Korb. Eine schnelle, komplexe Melodie erfüllte den Raum.

Cookie hüpfte im Takt herein wie ein Menschenkind am letzten Schultag, griff in den Korb und warf eine Handvoll Gold und Juwelen in die Luft. Hinter ihm tänzelten vier Füchse in durchsichtigen blauen, goldbestickten Schleiern, an deren Handgelenken und Ohren goldene Armbänder und Reifen klimperten.

Dann kamen die älteren Mitglieder des Clans, die sich im Takt der Musik wiegten: drei Schritte vor, einen zurück, drehen und wieder von vorn. Einer trug einen glitzernden Käfig mit einem hübschen blauen Vogel darin. Der Zweite schwang ein juwelenbesetztes Schwert, das ebenso groß war wie er selbst. Der Dritte wirbelte umher, gehüllt in hauchzarte Schichten goldenen Gewebes.

Cookie warf noch mehr Geld in die Luft und hüpfte dabei zwischen den Reihen der Otrokars und der Vampire hin und her. Einer der Otrokars schnappte sich ein hellrotes Juwel von der Größe einer Walnuss, das neben seinem Fuß gelandet war. Der ältere Krieger neben ihm knurrte, und der jüngere Mann blieb stehen.

»Wer ihr Gold nimmt, wird ihr Sklave«, sagte der Vampir neben mir leise.

Es kamen immer mehr Füchse, und jede Zurschaustellung von Wohlstand war protziger als die davor. Dann folgte die Sänfte mit Nuan Cees Großmutter, die von allein durch die Luft schwebte, und schließlich Nuan Cee selbst, der im Schneidersitz in seiner eigenen Sänfte saß, die mit schimmernder Seide verhangen war. Darin sah man Berge von Juwelen und weichen Kissen. Mit einem strahlenden Lächeln zeigte er seine scharfen, ebenmäßigen Zähne.

Die Prozession endete, und die Händler bildeten die dritte Reihe und vervollständigten damit das Quadrat. Die Musik verstummte.

Georges Stimme erfüllte die plötzliche Stille. »Willkommen! Der Gipfel ist hiermit eröffnet.«

Er trat beiseite und lud die Versammelten mit großer Geste an den Tisch ein.

Die Oberhäupter der drei Fraktionen begaben sich zur Tafel. George und Jack folgten ihnen. Alle nahmen Platz. Ich zog zwischen ihnen und dem Rest der Gäste eine durchsichtige, schallsichere Wand hoch. Die Personen an der Tafel waren noch immer deutlich zu sehen, aber man hörte kein einziges Wort.

Die Otrokars, die Vampire und die Händler sahen mich erwartungsvoll an.

Ich hob die Hand. Der Boden tat sich auf, und Orro schob sich zusammen mit drei großen, bereits gedeckten Tischen von unten in den Raum. Auf allen dreien gab es hübsch zurecht-geschnittene Früchte auf großen, weißen Platten, Brotkörbe, Reis, dünne Fleischscheiben, Suppenschalen und in der Mitte eine kunstvolle, durchscheinende Blüte von der Größe einer Wassermelone, die aus winzigen Scheiben eines blassen Fleisches zusammengesetzt war.

Die Suppe roch himmlisch.

»Ein kleiner Abendimbiss!«, rief Orro. »Moreanisches Wasserdrachen-Sashimi mit Obst und Getreide!«

KAPITEL 6

Die erste Gesprächsrunde des Friedensgipfels dauerte drei Stunden. Die Oberhäupter der drei Fraktionen saßen mit versteinerten Mienen hinter der transparenten Wand, die das Gasthaus und ich geschaffen hatten, während ihre Untergebenen in drei Gruppen im Ballsaal herumstanden.

Die Händler schwatzten miteinander, während die Otrokars und die Vampire weiter die Muskeln spielen ließen, herumlungerten und sich gegenseitig drohend anfunkelten. Es hatte eigentlich keinen Sinn, dass sie sich im Ballsaal aufhielten, doch solange ihre Oberhäupter miteinander beschäftigt waren, wollte niemand gehen, für den Fall, dass es zu einer körperlichen Auseinandersetzung kam. Ich musste mir etwas zu ihrer Unterhaltung überlegen, falls der Gipfel länger als ein paar Tage dauerte.

Meine Aufmerksamkeit galt zu gleichen Teilen dem Ballsaal und dem Stall. Die Reparatur des Streifenwagens ging gut voran, aber es ermüdete mich, beide Schauplätze gleichzeitig im Auge zu behalten. Ich musste mehr trainieren. Mein Vater hatte fünf oder sechs Bereiche seines Gasthauses simultan überwachen können. Es war eine Fertigkeit, die Übung erforderte und bei der man mit der Zeit besser wurde. In den zurückliegenden Monaten hatte ich das zu sehr schleifen lassen.

Schließlich schlug die Khanum mit der Faust auf den Tisch – was überraschend komisch aussah, weil man es nicht hörte –, und George ließ mit einer Geste die Wand verschwinden.

Ich entriegelte die Seitentüren, die in die Schlafgemächer führten. Die Otrokars gingen zuerst, und hinter ihnen wurde die Tür eins mit der Wand, als hätte es sie nie gegeben. Dann kamen die Händler. Nuan Cee blieb bei mir stehen.

Ich nickte ihm zu. »Wie sind die Verhandlungen gelaufen, großer Nuan Cee?«

»Das kann man noch nicht sagen.« Er deutete lächelnd auf Cookie, der das Gold vom Boden aufhob und es sorgsam in einem großen Sack verstaute. »Der siebte Sohn meiner Cousine dritten Grades arbeitet so hart. Welch ein Fleiß! Er liegt unserer Familie einfach im Blute.«

»Ich kann das Gasthaus das Gold und die Juwelen für ihn aufsammeln lassen«, erbot ich mich.

Nuan Cee winkte mit seinen Pfotenhänden ab. »Körperliche Arbeit ist gut für die Seele. Ich habe in seinem Alter für meine Familie dasselbe getan, sein Vater auch, und seine Mutter hat es für ihre Familie getan … Es ist eine Lektion, die zu lernen sich geziemt. Wenn man ganz unten anfängt, kann man sich nur nach oben entwickeln. Er ist für unsere Reichtümer verantwortlich. Dann soll er sie auch aufsammeln.«

»Das wird eine Weile dauern«, sagte ich. »Vielleicht muss ich ihn bis dahin zu seiner eigenen Sicherheit im Ballsaal einschließen.« Es war keine gute Idee, einen winzigen Fuchs mit einem Leinenbeutel, der Juwelen und Gold im Gegenwert von mehreren Millionen enthielt, frei im Gasthaus herumrennen zu lassen.

»Ich habe nichts dagegen.« Wieder winkte Nuan Cee ab. »Sperr ihn ein, solange du willst.«

Die Händler verließen den Raum. Die Vampire folgten ihnen, mit Ausnahme von Arland und Robart, die sich beide unabhängig voneinander auf den Weg zu mir machten. Fast augenblicklich bemerkten sie, dass sie dasselbe Ziel hatten.

Arland funkelte Robart an und beschleunigte seine Schritte. Der Marschall des Hauses Vorga funkelte zurück und ging seinerseits schneller als Arland. Der beschleunigte seine Schritte abermals, um mit ihm mithalten zu können. Der Anblick der beiden, die da in voller Rüstung auf mich zugerauscht kamen, war, als stünde ich auf den Gleisen und sähe eine Lokomotive in voller Fahrt auf mich zurasen.

Ich fragte mich, ob sie gesprintet wären, wenn die Entfernung groß genug gewesen wäre.

Also fegte ich mit meinem Besen den Boden. Ich hatte ihn zu Beginn der Zeremonie in einen Stab verwandelt, ihn aber nach einer Stunde wieder Besengestalt annehmen lassen. Die zurückliegenden Tage und der Schlafmangel zehrten an mir, und der Besen fühlte sich vertraut und angenehm an. Der Boden streckte sich ein wenig, dann immer mehr, dann hob er sich leicht und kam den Vampiren entgegen wie ein Laufband auf einem Flughafen. Nur dass meines in die der Marschrichtung der Vampire entgegengesetzte Richtung lief.

Keiner der beiden Vampire bemerkte, dass sie jetzt bergauf gingen und mit jedem Schritt ein Stück rückwärtsglitten. Sie waren nach wie vor gleichauf und kamen mir nicht näher.

Ich biss mir auf die Lippe, um nicht aufzulachen.

Jack, der an der Wand lehnte, grinste in seine Faust.

Ich ließ den Boden ein wenig Tempo zulegen. Jetzt musste es ihnen auffallen.

Die Marschälle verdoppelten ihre Anstrengungen. Inzwischen rannten sie beinahe. Wenn ich nicht aufhörte, würden sie vielleicht aneinandergeraten, und dann klebte ihr Blut an meinen Händen.

»Meine Herren! Ich bin doch keine Burg. Ihr müsst mich nicht erstürmen.«

Beide Vampire blieben abrupt stehen. Auch der Boden stellte die Bewegung ein. Normale Menschen wären ins Taumeln geraten oder vielleicht sogar hingefallen. Die beiden Vampire sprangen synchron in die Höhe wie zwei große Raubkatzen und landeten links und rechts des ehemaligen Laufbandes. Der Boden gab unter dem Gewicht ihrer Rüstungen leicht nach.

Jack bekam einen Hustenanfall.

Nicht lachen, nicht lachen, nicht lachen …

Die beiden Vampire kamen auf mich zu und sagten im Chor: »Lady Dina …« O nein.

Beide Marschälle verstummten abrupt und versuchten, sich gegenseitig mit Blicken zu töten.

Ich ballte die linke Hand zur Faust. Wenn ich ihnen ins Gesicht gelacht hätte, hätte ich jegliches weitere Geschäft mit der Heiligen Anokratie vergessen können.

»Lord Robart, wie kann ich Euch behilflich sein?«

Robart warf Arland einen triumphierenden Blick zu. »Ich habe den Preis des Schiedsmanns für das Auto bezahlt.«

»Ja. Danke, die Riesenwasserschlange war köstlich.«

Robart blinzelte, weil meine Antwort ihn vorübergehend aus dem Konzept brachte, doch er fing sich rasch wieder. »Ich will meinen Ritter zurückhaben.«

Ritter? Welchen Ritter? O Mist. Den Vampir, der das Polizeiauto beinahe gespalten hatte, hatte ich vollkommen vergessen. Er saß jetzt seit fast vier Stunden in der Arrestzelle im Keller. Ich konzentrierte mich. Der Ritter lebte und erfreute sich bester Gesundheit. Er saß meditierend auf dem Boden. Ich schubste den Boden ein wenig und spürte, wie er sich samt dem Ritter hob.

»Ihr werdet Euren Ritter in Euren Gemächern finden.«

Robart nickte. Dann kniff er die Augen zusammen. »Vielleicht würde Euer Gasthaus besser bewertet, wenn Ihr etwas nachsichtiger mit den Gästen umginget, die zu schützen und zu ehren Ihr behauptet.«

Das hatte er gerade nicht gesagt. Doch, hatte er. »Vielleicht wäre Euer Haus innerhalb Eures Reiches angesehener, wenn Ihr den Rittern unter Eurem Kommando beibrächtet, einfache Befehle zu befolgen.«

Robart biss die Zähne zusammen.

Wäre mein Lächeln noch süßer gewesen, hätte man es Sirup nennen und über Pfannkuchen gießen können. »Gute Nacht, Marschall. Lord Arland, wie kann ich Euch helfen?«

Robart wandte sich ab und stapfte in Richtung des Ausgangs der Vampire.

Arland nickte mir ernst zu. »Ich bin gekommen, um den Fortschritt in Sachen Auto zu überprüfen.«

»Natürlich. Einen Augenblick.«

»Es eilt nicht«, sagte Arland.

Ich sah Robart nach und ließ hinter ihm die Tür verschwinden.

Caldenia erhob sich in ihrer Loge, winkte mir zu und zog sich zurück, gefolgt von Beast. Ich würde sie am nächsten Tag nach ihren Erkenntnissen fragen müssen.

Jetzt waren bloß noch Arland, Cookie, Jack und ich im Ballsaal.

Ich wandte mich an Jack. »Wollten Sie auch irgendwas?«

Er schüttelte den Kopf. »Ich wollte nur sicherstellen, dass alle brav ins Bett gehen. Bis morgen.«

Jack verließ den Raum durch die Vordertür.

Ich seufzte leise und begab mich hinüber zu Cookie, der auf Händen und Knien herumkroch. »He, ich muss für ein paar Minuten weg, aber ich bin gleich wieder da. Ich werde dich zu deiner eigenen Sicherheit hier einschließen. Wenn irgendwas ist, ruf mich, dann bin ich im Handumdrehen da.«

Cookie steckte einen Saphir von der Größe eines Gummibärchens in seinen Sack.

Ich führte Arland zurück zum Stall und verriegelte den Ballsaal, in dem sich Cookie befand, im Weggehen hinter uns. Beast kam angerannt und sprang in meine Arme, dann sah sie mich mit hündischer Bewunderung an. Das war das Tolle an Hunden. Ob man einen Tag oder eine Stunde weg war, sie waren bei der Rückkehr jedes Mal ekstatisch.

Der Ingenieursritter und Nuan Cees Nichte unterhielten sich leise. Officer Marais lag immer noch auf der Plane auf dem Boden, wo wir ihn zurückgelassen hatten. Seine Brust hob und senkte sich rhythmisch. Ein leises Lächeln spielte um seine Lippen. Er musste etwas Lustiges träumen. Einen Augenblick lang beneidete ich ihn um den Schlaf. Ich war hundemüde.

Der Streifenwagen stand mitten im Stall. Er wirkte unbeschädigt. Hardwir öffnete die Kühlerhaube und zeigte mir den Motor. »Seht.«

Ich sah. Er sah aus wie ein normaler, etwas schmutziger Motor.

»Keine Modifikationen?«, fragte Arland.

»Nein«, sagte Hardwir.

Arland musterte ihn mit zusammengekniffenen Augen. »Seid Ihr sicher? Ich kenne Euch. Ihr habt ihn überhaupt nicht verbessert? In keiner Weise?«

»Keine Verbesserungen.« Hardwir spie aus. »Er ist genauso hässlich und giftig, wie ich ihn vorgefunden habe.«

Ich schaute mir den Motorraum, das Innere des Wagens und den Kofferraum an. Es schien alles in Ordnung zu sein. Das Auto wirkte genau so wie vor seiner bedauerlichen Begegnung mit der riesigen Axt.

Ich wandte mich an Arland. »Würdet Ihr mir vielleicht helfen? Ich muss das Gelände des Gasthauses verlassen und Officer Marais in sein Auto setzen, und er ist schwer.«

Arland nickte mir mit ernstem Gesicht zu. »Es wäre mir eine Ehre.«

Da stimmte etwas nicht. Normalerweise war er nicht so distanziert. »Ihr müsst Euch umziehen.«

Er zögerte keine Sekunde mit seiner Antwort. »Natürlich.«

Ich verließ den Raum und kam mit einer Jeans, einem T-Shirt und Sportschuhen in Größe achtundvierzig wieder.

Arland hob die dichten Brauen. Mit diesen Klamotten hatte er sich schon bei seinem letzten Besuch als Mensch verkleidet. Er nahm sie und trat hinter den Streifenwagen, um sich umzuziehen.

Ich wandte mich an Hardwir und Nuan Cees Nichte. »Bitte verlasst den Stall nicht.«

»Ihr habt mein Wort«, sagte Hardwir. »Wir werden hierbleiben. Ich war noch nie ein guter Schwimmer. Außerdem werde ich die Rüstung des Marschalls bewachen.«

»Ich werde ebenfalls bleiben«, fügte Nuan Cees Nichte an. »Ich bin schwach und hilflos und möchte nicht bestraft werden.«

Schwach und hilflos, klar. Als Nächstes würde sie versuchen, mir eine prachtvolle Villa an der Küste von Kansas anzudrehen.

Arland trat hinter dem Streifenwagen hervor, verkleidet als sehr großer Mensch. Die Tarnung war nicht gerade überzeugend. Arland in Erdenklamotten zu stecken war, als setze man einem Tiger Hasenöhrchen auf. Die Öhrchen waren süß, aber der Tiger blieb furchterregend.

Das T-Shirt spannte um die Schultern und war zu eng für seinen Bizeps. Er war gebaut wie ein Bär: breite Schultern, definierte Arme, breite Brust und ein flacher, harter Bauch. Mit diesem Körperbau konnte er locker die Vampirrüstung tragen

135

und dabei mühelos stundenlang eine schwere Waffe schwingen. Hätte ein NFL-Linebacker Arland aus vollem Lauf attackiert, wäre er einfach abgeprallt.

Der Marschall hob Officer Marais hoch, als wäre der ausgewachsene Mann ein Kind, legte ihn auf die Rückbank und glitt auf den Beifahrersitz. Ich startete den Wagen, schaltete in den Rückwärtsgang und fuhr langsam an. Die Wände bewegten sich, und gleich darauf glitten wir mit dem Heck voran in meine Einfahrt. Ich machte den Motor aus, saß ganz ruhig da und horchte. Dieser Plan vertrug keine Zeugen.

Es war zehn Minuten nach Mitternacht, und aus der Trabantenstadt drang kein Laut. Ich wechselte in den Leerlauf und überließ den Rest meiner leicht abschüssigen Auffahrt. Mucksmäuschenstill rollte das Polizeiauto auf die Straße und die Camelot Road entlang. Sanft lenkte ich es wieder an die Stelle, an der Marais vor der ganzen Sache geparkt hatte, und nutzte meine Magie. Außerhalb der Grenzen des Gasthauses verfügte ich nur über einen Bruchteil meiner Macht, aber das würde reichen.

Die Luft neben dem Fahrerfenster schimmerte, und das Auge materialisierte sich gleich rechts neben dem Auto aus dem Nichts, wobei seine einst silberne Außenhülle jetzt ein perfektes Spiegelbild der Straße zeigte. Ich stand um neunzig Zentimeter versetzt.

»Aufzeichnung beenden«, wies ich es an. »Die letzten zehn Minuten löschen. Position projizieren.«

Das Auge sandte einen blassgrünen Lichtstrahl aus, der sich in eine holografische Projektion der Armaturenbrettkamera verwandelte. Langsam manövrierte ich das Auto an die richtige Stelle, versuchte, sie genau zu treffen. Beim dritten Versuch klappte es. Officer Marais parkte gerne sehr dicht am Randstein. Schließlich stimmten das Bild der echten Armaturenbrettkamera und die holografische Projektion überein.

»Hierher«, befahl ich dem Auge. Es landete in meiner Hand und warf die SD-Karte aus. Ich schob sie wieder in die Kamera.

In der Nachbarschaft war immer noch nichts los. Hervorragend. Niemand hatte mein nächtliches Manöver beobachtet. Ich stieg aus und nickte Arland zu. Er tat es mir nach, schnappte sich Officer Marais und setzte ihn auf den Fahrersitz. Ich schnallte ihn an, fasste durch das offene Fenster, wobei ich darauf achtete, keine Spiegel zu verstellen, und drückte auf den Aufnahmeknopf der Kamera. Leise traten wir beiseite und zogen uns zwischen die Häuser zurück.

»Was jetzt?«, murmelte Arland, der neben mir aufragte.

»Wir machen einen großen Bogen und betreten das Gasthaus durch die Hintertür wieder, damit uns die Kamera nicht aufzeichnet.«

»Wird es keine Lücke in der Aufzeichnung geben?«

Ich schüttelte den Kopf. »Das Auge hat über vier Stunden Bildmaterial aufgezeichnet und es dann mithilfe eines Zufallsalgorithmus zu sieben Stunden zusammengeschnitten, inklusive eines falschen Zeitstempels. Es hat Eure Ankunft komplett überschrieben. Im Augenblick überschreibt die echte Armaturenbrettkamera dieses Video. Bis er aufwacht, werden die getürkten Aufnahmen komplett mit realem Bildmaterial überschrieben sein. Wenn Officer Marais es sich anschaut, wird es aussehen, als hätte er stundenlang vor dem Gasthaus gesessen, ohne dass was passiert ist.«

Der einzige Hinweis auf eine Manipulation könnte ein leichtes Ruckeln in der Kameraperspektive sein. Das Auge hatte die Aufnahmen auf der SD-Karte analysiert und sich so positioniert, dass es aus demselben Winkel filmte, aber es war sehr schwierig, die genaue Position des Autos einzunehmen. Mit mehr Zeit hätte ich es wahrscheinlich noch besser hinbekommen, doch früher oder später wäre ich in dem Streifenwagen jemandem aufgefallen.

»Clever«, sagte Arland.

Ja, clever und sehr teuer. Die ferngesteuerte Kamera hatte mich viel Geld und einen Gefallen, dessen Abarbeitung schwierig gewesen war, gekostet.

Wir bogen rechts auf die Bedivere Road ab.

»Dina«, begann Arland. Seine Stimme klang etwas rau. Nicht Lady Dina, einfach bloß Dina. Er wollte irgendetwas. Das war nicht gut.

»Ja?«

»Ich bin nur ein einfacher Soldat.«

Jetzt ging's los. Diesen Sermon kannte ich schon. Das war definitiv gar nicht gut.

»Uns verbindet eine gemeinsame Geschichte.«

Also gut, welche Laus mochte ihm über die Leber gelaufen sein?

»Wir sind Waffengeschwister, die Seite an Seite für ein gemeinsames Ziel kämpfen. Wir haben zusammen gegessen.«

Ging es um das Essen? War er sauer, weil es kein rotes Fleisch zum Abendessen gegeben hatte? Aber wir hatten alle gebeten, am ersten Tag nicht mit einem großen Dinner zu rechnen, weil wir ihnen in ihren Gemächern jeweils spezifische Speisen servieren wollten. Das große Abendessen würde es erst ab morgen geben.

»So eine Verbindung hält ein Leben lang.«

War er beleidigt, weil ich zugelassen hatte, dass die Otrokars eine Waffe abfeuerten? Lag es daran, dass wir die Otrokars zuerst und die Vampire zuletzt ins Gasthaus eingelassen hatten? Wir hatten die Heilige Anokratie dafür entschädigt, indem sie zuerst den Ballsaal hatte betreten dürfen.

»Dina ...«

Er senkte den Kopf und schaute mir in die Augen. Mir lief ein kleiner Schauer über den Rücken. Arland war komplett auf mich konzentriert. Sein Gesicht war attraktiv, doch seine Augen waren geradezu atemberaubend. Sie waren von einem tiefen, leuchtenden Blau und strahlten normalerweise Macht oder Aggression aus. In diesem Moment waren sie allerdings warm, so erfüllt von Gefühlen, dass sie fast samten wirkten. Er nahm meine Hand, und die Schwielen an seinen starken Fingern strichen über meine Haut.

Mir wurde bewusst, dass wir vor irgendeinem Haus unter einer Eiche stehen geblieben waren. Die Nacht war plötzlich sehr eng, und Arland füllte sie komplett aus.

Ich hatte meinen Besen im Gasthaus gelassen. Hier gab es nur mich, die Dunkelheit und den Vampirritter.

Er hielt meine Hand und strich mit dem Daumen über meine Finger. »Ich will wissen, was ich getan habe, um Euch zu kränken. Welchen Fehler auch immer ich begangen habe, ich werde mich bemühen, es wieder in Ordnung zu bringen.«

Es wäre so hilfreich gewesen, zu wissen, wovon er sprach. Aber sein Blick machte es mir schwer, mich zu konzentrieren.

»Sagt es mir.« Er stand zu dicht bei mir. Seine Stimme klang zu vertraulich. Außerdem sah er mich immer noch mit dieser Wärme an, als sei ich jemand Besonderes. »Was kann ich tun, um mich mit Euch wieder gut zu stellen?«

Er streichelte meine Hand. Aus irgendeinem Grund fühlte sich das intimer an als ein Kuss. Mein Herz raste. Das war lächerlich. Wenn ich nicht sofort auf Abstand zu ihm ging, würde ich vielleicht etwas tun, was ich später bereute. Wenn man zu einem Vampir Ja sagte, hörte er »Ich ergebe mich«, und das wollte ich lieber nicht.

»Ihr habt mich nicht gekränkt.«

»Warum habt Ihr dann das Wort zuerst an Lord Robart gerichtet?«

Was?

»Ihr habt ihn vor mir angesprochen.«

Ich räusperte mich. »Nur damit ich es richtig verstehe, Ihr seid sauer, weil ich zuerst mit Robart gesprochen habe? Gerade eben, im Ballsaal, ehe wir nach dem Auto schauen gegangen sind?«

»Mir ist klar, dass die Umstände des Gipfels jedes offene Wort verhindern«, erklärte Arland. »Man muss die Fassade der Schicklichkeit aufrechterhalten, und es gilt, jeden Anschein von Bevorzugung um jeden Preis zu vermeiden. Aber wenn man so weit gereist ist, achtet man auf die kleinen Dinge. Einen beiläufigen Blick. Eine kurze Freundlichkeit, die freiwillig geschieht und die nur ihr direktes Ziel bemerkt. Irgendeinen Hinweis, einen Wink, dass man nicht in Vergessenheit geraten ist. Etwas, das ich als Bevorzugung eines bitteren Rivalen in der Öffentlichkeit verstehe, kann da schon ein Anzeichen für gewisse Dinge sein.«

Da dämmerte es mir. Ich hatte tatsächlich seine Gefühle verletzt.

»Ihr seid nicht in Vergessenheit geraten«, versicherte ich ihm und meinte es auch so. »Ich habe mich darauf gefreut, Euch zu sehen. Ich habe mit Robart zuerst gesprochen, um ihn loszuwerden. Wenn ich es nicht getan hätte, stünde er noch immer im Ballsaal und würde auf mich warten.«

Arland lächelte mich an. Wow.

Wer auch immer gesagt hatte, ein Lächeln könne tausend Schiffe in See stechen lassen, hatte dabei an Arland gedacht. Nur dass es sich in seinem Fall bei diesen tausend Schiffen um eine Armada mit einigen der besten humanoiden Jäger, die die Galaxie je hervorgebracht hatte, an Bord gehandelt hätte, bereit, ihre Feinde auf dem Schlachtfeld niederzustrecken.

Ich wollte ausatmen und langsam zurückweichen. Aber er hielt noch immer meine Hand.

Ich kratzte die Reste meiner Willenskraft zusammen, um beiläufig zu klingen. »Arland? Kann ich meine Hand zurückhaben?«

»Entschuldigung.« Er öffnete die Finger und ließ mich los. »Das war vielleicht etwas aufdringlich von mir.«

Seinem selbstzufriedenen Lächeln nach zu urteilen, tat es ihm keineswegs leid. Er hatte eine Reaktion provozieren wollen, und es war ihm gelungen.

Ich hatte einen Fehler gemacht. Schließlich hatte ich schon oft mit Vampiren zu tun gehabt. Als er ein paar Monate zuvor Sean und mir geholfen hatte, den Dahaka-Assassinen auszuschalten, hatte er mir praktisch schon gesagt, dass er an mir interessiert war. Dann hatte ich monatelang nichts von ihm gehört, doch das hatte nichts geändert. Vampire neigten zu einer äußerst nervigen Unbeirrbarkeit.

Ich hätte ihn nie einladen sollen, mitzukommen, hätte niemals mit ihm das Gasthaus verlassen sollen. Aber ich war zu müde, um einen klaren Gedanken zu fassen, und beging deshalb ständig diese Anfängerfehler. Ich brauchte Schlaf. Unbedingt.

Ich setzte mich in Bewegung. Je schneller wir das Gasthaus erreichten, desto besser.

Die Straße machte eine Biegung. Das letzte Haus hatte keinen Zaun. Er war vor etwa drei Wochen in sich zusammengefallen, und die Besitzer waren noch nicht dazu gekommen, ihn zu ersetzen. Leise huschten wir durch den Garten, überquerten die Hauptstraße, betraten den bewaldeten Bereich und gingen den schmalen Pfad entlang, der zur Rückseite des Gasthauses führte.

»Ich bin froh, dass Ihr Euch an mich gewandt habt«, begann Arland. »Ich habe Euch ja schon einmal gesagt, Ihr könnt Euch auf mich verlassen. Das war mein Ernst. Ich werde Euer Schild sein, wann immer Ihr es braucht.«

»Danke. Sehr nett.«

Ich betrat das Gelände des Gasthauses. Die Magie durchflutete mich, und ich seufzte leise. Zehn Minuten später ließ ich Arland, Hardwir und Nuan Cees Nichte in den Ballsaal. Das

Gasthaus hatte das Licht gedämpft, und in dem großen Raum herrschte ein beruhigendes, warmes Halbdunkel. Ich öffnete die Tür und schloss sie hinter den dreien.

Der Boden des Ballsaals war leer. Vom Gold und von den Edelsteinen war nichts mehr zu sehen. Wo war Cookie?

Ich schloss die Augen und konzentrierte mich. Er lag in einer Ecke. Ich ging hinüber. Das Füchschen war auf dem Boden zusammengerollt, sein Kopf ruhte auf dem Sack wie auf einem Kissen. Sanft stieß ich ihn an.

»Cookie? Cookie?«

Er öffnete die türkisfarbenen Augen und blinzelte schläfrig.

»Komm, wir schaffen dich ins Bett.«

»Ich kann nicht«, gähnte er. »Ich muss den Smaragd finden.«

»Was für einen Smaragd?«

»Einen großen. Das Grüne Auge. Sehr teuer.« Er saß mit hängendem Kopf da und wirkte erschöpft. »Wenn ich ihn nicht finde, habe ich ein echtes Problem.«

Ich wies das Gasthaus an, den Boden abzusuchen. Nichts. Der Smaragd war nicht hier.

»Wir finden ihn morgen.« Ich nahm Cookie bei der Hand und half ihm vorsichtig auf. »Komm jetzt. Ab ins Bett.«

Ich führte ihn aus dem Raum und schaute ihm nach, als er die Treppe hochging. Oben klopfte er an die Tür. Jemand öffnete ihm, und ein anderer Fuchs ließ ihn ein.

Ich verschloss den Ballsaal und schleppte mich nach oben. Das Bett sah schrecklich bequem aus, aber ich brauchte zunächst eine Dusche.

Das Gertrude Hunt und ich hatten den ersten Tag überlebt. Wir hatten eine ernste Krise gemeistert, eine große Zeremonie durchgeführt und alle ohne Blutvergießen ins Bett geschafft. Zärtlich streichelte ich die Wand des Gasthauses. »Ich bin so stolz auf dich.«

142

Das Gasthaus knarrte leise, das Holz unter meinen Fingern fühlte sich warm an.

Ich wollte mich aufs Bett setzen, doch meine Beine mussten zu müde sein, denn sie beschlossen einfach, mich nicht mehr zu tragen. Ich kippte aufs Bett, gähnte und fiel in einen tiefen, traumlosen Schlaf.

* * *

Um halb sieben weckte mich das Gasthaus. Ich hatte geträumt, Sean Evans sei wieder da. Wir hatten gegrillt, und er hatte sich mit Orro über die Marinade für die Rippchen gestritten.

Mit offenen Augen lag ich im Bett, betrachtete die Holzbalken an der Decke und machte mental eine Bestandsaufnahme meiner Gäste. Alle waren, wo sie hingehörten, außer George, der bei Orro in der Küche war. Der Schiedsmann und seine Leute konnten sich mit Ausnahme der Privatgemächer der Gäste frei im Haus bewegen. Jede Fraktion saß sicher hinter zwei Türen. Die äußere führte in den Ballsaal. Die hatte ich verschlossen, aber wenn George es wollte, würde sie sich öffnen. Die innere Tür konnten die Gäste kontrollieren. George und seine Leute mussten klopfen und um Einlass bitten.

Obgleich er der Schiedsmann war und meine Rechnung bezahlte, gewährte ich ihm keinen uneingeschränkten Zugang. Die Privatsphäre meiner Gäste war heilig.

Ich schloss die Augen. Der Grillraum war so real gewesen. In den paar Sekunden, die ich zum Aufwachen gebraucht hatte, war ich fast überzeugt gewesen, dass das Barbecue wirklich stattgefunden hatte.

Diese seltsame Besessenheit von Sean Evans musste aufhören. Sie hätte ja noch einigermaßen Sinn ergeben, wenn wir eine Beziehung gehabt hätten, doch selbst wenn ich mir das gerne vorgemacht hätte – er war gegangen. Sie alle waren gegangen.

Das war eine der tiefen Wahrheiten im Leben einer Wirtin: Gäste kamen, wurden Teil ihres Lebens und reisten wieder ab, während sie zurückblieb und nie wusste, ob sie sie wiedersehen würde. Ich sprach viel mit meinen Nachbarn und mit Caldenia, hatte allerdings nur wenige Freunde.

Sean hatte herausgefunden, was ich war, und es akzeptiert. Ich hatte mich nicht verstellen müssen.

Ich klopfte mit der Handfläche auf die Decke. Beast sprang auf und eilte herbei, völlig ekstatisch, weil ich sie aufs Bett eingeladen hatte. Ich knuddelte und streichelte sie.

Ich musste meine Gefühle in den Griff kriegen. Den ersten Tag hatte ich hinter mir, aber jetzt würde die eigentliche Arbeit beginnen.

»Reiki-Musik«, murmelte ich.

Eine leise, mit Trommeln unterlegte Flötenmelodie erfüllte den Raum, während im Hintergrund ein Gewitter grollte. Ich hatte die CD zwar aus der Grabbelkiste, doch sie hatte sich als erstaunlich beruhigend erwiesen. Entspannt saß ich mit geschlossenen Augen auf dem Bett. Einfach loslassen. In der Musik versinken, den besänftigenden Klängen lauschen und alles loslassen …

Die Magie des Gasthauses zupfte an mir.

Ich öffnete die Augen. In der Wand entstand ein Bildschirm. Darauf sah ich Officer Marais aus dem Auto springen. Er hatte rote Schrammen im Gesicht – ein Andenken an den Sturz auf den Boden in der vergangenen Nacht. Beast entdeckte ihn, bellte einmal und bleckte die Zähne.

Das würde interessant werden.

Officer Marais stürzte zur Vorderseite seines Fahrzeugs und starrte sie schockiert an. Der Reiki-Soundtrack lief weiter.

Hohes Vogelgezwitscher ergänzte den Flötenklang auf angenehme Weise.

Officer Marais rannte zurück zur Fahrerseite, löste die Verriegelung der Motorhaube, hastete wieder nach vorn und riss sie auf.

»Halten Sie mich für eine Amateurin?«, murmelte ich.

Officer Marais wich taumelnd und bleich von der Kühlerhaube zurück, ging vor dem Streifenwagen auf und ab und warf gelegentliche Blicke auf den Motorraum.

Ich fühlte mich schuldig. Ich war schon echt fiesen Bullen begegnet. Wenn jemand über ein wenig Macht verfügte, führte ihn das manchmal auf die dunkle Seite, vor allem, wenn er sonst im Leben nicht viel zu sagen hatte.

Marais gehörte nicht zu ihnen. Er befolgte in aller Ruhe die Regeln und liebte seinen Job. Macht war ihm nicht wichtig, und er hatte keinen Spaß daran, Leute anzuschreien und herumzuschubsen. Er war ein Polizist, wie ihn Andy Griffith gespielt hätte, einer, der eher auf seine Autorität als auf seine Waffe setzte. Wahrscheinlich wollte er lieber geachtet als gefürchtet werden.

Er hatte das Gefühl, dass mit dem Gertrude Hunt etwas nicht stimmte, und wollte der Sache auf den Grund gehen. Wenn ich eine Drogenküche oder einen Autoschieberring geleitet hätte, hätte er das in kürzester Zeit aufgeklärt, aber das Gasthaus lag so weit außerhalb seiner Erfahrung, dass er die Wahrheit nicht einmal ansatzweise ahnte, und selbst wenn er in die richtige Richtung gedacht hätte, hätte er es nicht geglaubt.

Marais wirbelte herum und starrte das Haus an.

»Genau. Eins zu null für uns.«

Officer Marais biss die Zähne zusammen, dass seine Kiefermuskeln hervortraten, marschierte zum Auto und stieg ein.

»Vergrößern«, bat ich.

145

Das Gasthaus gehorchte.

Officer Marais musterte mit grimmigem Gesicht seine Armaturenbrettkamera.

»Nein, da finden Sie auch nichts. Sie haben verloren. Rauschen Sie ab.«

Jetzt würde er gleich den Motor anlassen und wegfahren, und dann konnte ich meinen Tag beginnen.

Officer Marais stieg aus, schlug die Tür zu und marschierte in Richtung Gasthaus.

O Scheiße.

Ich sprang aus dem Bett und schlüpfte in eine frische Jogginghose. Ich brauchte einen BH. Wo zum Teufel hatte ich meine Wäsche hingetan? Ich zerrte den Korb aus dem Schrank und wühlte darin. Wenn ich mir nur endlich hätte angewöhnen können, meine frisch gewaschenen Sachen wegzuräumen, dann würde ich jetzt nicht so in der Klemme stecken … Ah, da.

Ich zog den BH an, streifte mir ein weißes T-Shirt über und rannte den langen Gang vor meiner Schlafzimmertür entlang. Die Reiki-Musik folgte mir.

»Ausschalten«, keuchte ich. Die Musik verstummte.

Beast raste vor mir her und bellte sich die Seele aus dem Leib.

Ich hastete, immer zwei Stufen auf einmal nehmend, die Treppe hinunter und erreichte den Empfangsbereich, da klingelte es auch schon.

Ich stürzte in die Küche, an Orro und George vorbei, schnappte mir eine Tasse aus dem Schrank, stellte sie in den Kaffeevollautomaten und schob die erstbeste Kapsel hinein, die mir in die Finger kam.

Wieder klingelte es. Nebenan bellte Beast.

Ich schnappte mir den Kaffee, kippte jede Menge Milch hinein, um ihn auf Trinktemperatur abzukühlen, und trug ihn zur Haustür.

Es klingelte beharrlich weiter.

Ich machte auf und starrte in Officer Marais' wütendes Gesicht.

»Officer Marais! Guten Morgen. Was kann ich für Sie tun? Was ist denn jetzt wieder passiert? Wurde in der Nachbarschaft ein Chupacabra gesichtet? Oder ein Yeti? Hat vielleicht jemand ein UFO gesehen? Ich kann es kaum erwarten, Sie sagen zu hören, dass das alles meine Schuld ist.«

Ich nippte an meinem Kaffee, um besonders lässig zu wirken.

»Sie …« Officer Marais riss sich mit offensichtlich großer Mühe zusammen. »Ich weiß, was geschehen ist.«

»Was wann geschehen ist? Wo?«

»Hier.« Er deutete mit dem Finger auf den Boden.

Ich betrachtete den Boden. »Ich fürchte, ich kann Ihnen nicht folgen …«

»Ich habe gesehen, wie eine Gruppe von Männern auf der Straße erschienen ist.«

»Was meinen Sie mit ›erschienen‹?«, fragte George, der hinter mir aufgetaucht war.

Ich schaute über meine Schulter. Er trug eine weite graue Hose und einen wollenen Strickpulli in Beige.

Officer Marais betrachtete ihn lange, prägte sich zweifellos sein Gesicht ein. »Als ich versucht habe, sie zu befragen, zog ein männlicher Verdächtiger eine Klingenwaffe und spaltete damit meine Motorhaube. Dann haben Sie mich mit einem unbekannten Gerät gefesselt und durch einen Tunnel in den Stall geschleift, wo ich auf dem Boden lag, während Sie und die anderen erörterten, was mit mir zu tun sei. Im Anschluss haben Sie mir eine Spritze gegeben, und ich habe das Bewusstsein verloren.«

Ich seufzte und nippte an meinem Kaffee. »Wenn das alles so abgelaufen ist, dann müsste es dafür Beweise geben. Ihr Auto müsste beschädigt sein, und Ihre Armaturenbrettkamera müsste die Ereignisse aufgezeichnet haben. Haben Sie irgendwelche Beweise, Officer Marais?«

Er lief rot an. »Sie haben ihn repariert.«

»Ich habe Ihren Streifenwagen repariert? Abgesehen davon, dass ich keine Automechanikerin bin und vom Reparieren von Autos keine Ahnung habe, würde man es merken, wenn ich mich an Ihrem Fahrzeug zu schaffen gemacht hätte. Gibt es Anzeichen von Reparaturen?«

Officer Marais biss wieder die Zähne zusammen.

»Ich glaube, Sie arbeiten sehr viel«, sagte ich. »Ich habe Sie heute Morgen in Ihrem Streifenwagen schlafen sehen. Ich vermute, Sie hatten einen sehr lebhaften Traum. Ihre Träume geben Ihnen jedoch nicht das Recht, hierherzukommen, mich zu belästigen und mein Geschäft zu beeinträchtigen. Ich weiß nicht, warum Sie mich nicht mögen, aber das ist weder gerecht noch fair. Sie behindern mich beim Verdienen meines Lebensunterhalts. Ich habe kein Gesetz gebrochen. Ich bin keine Verbrecherin. Scheint es Ihnen angemessen, ständig hier aufzukreuzen und mir wahllos Dinge vorzuwerfen, nur weil Sie mich nicht mögen?«

Er wirkte verdutzt.

»Gehen Sie heim, Officer. Sie haben doch sicher eine Familie, die Sie vermisst. Ich werde mich nicht über Sie beschweren, ich möchte allerdings, dass Sie aufhören, jedes Mal hier aufzutauchen, wenn etwas Seltsames passiert oder auch nicht.«

Ich schloss die Tür und lehnte mich dagegen.

Gleich darauf klingelte die Magie des Gasthauses in meinem Kopf und ließ mich wissen, dass Officer Marais das Grundstück verlassen hatte.

George trat ans Fenster. »Er geht. Gut gemacht.«

»Wenn ich mit ihm diskutiert hätte, hätten wir nie Ruhe vor ihm gehabt. Stattdessen habe ich mich in die Opferrolle

148

begeben, und Officer Marais ist dazu ausgebildet, auf Opfer Rücksicht zu nehmen.« Es tat mir dennoch leid, dass ich ihn manipuliert hatte.

»Der Gipfel soll in zwei Stunden beginnen«, sagte George. »Ich fürchte, ich muss Sie um einen Gefallen bitten. Ich brauche Ihre Hilfe.«

* * *

Ich warf einen Blick in meine Kaffeetasse. Ich wollte niemandem einen Gefallen tun. Ich wollte fünfzehn ungestörte Minuten mit meinem Kühlschrank. Ich hatte am Vorabend kaum etwas gegessen und gerade auf leeren Magen eine ganze Tasse Kaffee getrunken. Doch ich hatte einen Job zu erledigen. Vielleicht würde es ja einfach werden.

Ich lächelte den Schiedsmann an. »Was kann ich für Sie tun?«

»Wenn ich Ihnen Koordinaten für eine bestimmte Welt gäbe, könnten Sie eine Tür dorthin öffnen?«, fragte George.

»Zu welcher Welt?«

Er hob seinen Stock. Karmesinrote Zahlen flammten mitten in der Luft auf. Die ersten beiden Ziffern verrieten mir alles, was ich wissen musste.

»Nein«, sagte ich.

»Aber ich habe gesehen, wie Sie Türen geöffnet haben«, erwiderte er.

»So einfach ist das nicht.« Das war es nie. »Warum setzen wir uns nicht?«

Wir gingen zurück in die Küche und nahmen am Tisch Platz. Orro flitzte an mir vorbei wie ein lautloser brauner Schatten, und plötzlich hatte ich vor mir einen Teller mit zwei winzigen, mit Sahne und Erdbeerscheibchen gefüllten Crêpes.

149

Ich hatte nicht einmal gesehen, wie er ihn hingestellt hatte. In unserer Küche arbeitete ein Ninja.

»Danke«, sagte ich.

Orro nickte und trat an den Herd. George wartete geduldig.

»Die Geschichte der Gasthäuser ist eine Geschichte voller Missverständnisse.« Ich schnitt ein Stückchen Crêpe ab und kostete es. Es schmolz praktisch auf meiner Zunge. »Orro, das ist himmlisch.«

Orros Stacheln zitterten leicht.

»Wir leben in ihnen, wir benutzen sie, allerdings wissen selbst wir, die Wirtinnen und Wirte, nicht genau, warum sie so funktionieren, wie sie es tun.«

Jack und Gaston kamen in die Küche.

»Am besten stellt man sie sich als Bäume vor. Ein Gasthaus wie das Gertrude Hunt beginnt als Samen. Dieser Samen ist schwach und anfällig, doch wenn man ihn richtig pflegt, treibt er aus. Er wurzelt tief. Was wir sehen«, ich beschrieb mit meiner Gabel einen kleinen Kreis, der die gesamte Küche umfasste, »ist nur ein Bruchteil des Gasthauses. Es wächst und streckt seine Zweige ins gesamte Universum aus. Diese Zweige gehorchen unseren Naturgesetzen nicht. Manche wachsen durch unsere Wirklichkeit hindurch. Andere verwandeln sich und entwickeln sich auf eine Weise, die sich unserem Verständnis entzieht. Ein Gasthaus, das wie das Gertrude Hunt ein gewisses Alter erreicht hat, kann sich in viele andere Welten erstrecken.«

»Wie Yggdrasil«, sagte George.

»Ja.«

»Was ist Yggdrasil?«, fragte Jack.

»Ein heiliger Baum der nordischen Mythologie«, erklärte George. »Seine Äste reichen bis in alle neun Welten ihrer Kosmologie.«

»Das Problem ist, dass die Wirtinnen und Wirte das Wachstum der Zweige nicht kontrollieren können«, fuhr ich fort. »Wir wissen, in welche Welten sich das Gasthaus erstreckt, und können sie nach einer Weile auch betreten, aber wir können das Gasthaus nicht dazu bringen, einen Zweig an einen Ort unserer Wahl wachsen zu lassen. Die meisten Gasthäuser wachsen instinktiv in Richtung Baha-char. Es ist üblicherweise die erste Welt, die sich uns eröffnet. Wir wissen nicht, warum. Manche Leute behaupten, der Samen des ersten Gasthauses stamme von Baha-char und all seine Nachkommen strebten instinktiv nach einer Verbindung zu ihrer Heimat, wie Lachse, die Hunderte von Kilometern zurücklegen, um ihre Laichgründe zu erreichen. Ich kenne jede Welt, die dieses Gasthaus bisher erreicht hat, und Ihre Koordinaten bezeichnen keine davon. Außerdem bitten Sie um ein Portal in eine Welt, die unserer sehr ähnelt. Das ist eine andere Form der Erde, die innerhalb ihrer eigenen, winzigen Realität existiert, die sich vom Hauptteil des Kosmos abgespalten hat. Es ist, als greife man in eine Manteltasche des Universums. Ich kenne nicht die Fähigkeiten aller Gasthäuser auf Erden, doch ich kann Ihnen verraten, dass mein Vater immer behauptet hat, man könne keine Tür in eine solche alternative Dimension öffnen. Das brächte das Gasthaus zum Einsturz.«

George lehnte sich in seinem Stuhl zurück. Ich aß meine Crêpes, genoss jeden Bissen.

»Aber Sie können ein Portal nach Baha-char öffnen?«

»Ja.«

»Wenn ihr erwischt werdet, ist die Hölle los«, sagte Gaston.

»Das Risiko werde ich eingehen müssen.« George erhob sich geschmeidig. »In diesem Fall wäre ich Ihnen trotzdem für Ihre Hilfe dankbar. Bitte begleiten Sie mich auf diese Welt und wieder zurück. Von Baha-char aus finde ich den Weg. Sie werden mich allerdings ins Gasthaus zurückbringen müssen.«

Ich rieb mir das Gesicht. »Sie bitten mich, ein Gasthaus voller Gäste allein zu lassen.«

»Ja. Dafür übernehme ich die volle Verantwortung.«

»Das verstehe ich nicht. Sie sind Schiedsmann. Sie verfügen doch über die erforderliche Technologie, um von Baha-char aus das Gasthaus zu finden.«

»Ich will die mir zur Verfügung stehende Technologie nicht privat nutzen«, erwiderte George.

»Sie erzählen mir nicht alles.«

»Er will eine uns verbotene Welt besuchen«, sagte Jack. »Unsere Heimatwelt. Wenn er eines der Geräte dafür verwendet, die uns die Schiedsstelle zur Verfügung gestellt hat, bekommen die das mit. Sie werden ihm den Arsch aufreißen.«

Ich nahm mir einen Moment Zeit, um die Tatsache zu betrauern, dass mein Teller leer war, und mir zu überlegen, wie ich meine nächsten Worte formulieren sollte, ohne den Mann, der mir meinen großen Scheck unterschreiben musste, komplett vor den Kopf zu stoßen.

»Ich soll also meine Gäste gefährden, indem ich das Gasthaus verlasse und Sie auf einer Mission begleite, die für Sie möglicherweise unangenehme Konsequenzen nach sich zieht, was die Friedensgespräche und meine Bezahlung negativ beeinflussen und den Ruf dieses Gasthauses für immer schädigen würde. Könnten Sie mir bitte mal erklären, warum ich das tun sollte?«

Gaston lachte halblaut.

George seufzte. »Ich bin an einem erfolgreichen Abschluss des Friedensgipfels genauso interessiert wie Sie. Wie die Dinge liegen, glaube ich aber nicht daran. Das Problem ist Ruah, der kugelsichere Schwertkämpfer.«

Aha. Wollte er damit andeuten, das Gertrude Hunt würde mit einem Otrokar nicht fertigwerden? »Zweifeln Sie an meiner Fähigkeit, ihn in den Griff zu kriegen?«

George schnitt eine Grimasse. »Darum geht es nicht. Ich weiß, Sie können Ruah bezwingen. Das Problem ist die

Geisteshaltung der Otrokars. Sie erkennen an, dass ein einzelner Vampir ein besserer Krieger ist. Sie glauben jedoch unerschütterlich an ihre eigene Überlegenheit durch genetische Spezialisierung. Ruah ist das Paradebeispiel für diesen Vorgang. Sie halten ihn für unschlagbar mit einem Schwert. Solange das so bleibt, fühlen sie sich durch ihn unbesiegbar. Diesen Glauben muss ich erschüttern. Ich muss ihnen beweisen, dass er und die Horde nicht unfehlbar sind, und zwar auf eine Weise, die sie verstehen.«

»Warum setzen Sie dafür nicht die Vampire ein?«, fragte ich.

»Weil das letztlich nur das Gleichgewicht verschieben würde.« Caldenia kam herein. Sie war perfekt frisiert, ihr blassgrüner Morgenmantel passte hervorragend zu ihrem Teint, und ihr Make-up war makellos. Ihre Augen funkelten, und ihr Auftreten hatte etwas Königliches und vage Gefährliches an sich. Ihre Hoheit war in Hochform.

Die drei Männer verneigten sich. Sie nickte ihnen zu und nahm von Orro eine Tasse Tee entgegen.

»Wenn er einen unbesiegbaren Otrokar mithilfe eines Ritters besiegt, geht die Immunität, die die Otrokars jetzt empfinden, an die Heilige Anokratie über. Damit sie zusammenarbeiten und zur Kooperation bereit sind, muss er beide Seiten in die Schranken verweisen. Er muss ihr Weltbild in seinen Grundfesten erschüttern.«

»Ich bin bereit, meine Karriere zu riskieren«, sagte George, »weil ich das für absolut notwendig halte. Dies ist keine bloße Laune.«

Ich hatte das Gefühl, dass George niemals aus einer bloßen Laune heraus handelte. Bei ihm musste Spontanität wohlüberlegt sein.

Ich war am Zug. Es war Wahnsinn, so viele Gäste unbeaufsichtigt zu lassen. Aber George hatte recht. Je länger die

Friedensgespräche dauerten, desto besser ging es dem Gasthaus, doch desto teurer wurde die ganze Sache auch. Der Gipfel musste in absehbarer Zeit zu einem Ende kommen, und zwar mit einem Friedensschluss, nicht mit Krieg. Wenn er scheiterte, würde man allen möglichen Leuten dafür die Schuld geben, und das Gertrude Hunt würde eine ganze Menge davon abkriegen.

Was sollte ich tun? Wir würden über eine Stunde fort sein. In einer Stunde konnte viel passieren. Officer Marais konnte mit Verstärkung zurückkommen. Die Otrokars konnten versuchen, durch die Wände zu brechen und Amok zu laufen. Die Vampire konnten das Gasthaus in Brand stecken …

Okay, ich musste aufhören. Wildes Spekulieren brachte gar nichts.

Meiner Mutter hätte dieser irrwitzige Plan überhaupt nicht gefallen. Aber mein Vater hätte ihn als Abenteuer bezeichnet. Nicht einmal meine Eltern konnten mir weiterhelfen.

»Begleiten Sie mich nach Baha-char«, sagte George. »Von dort an übernehme ich, versprochen.«

Wenn man uns erwischte, würde George Ärger kriegen, und ich mit.

»In einer halben Stunde sollen die Gäste Frühstück in ihren Gemächern serviert bekommen«, erwiderte ich. »Dem Zeitplan zufolge soll der Gipfel eine Stunde nach dem Frühstück beginnen. Somit bleiben uns etwa neunzig Minuten. Bis dahin müssen Ihre Leute den Frieden wahren.«

»Das wird kein Problem sein«, teilte mir Jack mit.

Ich erhob mich. »Wir müssen uns beeilen.«

* * *

Ich kauerte auf dem Boden eines kleinen Ladens. Hübsche helle Teppiche säumten die Wände und den Boden und boten die Kulisse für Hunderte meisterhafter Lackkunstwerke, die sorgfältig mit Mustern in strahlendem Türkis, heiterem Gold und leuchtendem Scharlachrot bemalt waren. Krüge in Form exotischer Vögel, Teller, auf denen seltsame Monster aufeinanderprallten, Platten, auf denen exotische Blüten abgebildet waren – all das füllte die Regale und harrte in allen Ecken seiner Käufer. Es war gut, dass ich nur sehr wenig Geld dabeihatte, sonst hätte ich definitiv etwas erworben.

George, der einen schlichten braunen Umhang trug, kauerte neben mir, in Verhandlungen mit dem Ladenbesitzer versunken. Der war in so viele Lagen blau-weißen, zerschlissenen Stoffs gehüllt, dass man von ihm bloß die Augen und einen schmalen Streifen olivfarbener Haut um sie herum sah. Wild gestikulierend feilschte er in einer mir unbekannten Sprache mit George. Seine Hände wirkten recht menschlich, hatten aber je drei Finger und einen Daumen.

Wir hatten etwa zwanzig Minuten gebraucht, um den Laden zu finden, und kauerten hier schon so lange, dass mir langsam die Beine wehtaten. Ich spürte, wie die Zeit verrann, Sandkorn um Sandkorn. Ein Teil von mir wollte dringend zurück ins Gasthaus. Ein kleinerer Teil wollte erneut Wilmos aufsuchen und ihn nach Sean Evans befragen.

Der Händler richtete sich auf. George tat es ihm gleich und ließ einen kleinen Beutel in seine Hand fallen. Der Ladenbesitzer gab George ein blaues Wollknäuel, band ein Ende an ein Regal, ging in den rückwärtigen Bereich des Ladens und zog einen Teppich beiseite. Das Morgenlicht durchflutete den Laden. Der Ladenbesitzer winkte uns hindurch.

Na toll. Hier ist ein magischer Faden. Haltet euch gut daran fest, damit ihr euch nicht verirrt, und hofft, dass nicht irgendwo ein Minotaurus auf euch wartet.

George trat ins Licht und wickelte im Gehen Garn von dem Knäuel ab. Ich richtete mich auf und folgte ihm. Vor uns erstreckte sich ein gewaltiger Garten, eine Reihe Rosenbüsche nach der anderen, umgeben von einer zwölf Meter hohen Mauer aus burgunderrotem Stein. Hier und da ragten Türme über der Mauer auf.

»Wo sind wir?«, fragte ich.

»Am Ganer College«, sagte George. »Einer Stätte der Heilung in meiner Welt.«

Zwischen den Rosen spazierte eine Frau. Sie war etwa so groß wie ich. Ihr dunkelbraunes Haar trug sie zu einem konservativen, aber eleganten Dutt frisiert. Eine graue, einfach geschnittene Robe, deren Saum die Kiesel des Weges streifte, wenn sie ging, umspielte ihre Figur. Über der linken Schulter trug sie eine Schärpe aus einem hauchzarten grauen Stoff. Sie schien etwa in meinem Alter zu sein und war weder besonders groß noch auffällig stark oder imposant.

Ich warf George einen Blick zu. Für einen Moment verrutschte seine kühle Maske, und ich sah in seinen Zügen eine brennende, alles verzehrende Sehnsucht. Mein Vater liebte meine Mutter bedingungslos. Er misstraute auch der modernen Welt. Er verstand sie, doch sie bewegte sich für seinen Geschmack zu schnell, und all ihre Gefahren kamen ihm überlebensgroß vor. Er hatte jede Fahrt zum Laden als gescheiterten Selbstmordversuch betrachtet und jede Großstadt als Nest von Halsabschneidern und Dieben, die nur auf ihre Opfer lauerten.

Er wäre im Traum nicht auf den Gedanken gekommen, meine Mutter an etwas zu hindern, was sie tun wollte. Aber manchmal, wenn meine Mutter etwas erledigen ging, vor allem, wenn sie in die Stadt fahren musste, hatte er sie genau so angeblickt, als wolle er sie in die Arme schließen und beschützen, und zwar mehr als alles andere auf der Welt.

Der Ausdruck huschte über Georges Gesicht und verschwand sofort wieder, doch es war zu spät. Ich hatte ihn gesehen. Der kosmische Schiedsmann hatte also eine Schwäche.

George ging den Weg entlang, und ich folgte ihm. Als wir noch etwa zehn Meter von der Frau entfernt waren, blieb sie stehen. »Keinen Schritt näher.«

George verharrte.

»Ich bin wütend auf dich.« Sie sprach mit einem unvertrauten, aber kultivierten Akzent. »Ich bin nicht gerne wütend, George. Ich gebe mir die größte Mühe, dieses Gefühl zu vermeiden. Du solltest gehen.«

»Ich brauche deine Hilfe«, sagte er.

Sie wandte sich um. Ich war fast nie neidisch auf andere Frauen. Wenn doch, dann üblicherweise, weil ich einkaufen gewesen war. Dabei stand ich oft gelangweilt an der Kasse an, und mein Blick fiel auf irgendein Erzeugnis der Regenbogenpresse, und ich kaufte es, weil ich mir schäbig vorgekommen wäre, wenn ich es, um mir die Wartezeit zu verkürzen, durchgeblättert und dann wieder zurückgestellt hätte. Dann schaute ich mir die Schauspielerinnen und Models an, während ich meinen Tee trank, und wünschte mir manchmal, meine Augen wären größer oder meine Lippen voller.

Schauspielerinnen und Models waren jedoch abstrakte Personen, halb real, halb zur Perfektion retuschiert. Diese Frau war echt, in meinem Alter, etwas größer als ich und auf unglaubliche Art und Weise geradezu schockierend schön, und zwar ohne jede Unterstützung von Photoshop. Ihre Haut hatte einen hellen, goldenen Bronzeton, ihre Lippen waren voll und perfekt geformt, ihre Wangenknochen waren hoch, und die großen Augen unter den fast schwarzen Brauen waren dunkel wie Zartbitterschokolade. Wenn man sie sah, wollte man den Blick nicht mehr abwenden.

Im Moment schaute sie George an, und die hochgezogenen Brauen verrieten, dass er nicht gerade ihr Lieblingsmensch war.

»Du hast es ihnen nicht gesagt«, hielt sie ihm vor. »Du warst zu dem Familienabendessen in Camarine Manor. Du hast dem kleinen William geholfen, Glühwürmchen in einem Marmeladenglas zu fangen, hast den Mädchen Geschenke mitgebracht und mit Declan und deiner Schwester auf dem Balkon gesessen und Wein getrunken. Eine Woche später warst du einfach weg.«

»Ich habe dir einen Brief dagelassen«, wandte George ein.

»In dem stand, du müsstest in geheimer Mission von hier fort, hättest Jack und Gaston mitgenommen und würdest in zwanzig Jahren wieder zurück sein. Das war die einzige Erklärung, die du für nötig befunden hast. Hast du eine Vorstellung davon, was für Sorgen sich deine Schwester macht? Deine Nichten? Dein Neffe? Du spielst mit dem Leben anderer Menschen wie mit Spielzeug, George. Für dich sind wir alle Schachfiguren. Du schiebst uns auf dem Brett umher, wie es dir gefällt. Ich hätte ja noch Verständnis dafür, wenn dir menschliche Gefühle fremd wären, aber du verstehst unsere Empfindungen ja durchaus. Du entscheidest dich einfach, sie zu ignorieren. Ich begreife das nicht. Als wir Kinder waren, warst du so mitfühlend. Jetzt bedeuten wir dir gar nichts mehr.«

»Das ist Teil meines Jobs«, erwiderte er. Sie sah ihn einfach nur an. »Ich durfte mich nicht verabschieden. Der Brief war das Beste, was ich tun konnte.«

»Doch jetzt bist du hier.« Sie kniff die Augen zusammen. »Hast du mir nicht gesagt, du könntest nie mehr zurückkommen, wenn du diesen Job erst einmal angetreten hast? Brichst du wieder die Regeln?«

»Natürlich.«

»Du hast keine Probleme damit, die Regeln zu brechen, wenn es dir in den Kram passt. Willst du wirklich behaupten, du hättest keine Möglichkeit gefunden, es deiner Familie schonender beizubringen?«

»Ich bin ein selbstsüchtiger Dreckskerl«, gab George zu. »Ich hasse Abschiedsschmerz, also bin ich ihm aus dem Weg gegangen.«

Die Frau seufzte. »Was willst du?«

»Ich brauche deine Hilfe.«

»Das hast du schon einmal gesagt. Damals lautete die Antwort Nein. So lautet sie noch heute. Ich begleite dich nicht bei deinem wahnsinnigen Abenteuer. Mein Platz ist hier.«

George rieb mit dem Daumen über seinen Stock. Aus dem Nichts erschien ein Bild Ruahs. Wir sahen, wie er seine Schwerter herumwirbelte und die Kugeln zerteilte. Die Frau legte den Kopf schief und klopfte sich mit dem Zeigefinger auf die Unterlippe. Die Aufzeichnung endete, und der Otrokar verhielt mitten im Schlag, anmutig wie ein Tänzer.

»Süß«, stellte sie fest. »Er ist gut.«

»Ist er besser als du?«, fragte George.

Sie betrachtete das Standbild. »Ich bin mir nicht sicher.«

»Willst du es nicht herausfinden?«

Ein raubtierhaftes Blitzen war kurz in ihren Augen zu sehen, ehe es wieder verlosch. »Nein.«

»Komm mit«, sagte George. »Bitte.«

»George, ich habe Jahre daran gearbeitet, das hinter mir zu lassen, was die Welt außerhalb dieser Mauern aus mir gemacht hat. Da draußen bin ich ein Monster. Eine Mörderin. Nein, ich gehöre hierher.«

Er schüttelte den Kopf. »Lark ...«

»Mein Name ist Sophie«, korrigierte sie.

»Was ist hier? Das?« Er drehte sich um mit einer Geste, die die zahllosen Blumen einschloss.

»Hier bin ich kein Monster.« Sie hob den Kopf. »Hier töte ich niemanden. Hier lebe ich in Frieden.«

»Dein Frieden ist eine Lüge.«

Sie funkelte ihn an, und ich musste gegen den Drang ankämpfen, zurückzuweichen.

»Du hast kein Recht, mir vorzuschreiben, wie ich mein Leben führen soll. Lass mich. Lass mich in Ruhe, George. Ich will, dass du mich in Frieden lässt!«

»Dir ist kein Frieden vergönnt. Wir, die Menschen, sind dazu bestimmt, das Leben auszukosten. Wir sollen alles erleben – Trauer, Enttäuschung, Zorn, Freundlichkeit, Freude, Liebe. Wir sollen uns ausprobieren. Es ist schmerzhaft und furchterregend, aber genau das bedeutet Leben. Hier verbirgst du dich vor dem allen. Das ist kein Frieden. Das ist ein langsamer, bewusster Selbstmord.«

Er stieß seinen Stock auf den Weg. Bilder barsten daraus hervor: ein gewaltiger, wogender Nebel, Raumschiffe, uralte Ruinen, seltsame Gebäude, schreckliche und wunderschöne Wesen – strahlend, hell und laut umwirbelten sie uns.

Sophie betrachtete sie, und Sterne spiegelten sich in ihren Augen.

»Sieh dir das an!« George bebte vor kaum beherrschter Ehrfurcht. »Sieh genau hin! Willst du das alles nicht erleben? Willst du nicht mutig sein? Du bist keine zarte Blüte, die ihr ganzes Leben in einem Gewächshaus zubringt. Du bist eine Flamme, Lark. Ein Feuer.«

Eine Sonne ging über den Bildern auf, ihr gleißender Zorn überstrahlte den Kosmos.

»Wage es, diesen Schritt zu machen, und ich zeige dir Wunder, die du dir niemals hättest träumen lassen. Ich gebe dir Gelegenheit, etwas zu tun, das zählt. Komm mit mir.«

George hielt ihr die Hand hin. »Lebe. Komm mit mir oder nicht, aber lebe, verdammt noch mal, denn ich ertrage den Gedanken nicht, dass du hier langsam alterst wie ein staubiges Fossil unter Glas. Nimm meine Hand, und bring dein Schwert mit. Das Universum wartet.«

KAPITEL 7

Wir betraten das Gasthaus zwanzig Minuten vor Beginn des Gipfels. Jack begrüßte uns im Empfangsbereich. Er grinste breit.

Er musterte Sophie von Kopf bis Fuß und nahm ihr Gewand und die beiden Schwerter in ihren Händen in Augenschein. »Was hast du denn da an? Versuchst du, dich als Mädchen auszugeben?«

Sophie hob die Brauen und boxte ihn gegen den Oberarm. »Wofür war das denn?«

»Dafür, dass du ohne Abschied abgehauen bist.«

Ich wandte mich an George, der Sophies große Leinentasche trug. »Die können Sie hierlassen.«

Er stellte die Tasche vorsichtig ab, und sie versank im Holzboden. Sophie riss die Augen auf.

»Kommen Sie bitte mit«, forderte ich sie auf. »Ich zeige Ihnen Ihr Zimmer.«

Ich führte sie in den Ostflügel. Am besten quartierte ich sie in der Nähe Caldenias ein, im neutralen Bereich. Das Gasthaus und die Regeln für Gäste hatte ich ihr bereits erklärt. »Ich werde Sie neben einer dauerhaften Bewohnerin des Gasthauses unterbringen.«

»Sie sind sauer auf George«, stellte Sophie fest. »Warum?«

Ich blinzelte überrascht.

»Bitte wundern Sie sich nicht. Sie verbergen es sehr gut, aber ich bin geübt darin, Körpersprache zu lesen.«

Ich seufzte. »Ich muss beim Beginn des Gipfels anwesend sein, habe also nicht einmal mehr fünfzehn Minuten Zeit für Sie. Es ist eine heilige Pflicht für Wirtinnen und Wirte, Gäste des Gasthauses willkommen zu heißen. Man muss es richtig machen, doch George hat mir keine Zeit dafür gelassen. Ich hasse es, diese Dinge zu überstürzen.«

Caldenia kam aus ihrem Zimmer. »Ein weiterer Gast? Wie schön.«

»Ihre Hoheit, Caldenia ka ret Magren«, stellte ich sie vor.

Sophie knickste elegant.

Caldenias Augen blitzten. »Wie heißen Sie, meine Liebe?«

»Sophie.«

»Einfach nur Sophie?«

Sophie lächelte. »Zumindest für den Augenblick.«

»Werden Sie den Gipfel verfolgen?«, fragte Caldenia.

»Ich denke noch darüber nach.«

»Sie müssen mich unbedingt besuchen. Ich habe einen eigenen Balkon.«

»Das wäre wunderbar«, sagte Sophie.

»Also, abgemacht.« Ihre Hoheit lächelte und schritt weiter den Gang entlang, wobei ihre Robe mit königlicher Eleganz hinter ihr herschleifte.

Vor der Tür blieb ich stehen. Normalerweise hätte ich Sophie im Empfangsbereich Erfrischungen angeboten, mit ihr gesprochen und ihr Zimmer nach und nach von ihren Antworten ausgehend aufgebaut. Nur hatte ich dafür keine Zeit. Ich musste raten. Verdammt. Was mochte Sophie wohl?

Sie legte eine Art Zurückhaltung an den Tag, die natürlich wirkte, vermutlich aber das Ergebnis von jahrelangem Benimmunterricht und Erziehung war. Caldenia hatte das sofort

162

bemerkt. Sie stammten von verschiedenen Welten, bewegten sich jedoch wahrscheinlich in ähnlichen Kreisen, nämlich unter adligen, gebildeten Damen. Wenn ich Sophie ansah, stellte ich sie mir in einer Südstaatenvilla vor, überall weiße Säulen und Polstermöbel. Das Bild stimmte allerdings irgendwie nicht ganz. Also lieber schlichte, traditionell gehaltene Möbel in elegantem Understatement oder der geschmackvolle Muster-Mix des englischen Landhausstils?

»Sie ist kein Mensch, oder?«, fragte Sophie.

»Nein.«

»Ihre Zähne sind scharf und spitz.«

»Sie ist sehr gefährlich«, bestätigte ich.

Sophie verbarg etwas hinter all dem Schliff und der Vornehmheit, etwas Zerbrechliches. Aber vielleicht war das auch das falsche Wort. Eher Brüchigkeit, wie bei einer zu scharf geschliffenen Klinge. Nein, die Einrichtung durfte weder schlicht und elegant noch zu verspielt sein. Verdammt, George. Ich musste mich festlegen. Ich konnte nicht ewig vor der Tür stehen bleiben.

Folge deinem Bauchgefühl, hatte meine Mutter immer gesagt.

»Caldenia wird Ihnen nichts tun, weil das Gasthaus ihre Zuflucht ist und sie weiß, dass sie gegen unsere Abmachung verstieße, wenn sie einen anderen Gast angriffe, es sei denn, es geschähe in Selbstverteidigung. Sie ist allerdings sehr manipulativ.«

»Ich werde es mir merken«, erwiderte Sophie.

Ich öffnete die Tür. Goldfarbene Piniendielen erstreckten sich zwischen den zartbeige gestrichenen Holzwänden. Ich hatte mich für Fachwerk entschieden. Ein einfaches, doch bequemes Bett aus roh belassener Louisiana-Zypresse mit einer weichen Matratze in einem stabilen Rahmen, weißen Daunendecken und weichen Kissen. Ein beiger, nicht ganz neuer Webteppich bedeckte den Boden. Blassgrüne Vorhänge umrahmten zwei großflächige Fenster mit Blick auf den Obstgarten. Dazwischen gewährte eine

Tür Zugang zu einem breiten Holzbalkon. In einem grob gezimmerten Bücherregal in der Ecke standen mehrere Taschenbücher. Daneben gab es ein Waffengestell für ihre Schwerter.

Rustikal modern. Ich hatte keine Ahnung, warum ich mich dafür entschieden hatte, aber es hatte sich richtig angefühlt.

Ich drehte mich zu Sophie um und hätte beinahe einen Schritt rückwärts gemacht. Sie sah schockiert aus.

Verdammt, sie hasste es. Was hatte ich mir nur dabei gedacht? Es war vollkommen unsinnig, Pinien- und Zypressenholz zu mischen ... »Möchten Sie ein anderes Zimmer?«

»Nein«, sagte Sophie leise. »Nein, es ist perfekt.« Der Boden tat sich auf, und ihre Tasche erschien.

»Als Teil des Gefolges des Schiedsmannes haben Sie Zugang zu weiten Teilen des Gasthauses«, erklärte ich. »Wenn Sie sich im Erdgeschoss zu uns gesellen möchten, wenden Sie sich nach rechts, und gehen Sie zwei Stockwerke nach unten. Wenn Sie sich lieber zu Ihrer Hoheit gesellen möchten, wenden Sie sich nach links, dann an der nächsten Ecke wieder nach links und gehen weiter, bis Sie zu einer großen grauen Tür kommen.«

»Danke.«

»Wenn Sie Informationen benötigen, fragen Sie einfach das Gasthaus. Das Gertrude Hunt wird Sie mit allen Annehmlichkeiten versorgen.«

Noch fünf Minuten bis zum Gipfel. Und ich musste unbedingt noch aufs Klo, bevor ich runterging.

Sophie strich mit den Fingerspitzen über das Holz des Schwertständers. »Hier schließt sich der Kreis, nicht wahr?«

Ich hatte keine Ahnung, was sie damit meinte, also hörte ich ihr einfach weiter zu.

»Ich hätte nicht herkommen sollen«, sagte sie. »Glauben Sie an das Schicksal, Dina?«

»Nein.«

»Warum nicht?«

»Weil vor sechs Jahren jemand meine Eltern entführt hat. Sie wurden aus meinem Leben gerissen, sind einfach verschwunden. Ich kann nicht glauben, dass das nach allem, was sie durchgemacht und getan haben, ihr Schicksal war. Ich weigere mich, zuzulassen, dass sie einfach ausradiert werden. Wir treffen unsere eigenen Entscheidungen. Unsere Taten formen unser Leben, und dafür sind wir ganz allein verantwortlich.«

»Als ich noch jünger war, haben unsere Feinde meine Mutter entführt«, sagte Sophie.

»Haben Sie sie gefunden?«

»Meine Schwester hat sie gefunden, aber erst, als sie schon nicht mehr meine Mutter war.« Ein Schatten alter Trauer fiel über ihre Augen, stumpfer geworden, doch weiterhin brennend und schmerzhaft. »Nichts tut einem Kind mehr weh. Ich hoffe, Sie finden Ihre Eltern, Dina. Wirklich.«

»Danke.«

Ein Schwall Magie durchflutete das Gasthaus und meinen Kopf. Ich drehte mich zur Wand. »Äußerer Perimeter.«

Auf dem Feld am Rande meines Obstgartens stand ein Container von der Größe eines Hauses. Er trug ein stilisiertes Symbol der Schiedsstelle, die weiß leuchtende Waage im Gleichgewicht. Was sollte das jetzt?

»Entschuldigen Sie mich bitte«, sagte ich.

»Natürlich.«

Ich überließ Sophie sich selbst und ging nach unten. Am Fuß der Treppe kam mir George entgegen.

»Was haben Sie vor?«, fragte ich, als wir in Richtung des großen Ballsaals abbogen.

»Nur eine kleine Demonstration im allgemeinen Interesse«, antwortete er. »Es tut mir furchtbar leid.«

»Sie entschuldigen sich im Voraus.«

»Ja.«

Das war nie ein gutes Zeichen.

* * *

Ich hatte erwartet, dass George die Verhandlungen mit der wunderbaren Überraschung, die er im Obstgarten abgestellt hatte, einleiten würde, aber er hatte die Sitzung genau wie am Vortag eröffnet, nämlich indem er die Oberhäupter der Delegationen an ihren Tisch geleitete. Fast drei Stunden waren seither vergangen, und es hatte sich nichts Außergewöhnliches ereignet.

Die Vampire sahen tödlich gelangweilt aus. Die Händler hatten sich im Kreis um einen der älteren Füchse versammelt, der etwas erklärte, was viel Pfotenwedeln und Ohrenwackeln erforderte. Einige der Otrokars schützten nicht einmal mehr höfliches Interesse vor und hatten sich auf dem Boden ausgestreckt. Einer der größeren, älteren Otrokarkrieger schnarchte. Ein paar jüngere beobachteten ihn und warfen einander fragende Blicke zu. Wenn sie das interstellare Äquivalent eines Eddings zückten und anfingen, ihm einen Penis auf die Stirn zu malen, würde ich eingreifen müssen.

Ich hätte mir ein Buch mitbringen sollen, hätte es allerdings ohnehin nicht geschafft, darin zu lesen. Ich musste ja alle im Auge behalten. Mein Blick wanderte hinauf zum Balkon, wo sich Caldenia und Sophie angeregt zu unterhalten schienen. Ich wünschte, ich könnte dort oben sein. Alles war besser als diese Langeweile.

Magie, die von der anderen Seite des Obstgartens ausging, heulte in meinem Kopf auf. Na also.

Die undurchsichtige Wand, die die Oberhäupter der Delegationen von uns trennte, fuhr nach unten, und George trat mit besorgtem Gesichtsausdruck zu mir. Der Knauf seines Stocks leuchtete. »Es tut mir schrecklich leid!«

Alle hielten in dem inne, was sie gerade taten, und wandten sich ihm zu. »Würden Sie uns das bitte erklären?«, fragte ich.

»Ja, bitte, Schiedsmann«, sagte Nuan Cee.

»Ich fürchte, eine unserer Schildwachen-Einheiten funktioniert nicht richtig.« Georges Gesicht war der Inbegriff von Bedauern und Zerknirschung.

»Sie haben eine Schildwachen-Einheit dabei?« Die Khanum hob die Brauen.

»Nur für Notfälle, das versichere ich Ihnen.« George wandte sich an mich. »Könnte ich Sie um ein Bild bitten?«

Ich drehte mich zur linken Wand. »Bitte eine Aufnahme des Obstgartens.«

Die Wand leuchtete auf und zeigte uns den gewünschten Bereich. Der Container des Schiedsmanns war zertrümmert. Eine breite Schneise durchschnitt das Feld in Richtung des Gebüschs, wo brutal gefällte Bäume lagen. Das Geräusch brechenden Holzes hallte durch den Ballsaal.

Hinter den Bäumen huschte ein dunkler Schatten hin und her, Erde flog durch die Luft, und ein riesiger Metallapparat schoss zwischen den Bäumen hervor. Er sah aus wie drei komplexe, sich umeinander drehende schwarze Metallrahmen von je dreißig Zentimetern Dicke, an denen Panzerplatten hingen, die alle an einer leuchtenden Kugel von etwa einem Meter achtzig Durchmesser in der Mitte verankert waren. Die Schildwache verharrte für einen kurzen Augenblick. Plötzlich schossen klingenbesetzte Ketten daraus hervor. Die Schildwache drehte sich wie ein Derwisch, die Klingen waren nur noch einen knappen Meter von den nächsten Apfelbäumen entfernt.

Nein. Das würde er nicht wagen.

Sechzig Zentimeter. George lächelte mich entschuldigend an. Die erste Klinge ritzte die Rinde. Nein, nein, nein …

Die Schildwache schwenkte nach links. Die Klinge durchschnitt glatt den Stamm des Apfelbaums. Nein!

Mit einem ohrenbetäubenden Krachen fiel der Baum.

Er war wahnsinnig. »Lord Camarine«, knurrte ich.

»Das ist einfach furchtbar«, sagte George. »Ich entschuldige mich in aller Form.«

Der zweite Baum fiel. Ich hob den Besen. Demonstration hin oder her, das würde er bereuen.

»Nein, bitte nicht. Wir kümmern uns darum. Ich bestehe darauf.« Er sah zum Balkon hinauf. »Sophie, wärst du so nett?«

Sophie erhob sich und verließ den Balkon.

Er fällte meine Apfelbäume. Dafür würde er bezahlen.

»Ein Mensch?«, fragte Arland. »Ihr schickt einen Menschen gegen dieses Ding?«

Robart deutete auf die Schildwache, die sich vom Obstgarten abgewandt hatte und auf dem Feld rotierte. »Das ist eine Wacheinheit der Opferklasse 6 zum Einsatz gegen gegnerische Massen. Das Ding ist praktisch unzerstörbar. Um es auszuschalten, ist Laserbeschuss oder ein KPSM erforderlich.«

»KPSM?« Ich war zu wütend, um meine Stimme ruhig klingen zu lassen.

»Kinetisches Projektil von signifikanter Masse«, erklärte Robart.

»Er meint einen riesigen Metallbrocken, verschossen von der Kanone eines im Orbit befindlichen Raumschiffs«, teilte mir Lady Isur mit.

Sophie erschien auf dem Bildschirm. In ihrer grauen Robe schritt sie durch den Obstgarten, ein Schwert in einer Scheide in der linken Hand. Ihr Gesichtsausdruck war resigniert, ihr Blick traurig. Die Schildwache hatte einen Durchmesser von sechs Metern, mehr, wenn Ketten und Klingen ausgefahren waren. Sophie war kaum einen Meter fünfundsechzig groß. Selbst wenn sie die beste Schwertkämpferin in der Geschichte des Universums war, war dies, als versuche man, einen Sattelzug, der den Highway entlangdonnerte, mit einem Zahnstocher aufzuhalten.

»Das ist Selbstmord.« Dagorkun sah seine Mutter an. »Ich kann mich sofort mit einem Trupp darum kümmern. Gib uns zwanzig Minuten, und wir verwandeln das Ding in Altmetall.«

Die Khanum kniff die Augen zusammen. Sie hob die Hand, und Dagorkun verstummte.

»Wir sind in einem Wohngebiet«, presste ich hervor. »Ich kann das nicht ewig unter der Decke halten. Ich werde mich darum kümmern.«

George warf mir einen warnenden Blick zu. »Bitte. Ich habe das angerichtet. Lassen Sie mich die Sache in Ordnung bringen.«

Ich starrte ihn an und wünschte, ich könnte mit den Augen Laserstrahlen verschießen.

Sophie bückte sich, raffte ihr Gewand und riss es bis zur Mitte ihres Oberschenkels auf.

Die Schildwache bemerkte sie. Ihre Metallrahmen rieben sich aneinander. Sie fuhr Dornen aus, die die Platten bedeckten. Das blaue Licht pulsierte, und die Schildwache schoss auf Sophie zu, ein gewaltiger, rasender Multitonnentornado aus rasiermesserscharfem Metall.

Sophie stellte sich auf die Zehenspitzen.

Die Schildwache würde sie überfahren, würde sie über die Überreste meiner Apfelbäume verteilen. Ich umklammerte meinen Besen.

George beobachtete Sophie mit einem seltsamen Gesichtsausdruck.

Die Schildwache rumpelte auf sie zu. Eine Kette, die in einer dreißig Zentimeter breiten, schwarzen Klinge endete, schoss heraus.

Sophie bewegte sich.

Es ging so schnell, dass ich mit den Augen nicht folgen konnte. Eben noch hatte sie ganz still dagestanden, dann flog die Kette mit der Klinge abgetrennt zur Seite und krachte ins

Gebüsch, während Sophie auf die Schildwache zurannte. Ihr Schwert sprühte gleißend weiße Funken, als hätte jemand einen haarfeinen Blitz an der Metallschneide befestigt.

Die Schildwache wirbelte herum, schwenkte zur Seite, und ihre gewaltigen Rahmen drehten sich, als die Maschine verzweifelt versuchte, neue Daten zu verarbeiten. Ketten, Dornen und Speere schossen auf Sophie zu. Sie wich ihnen mit minimalen, anmutigen Bewegungen voller Schönheit aus, dann schlug sie erneut zu.

Ihr Schwert bewegte sich so schnell, dass es vor meinen Augen verschwamm, eine schemenhafte Bewegung, kaum wahrnehmbar, wie ein Schwall heißer Luft, der sich vom Straßenpflaster erhebt. Die Waffen der Schildwache zersplitterten, als wären sie aus Glas.

Ihr blaues Licht pulsierte. Die kolossale Maschine attackierte Sophie. Es war ein direkter Frontalangriff. Sie wollte sie zermalmen.

Sophie lächelte. Die Melancholie war aus ihrem Blick verschwunden. Ihre Augen leuchteten in reiner, ungezügelter Freude. Diese Augen gehörten jemand anderem, einem gnadenlosen, grausamen Jäger. Jemandem, der nur für die Gelegenheit lebte, andere zu töten, und der dies vorbehaltlos genoss.

Die Schildwache rollte direkt auf sie zu.

Sie schlug zu. Ihr Schwert blitzte weiß auf, so hell, dass es mich blendete.

Die Maschine rollte weiter. Sophie war verschwunden. O nein, sie musste sie überrollt haben …

Die Schildwache zerfiel. Die gepanzerten Rahmen glitten auseinander, mit vollkommen glatten Schnitten in Stücke gehauen. Die blaue Kugel wurde matt und rieselte als flockiges, blaues Pulver zu Boden.

Dann sah ich Sophie. Sie grinste die Überreste der Maschine an, und ihr Gesichtsausdruck jagte mir einen eisigen Schauer über den Rücken. Sophie hatte das genossen. Jeden Augenblick davon.

Wen hatte George da nur in mein Gasthaus gebracht …

Sophie schob ihr Schwert in die Scheide.

»Wie gesagt, wir werden alle erforderlichen Schadensersatzzahlungen leisten …«, begann George.

»Genug Diplomatie für heute«, fiel ihm die Khanum mit messerscharfer Stimme ins Wort. Sie wandte sich ab und marschierte aus dem Ballsaal, gefolgt von ihren Otrokars.

* * *

Ich blickte den Vampiren nach, die einer nach dem anderen den Ballsaal verließen. Die Händler folgten ihnen.

Jemand zupfte an meiner Robe. Ich wandte mich um. Cookie stand neben mir, seine großen blauen Augen waren voller Trauer. Die Spitzen seiner Luchsohren hingen herab. Er sah so bemitleidenswert aus, dass ich ihm beinahe über den pelzigen Kopf gestreichelt hätte.

»Frau Wirtin?« Selbst seine Stimme war winzig.

»Ja?« Er war so was von flauschig.

»Sie haben den Smaragd nicht gefunden, oder?«

»Bisher nicht.«

Er ließ die Ohren noch mehr hängen. Seine Niedlichkeit brachte mich beinahe um. »Oh.«

»Macht Nuan Cee dir Ärger?«, fragte ich.

»Es ist ein sehr teurer Smaragd. Ich bin meiner Familie gegenüber dafür verantwortlich.«

Da die Otrokars sich verstimmt in ihre Gemächer zurückgezogen hatten, war der Friedensgipfel praktisch zum Erliegen gekommen. Das bedeutete, ich hatte einen freien Nachmittag.

»Weißt du, was? Ich werde ihn gleich suchen.«

Cookie strahlte. »Danke!«

171

Er flitzte davon, schloss zur Prozession der Händler auf und folgte ihr nach draußen. Nuan Cee blieb im Ballsaal und kam auf mich zu. »Was wollte Nuan Couki?«

Ich hob die Brauen. »Das geht nur Cookie und mich etwas an.«

»Hmpf.« Nuan Cee schaute der entschwindenden Gestalt des siebten Sohnes seiner Cousine dritten Grades nach.

»Schwere Zeit?«, fragte ich.

»Ich setze keine großen Hoffnungen in diese Verhandlungen«, sagte er.

»Heute ist doch erst der zweite Tag.«

Nuan Cee sah mich an. »Der Handel ist das älteste und edelste Gewerbe der Galaxie, und seine Währung sind Geschäfte. Sie sind ein Ritus, der so alt ist wie der Kosmos, das grundlegende Fundament der Mathematik. Immer gleicht etwas etwas anderem, sodass ein Austausch vorgenommen werden kann. Man will etwas und gibt etwas dafür her. Das Leben ist Handel. Wir tauschen unsere Arbeit gegen ihre Früchte, tauschen Stunden des Lernens gegen Wissen, tauschen Lust gegen Lust oder manchmal auch gegen Geld, Sicherheit oder Nachkommen. Ich habe Tausende von Geschäften gemacht. Aber mit diesen Leuten kann ich das nicht. Ich habe nichts, was sie wollen. Ich biete ihnen Frieden an, und sie wollen ihn nicht. Sie wollen nur Krieg.«

Er schüttelte den Kopf.

»Gib ihnen eine Chance«, sagte ich.

»Das werde ich. Allerdings werde ich Vorkehrungen treffen.« Das klang bedrohlich. »Außerdem haben wir einige Anliegen. Ich werde meine Leute sie dir unterbreiten lassen.«

Na toll. »Ich freue mich darauf.«

Ich versiegelte alle Türen und trat in den Obstgarten hinaus. Beast rannte voraus und schnupperte an den misshandelten Bäumen.

Die Überreste der Schildwache lagen immer noch auf dem Boden verstreut. Vier meiner zwanzig Bäume waren gefällt. Ich biss die Zähne zusammen. Die Bäume waren ein Teil des Gertrude Hunt, gehörten zu ihm wie alles andere auf dem Gelände des Gasthauses auch. Sie so da liegen zu sehen tat mir körperlich weh. Ich wollte sie umarmen und wieder aufrichten. Dafür würde George bezahlen. So oder so. Ich trat gegen ein Stück des Rahmens der Schildwache. Autsch.

»Tut mir furchtbar leid«, sagte ich.

Die verbleibenden Bäume raschelten.

Ich nickte in Richtung der Schildwache. »Nimm dieses Ding. Absorbier, was du kannst.« Das Gasthaus konnte das gesamte Metall und die hoch entwickelten Schaltkreise verwenden. Davon würde George nichts zurückkriegen.

Die Schildwache versank im Boden. Ich streckte die Hand aus und streichelte die gefällten Stämme. Sie mochten am Boden liegen, aber die Wurzeln waren noch in der Erde, lebten noch. Vielleicht würden sie erneut austreiben. Wir würden es abwarten müssen. Mir war danach, George einen gehörigen rechten Haken zu verpassen.

Ich ging wieder hinein, schenkte mir eine Tasse Tee ein und setzte mich im Wohnzimmer auf meinen Lieblingsstuhl. Beast hüpfte in ihr Hundebett, drehte sich dreimal um sich selbst und ließ sich nieder.

Das Gasthaus zeichnete jede Minute des Gipfels auf. Es sollte kein Problem darstellen, dahinterzukommen, wer Cookies Smaragd genommen hatte. Ich musste nur eine fünf Stunden lange Aufzeichnung betrachten und herausfinden, wo er gelandet war.

»Ich brauche einen Bildschirm und eine Aufzeichnung des ersten Abends des Gipfels.«

Ein Bildschirm, der aus einem dünnen Stängel wuchs, senkte sich aus der Decke herab. Die Aufzeichnung begann. Ich zappte hindurch, spulte bis zu Cookies Eintreten vor ... Das Problem war, dass er mit ganzen Pfoten voller Edelsteine um sich warf. Es war schwer zu sagen, welchen Smaragd er genau meinte.

Ich bemerkte, dass jemand an meine Seite trat, und ließ die Aufzeichnung pausieren. »Ja?«

»Minze.« Orro fuchtelte mit einem Minzzweig vor meinem Gesicht herum.

»Ja und?«

Er hielt mir den Zweig unter die Nase. »Sie ist welk! Sie können von mir nicht verlangen, mit welker Minze zu kochen.«

»Ich gehe später neue kaufen.«

»Gut!« Er schob mir ein Stück Papier hin. In zwei Spalten waren ordentlich Bilder von Kräutern, Fleisch, Reis, Milch und Eiern angeordnet. Daneben standen in großen, schwarzen Zahlen Preise.

»Was ist das?«

»Andere Dinge, die ich brauche.«

»Woher haben Sie das?«

»Ihre Märkte versenden Einkaufslisten, die auf dieses altmodische Papier gedruckt sind.«

»Sie haben die aus einem Supermarktprospekt?«

Orro wedelte mit den Krallen. »Ich weiß nicht, wie man das nennt. Jedenfalls war das die beste von allen. Ich brauche diese Sachen. Wir müssen ein Bankett ausrichten.«

Ich öffnete den Mund, um ihm zu widersprechen, und schloss ihn dann wieder. Er hatte recht. Wir hatten noch kein formelles Essen serviert, bei dem alle gemeinsam am Tisch saßen.

»Sachen!« Orro wedelte mit dem Papier vor meiner Nase herum.

»Ich werde sie besorgen.« Ich nahm die Liste.

»Danke.«

Er warf ein Scheibchen Zitrone in meinen Tee und verschwand in der Küche. Ich ließ die Aufzeichnung weiterlaufen. Hände voll Juwelen verteilten sich auf dem Boden …

Ein leises Klingen signalisierte ein Anliegen eines Gastes. Ich hielt die Aufzeichnung an und schnippte in Richtung Bildschirm. Er teilte sich und zeigte eines der Mitglieder des Nuan-Clans, das an der Tür zum Ballsaal stand. Die Anforderungen, die Nuan Cee erwähnt hatte. Ich öffnete die Tür, schloss sie hinter dem Gast wieder und erhob mich, als er das Wohnzimmer betrat. Ein grauer Fuchs mit hübschen blauen Flecken, der im linken Ohr zwei Goldreifen trug und eine Schürze umgebunden hatte. Er war älter als Cookie, aber jünger als Nuan Cee.

»Ich bin Nuan Ara, der jüngste Sohn von Nuan Cees leiblicher Schwester.«

»Freut mich, Sie kennenzulernen.« Ich bedeutete ihm, auf einem Stuhl mir gegenüber Platz zu nehmen, und verschob den Bildschirm nach links, damit er aus dem Weg war. »Wie kann ich Ihnen Ihren Aufenthalt angenehmer gestalten?«

Nuan Ara faltete die Pfoten im Schoß. »Es geht um Nuan Re, unsere geschätzte Großmutter, eine Frau von großer Weisheit, die Wurzel, aus der wir erwachsen.«

»Mögen ihre Füße niemals den Boden berühren.« Ich war keine blutige Anfängerin. Ich kannte die Bräuche der Händler. Die Händlerclans verehrten ihre Ahnen. Wenn die Großmutter etwas wollte, würde der gesamte Clan sich ein Bein ausreißen, damit sie es bekam. Ich musste dieses Anliegen respektieren, sonst würden mich die Nuans bis in alle Ewigkeit hassen. Was konnte sie nur wollen?

»Sie wünscht sich ein kleines Raubtier.«

»Ein kleines Raubtier?«

175

»Ja.« Nuan Ara nickte. »Den lautlosen, heimlichen, bösartigen Killer, der nachts auf die Pirsch geht und seine Opfer tötet, um sich Nahrung und Lust zu verschaffen.«

Äh ... was? »Sie glaubt, sie könne ein solches Raubtier hier finden?«

Nuan Ara nickte. »Sie hat die Bilder gesehen. Sie haben leuchtende Augen, Rasiermesserklauen und sind für ihre Grausamkeit bekannt.«

»Aha.« Was zur Hölle meinte sie?

»Am meisten interessiert sie das Langeweile-Raubtier. Sie schätzt sein Verhalten und seine Farbe auf den Bildern sehr. Ihr ist klar, dass sie dieses spezifische Tier vielleicht nicht bekommt, aber möglicherweise eines, das ihm ähnelt. Ein junges.«

Das Langeweile-Raubtier. »Wo hat sie diese Bilder gefunden?«

»Im Holonetz Ihres Planeten«, sagte Nuan Ara hilfreich.

Wir hatten kein Holonetz. Wir hatten das Internet ... oh. »Die geschätzte Großmutter möchte also ein Kätzchen, das aussieht wie Grumpy Cat?« Ich schnappte mir meinen Laptop, startete eine Bildersuche nach Grumpy Cat und zeigte ihm das Bild.

»Ja!«

»Ich werde sehen, was ich tun kann.«

»Wunderbar!« Nuan Ara erhob sich. »Danke. Wir verheißen Ihnen unsere Großzügigkeit.«

Ich wartete, bis er wieder in seinen Gemächern war, dann schloss ich die Tür hinter ihm. Ich würde beim Tierheim und möglicherweise auch bei einer Zoohandlung anhalten müssen. Dort gab es sicher leise, heimliche, bösartige Raubtiere, die zur Adoption freigegeben waren.

Sophie kam die Treppe herunter und setzte sich mir gegenüber. Sie trug eine weiche schwarze Hose mit Schlag und ein hellgrünes Wams, das aussah wie eine Mischung aus Hoodie und Bluse. Sie war barfuß. Ihr Schwert hing an ihrer Seite, und ihr dunkles, vorher zu einem komplizierten Dutt geflochtenes Haar war nun zu einem Pferdeschwanz zusammengebunden.

»Ich mag Ihre Böden«, sagte sie und zog die Zehen auf den Holzdielen an.

»Danke. Möchten Sie Tee?«

»Gerne.«

Ich ging in die Küche und holte ihr eine Tasse grünen Tee. »Danke.«

»Bitte.«

Ich spielte die Aufzeichnung erneut ab. »Halt. Vergrößern.« Da war er, ein Smaragd von der Größe einer Erdbeere, der im schönsten, intensivsten Grün schimmerte, das man sich vorstellen konnte. Wenn der Frühling hätte weinen können, so hätten seine Tränen ausgesehen. Das musste der richtige Smaragd sein. »Abspielgeschwindigkeit fünfundzwanzig Prozent.«

»Habe ich Sie erschreckt?«, fragte Sophie.

Der Smaragd fiel in Zeitlupe zu Boden.

»Sie haben mich in Alarmbereitschaft versetzt. Die Sicherheit meiner Gäste hat für mich oberste Priorität.«

»Ich bin keine Psychopathin«, sagte Sophie. »Ich bin auch nicht psychotisch.«

Der Smaragd landete genau im Weg der anderen Nuan-Händler. »Was ist denn da der Unterschied?«, fragte ich.

»Wer psychotisch ist, kommt mit der Realität nicht mehr klar, was oft Hand in Hand mit Halluzinationen und Wahnvorstellungen geht. Der psychotische Patient ist sich seiner eigenen Krankheit nicht bewusst. Ich bin mir meiner Realität hingegen durchaus bewusst.«

Einer der Füchse kickte den Smaragd im Vorbeigehen, und der große Edelstein rutschte um die eigene Achse kreiselnd über den Fußboden.

»Ein Psychopath verfügt über keinerlei Empathie. Er kann ohne Reue töten. Seine Existenz ist frei von jeder Schuld. Sein Opfer bedeutet ihm nicht mehr als ein gebrauchtes Taschentuch, das er in den Mülleimer wirft. Ich verfüge über Empathie. Ich empfinde Reue und Trauer und bin zu echten guten Taten fähig.«

Sie beschrieb das so klinisch, dass es fast klang, als spräche sie von jemand anderem. »Aber ich bin eine Serienmörderin.«

»Pause.«

Ich schob den Bildschirm zur Seite und sah sie an. Sie saß auf meinem Stuhl, hatte die Beine unter sich gezogen. Ihr Schwert lag neben ihr auf dem Boden.

»Als ich klein war, habe ich einige der schlimmsten Dinge erlebt, die Erwachsene einem Kind antun können«, sagte sie. »Das hat irreparablen Schaden angerichtet.«

»Das tut mir leid«, erwiderte ich ehrlich.

»Als ich in der Pubertät war, heiratete mein Onkel eine Frau, die zu einer Art zweiter Mutter für mich wurde. Sie erkannte, dass mit mir etwas nicht stimmte, und brachte mich ins Ganer College, wo die besten Seelenheilkundler meiner Welt versuchten, meine Narben verblassen zu lassen. Ich habe mich ernsthaft um Besserung bemüht, doch dann bot sich eine Gelegenheit, im Interesse meines Landes das zu tun, was ich am besten kann, und ich ergriff sie. Immer wenn ich zu viel Blut vergossen hatte, kehrte ich ins Ganer zurück, dann ging ich wieder und kam erneut zurück, bis ich schließlich fast drei Jahre blieb. Ich habe zahllose Bücher gelesen. Ich habe mich vielen Therapien und Meditationen unterzogen. Aber hier sind wir jetzt.«

Sie lächelte. »Irgendwann muss man den Versuch einstellen, sich selbst zu reparieren, die Tatsache akzeptieren, dass man kaputt ist. George hat recht. Ich hasse ihn dafür, aber trotzdem hat er recht. Heute war das erste Mal seit Monaten, dass ich wirklich gelebt habe, wenn auch bloß für ein paar kurze

178

Augenblicke. Ich hab beschlossen, lieber alle paar Wochen für ein paar Augenblicke zu leben, als mein Wesen zu verleugnen.«

Solange ihr Wesen nicht die Sicherheit meiner Gäste gefährdete, war alles gut.

»Ich möchte nicht, dass Sie Angst vor mir haben, Dina. Mord interessiert mich nicht. Ich bin süchtig danach, Kämpfe für mich zu entscheiden. Ich liebe das, liebe die Faszination einer körperlichen Auseinandersetzung, den Rausch, in dem ich mich mit meinem Gegner messe, die scharfe Endgültigkeit, doch ich herrsche über mein Schwert und nicht umgekehrt.«

»Ich habe keine Angst vor Ihnen«, teilte ich ihr mit. »Aber wenn Sie einen Gast meines Gasthauses angreifen, werde ich das unterbinden.«

»Dann verstehen wir einander.«

»Ja.«

»Das freut mich.« Sie lächelte und nahm einen Schluck von ihrem Tee.

Mein Bildschirm piepste. Ich streckte die Hand nach links aus und schaltete ihn ein. Georges Gesicht erschien darauf. Sein feuchtes blondes Haar fiel ihm auf die Schultern und umrahmte sein vornehmes Gesicht. Er trug irgendeinen dünnen, weißen Bademantel … Der Mann war geradezu lächerlich gut aussehend. Das war alles.

Ich wollte ihm immer noch eine reinhauen.

Etwas in Sophies Tasse musste ungeheuer interessant sein, denn sie betrachtete es mit kühler Distanziertheit.

»Was kann ich für Sie tun, Schiedsmann?«, fragte ich.

»George, bitte. In meinem Badezimmer gibt es kein warmes Wasser.«

»Ach wirklich?« Wer hätte das gedacht?

»Ja. Nur eiskaltes.« Er hob ein halb gefülltes Glas. Dünne Eisbröckchen trieben an der Oberfläche. »Das kommt aus dem Hahn an meinem Waschbecken.«

»Wie unangenehm. Wann ist das denn passiert?«

»Vor etwa zwei Minuten.«

»Als Sie unter der Dusche standen?«

»Ja.«

»Das tut mir leid. Ich kümmere mich sofort darum.«

George sah mich mit zu Schlitzen verengten Augen und nachdenklichem Gesichtsausdruck an und beendete mit einer Geste das Gespräch.

Sophie lehnte sich zurück und lachte. »Sie mögen diese Bäume wirklich.«

Ich ließ die Aufzeichnung noch einmal laufen. »Als ich hier ankam, lag das Gertrude Hunt in tiefem Schlaf. Das Gasthaus war schon seit Jahren nicht mehr aktiv gewesen. Ohne Gäste war es langsam verhungert und in einen komatösen Zustand gefallen. Man hatte es mir vorhergesagt, doch mir war nicht klar gewesen, was das wirklich bedeutete.«

Die Erinnerungen an jenen Tag drangen an die Oberfläche und übernahmen die Kontrolle, erzeugten ein Gefühl scharfer, intensiver Angst.

»Es war ein bewölkter Frühlingstag. Der Garten war völlig zugewuchert, es hatte sich seit Jahren niemand mehr darum gekümmert, überall waren altes Laub und welkes Gras, und inmitten dieses Durcheinanders stand die Ruine eines Hauses, von dem der Putz bröckelte und dessen Fenster dunkel waren. Ich spürte keine Magie. Keine Präsenz. Es gibt nicht mehr viele schlummernde Gasthäuser, und dieses war meine einzige Chance, Wirtin zu werden. Wenn ich das Gertrude Hunt nicht wecken konnte, würde ich aus einem Samenkorn ein neues Gasthaus heranzüchten müssen, und das dauert Jahre. Ich hatte solche Angst, das Gasthaus könnte tot sein, dass ich es nicht über mich brachte, es zu betreten, also schlich ich mich auf die Rückseite des Gebäudes – und dann sah ich die Bäume. Es waren zwanzig, und alle waren übersät mit diesen zarten weißen Blüten mit einem Hauch Rosa. Da war mir klar, dass das Gasthaus noch lebte.«

Sophie nickte. »Ich verstehe. George versteht das auch.«

»Das bezweifle ich.«

»Wissen Sie, was er vor seiner Laufbahn als Schiedsmann getan hat?«

»Nein.« Es war mir auch egal.

»Er war der Geheimdienstchef unseres Landes. Jeder Spion und jeder Mitarbeiter der Spionageabwehr war ihm verantwortlich. Unter Dutzenden, die im Laufe der Jahre dieses Amt innegehabt hatten, war er der Beste. Der Gerissenste und Skrupelloseste. In unserer Kindheit war er der sanfteste, freundlichste Mensch, den ich kannte. Jetzt klebt das Blut Hunderter an seinen Händen. Ich weiß, er hat persönlich einen hohen Preis dafür bezahlt.«

»Warum hat er es dann getan?«

»Aus Pflichtgefühl«, sagte Sophie. »George tut stets alles in seiner Macht Stehende, um seine Pflicht zu erfüllen, selbst wenn er einen Teil seiner Seele dafür opfern muss.«

Wieder klingelte mein Bildschirm. Was war denn nun schon wieder? Hm? Ich machte eine Geste in seine Richtung. Arlands Gesicht kam ins Bild.

»Mylady.«

Oh, bitte nicht. »Wie kann ich Euch helfen?«

»Ich bitte um Verzeihung. Meine Ritter sind Krieger, Kreaturen des Schlachtfeldes. Sie sind in Erwartung eines Kampfes hergekommen …«

»Lord Arland, es wäre hilfreich, wenn Ihr offen sprächet.«

»Ihnen ist langweilig«, sagte er. »Extrem langweilig. Ich habe gehofft, Ihr könntet vielleicht irgendeine Form von Unterhaltung für sie bereitstellen.«

181

»Bis heute Abend habe ich etwas für sie.«

»Danke.«

Ich sah Sophie an. Sie grinste.

Ich gestattete dem Bildschirm, sich wieder in die Decke zurückzuziehen. Der Smaragd würde warten müssen. Ich musste genügend Vorräte für eine kleine Armee einkaufen, mir die Kätzchen im Tierheim ansehen und eine Unterhaltung auftreiben, die eine Abordnung trainierter Killer abzulenken imstande war, sonst würde ich niemals meine Ruhe haben. Kleinigkeit.

KAPITEL 8

Zuerst besorgte ich Minze. Mit normalen Lebensmittelläden hielt ich mich erst gar nicht auf. Ich nahm zwei Hundekuchen aus der Speisekammer und fuhr direkt zu Mindys »Erde und Kräuter«. Mindy züchtete English Springer Spaniels und leitete die erfolgreichste Gärtnerei der Stadt. Die Frau konnte ein Holzstöckchen in die Erde stecken, und innerhalb von zwei Wochen würde es sich in eine prächtige Orchidee verwandeln.

Beak, Mindys neuester preisgekrönter Hund, kam mir mit einem Gesichtsausdruck hündischer Verzweiflung an der Tür entgegen. Mindy schwor insgeheim, dass Beak eine schamlose Meisterdiebin in Sachen Socken und Löffel war, doch immer, wenn ich die schwarz-weiße Spaniel-Hündin zu Gesicht bekam, sah sie aus wie der traurigste, elendste Hund auf der ganzen weiten Welt.

Ich gab ihr die beiden Hundekuchen – einer schien nicht genug zu sein, um sie aus ihrer weltwunden Verzweiflung zu reißen –, plauderte mit Mindy, kaufte je vier große Töpfe Minze und Basilikum, lud sie in meinen Kofferraum und fuhr weiter in den Lebensmittelladen.

Orros Einkaufsliste kostete mich fünfhundert Dollar und eine Dreiviertelstunde meiner Zeit. Wahrscheinlich hätte ich im Supermarkt zumindest manches davon billiger und schneller bekommen können, dort hatten mich bei meinem letzten Besuch allerdings außerirdische Monster angegriffen. Leider hatte eine Frau dies gesehen und war mir sogar zu Hilfe geeilt.

Während sie den Filialleiter holte, hatte ich unter Aufbietung meiner gesamten Macht die Beweise versteckt. Ich war entkommen, ehe sie zurückgekehrt war, woraufhin sie wahrscheinlich wie eine Verrückte dagestanden hatte. Ich wollte ihr nie wieder begegnen, also begab ich mich nur noch während der üblichen Abendessenszeit in den Supermarkt. Ich hatte sie damals morgens getroffen, und sie hatte wie eine Hausfrau und Mutter gewirkt, weswegen ich davon ausging, dass sie so spät eher nicht unterwegs sein würde.

Danach fuhr ich zu GameStop. Ich kaufte eine PlayStation 4 und ein paar Spiele. Die Vampire würden weitere Konsolen und Software herstellen können. Damit war ich noch mal sechshundert Dollar los. Ich brauchte mein Budget für die Veranstaltung so schnell auf, dass ich würde betteln gehen müssen, wenn der Gipfel länger als eine Woche dauerte.

Zuletzt fuhr ich in die Zoohandlung. Ich holte mir einen Wagen und wandte mich nach links, vorbei an den Aquarien mit den Schwärmen bunter Fische, zu der Reihe mit den Glaskäfigen mit Katzen aus den verschiedenen Tierheimen der Stadt. Im ersten Käfig schlief eine fette alte dreifarbige Katze, den Hintern ans Glas gepresst. Nein. Zu alt, zu sanft, und außerdem sah sie ganz anders aus.

Im zweiten Käfig befand sich ein kleines hellbraunes Fellknäuel. Das dichte Fell hatte eine dunkle braune Zeichnung. Ich spähte auf die Namenskarte. Frechdachs, drei Monate alt, weiblich, freundlich … Aus diesem Winkel sah sie fast aus wie eine Bengalkatze. Ich schaute sie mir genauer an.

Das Fellknäuel sprang auf wie eine winzige, gefleckte Kanonenkugel aus dem Rohr und warf sich gegen das Glas. Gelbe Augen, in denen heller Bernstein schimmerte, wenn sich das Licht darin brach, blickten mich an. Ich drückte den Finger gegen das Glas und bewegte ihn hin und her. Frechdachs schlug mit den Pfoten danach. Sie sah nicht aus wie Grumpy Cat, war aber definitiv genauso niedlich.

Ich ging zum einzigen weiteren besetzten Käfig. Eine riesige graue Katze betrachtete mich aus großen grünen Augen. Ihr dichtes, langes Fell lag mähnenartig um den Kopf wie bei einer Maine Coon. Sie hatte etwas Elegantes, fast Aristokratisches an sich, als wäre sie in Wirklichkeit ein Löwe, den jemand irgendwie auf Hauskatzengröße geschrumpft hatte. Ich las die Karte. Graf. Drei Jahre alt, männlich, kastriert.

Der Kater sah mich an. Er regte sich nicht, kam nicht ans Glas, wusste jedoch eindeutig, dass ich da war, und musterte mich genau. Seine großen Augen waren hypnotisch. In jüngeren Jahren hatte ich viel Poesie gelesen. Zeilen aus einem Byron-Gedicht kamen mir in den Sinn.

Sie geht in Schönheit wie die Nacht,
so wolkenlos und sternenklar,
und all das strahlt in dunkler Pracht,
in Aug und Antlitz sich vereint.

Byron hatte nicht über eine Katze geschrieben, sondern über seine verwitwete Cousine, die in Trauer gewesen war, als er sie traf. Dieser Kater war nicht schwarz. Er war nicht einmal ein Weibchen, aber wenn ich in seine Augen sah, musste ich an die Nacht und den Sternenhimmel denken. Er war wie der Vertraute einer Hexe. Etwas an ihm schien ein verborgenes Geheimnis anzudeuten. Dass er dort in einem kleinen Glaskäfig saß, wirkte falsch und unnatürlich wie ein Vogel mit gestutzten Flügeln.

»Suchen Sie eine Katze?«

Beinahe hätte ich einen Herzinfarkt bekommen.

Ein Mann mittleren Alters mit Glatze und in der Uniform der Zoohandlung – Khakihose und blaues Polohemd – war neben mir stehen geblieben.

Der graue Kater beobachtete mich. Beinahe hätte ich mich nach ihm erkundigt. Nein, zu alt. »Kann ich das Kätzchen mal sehen?«, fragte ich.

»Klar.« Er schloss die Glastür auf und führte mich in einen nicht öffentlich zugänglichen Bereich, von dem aus man von hinten an die Käfige herankonnte.

Frechdachs erwies sich als all das, was man von einem kleinen Kätzchen erwartete. Sie stürzte sich auf das Federspielzeug, sie sprang mein Bein an, und als ich sie auf den Schoß nahm, schnurrte sie und putzte sich. Nachdem ich sie zwei Minuten gestreichelt hatte, hatte sie genug und biss mich. Es floss kein Blut, aber ich spürte die Zähnchen. Nun, wenn Großmutter Nuan eine süße, gnadenlose Jägerin wollte, war sie wahrscheinlich das Beste, was ich kriegen konnte.

»Ich nehme sie.«

»Okay.« Der Mann reichte mir ein paar Formulare, die ich ausfüllen musste. Fünf Minuten später saß Frechdachs sicher in einem kleinen Tragekarton.

»Was ist mit ihm?«, fragte ich und deutete auf den grauen Kater.

»Dem Grafen? Der ist schon ein Weilchen hier. Ist nicht gerade das, was man als anschmiegsame Katze bezeichnen würde. Er schleimt sich nicht ein.«

Nein, so sah er auch nicht aus.

»Morgen holt ihn das Tierheim zurück. Die müssen die Katzen regelmäßig austauschen. Wenn sie ihn durch eine weniger langweilige Katze ersetzen, wird die vielleicht adoptiert.«

»Danke.« Ich lud Frechdachs in den Wagen und ging weiter in den Gang mit dem Katzenbedarf. Katzenklo, Schaufel für Katzendreck, Katzenfutter, Katzennapf …

Ich hatte mich nie für einen Katzentyp gehalten. Ich mochte Katzen nicht mal besonders. Meine Mutter hatte eine gehabt, einen großen, flauschigen Kater namens Snuggles. Wenn ich den Raum für fünf Minuten verließ und wiederkam, hatten sich unsere Hunde benommen, als sei ich ewig weg gewesen. Snuggles hatte uns weitgehend ignoriert, sogar meine Mutter, die ihn versorgte. Er hatte es nur für notwendig gehalten, Notiz von uns zu nehmen, wenn er hungrig war.

Also … sie würde ein neues Katzenhalsband und etwas Spielzeug brauchen. Ich entschied mich für eine lange Plastikrute mit einer Feder an der Spitze. Ehe mich der Gipfel aus meiner dumpfen Langeweile gerissen hatte, hatte ich einen Artikel gelesen – man fand wirklich eine Menge seltsamer Dinge heraus, wenn man den ganzen Tag auf Facebook abhing –, in dem behauptet wurde, Katzen liebten ihre Besitzer nicht, sondern manipulierten sie. Sie erkannten ihre Stimmen und ignorierten sie. Sie rieben sich an ihren Beinen, weil sie einen neuen »Gegenstand« im Raum mit ihrem Duft markierten. Vor allem aber ließen sie sich gar nicht gerne streicheln. Außerdem mochte Beast wahrscheinlich keine Katzen.

Niemand würde ihn adoptieren. Er würde einfach nur weiter mit seinen Sternenhimmelaugen in diesem Käfig hocken, und morgen würde jemand kommen und ihn ins Tierheim zurückbringen.

Es war eine dumme Idee.

Ich wendete den Einkaufswagen.

Der Mann, der mir geholfen hatte, fütterte gerade die Fische. »Ich nehme ihn.«

»Wen?«, fragte er.

»Den grauen Kater. Ich nehme ihn mit heim.«

Ich gelangte ohne weitere Zwischenfälle nach Hause. Dort ließ ich das Gasthaus die Einkäufe aus dem Auto holen. Ich hatte noch etwas zu erledigen. Zuerst brachte ich den grauen Kater auf mein Zimmer und ließ ihn dort in der Tragebox. Er sah nicht allzu aufgewühlt aus, aber ich wollte nichts riskieren. Ich würde mir irgendwann einen Namen für ihn überlegen müssen, hatte jedoch gerade keine zündende Idee. Dann schlüpfte ich in meine Robe, lieh mir Arlands Ingenieur aus und trug ihm auf, Spielkonsolen und Controller nachzubauen. Schließlich brachte ich Frechdachs zum Nuan-Clan.

Nuan Ara empfing mich und bat mich herein. Der gesamte Nuan-Clan versammelte sich in einem kleinen Halbkreis im Raum. Großmutter ruhte auf einem luxuriösen Diwan.

»Das ist ein Kätzchen«, erklärte ich. »Ein sehr junges Raubtier. Sie sieht nicht aus wie das Langeweile-Raubtier, sie ist allerdings verspielt. Im Augenblick hat sie möglicherweise Angst, deshalb rennt sie vielleicht weg, wenn ich diese Tragebox öffne. Jagen Sie sie nicht. Sie wird sich verstecken und wieder hervorkommen, wenn sie so weit ist.«

Ich öffnete also die Tragebox und rechnete damit, dass Frechdachs wie aus der Pistole geschossen davonrennen würde. Sekunden vergingen wie zähes Kaugummi.

Was, wenn sie soeben in der Tragebox gestorben war? Und wo kam dieser Gedanke überhaupt her?

Die Tragebox erbebte. Frechdachs trat heraus und betrachtete den Clan zweibeiniger Füchse. Ihrem Gesichtsausdruck nach zu urteilen, war sie nicht gerade beeindruckt. Erneut warf sie einen abschätzigen Blick auf die Versammlung, miaute gebieterisch und ging direkt auf den Diwan zu.

Die Händler bildeten einen Kreis um das Kätzchen und gaben gurrende Geräusche von sich. Ich seufzte auf, überreichte Nuan Ara das Spielzeug, das Katzenklo und ein paar rasche Anweisungen und suchte die edlen Ritter der Heiligen Anokratie auf.

Bis sich alle Vampire versammelt hatten, hatte das Gasthaus die neuen Spielkonsolen geschluckt. Eine Handbewegung meinerseits, und drei große Flachbildschirme befanden sich in den Steinwänden der Vampirgemächer. Die Wand spie Controller aus.

»Seid gegrüßt«, sagte ich. »Haus Krahr, Haus Sabla und Haus Vorga, darf ich euch *Call of Duty* vorstellen?«

Die drei Bildschirme wurden gleichzeitig hell, und es lief die Eingangssequenz von *Call of Duty: Advanced Warfare*. Soldaten in Hightech-Rüstung schossen auf Ziele, flogen von Bomben getroffen quer über den Bildschirm und gingen dramatisch in Zeitlupe. Fahrzeuge brüllten, Marines brüllten noch lauter, und Kevin Spacey informierte uns darüber, dass Politiker von Problemlösungen keine Ahnung hätten, er hingegen schon. Die Vampire starrten die Bildschirme an.

»Dies ist ein kooperatives Actionspiel«, erklärte ich, »bei dem eine kleine Elitetruppe sich gegen übermächtige Feinde durchsetzen kann.«

Bei dem Wort »Elite« merkten sie auf wie Wildhunde, die den Ruf eines Hasen gehört hatten.

»Das Spiel wird sich euch selbst beibringen. Möge das beste Haus über seine Gegner triumphieren.«

Arland griff nach dem ersten Controller. Ich wandte mich ab und verschwand, verschloss die Tür hinter mir. Ich hatte sie bei ihrem Stolz gepackt. Das sollte sie ein paar Tage beschäftigt halten. Hoffentlich würden sie einander deswegen nicht an die Kehle gehen.

Ich begab mich in die Gemächer der Otrokars und bat Dagorkun, alle im Gemeinschaftsraum zu versammeln. Die meisten waren schon da, lungerten um das Feuer in der Mitte des Raums herum und tranken Tee. Selbst die Khanum war zugegen. Sie saß brütend auf den Kissen, die auf dem Boden verstreut lagen.

»Es sind alle da«, verkündete Dagorkun.

Ich schnippte mit den Fingern. Ein gewaltiger Bildschirm schob sich aus der Wand und wurde schwarz. Ein leises Lied erklang. Eine Football-Mannschaft stürmte in ein Stadion. Das Lied nahm Fahrt auf. Football-Mannschaften prallten aufeinander wie zwei Armeen. Runningbacks schossen über das Feld. Fänger hechteten nach unmöglich zu erreichenden Pässen, während sich Rückraumverteidiger auf sie warfen. Riesige Linebacker zerrten an ihren Gegnern und versuchten, den Quarterback zu zermalmen. Trainer schrien. Quarterbacks warfen Pässe, die allen Naturgesetzen zuwiderliefen. Dieses Video zeigte die Essenz des Spiels, mit all seinen Fehlern, seiner Brutalität, der reinen, ungezügelten Freude über einen Sieg und dem lauten, triumphierenden Lied, das daraufhin angestimmt wurde.

Die Otrokars starrten wie hypnotisiert auf den Bildschirm.

»Was ist das?«, fragte Dagorkun leise.

»Football«, sagte ich.

An den Seitenwänden des Raumes erschienen kleinere Bildschirme, darunter fielen Controller aus der Wand.

»Sie können es sich auf dem großen Bildschirm ansehen. Oder …«, ich hielt inne, um sicherzugehen, dass ich ihre Aufmerksamkeit hatte, »es spielen.«

Das Madden-Logo erschien auf den beiden kleineren Bildschirmen. »Football ist ein Kriegsspiel um Landgewinn …«, begann ich.

Als ich schließlich mein Zimmer betrat, war es nach sechs. Orro hatte nach mir gerufen und war in mein Zimmer hinauf-gekommen. Offenbar hatten alle beschlossen, das Galadinner auf den nächsten Abend zu verlegen. Es galt, mit Kätzchen zu spielen, Feinde abzuknallen und Pässe zu werfen. Das bedeutete, ich konnte wenigstens in Ruhe duschen.

Beast saß mit empörtem Blick neben der Box in meinem Zimmer. »Schon gut«, beruhigte ich sie. »Es ist nur ein weiterer Dauergast.«

Vorsichtig öffnete ich die Tragebox. Der graue Kater trat auf sanften Pfoten heraus, sah sich um und versteckte sich unter dem Bett.

Beast winselte mich an.

»Nicht du auch noch.« Ich schüttelte den Kopf. »Ich hatte einen harten Tag.« Beast winselte erneut.

Ich ging ins Bad. Hoffentlich würden Seife und heißes Wasser in der Lage sein, mir den Stress abzuwaschen.

Nach der Dusche stieg ich ins Bett und bat das Gasthaus, einen Bildschirm zu erzeugen. Die Zimmerdecke teilte sich, und an einem dünnen Stängel wuchs ein Bildschirm, der sich dann in meine Richtung neigte.

»Aufzeichnung weiter abspielen«, murmelte ich.

Auf dem Bildschirm hüpfte der Smaragd über den Boden. Otrokars und Vampire gingen an ihm vorbei, in Gedanken ganz woanders. Der große grüne Edelstein lag vergessen da wie eine billige Glasmurmel.

»Schneller Vorlauf«, wies ich an. »Vierfache Geschwindigkeit.«

Die Aufzeichnung lief schneller. Die Otrokars und Ritter eilten umher wie Schauspieler in einem Stummfilm, die hohe Abspielgeschwindigkeit ließ ihre Bewegungen abgehackt wirken. Ein Otrokar streifte den Smaragd mit dem Fuß und schob ihn so ein Stück zur Seite. Ich gähnte.

Das wäre alles so viel amüsanter gewesen, wenn Sean da gewesen wäre, um sich darüber lustig zu machen. Er hatte Arland einmal Goldlöckchen genannt und ihm dann geraten, sich im Zweifelsfall an seine Freunde aus dem Wald um Hilfe zu wenden.

Ich stellte mir vor, wie ich in meinen Geist hineingriff, diesen Gedanken herausnahm und beiseitelegte. Sean Evans war nicht hier. Vielleicht konnte ich mit mir selbst einen Pakt schließen. Nach dem Gipfel, wie auch immer er ausging, würde ich mich in Wilmos' Waffenladen begeben und ein schönes, langes Gespräch mit Mr Evans führen. Wenn er mir schon so viel im Kopf herumging, konnte ich ihn auch fragen, ob er vorhatte, in naher Zukunft zurückzukommen. Dann würde ich meine Zeit nicht damit verschwenden, über …

Der Smaragd verschwand.

»Stopp!« Ich fuhr hoch und hätte mir beinahe den Kopf am Bildschirm angeschlagen. Die Aufzeichnung wurde angehalten.

»In normalem Tempo zurückspulen.«

Das Bild auf dem Schirm verschwamm, und plötzlich erschien der Smaragd wieder auf dem Boden. »Stopp. Mit einem Viertel der normalen Geschwindigkeit abspielen.«

Langsam verschwamm ein Teil des Bildes auf dem Schirm leicht und bewegte sich auf den Smaragd zu. Es war keine eindeutige, auffällige Unschärfe, sondern sah eher aus, als habe jemand eine verschmierte Lupe über den Bildschirm bewegt. So etwas hatte ich noch nie gesehen. Die Sensoren des Gasthauses waren nicht unfehlbar, aber doch fast.

Die Unschärfe berührte den Smaragd, und der grüne Edelstein verschwand. »Wärmebild, selber Zeitabschnitt.«

Der Bildschirm blinkte. Ein gelber Fleck mit einem hellroten Kern bewegte sich über den Smaragd hinweg. Was auch immer dies war, es schützte seinen Träger auch vor Wärmebildkameras. Es musste sich um irgendein Gerät handeln, das ein Feld projizierte, das die Aufzeichnungen des Gasthauses beeinträchtigte. Mir drehte sich der Magen um.

Jemand bewegte sich ungehindert durch mein Gasthaus, und ich wusste nicht, wer oder warum. Durch mein Gasthaus. Das Gertrude Hunt.

Dem musste ich schnell auf den Grund gehen. Das Leben meiner Gäste hing davon ab, denn solange das so weiterging, waren alle Sicherheitsgarantien, die ich gab, die Luft nicht wert, die ich beim Sprechen ausatmete.

Ich starrte die Unschärfe auf dem Bildschirm an. Jemand wollte Spielchen mit mir spielen? Na schön. Ich würde diese Person finden, und was dann kam, würde ihr nicht gefallen.

KAPITEL 9

Es war Sonntag, und wir waren wieder im großen Ballsaal und beobachteten die Verhandlungskabine. Drei Tage war es jetzt her, dass ich die Manipulation der Aufzeichnungen des Gasthauses bemerkt hatte. Auf der Suche nach dem Schuldigen war ich keinen Schritt weitergekommen. Ich wusste noch immer nicht, wer den Smaragd hatte.

Der Kater hielt sich nach wie vor versteckt. Ein- oder zweimal hatte ich ihn im Halbschlaf auf der Bettkante gespürt, aber wenn ich aufwachte, war er immer wieder weg gewesen. Ich sorgte dafür, dass er Wasser und Futter hatte, und säuberte sein Katzenklo, damit endete unsere Interaktion allerdings auch. Im Schließen von Freundschaften war ich eindeutig eine Niete.

Die Otrokars und die Vampire waren weiter gelangweilt und reizbar, obwohl ich ihnen Beschäftigungsangebote gemacht hatte. Vor allem jedoch trat der Friedensgipfel auf der Stelle.

Es war mir nur gelungen, sicherzustellen, dass Orros Bankett gut geplant war und am Abend serviert werden konnte.

Am anderen Ende des großen Ballsaals erhob sich ein hünenhafter Otrokar und richtete den Blick auf einen Punkt hinter mir. Ich hatte mich über die Kriegerklassen der Otrokars informiert, und er sah für mich aus wie ein Schütze. In der Schlacht trugen die Schützen die schwersten Rüstungen, die die Horde besaß. Sie waren mit Armgeschützen auf der Schulter ausgestattet und wogen über fünfzig Kilo.

Die Typen waren riesige mobile Geschützstellungen. Sie bahnten den Weg durch die feindlichen Reihen, während leichtere Kriegerklassen sich hinter ihnen verbargen und den Tod auf ihre Gegner herabregnen ließen. Dieses Exemplar war fast zwei Meter dreißig groß und hatte so breite Schultern, dass er vermutlich bloß seitlich durch meine Vordertür passte.

Ich drehte mich um, sodass ich das Gipfelgespräch hinter der transparenten Trennwand beobachten und gleichzeitig den Schützen im Auge behalten konnte. Am Verhandlungstisch beugte sich der Marschall des Hauses Vorga gerade vor und stemmte die Fäuste auf den Tisch. Wenn Vampire Gefahr witterten, versuchten sie wie Katzen vor einem Kampf instinktiv, größer zu wirken. Lord Robart ragte mit vor Wut verzerrtem Gesicht praktisch über dem Tisch auf. Die schalldichte Barriere nahm ihm die Stimme, aber es sah aus, als schreie er. Nun, zumindest hatte er nicht die Zähne gebleckt.

Der Otrokar setzte sich gezielt in Bewegung, den Kopf leicht gesenkt, den Blick, ohne zu blinzeln, mit schrecklicher Intensität auf Lord Robart gerichtet. Oh-oh.

Jack löste sich von der Wand neben der Trennscheibe und machte sich daran, ihm wie beiläufig den Weg abzuschneiden.

Die Khanum sagte etwas, ihr Gesicht wirkte spöttisch.

Robart fuhr die Fänge aus.

Eine schlanke, zäh wirkende Otrokar schob sich geschmeidig vor den großen Soldaten. »Wo willst du hin, Kolto?«

»Ich brech ihm das Genick«, knurrte der Hüne.

»Du kommst gar nicht zu ihm durch.«

195

»Wart's ab.«

»Selbst wenn, würde die Khanum dir die Eier abreißen und zum Mittagessen servieren. Sie hat alles im Griff. Wenn sie unsere Hilfe braucht, lässt sie uns das wissen.«

Hinter der Trennwand sagte Dagorkun, der entspannt mit vor der Brust verschränkten Armen dasaß, etwas. Die beiden anderen Otrokars lachten schallend. Die Khanum lächelte. Lord Robart versuchte, sich in seiner Hightech-Rüstung auf Dagorkun zu stürzen, aber Arland, Lady Isur und der Feldgeistliche packten ihn und hielten ihn zurück. Nuan Cee legte den bepelzten Kopf mit dem Gesicht nach unten auf die Tischplatte. Lord Robart fauchte mit gebleckten Fängen und versuchte, sich loszureißen. Ich wusste einfach, das konnte nicht gut ausgehen.

»Siehst du, sie hat alles im Griff«, stellte die Otrokar fest, »und du bist immer noch voll intakt.«

Der Otrokar blickte sie stirnrunzelnd an. »Was kümmert dich das?«

»Ich weiß nicht.« Die Otrokar hob eine Braue. »Vielleicht bin ich daran interessiert, dass ihnen nichts passiert.«

Sie wandte sich ab, schlenderte davon und schloss sich einer Gruppe dreier anderer Otrokars an.

Der Otrokar runzelte erneut die Stirn, während sich sein Gehirn offensichtlich mit der Frage befasste, warum die Otrokar wohl an der Unversehrtheit seines besten Stücks interessiert sein könnte. Dann leuchteten seine Augen auf. Sein Gesichtsausdruck wurde nachdenklich.

Ja, sie mag dich, du großer Dummkopf, dachte ich.

George machte eine beschwichtigende Geste und drückte den Knauf seines Stocks. Die Trennwand fuhr nach unten, und Lord Robart marschierte auf uns zu, das Gesicht immer noch vor Zorn verzerrt. Lady Isur und der Feldgeistliche eilten ihm nach.

Arland kam zu mir. »Lady Dina. Wir brauchen einen Ort, wo wir ungestört sind. Er darf jetzt keinen Kontakt mit seinen Leuten haben.«

Ich entsiegelte den Haupteingang. »Das Foyer und die Küche gehören Euch.«

»Danke.« Arland eilte Robart nach.

Ich öffnete die Seiteneingänge und sah zu, wie die anderen den Raum verließen. Sobald alle unbeschadet ihre Gemächer erreicht hatten, begab ich mich in die Küche.

Lord Robart saß mit mordlüsternem Gesichtsausdruck am Tisch. Arland lehnte neben ihm an der Wand. Der Feldgeistliche hielt sich ganz in der Nähe auf. Seine karmesinrote Stola rahmte seinen mächtigen Körper wie zerfetzte Schwingen ein. An der Arbeitsplatte hackte Orro Sellerie und Karotten in kleine Würfel und ignorierte die Anwesenheit der Vampire geflissentlich.

Ich holte drei Becher, hängte in jeden einen Beutel Pfefferminztee und befüllte sie mit heißem Wasser aus dem Wasserkocher.

»So werden wir niemals Fortschritte machen«, sagte Arland.

»Lasst mich in Ruhe mit Euren Fortschritten«, fauchte Robart. »Ihr wollt Fortschritte. Ihr wollt ihnen alles geben. Bedeutet Euch Eure Ehre denn gar nichts? Ist Euer Haus so tief gesunken?«

Arland öffnete den Mund.

»Deshalb haben wir nicht triumphiert«, erklärte der Feldgeistliche mit tiefer Stimme und sehr bewusst gewählten Worten. »Wir führen lieber untereinander Krieg als gegen unseren gemeinsamen Feind.«

Ich fischte mit einem kleinen Löffel die Teebeutel aus den Bechern, gab in jeden etwas Honig und brachte sie ihnen.

»Danke.« Odalon nahm seinen Becher und trank einen Schluck Tee. »Minze.« Er lächelte erfreut. »Köstlich.«

Während Arland seinen ebenfalls nahm, schob Robart seinen weg. »Ich will nichts. Ich brauche weder Beruhigung noch Heilung.«

»Du bist kindisch«, sagte Odalon.

»Erspar mir deine Belehrungen. Du darfst gern meine Frömmigkeit infrage stellen, aber überlass es mir, wie ich mein Haus leite.«

Odalon seufzte.

»Darf ich etwas fragen?« Ich zog mir einen Stuhl heran.

Robart starrte zur Seite und ignorierte mich.

»Natürlich, *Lady* Dina«, erwiderte Arland mit einer deutlichen Betonung auf *Lady*.

»Entschuldigung«, presste Robart hervor. »Bitte, fragt.«

»So wie ich das verstehe, verfügt Nexus nur über einen einzigen Kontinent. Die Heilige Anokratie herrscht über einen großen Teil dieses Kontinents im Norden und die Horde über einen fast ebenso großen im Süden. Der Nuan-Clan regiert in einem kleineren Teil im Osten, doch dessen Territorium ist am besten für den Raumhafen geeignet. So weit korrekt?«

»Im Grunde schon«, grollte Robart. »Die magnetischen Anomalien auf Nexus erschweren die Errichtung fester Einsatzzentralen. Wir sind gezwungen, Vorräte und Truppen mithilfe von Shuttles aus dem Orbit hinunterzuschaffen. Der Nuan-Clan verfügt über die einzige funktionierende Schwerkraftröhre des Planeten, was bedeutet, sie können Waren und Personen relativ sicher transportieren.«

Ich hatte einmal eine Schwerkraftröhre genutzt. Das war ein riesiger Aufzug, der vom Orbit bis zur Oberfläche reichte und in dem man sich mit Überschallgeschwindigkeit fortbewegte. Die ihm zugrunde liegende Wissenschaft war Magie, und ich hätte nach der Fahrt beinahe gekotzt.

»Deshalb will Nuan Cee Frieden«, erklärte Arland. »Das Wertvollste auf Nexus sind die Kuyovorkommen. Das ist ein flüssiges Mineral, das wir für die Fortsetzung unserer Kriegsbemühungen brauchen. Es ist sehr schwierig abzubauen und noch schwieriger zu transportieren. Die Händler wollen mit den Kuyolieferungen von Nexus Geld verdienen. Sie wissen, wir wären gezwungen, ihre Einrichtungen zu nutzen.«

Wie ich Nuan Cee kannte, würde er jeden Tag, an dem er der Horde und der Heiligen Anokratie nicht Unsummen abknöpfte, als einen verbuchen, an dem er Geld verloren hatte.

»Wir haben ein paarmal vergeblich versucht, die Schwerkraftröhre einzunehmen«, sagte Odalon.

»Sie haben Turan Adin«, erklärte Robart mit grimmigem Gesicht.

Die drei Vampire verstummten.

»Wer oder was ist Turan Adin?«, fragte ich.

»Turan Adin ist eine Kreatur des Krieges«, begann Robart und trank einen Schluck Minztee. »Er atmet und lebt den Kampf. Gemetzel fließt in seinen Adern. Nexus wurde nach lokaler Zeitrechnung vor fast zwanzig Jahren besiedelt, und er war von Anfang an da. Er ist der Rassa im roten Gras, der Shirar im tiefen Wasser. Der Dämon dieser Hölle.«

»Wir wissen nicht, wo die Händler ihn herhaben«, sagte Arland. »Wir wissen nicht einmal, was er ist. Aber er ist unverwüstlich und unbestechlich. Er hat in den vergangenen zwei Jahrzehnten ihre Söldnerarmee befehligt. Er lernt, passt sich an und ist unermüdlich.«

»Wie es aussieht, könnt also sowohl Ihr als auch die Horde Kuyo für militärische Zwecke abbauen?«, fragte ich.

»Ja«, antwortete Arland.

»Warum lebt Ihr dann nicht einfach mit dem Status quo?«, fragte ich.

Robart starrte mich an. »Ihr seid keine Vampirin. Ihr seid keine Ritterin.«

Arland bedeckte seine Augen mit der Hand.

»Dann erklärt es mir«, sagte ich.

»Wir haben unser Blut in dem Land vergossen, das die Horde kontrolliert«, brachte Robart mit mühsam beherrschter Stimme hervor. »Erst wenn sie fort ist, kann dieser Fleck weggewaschen werden. Würde ein Chirurg einen halben bösartigen Tumor entfernen und den Rest in Ruhe lassen, zufrieden mit dem, was er bereits vollbracht hat? Würde ein Jäger seine Beute halb häuten und den Rest des kostbaren Fells verrotten lassen? Wir müssen sie töten oder von dieser Welt vertreiben. Alles andere wäre eine Todsünde. Das ist ein uraltes Gesetz. Gestatte niemandem, auf dem Boden zu stehen, den du dir erwählt hast. So ist es geschrieben.«

»Die Hierophantin teilt deine Interpretation nicht«, sagte Odalon.

»Die Hierophantin hat ihre Meinung geändert«, erwiderte Robart. »Ich meine aber nicht. Mein Vater ist auf den blutigen Feldern von Nexus gefallen. Die Frau, die ich mehr geliebt habe als mein Leben, mit der ich Kinder haben wollte, hat dort ihr Leben gelassen. Ihr Licht …« Seine Stimme brach, und er ballte die Fäuste. »Ihr Licht ist erloschen. Der Horde Ländereien auf Nexus gewähren heißt die Erinnerung an sie mit Füßen treten. Wenn ich vor den Toren zum Jenseits stehe und mein Vater und die Frau, die beinahe meine Gattin geworden wäre, mich begrüßen und fragen, ob ich sie gerächt habe, was soll ich ihnen dann sagen? Dass ich des Kämpfens müde war? Dass ich keinen weiteren Tropfen Blut in ihrem Namen vergießen konnte?«

»Was werdet Ihr den Geistern all derer sagen, die hinter ihnen stehen?«, fragte Arland. »Was werdet Ihr ihnen sagen, wenn sie Euch fragen, warum Ihr ihr Leben für einen Kampf riskiert habt, den wir nicht gewinnen können?«

»Wir werden gewinnen.« Robart schlug auf den Tisch. »Es ist ein gerechter Krieg. Ein heiliger Krieg!«

»Es ist eine Frage der Logistik«, erklärte Arland. »Weder wir noch die Horde können ausreichend Truppen nach Nexus schaffen, um den entscheidenden Sieg davonzutragen. Wir haben allein letzten Monat zwei Transporter verloren. Was werdet Ihr den Soldaten sagen, die sie bemannt haben? Sie haben die Schlacht nicht einmal kosten dürfen.«

»Sie kannten die Risiken«, fuhr Robart ihn an.

»Ja, aber sie haben darauf vertraut, dass wir sie in die Schlacht führen würden. Dass wir ihr Leben nicht einfach wegwerfen würden. Ich werde keinen einzigen weiteren Ritter mehr in diesem sinnlosen Krieg opfern.«

»Wenn Ihr zu schwach seid, suche ich mir einen anderen Verbündeten.«

Arland ging zum Wasserkocher, und ich hörte es plätschern, als er sich eingoss. Wenn er mehr Tee wollte, hätte ich ihm doch welchen gebracht!

»Wie Haus Meer?«, fragte Arland und öffnete den Kühlschrank. »Die Feiglinge, die nicht einmal kämpfen wollten?«

»Wenigstens weigert sich Haus Meer, sich auf Eure jämmerlichen Friedensverhandlungen einzulassen«, gab Robart zurück. »Ihre Weigerung ist …« Er schnupperte.

Ich roch Kaffee. O nein.

Arland kam mit einer Tasse voll an den Tisch zurück. Der Farbe nach zu urteilen, bestand der Inhalt zumindest zu einem Drittel aus der Kondensmilch mit Haselnussgeschmack aus dem Kühlschrank.

»Lord Arland«, sagte ich warnend.

»Was ist das?« Robart musterte die Tasse.

»Ein Getränk für echte Männer«, erwiderte Arland. »Ich würde es nicht empfehlen. Man sollte es nicht unvorbereitet trinken.«

Lord Robart wandte sich an mich. »Ich nehme dasselbe wie er.«

»Das ist eine ganz schlechte Idee«, teilte ich ihm mit. »Dieses Getränk enthält ...«

»Hier.« Arland gab Robart seinen Kaffee. »Wenn Ihr darauf besteht. Ich besorge mir einen neuen.«

»Nein!« Ich streckte die Hand nach der Tasse aus.

Robart trank den Kaffee. »Interessant. Es schmeckt köstlich, aber ich warte noch auf die umwerfende Wirkung, die Ihr mir versprochen habt.«

Er leerte die halbe Tasse.

O Scheiße. Kaffee wirkte auf Vampire wie Alkohol auf Menschen. Er hatte gerade die Entsprechung einer halben Flasche Whisky zu sich genommen.

»Wisst Ihr, was Euer Problem ist, Arland?« Er sprach leicht undeutlich. »Ihr seid ein ... Feigling.«

Odalon blinzelte.

Robart nahm einen weiteren tiefen Schluck. »Ihr alle«, er deutete mit dem Zeigefinger in die Runde, »seid Feiglinge. Wir sollten wie in alten Zeiten sein. Entschlossen. Wie unsere Ahnen. Unsere Ahnen brauchten keine ... Waffen. Sie brauchten keine Rüstung. Sie hatten ihre Zähne.«

Er bleckte die Fänge, ballte die rechte Faust und spannte den Arm an.

»Natürlich«, murmelte ich mit beruhigender Stimme. Vielleicht würde er einfach nur dasitzen und es dabei belassen, uns von seinen Ahnen zu erzählen.

»Sie haben ihre Feinde gejagt.« Er leerte die Tasse und knallte sie umgekehrt auf den Tisch. Dann betrachtete er seine prachtvolle Rüstung. »Dieser Mist. Ich brauche diesen Mist nicht.«

Ich wusste genau, worauf das hinauslief. »Haltet ihn fest!«

Arland regte sich nicht. Odalon starrte Robart mit großen Augen an.

Robart schlug gegen sein Wappen. Die Rüstung fiel von ihm ab, darunter trug er ein schwarzes Hemd und eine Hose. Auch die riss er sich vom Leib.

»Auf die Jagd!«, brüllte er und stürmte durch die Hintertür in den Regen hinaus.

Verdammt.

Orro hörte auf zu hacken, legte den Kopf in den Nacken und lachte schnaubend.

»Das ist nicht witzig. Arland!« Ich deutete mit dem Besen auf ihn.

»Das hat er gebraucht«, entgegnete Arland ohne jede Reue.

Ich presste hervor: »Holt ihn zurück, Mylord, ehe er ein Auto oder einen Streifenwagen erlegt und Officer Marais ihn zum Verhör auf die Wache schleift.«

Arland seufzte und folgte Robart in den Regen.

»Warum zieht Ihr Euch immer aus, wenn Ihr betrunken seid?«, fragte ich Odalon.

Der Feldgeistliche hob die Brauen. »Ist das schon mal vorgekommen?«

»Lord Arland hat bei seinem letzten Aufenthalt hier aus Versehen etwas getrunken.«

»Es muss an der Rüstung liegen. Wir leben darin, deswegen legen wir sie nur in der Sicherheit unseres Zuhauses ab. Ohne Rüstung ist man sauber, sicher und frei, wahrscheinlich satt und möglicherweise bereit, seinen Partner oder seine Partnerin in der Privatsphäre des Schlafzimmers zu treffen.«

Odalons Gesicht blieb stoisch, aber in seinen Augen funkelten winzige spöttische Lichter. »Hat Lord Arland zufällig die von der Erde stammende Frau seines Vetters erwähnt, als er indisponiert war?«

Ich verzog keine Miene. »Möglicherweise.«

»Das Universum ist weit, und wir sind sein größtes Geheimnis«, murmelte Odalon und folgte Arland nach draußen.

* * *

Ich saß im Empfangsbereich und schaute mir noch einmal die Aufzeichnung von dem Phantom an, das den Smaragd gestohlen hatte. Ich hatte befunden, es sei besser, den Dieb als »Phantom« zu bezeichnen denn als »unsichtbaren Fleck«. Außerdem hatte ich ein paar Schlüsse gezogen.

Zum einen war das Phantom definitiv lebendig. Es war keine Maschine. Es war mir gelungen, eine sechssekündige Videosequenz zu isolieren, in der man sah, wie sich ein leichter Schimmer durch die Menge bewegte. Das Phantom wich Leuten aus und stieg eindeutig über andere Edelsteine und Gold auf dem Boden, bewegte sich durch freie Bereiche. Wäre das Phantom eine Maschine, müsste sie vernunftbegabt sein und über einen komplexen Bewegungsapparat verfügen. Wäre sie einfach auf Rädern gerollt, hätte sie Dinge aus dem Weg geschubst.

Wenn die einzelnen Delegationen den großen Ballsaal betraten, ließ ich das Gasthaus sie nach Waffen durchsuchen. Ich hatte gewusst, dass die Otrokars eine Schusswaffe eingeschmuggelt hatten, allerdings nicht damit gerechnet, dass sie sie tatsächlich abfeuern würden. Das Gasthaus hatte nichts mit hoch entwickelter Robotertechnik, keine KI und nichts mit künstlichen Beinen bemerkt.

Zum Zweiten hatte das Phantom, da es ja lebte, das Gasthaus zweifellos mit einer der Delegationen betreten. Einen Eindringling hätte ich gespürt.

Zum Dritten konnte es sich, da es ja zu den Gästen zählte, nicht bei den anderen im großen Ballsaal befunden haben, als der Smaragd entwendet wurde. Das Problem war nur, dass das Gertrude Hunt zwar eine Weitwinkelaufnahme mit einem hübschen Panoramabild der Versammelten gemacht hatte, sie sich aber in den entscheidenden fünf Sekunden einfach zu eng zusammengedrängt hatten.

Ich sah auf die Uhr. Um neun Uhr abends sollte das Bankett stattfinden. Das war zu spät für meinen Geschmack, ein bisschen zu spät für die Händler und die Vampire und ein bisschen zu früh für die Otrokars. Laut der Uhr war es sechzehn Minuten nach drei. Noch genug Zeit. Ich tastete nach meiner Teetasse auf dem Beistelltischchen neben dem Sofa und berührte etwas Weiches.

Auf dem Beistelltisch saß der Kater.

Wir sahen einander an.

Beast bellte einmal leise.

Der Kater spazierte über die Armlehne des Sofas, stapfte über meinen Schoß – er war erstaunlich schwer – und rieb sich an mir. Ich streichelte ihm über den Kopf. Er rieb sich erneut, schnurrte, ging ans andere Ende des Sofas und legte sich auf die Decke. Dort streckte er sich, fuhr alle Krallen in den Vorderpfoten aus und begann die Decke mit Milchtritten zu bearbeiten.

Ich sah Beast an. Sie starrte mit großen, runden, verwunderten Augen zurück. Der Kater biss in die Decke und schnurrte.

Okay, er war ziemlich seltsam.

Caldenia kam in den Empfangsbereich geschlendert und setzte sich mir gegenüber auf einen Stuhl. Ihre Hoheit trug eine dunkelpurpurne Robe mit steifem, hohem Kragen. Exquisite Stickereien in hellem Lavendel und Gold bedeckten das Gewand über die ganze Länge und breiteten sich in anmutigen Schnörkeln über den ausgestellten Rock aus.

Caldenia musterte den Kater stirnrunzelnd. »Warum tut er das?«

Ich hatte keine Ahnung. »Er spinnt.«

Der Spinner bearbeitete die Decke weiter mit Milchtritten und saugte daran. Mein Bildschirm piepste. Dagorkuns Bild erschien links unten in der Ecke.

»Was kann ich für Sie tun, Unter-Khan?«

»Die Khanum möchte mit Ihnen Tee trinken. Haben Sie in zehn Minuten Zeit?«

Eine Einladung zum Tee war Ehre und Privileg zugleich. Wenn es nach mir gegangen wäre, wäre ich trotzdem auf meiner schönen, bequemen Couch geblieben.

»Bitte informieren Sie die Khanum, dass ich mich geehrt fühle und in zehn Minuten da sein werde.« Dagorkuns Bild verschwand.

»Ich komme mit«, sagte Caldenia.

»Wenn Ihr möchtet, Hoheit.«

»Oh, keineswegs. Das sind Barbaren. Eine schrecklich primitive Kultur.« Caldenia erhob sich. »Aber ich befürchte, diese ungeschlachte Frau wird versuchen, dich zu vergiften.«

Ich entließ den Bildschirm, und er zog sich in die Wand zurück. »Gift wäre nicht der Stil der Otrokars. Sie bevorzugen brutale Gewalt.«

»Genau deshalb bin ich hier. In Fragen der Diplomatie und der Liebe muss man sich um Spontanität bemühen. Wer das Unerwartete tut, bekommt oft, was er will. Es wäre nicht typisch für die Horde, auf Gift zurückzugreifen, deshalb müssen wir davon ausgehen, dass sie genau das tun werden.«

Wir gingen zur Treppe, und die Türen öffneten sich, als wir uns den jeweiligen Wänden näherten. »Warum sollten sie mich vergiften wollen?«

»Da würden mir mehrere Gründe einfallen. Der naheliegendste wäre, Zugang zum gesamten Gasthaus zu bekommen.

Wenn du aus dem Weg wärst, könnten sie den Vampiren auflauern und sie abschlachten.«

»Dafür würden sie für immer von der Erde verbannt.« Mal ganz abgesehen davon, dass das Gasthaus sie töten würde.

Caldenia lächelte. »Ja, und die Hoffnung auf Frieden zwischen der Horde und der Heiligen Anokratie würde mit ihnen zugrunde gehen. Von allen Leuten, mit denen man im Laufe seines Lebens so Umgang hat, sind die wahren Gläubigen die schlimmsten. Die Psyche eines typischen vernunftbegabten Wesens ähnelt einem Spinnennetz. Wenn man am richtigen Faden zieht, bekommt man das gewünschte Ergebnis. Lobe jemanden, und er findet dich sympathisch. Mach ihn lächerlich, und er wird dich hassen. Die Gierigen kann man kaufen, die Ängstlichen einschüchtern, die Klugen überzeugen, aber die Eiferer sind immun gegen Geld, Angst und Vernunft. Die Psyche eines Eiferers ist ein Drahtseil. Er ignoriert alles andere, hat nur sein Ziel vor Augen. Er will den Sieg um jeden Preis, und darum ist er so unsagbar gefährlich.«

Caldenias Geist war nicht nur ein Spinnennetz, er war eine ganze Konstellation von Spinnennetzen. »Man kann also die Moral eines wahren Gläubigen nicht untergraben?«

»Das habe ich nicht gesagt.« Caldenia gestattete sich ein kleines Lächeln. »Im Grunde sind sie oft Sklaven ihrer Leidenschaften. Mit ausreichend Zeit und den richtigen Anreizen kann man eine Leidenschaft durch eine andere ersetzen. Doch das dauert lange und erfordert vorsichtige emotionale Steuerung.«

Dagorkun erwartete uns an der Tür. Er nickte mir zu, ignorierte ostentativ Caldenias Anwesenheit und führte uns ins Innere, wo die Khanum auf einem breiten, überdachten Balkon saß. In seiner Mitte befand sich eine Feuergrube, die Steine des Balkons bildeten um sie herum einen durchbrochenen

Begrenzungsring und zugleich auch eine runde Bank, auf der orange, grüne und gelbe Kissen verstreut waren.

Eine dichte graue Wolkendecke hing am Himmel und verhieß Regen, ohne dieses Versprechen einzulösen. Die Khanum lag ausgestreckt auf den Kissen. Ihre Raumfahrerinnenrüstung hatte sie abgelegt. Stattdessen trug sie eine leichte, weite, blutrote Robe, die mit türkisfarbenen Vögeln bestickt war, deren Gefieder schneeweiße Punkte hatte und die zwischen spitzen, dunklen Zweigen herumtollten. Sie schien müde. Aus der Nähe war kaum zu übersehen, wie riesig sie war. Neben ihr wirkte ich wie ein Kind.

Die Khanum schaute mich aus halb geschlossenen Augen an. »Seien Sie gegrüßt, Wirtin.«

»Seien auch Sie gegrüßt, Khanum.«

»Setzen Sie sich zu mir.«

Ich nahm ihr gegenüber Platz, Caldenia rechts von mir.

Die Khanum drehte den Kopf und sah sie mit verschleiertem Blick an. »Hexe.«

»Wilde.« Caldenia erwiderte ihr Lächeln und zeigte dabei ihre scharfen, unmenschlichen Zähne.

»Wir kennen Sie«, stellte die Khanum fest. »Sie haben sehr viele Menschen getötet. Einige davon haben Sie gegessen. Sie sind eine Kadul.«

Eine Kannibalin.

»Ein Monster«, präzisierte die Khanum.

»Sie wissen ja, was man über Monster sagt«, antwortete Caldenia. »Man möchte sie nicht zum Feind haben.«

»War das eine Drohung?« Dagorkun kniff die Augen zusammen.

»Eine Warnung.« Caldenia faltete die Hände im Schoß. »Es gibt nur eine sinnvolle Zeit für Drohungen: wenn man zu verhandeln gedenkt. Das tue ich nicht.«

Ein Otrokar trat mit einem Tablett mit einer Teekanne und vier Tassen heran. Dagorkun griff danach, aber die Khanum war schneller und nahm sich die Kanne.

»Khanum …«, begann Dagorkun.

»Still«, gebot sie ihm. »Es ist Jahre her, dass ich das letzte Mal Tee ausgeschenkt habe. Tu deiner Mutter zuliebe einmal so, als seist du noch fünf.«

Dagorkun setzte sich zu meiner Linken und sah zu, wie die Khanum uns allen Tee einschenkte. Caldenia nahm ihre Tasse, drehte ihre linke Hand so, dass der große Amethystring an ihrem Mittelfinger zur Oberfläche zeigte, und tauchte ihn in die rubinrote Flüssigkeit.

Die Khanum hob die Brauen.

»Es ist eine Beleidigung, die Gastfreundschaft der Khanum infrage zu stellen«, sagte Dagorkun.

»Leider ist mir das egal.« Caldenia schaute auf ihren Ring. Auf der Oberfläche des schönen Steins blitzte ein blaues Symbol. Caldenia nahm die Tasse und nippte daran.

Ich folgte ihrem Beispiel. Der aromatische, leicht bittere Gewürztee glitt über meine Zunge. Ich behielt ihn im Mund, wartete auf das vertraute Zwicken und schluckte ihn dann.

»Roten Tee haben Sie sicher schon einmal getrunken«, bemerkte die Khanum.

»Ja, aber nicht diese Sorte.« Der Großteil der roten Tees, die ich kannte, war heller, manchmal fast orange.

»Das ist Wanla«, erklärte die Khanum. »Arme-Leute-Tee. Wahrscheinlich hatten Sie Umgang mit wohlhabenderen Vertretern unserer Art. Sie neigen zu blasseren Tees. Ich mag den Tee, den meine Mutter immer gekocht hat. Den, den die Horde nach einem Gewaltmarsch bekommt.«

Ich nahm noch einen Schluck. Die Khanum wollte etwas. Sonst hätte sie mich nicht eingeladen. Doch danach zu fragen war unmöglich. Ich würde abwarten müssen.

Schweigend tranken wir die erste Tasse, dann goss die Khanum uns eine weitere ein. »Der blonde Vampir will Sie. Können Ihre Art und die seine sich paaren?«

Danke, dass du mich in diese wunderbare Lage gebracht hast, Arland. »Ja, aber ich habe an einer solchen Beziehung kein Interesse.«

»Warum nicht?«, fragte Dagorkun.

Ich lächelte ihn an. »Weil ich nicht vorhabe, von hier wegzugehen, und Lord Arland einen schrecklichen Wirt abgäbe.«

»Sie könnten mit ihm gehen«, wandte die Khanum ein.

»Mein Platz ist hier.« Ich nippte an meinem Tee. »Sein Platz ist bei seinem Haus. Seine Aufmerksamkeit schmeichelt mir, beeinträchtigt meine Mission allerdings nicht.«

»Die wie lautet?«, fragte Dagorkun.

»Zu verhindern, dass Sie und die Vampire einander an die Gurgel springen.«

Ein Otrokar stürmte rückwärtsrennend auf den Balkon, hechtete hoch und fing einen aus rauem Leder zusammengenähten Football. Er sah die Khanum, riss die Augen auf und verschwand wieder nach drinnen. Dagorkun verdrehte die Augen.

»Soll ich Helme besorgen?«, fragte ich.

»Nein«, sagte die Khanum. »Ein paar Gehirnerschütterungen täten ihnen ganz gut. Ich werde sie schon auf den Boden der Tatsachen zurückholen.« Die große Frau lehnte sich zurück. »Ich verstehe Sie nicht, Wirtin. Die Händler verstehe ich. Ihnen geht es um Profit. Die Vampire verstehe ich auch. Sie sind unsere Todfeinde und wollen dasselbe wie wir: Ruhm in der Schlacht, Siege und Land. Ich verstehe sogar den Schiedsmann. Es liegt Macht und Befriedigung darin, das Gleichgewicht der Beziehungen zwischen vielen Nationen zu verschieben. Aber was sind Ihre Beweggründe, Wirtin?«

»Ich will, dass mein Gasthaus floriert. Je mehr Gäste ich habe, desto gesünder und stärker ist es. Wenn der Gipfel erfolgreich verläuft, wird sich herumsprechen, dass mein Haus Ihnen gute Dienste geleistet hat.«

»Wir wissen, dass der Schiedsmann auch anderen Wirten die Ausrichtung dieses Gipfels angeboten hat«, stellte Dagorkun fest. »Sie haben abgelehnt.«

»Mein Gasthaus war für den Gipfel besonders qualifiziert«, erwiderte ich. »Es ist klein und im Moment meist leer. Zudem sind wir auf gefährliche Gäste spezialisiert.«

»Man braucht ein starkes Motiv, um eine solche Aufgabe zu übernehmen«, stellte die Khanum fest. »Wie lautet Ihres?«

»Ich habe meine Familie verloren«, antwortete ich. »Man hat sie mir genommen. Ich habe nach ihr gesucht – vergeblich. Deshalb will ich, dass mein Gasthaus floriert und voller Gäste ist, denn früher oder später wird jemand durch meine Tür kommen, und ich werde an seinem Gesicht sehen, dass er das Porträt meiner Eltern unten wiedererkennt.«

Die Khanum nickte. »Familie. Das verstehe ich.«

Wir tranken weiter Tee.

»Heute ist der dritte Herbsttag«, sagte die Khanum. »Auf unserer Heimatwelt ist der Sommer eine Zeit der Dürre und der Hitze. Der Winter ist eine willkommene Abwechslung. Es gibt mildes Wetter und Regen, sodass das Gras wächst. Der dritte Herbsttag ist der Tag, an dem wir mit unseren Ahnen kommunizieren und feiern, dass wir ein weiteres Jahr überlebt haben.«

Über die Feierlichkeiten der Horde wusste ich nur, dass sie meist im Freien stattfanden.

»Wünschen Sie ein Herbstfest?«, fragte ich.

»Meine Leute sind unruhig«, stellte die Khanum fest. »Es würde uns guttun.«

Ich wartete.

»Der Schiedsmann hat meine Bitte abgelehnt.«

Na also. »Er wird seine Gründe dafür gehabt haben.«

»Er glaubt, wir verschleppten bewusst die Verhandlungen«, sagte Dagorkun. »Also versucht er, uns mittels unserer Kultur unter Druck zu setzen.«

»Darf ich eine Frage zu den Verhandlungen stellen?«, bat ich.

Die Khanum hob die Brauen. »Ja.«

»Sie kontrollieren auf Nexus weite Gebiete. Die Anokratie herrscht über ein ebenso großes Territorium. Sie beide müssen möglicherweise mit den Händlern zusammenarbeiten, um Lieferungen vom Planeten zu schaffen. Warum schließen Sie keinen Frieden?«

Die Khanum fasste in ihre Robe und zog eine kleine Scheibe hervor, die aus Knochen gemacht zu sein schien. Sie drückte seitlich darauf, und darüber erschien das Bild eines Otrokars in voller Schlachtrüstung. Er sah sowohl Dagorkun als auch der Khanum ähnlich.

»Kordugan«, sagte sie. »Mein dritter Sohn. Er liegt tot auf Nexus. Wir konnten die Leiche nicht bergen.«

Dagorkun schaute seine Hände an.

»Das tut mir leid«, erwiderte ich.

»Kinder sterben«, erklärte die Khanum resigniert. »Das ist eine Tatsache des Lebens. Ich musste das immer wieder lernen. Aber es tut jedes Mal aufs Neue weh.«

»Warum beenden Sie dann nicht das Sterben auf Nexus?«, fragte ich.

»Weil wir nicht verhandeln«, sagte die Khanum. »Wir erobern. Wenn ich die Hälfte des Kontinents sehe, die der Anokratie gehört, sehe ich Land. Ich sehe Gehöfte. Ich sehe Familien – Familien, die Kinder großziehen, sich ein Leben aufbauen, Vieh züchten.«

Dagorkun schaute seine Mutter an. »Vieh wird auf Nexus nicht überleben. Dort gibt es nur kahle Felsen. Es würde nicht genug Nahrung finden.«

Sie winkte ab. »Darum geht es nicht. Wir expandieren entweder oder sterben wie mein Sohn. So sind wir. So ist auch die Anokratie. Sie steht unserer Expansion im Weg. Wir müssen ihr auf Nexus Paroli bieten. Wir müssen ihr eine blutige Nase verpassen, ihr den Schneid abkaufen und dann eine Offensive starten. Sie beherrscht sieben Planeten. Sieben fette, reiche Planeten. Das ist genug Land, um meine Kinder, Dagorkuns Kinder und deren Kindeskinder zu ernähren. Kinder müssen auf Planeten geboren werden, mit Erde unter den Füßen, und sie werden auf Nexus geboren werden. Dafür ist mein Sohn gestorben.«

Also gut. Beide Seiten waren vernünftigen Argumenten nicht zugänglich. Ich verstand jetzt, warum Nuan Cee so verzweifelt war. »Aber wenn Sie so entschieden gegen den Frieden sind, warum haben Sie diesem Gipfel dann überhaupt zugestimmt?«, wollte ich wissen.

»Wer sagt, dass ich gegen den Frieden bin?« Die Khanum seufzte, beugte sich zu Dagorkun hinüber und fuhr ihm mit der Hand durchs Haar. Für einen Augenblick sah der erfahrene Krieger aus wie ein achtjähriger Menschenjunge, dessen Mutter ihn beim Absetzen vor der Schule in der Öffentlichkeit geküsst hat.

»Ich habe Ihnen mitgeteilt, was die Politik der Horde mir zu vertreten vorschreibt«, fuhr die Khanum fort. »Meine Ansichten sind irrelevant. Meine Leute wollen mit ihren Ahnen kommunizieren. Wir haben ein langes Gedächtnis. Werden Sie für uns ein gutes Wort beim Schiedsmann einlegen?«

Die Abmachung war klar: Wenn ich mich für sie einsetzte, würden sie mir einen Gefallen schulden. Den brauchten sie mir jedoch gar nicht erst zu versprechen. Es war meine Pflicht, für das Wohlergehen meiner Gäste zu sorgen.

213

»Ich werde mit George reden«, sagte ich. »Ich weiß nicht, wie viel Einfluss ich auf ihn habe, aber ich werde es versuchen. Selbst wenn er ein offenes Ohr für mich hat, müssen wir vielleicht noch die Vampire und die Händler überzeugen, was bedeutet, wir müssen weitere Zugeständnisse machen.«

»Das ist uns bewusst«, erwiderte Dagorkun.

Ich erhob und verneigte mich. »Danke für den Tee, Khanum. Mögen Ihre Tage lang und die Sonne schwach sein.«

Die Khanum neigte den Kopf.

Dagorkun erhob sich, und wir folgten ihm durch die Gemächer der Otrokars. Etwas an dem, was die Khanum über die Gründe für den Kampf der Horde gesagt hatte, kam mir seltsam vor. Sie hatte ihren Text perfekt und mit genau der richtigen Dosis Knurren vorgetragen, ich hatte allerdings das Gefühl, sie war nicht mit ganzem Herzen dabei.

An der Tür blieb Dagorkun stehen.

Ich trat hindurch. »Danke für die Gastfreundschaft.«

»Bitte.«

Die Tür schloss sich.

»Na, das war ja mal erhellend«, murmelte Caldenia, als wir die Treppe hinuntergingen. »Sie will unbedingt, dass die Friedensgespräche Erfolg haben.«

»Meint Ihr?«

Caldenia schüttelte den Kopf. »Meine Liebe, du musst beobachten lernen. Sie ist die Generalin dieser gewaltigen Horde, aber vor allem ist sie eine Mutter, die ihre Kinder mehr liebt als ihr eigenes Leben. Wir wissen beide, wer die Offensive der Horde auf Nexus anführen wird – der Sohn, der jetzt neben ihr sitzt. Erinnerst du dich an diese *National-Geographic*-Doku, die wir letzte Woche gesehen haben? Über Löwen, die versuchen, eine Dürre zu überleben? Diese Frau ist die alte Löwin, die versucht, ihr letztes Junges zu beschützen. Sie kämpft verzweifelt darum, es am Leben zu halten, doch sie verliert langsam die Hoffnung.«

Sie hatte recht. Jedes ihrer Worte ergab Sinn – einen schrecklichen Sinn. Die Traurigkeit dessen, was ich gerade gehört hatte, nahm mir den Atem.

»Das ist fabelhaft«, sagte Caldenia. »Das ist genau der Hebel, um ihr Herz gnadenlos auszupressen. Eine bessere Schwäche hättest du dir gar nicht wünschen können. Du solltest mich zu all deinen Gesprächen mitnehmen. Sie sind so unterhaltsam.«

KAPITEL 10

Georges Haar, das normalerweise perfekt gebürstet und im Nacken zu einem Pferdeschwanz gebunden war, war nur flüchtig zusammengenommen, und lose Strähnen umrahmten sein attraktives Gesicht. Er war unrasiert. Sein cremefarbenes Hemd war leicht feucht. Als er mir die Tür zu seinem Zimmer öffnete, wirkte er etwas derangiert und ein wenig bekümmert, wie ein Mann, der sich in sein Schicksal ergeben hatte.

Überraschenderweise katapultierte ihn der Verlust seiner eleganten Perfektion von »außergewöhnlich attraktiv« zu »praktisch unwiderstehlich«. Ich fragte mich kurz, ob mir eine Ausrede dafür einfiel, Sophie hier heraufzuschicken. Das hätte ihr vermutlich sehr gut gefallen.

Ich erzählte ihm von der Bitte der Khanum um ein Herbstfest, und George tat alles Mögliche – außer mir zuzuhören. Er zupfte an seinem Ärmel. Er fuhr sich durchs Haar. Er kratzte sich die Bartstoppeln. Er wirkte auf den ersten Blick sehr abgelenkt, aber meine Kindheit in einem Gasthaus hatte mich gelehrt, genau hinzusehen. George achtete auf jedes Wort, das ich sagte.

»Ich habe versucht, mich zu rasieren, und der Hahn hat mich von oben bis unten nass gespritzt«, berichtete er, als ich fertig war. »Eiskaltes Wasser. Es ist jetzt drei, nein vier Tage her,

216

dass ich das letzte Mal heiß geduscht habe. Oder vielleicht doch nur drei ...«

Nun gut. »Wenn Sie wissen wollen, ob ich Sie für das Fällen meiner dreißig Jahre alten Apfelbäume genug bestraft habe, können wir sicher zu einer Einigung kommen.« Ich schnippte mit den Fingern. Aus allen Hähnen und Duschköpfen im Badezimmer kam Wasser, jede Menge und dampfend heiß. Ich ließ es drei Sekunden laufen und drehte es dann wieder ab. »Ich wüsste es auch sehr zu schätzen, wenn Sie nicht weiter so täten, als hörten Sie mir nicht zu.«

Georges gequälter Gesichtsausdruck verschwand. »Wir müssen bei solchen Dingen eigentlich ein gewisses Maß an Formalitäten einhalten. Die meisten Leute diskutieren erst mal ein bisschen hin und her. Sie überspringen das Vorgeplänkel einfach. Ich bin mir noch nicht sicher, ob ich Ihre Direktheit erfrischend oder frustrierend finde.«

»Je mehr ich verbal um ein Thema herumeiere, desto mehr Gelegenheit zum Diskutieren entsteht«, erklärte ich. »Manche Gäste erweisen sich als sehr ...«

»Manipulativ?«

»Schwierig«, sagte ich.

»Aber ein längeres Gespräch ermöglicht es Ihnen auch, mehr über Ihren Gesprächspartner zu erfahren«, erwiderte er. »Welche Knöpfe Sie drücken müssen. Welche Hebel Sie in Bewegung setzen können.«

»Ich bin nicht hier, um Knöpfe zu drücken. Ich bin per definitionem neutral. Mir geht es darum, meinen Gästen ein Dach über dem Kopf und ein gewisses Maß an Komfort zu bieten und mich um ihre Bedürfnisse zu kümmern. Ich bin hier, um ihre Probleme zu lösen, solange sie sich unter meinem Dach aufhalten, und jetzt möchte ich gerne über die Bitte der Khanum sprechen.«

»Nun gut. Lassen wir das Hin und Her. Das geht schneller.« Mit einer Geste bat er mich zum Sofa. Ich setzte mich,

217

und er nahm mir gegenüber auf dem Sessel Platz. »Hat die Khanum Ihnen erzählt, dass die Horde vor den Verhandlungen eine Verzichtserklärung unterzeichnet hat, in der steht, dass sie bereit ist, für die Dauer des Gipfels auf Festivitäten und religiöse Feiertage zu verzichten?«

»Nein.«

»Tatsächlich haben alle am Gipfel Beteiligten diese Verzichtserklärung unterzeichnet.«

Georges blaue Augen waren hart und kristallklar, sein Blick war hoch konzentriert. Seine ganze Haltung vermittelte jetzt gespannte Aufmerksamkeit. Er erinnerte mich an einen Falken, der einen Vogel fern am Himmel beobachtete, unmittelbar bevor er sich mit ausgefahrenen Krallen zum Todesstoß in die Thermik warf. So sah er also wirklich aus.

»Das Machtgleichgewicht auf dem Gipfel zu halten ist schwierig, und keine der drei beteiligten Parteien ist bereit, in irgendeiner Form nachzugeben. Wenn jemand einen Schwachpunkt erkennt, wird er ihn nutzen. Wenn wir also der Bitte der Khanum nachkommen, werden wir auch gegenüber der Heiligen Anokratie und den Händlern Zugeständnisse machen müssen, um sie zu besänftigen.«

»Mit anderen Worten, sie werden bestochen werden wollen«, sagte ich. Natürlich. »Aber worum auch immer sie bitten, wird zu weiteren Komplikationen führen.«

»Außerdem gibt es kein Zurück mehr, wenn wir das Fest erst einmal angesprochen haben. Wenn beispielsweise die Vampire im Gegenzug für ihre Zustimmung zu der Feierlichkeit etwas Ungeheuerliches fordern und wir uns nicht einig werden, ist die Heilige Anokratie in den Augen der Otrokars derjenige, der verhindert hat, dass sie ein geliebtes Ritual durchführen konnten. Man sollte meinen, dass so eine Kleinigkeit angesichts ihres lange schwärenden gegenseitigen Hasses nichts mehr ausmacht. In Wirklichkeit aber wird dieses hypothetische Fehlverhalten wichtiger sein als das böse Blut, das bereits zwischen ihnen herrscht.«

»Sie haben meinen Bruder getötet und unseren Planeten geraubt, doch vor allem haben sie uns das Herbstfest versaut?«

»Ja. Das ist eine spezielle Besonderheit der Psychologie kleiner, isolierter Zusammenkünfte, weshalb ich im Übrigen überhaupt dieses Format und ein Gasthaus auf der Erde gewählt habe. Wenn man Erzfeinde irgendwo zusammensperrt, erleben sie, wenn die Gruppe klein genug ist, dieselben Dinge und entwickeln ähnliche Einstellungen, was eine Verhandlungsbasis schafft, die es vorher nicht gegeben hat. Es schafft ein Zusammengehörigkeitsgefühl, eine Kameradschaft. Die Vampire und die Otrokars erkennen bei ihren jeweiligen Feinden ihre eigenen Emotionen wieder: Langeweile, solange die Verhandlungsführer tagen, Erleichterung, wenn die Gespräche für den Tag beendet sind, Freude über den schlichten Genuss einer gut zubereiteten Mahlzeit. Diese gemeinsamen Umstände und Reaktionen erzeugen Empathie, die Voraussetzung für jede Form von Konsens ist. Im Augenblick ist diese Empathie sehr brüchig, und ein Konflikt wegen der Herbstfeierlichkeiten kann sie unwiederbringlich zerstören.«

»Aber würde es nicht gegenseitigen Respekt und Toleranz für die Religion und die Traditionen des jeweils anderen zeigen, wenn alle Zugeständnisse machten und dem Fest zustimmten? Wäre es nicht der Empathie zuträglich, wenn die Vampire und die Händler das Fest respektierten und als Gäste daran teilnähmen?«

»Schon. Vorausgesetzt, das Fest findet statt. So weit sind wir allerdings noch nicht. Es birgt ein großes Risiko.«

Ich lehnte mich zurück. »Wenn ich mich nicht irre, treten die Friedensverhandlungen auf der Stelle.«

George verzog das Gesicht. »Sie haben recht.«

»Das könnte sie voranbringen.«

»Oder jede Chance auf Frieden zunichtemachen.«

»Sie sind der Schiedsmann. Es ist Ihre Entscheidung, doch ich wäre bereit, mit allen beteiligten Parteien zu sprechen, um eine Einigung zu erzielen.«

George musterte mich lange. »Warum? Was haben Sie davon?«

»Die Khanum und ihre Leute sind meine Gäste. Sie sind gestresst, und ich will ihren Aufenthalt angenehm gestalten. Das Herbstfest wird dazu beitragen.«

»Das ist alles?«

Das und die mühsam verborgene Verzweiflung in den Augen der Khanum. Jedes Mal, wenn ich daran dachte, zuckte ich aufs Neue zusammen. Das Bild, wie sie auf dieser Couch saß, ihrem Sohn durchs Haar strich und mit stählernem Griff all ihre Sorgen und all ihren Kummer zurückhielt, ließ mich nicht los. Ich konnte zu den Friedensverhandlungen nichts beitragen, konnte nicht verhindern, dass ihr Sohn in den Krieg zog. Aber diese eine Kleinigkeit konnte ich für sie tun, und daran würde ich alles setzen.

»Das reicht doch, oder?«

Er dachte einen Augenblick lang darüber nach. »Also gut. Wir werden das Risiko eingehen. Sie haben meine Erlaubnis, mit den Vampiren und den Händlern zu reden. Halten Sie mich nur ständig auf dem Laufenden.«

»Ich werde unsere Treffen aufzeichnen und auf Ihren Bildschirm übertragen.«

»Gut. Keine Zusagen ohne Rücksprache mit mir, Dina. Machen Sie keine Versprechungen. Man wird sie gegen Sie verwenden.«

»Ich verstehe.« Ich erhob mich. »Danke.«

»Bitte, auch wenn ich mir nicht ganz sicher bin, wofür Sie sich bedanken.« Georges Grinsen hatte etwas Süffisantes. »Das dürfte spannend werden. Ab und zu braucht man schließlich auch etwas Spaß.«

»Sie haben selbst gesagt, dass dieser Spaß durchaus ein gewisses Risiko birgt«, erinnerte ich ihn.

Er grinste noch breiter. »Das ist ja das Schöne daran.«

* * *

»Absolut nicht.« Hätten Vampire Fell gehabt, das Odalons hätte sich gesträubt wie das einer wütenden Katze, sodass der Feldgeistliche vor lauter Empörung doppelt so groß gewirkt hätte. »Nein, sie können auf diesem Gelände, auf dem wir uns dann weiter aufhalten müssten, obwohl es besudelt wäre, nicht ihren heidnischen Ritus abhalten.«

Ich war zuerst zu den Rittern gegangen, weil ich damit gerechnet hatte, dass es viel schwieriger werden würde, ihre Zustimmung zum Fest der Otrokars zu bekommen, als die Nuan Cees.

»Sie haben dasselbe Recht auf freie Religionsausübung wie Ihr.« Ich gab nicht nach. »Ihr alle seid hier gleichberechtigte Gäste.«

»Wisst Ihr, wie dieses ketzerische Fest sich gestaltet?« Odalon beugte sich mit seinen gesamten fast ein Meter neunzig zu mir, und seine karmesinrote Stola wogte. »Sie weihen ihren heidnischen Gottheiten den Grund, auf dem es stattfindet. Wenn ich über ihren unheiligen Boden wandle, dann mit einem Kriegshammer in der Hand, von dem das Blut der Otrokars tropft.«

Und dabei hatte ich gedacht, er sei das vernünftigste Mitglied der Delegation … »Würde es helfen, wenn ich ihnen dafür einen bestimmten Bereich zuweise? Dann müsstet Ihr dort nicht wandeln, und wir könnten das mit den blutigen Hämmern vermeiden.«

Odalon war außer sich. »Wie um alles in der Welt wollt Ihr das machen? Gedenkt Ihr, ein Stück Boden aus der Erde zu reißen und schweben zu lassen?«

»Das wäre eine Möglichkeit«, sagte ich. In Wirklichkeit war es keine, aber ich sah keinen Anlass, mit ihm die Grenzen meiner Kräfte zu erörtern. »Eigentlich wollte ich vorschlagen, einen Graben zu ziehen, der mit fließendem Wasser gefüllt wird. Sie planen ganz konkret, Erdgeister anzurufen, und das fließende Wasser würde eine Grenze bilden.«

»Das ist Blasphemie!«, schrie Odalon im selben Tonfall, in dem Gerard Butler einst »Dies ist Sparta« gebrüllt hatte. Leider konnte Odalon niemanden in eine endlos tiefe Grube treten, um seine Worte zu unterstreichen, deshalb gab er sich damit zufrieden, extrem sauer auszusehen.

»Wir wollen nichts überstürzen«, mischte sich Arland ein. »Sie wollen also feiern. Was ist schon dabei?«

»Ihr habt nichts dagegen?«, fragte ich.

»Doch«, antwortete Arland. »Ich habe alles Mögliche dagegen, im Interesse des Friedens bin ich allerdings bereit, meine Bedenken hintanzustellen.«

»Lady Isur?« Ich wandte mich der Marschallin zu.

Sie runzelte die Stirn und klopfte sich mit einem Finger gegen die Lippen. »Ich bin auch einverstanden.«

»Was?« Odalon wirbelte zu ihr herum.

»Ich bin müde. Meine Leute sind müde. Irgendwann müssen diese Gespräche ein Ende finden. Wenn dieser heidnische Tanz hilft, die Horde darauf einzustimmen, dann von mir aus.«

»Das werde ich nicht zulassen«, verkündete Odalon.

»Kein Problem«, sagte Robart. »Wir können dich ja überstimmen.«

Oh-oh. Von ihm hatte ich von den drei Marschällen den größten Widerstand erwartet.

Lady Isur hob die Hand und berührte mit ihren langen Fingern seine Wange. »Seltsam, Mylord. Ihr scheint kein Fieber zu haben.«

Überrascht sah er sie an, schien von ihrer Berührung fast schockiert. Einen Augenblick rang er mit seinen Gefühlen, dann fing er sich. »Sollen die Wilden doch feiern. Aber im Gegenzug will ich auch etwas.«

Aha.

»Ich will weitere Gäste zum Bankett einladen«, teilte er mir mit.

»Gäste? Was für Gäste?« Arland zog die Brauen zusammen.

»Wie viele und welche?«, fragte ich.

»Ich glaube, drei sollten reichen«, erwiderte Robart. »Es wird sich um Mitglieder eines alten, angesehenen Hauses handeln.«

Also Vampire.

»Gut, ich werde dem Schiedsmann diesen Wunsch vortragen. Er hat das letzte Wort.« Wahrscheinlich würde er ablehnen. Die Anzahl der Vampire zu erhöhen würde die Verhandlungen nur erschweren, vor allem, wenn es welche waren, deren Anwesenheit sich Robart wünschte.

»Wir sollten diese Diskussion nicht einmal führen«, donnerte Odalon.

Lady Isur seufzte. »Robart, das ist bestenfalls töricht.«

Arland wandte sich zu ihr um. »Welches Haus?«

»Er will Haus Meer einladen«, erklärte ihm Lady Isur, als spräche sie mit einem Kind.

»Seid Ihr wahnsinnig?«, brüllte Arland.

»Sagt mir nicht, was ich zu tun habe, Krahr!« Robart trat vor und bleckte die Zähne.

Arland hatte seine bereits ausgefahren. »Wie könnt Ihr Haus Meer einladen? Sie wollen mein Haus vernichten!«, fauchte er. »Unser beider Häuser!«

»Sie sind wahre Patrioten!«, konterte Robart.

»Sie sind Feiglinge. Sie haben sich geweigert, auf Nexus zu kämpfen, um uns auszubluten und dann unsere zerfetzten

Leichen zu fleddern. Wie könnt Ihr Euch mit Feiglingen einlassen? Seit letzter Nacht sind sie exkommuniziert.«

»Das wird ja immer besser.« Odalon schüttelte entsetzt den Kopf. »Der eine will ein heidnisches Fest zulassen, der andere Exkommunizierte dazu einladen. Habt ihr alle den Verstand verloren?«

Robart gab nicht nach. »Haus Meer hat um unser aller willen seine Ehre geopfert.«

»Haltet mich zurück, sonst erwürge ich ihn.« Arland ballte die Fäuste.

Lady Isur trat zwischen die beiden.

»Erklärt mir das«, rief Arland über ihren Kopf hinweg. »Erklärt mir, inwiefern diese ehrlosen Würmer in unser aller Interesse gehandelt haben, indem sie dafür gesorgt haben, dass wir an ihrer Stelle unser Blut vergießen müssen.«

»Diese Rotation kostet uns alle Blut«, sagte Robart eindeutig aufgebracht. »Ich wünschte, ich könnte Euch das klarmachen. Einzig eine konzertierte Offensive kann diesen Krieg beenden. Wir müssen alle gemeinsam angreifen.«

Arland schüttelte den Kopf. »Glaubt Ihr, die Kair, die Dui-La-Königreiche und die Harat werden einfach lammfromm an unseren Grenzen warten, während wir das tun? Oder habt Ihr im Namen der Anokratie Friedensverträge ausgehandelt, als ich gerade nicht hingesehen habe?«

»Wie könnt Ihr nur so dumm sein?«, knurrte Robart. »Ihr begreift einfach nicht, dass wir uns der Anweisung der Hierophantin widersetzen und den Kriegsherrn stürzen müssen ...«

»Halt!« Odalon stieß seinen Hammer gegen Robarts Brust. »Kein Wort mehr, Lord Marschall, sonst erweitere ich die Anklage wegen Ketzerei noch um Verrat.«

»Ich ziehe meine Zustimmung zu der Feier zurück«, erklärte Arland mit finsterem Blick.

»Das könnt Ihr nicht. Ihr habt Euer Wort gegeben.« Robart lächelte Arland und Isur an. »Das habt Ihr beide.«

Arland bleckte wieder die Zähne.

»Kommt nur!« Robart drängte ihm entgegen.

»Genug!«, ging Lady Isur dazwischen. »Ihr mögt Marschälle sein, aber ich bin die Schlächterin von Eskar. Bringt mich nicht dazu, Euch zu zeigen, wie ich zu diesem Namen gekommen bin.«

Robart wich einen Schritt zurück.

Arland wandte sich ab und stürmte aus dem Zimmer.

Auch der Feldgeistliche wandte sich zum Gehen.

»Odalon!«, rief Robart.

»Ich werde beten«, sagte Odalon, betonte jedes Wort klar und deutlich. »Für mich, für diese Versammlung und vor allem für euch, und ich hoffe auf göttliche Gnade, sonst enden wir noch alle in den eisigen Ebenen des Nichts.«

Er verließ den Raum.

Lady Isur wandte sich an Robart. »Eure Leidenschaft ehrt Euch, aber passt auf. Macht Euch nicht durch Eure Trauer angreifbar.«

Robart schüttelte den Kopf und entfernte sich ebenfalls.

Lady Isur sah mich an. Ich erwiderte ihren Blick.

Sie seufzte. »Auf dem Schlachtfeld ist er ein Dämon.«

»Lord Robart?«

Sie nickte. »Er braucht dringend eine Frau mit klarem Kopf, die sein Feuer kanalisiert, ehe es ihn in die Irre führt.«

Auch sie ging, und ich stand allein am Ausgang. Na schön. Das hätte wohl auch schlechter laufen können.

Ich trat aus den Räumlichkeiten der Heiligen Anokratie, um einen Bildschirm zu erschaffen und mit George zu kommunizieren, mit dessen Nein ich fest rechnete.

Der Schiedsmann saß auf der Couch. Mein neuer Kater lag neben ihm und schaute absolut königlich drein. Ich fragte mich, wie er in Georges Zimmer gelangt war.

»Ich finde diese Bedingungen annehmbar«, sagte George. Was? »Warum?«

Das »Warum« war mir herausgerutscht, bevor ich es mir hatte verbeißen können.

»Weil Haus Meer der größte Bremsklotz für diese Verhandlungen ist, genau wie ich es vermutet habe. Ich ziehe es vor, meinen Gegenspielern offen zu begegnen, sie einzuschätzen und unschädlich zu machen, ehe sie weiteren Schaden anrichten können.«

Für einen zurückhaltend wirkenden Mann der sanften Worte konnte George erschreckend kaltblütig sein, überlegte ich, während ich mich in die Räumlichkeiten des Nuan-Clans begab. Der Händler von Baha-char empfing mich in seinem Gemeinschaftsraum, wo er auf einem Diwan lag. Während ich mein Anliegen schilderte, kam das Kätzchen aus dem Nebenraum angerannt, gefolgt von einer Gruppe von Verwandten Nuan Cees in bunten Gewändern.

»Was glaubst du, warum der Gipfel scheitert?«, fragte mich Nuan Cee.

»Es steht mir nicht zu, dazu eine Ansicht zu äußern.«

»Ich bestehe darauf.«

»Weil keine Fraktion die Gefühle der anderen versteht«, sagte ich ehrlich meine Meinung. »Wenn alle wüssten, welchen Preis die Beteiligten jeweils für diesen Krieg zahlen, würden alle ihn rasch beenden wollen.«

Nuan Cee seufzte und sah zu, wie das Kätzchen hin und her flitzte, während die Mitglieder seines Clans slapstickartig über ihre eigenen Füße fielen. »Ich fürchte, du hast recht. Welche Zugeständnisse hat man der Heiligen Anokratie gemacht?«

»Sie hat darum gebeten, Gäste zum Bankett nach dem Ritus einladen zu dürfen.«

Das Kätzchen stellte sich auf die Hinterbeine und schlug mit den Pfoten nach dem vordersten Fuchs. Er griff nach dem winzigen Tier, und es wich seitlich aus und kletterte am Vorhang hoch. Ich presste die Lippen aufeinander, um nicht hysterisch loszukichern. Nach der Begegnung mit vier aufgebrachten Vampiren, die aus vollem Halse gebrüllt hatten, war das fast ein bisschen zu viel.

»Wie viele Gäste?«

»Drei.«

»Ich bin geneigt, großzügig zu sein.«

Es gab keine gefährlicheren Worte aus dem Mund eines Händlers.

Nuan Cee spielte mit der Troddel an der Ecke seines Kissens. »Ich werde ebenfalls einen weiteren Gast mitbringen. Nur einen. Einen Angestellten.«

»Sonst noch etwas?« Das war zu leicht gewesen.

»Nein.«

»Ich werde dem Schiedsmann deine Bedingungen übermitteln.«

»Danke.«

Vorsichtig durchquerte ich den Raum und versuchte dabei, dem Mob auszuweichen, der dem Kätzchen hinterherjagte. Nachdem er der Heiligen Anokratie drei Gäste zugestanden hatte, hatte George keinen Grund, Nuan Cee diese anscheinend bescheidene Bitte abzuschlagen. Ich kam in Sachen Herbstfest voran. Die Khanum würde sich freuen. Wenn ich ihr das Leben ein wenig erleichtern konnte, musste ich das versuchen.

Ich hoffte bloß, den Friedensgipfel durch meine Einmischung nicht komplett vor die Wand gefahren zu haben.

227

KAPITEL 11

Orro hob den Kopf, öffnete den Mund und stieß etwas aus, was man nur als Urschrei bezeichnen konnte. Da er ein Fleischermesser in der einen und einen Wetzstein in der anderen Hand hielt, war der Gesamteffekt ziemlich dramatisch.

Ich wartete.

»Ist er immer so?«, fragte Gaston mich leise.

»Ich glaube schon.«

Orro stand stocksteif und augenscheinlich vollkommen verzweifelt da. Im Geist zählte ich mit. Eins, zwei, drei ...

Orro wandte sich mit brennendem Blick zu mir um. »Wie lange?«

»Sie müssen das Bankett eine Stunde aufschieben, damit die Otrokars ihre Feier begehen können«, sagte ich.

»Eine Stunde?«

»Ja.«

Orro schwang Wetzstein und Messer. »Ich habe Fisch. Empfindlichen Fisch. Ich habe Soufflé. Ich habe ... Eine Stunde geht. Aber mehr nicht!« Um seine Aussage zu unterstreichen, schwang er noch ein wenig das Messer. »Mehr nicht. Keine Minute, keine Sekunde, keine Nanosekunde, keine Attosekunde mehr.«

228

»Danke.«

Gefolgt von Gaston zog ich mich in den Empfangsbereich zurück.

Die Delegation des Schiedsmannes hatte aus irgendeinem Grund beschlossen, sich hier häuslich niederzulassen, obwohl ihre Gemächer mehr als genug Platz boten. George war in seinen E-Reader vertieft. Jack und Sophie spielten Schach. Da ich von dem Spiel keine Ahnung hatte, konnte ich nicht absehen, wer gewinnen würde.

Ihre Hoheit hatte sich kunstvoll auf einem Stuhl am Fenster drapiert und widmete sich einer Tasse Malventee und ihrem Tablet. Dem leisen Lächeln nach zu urteilen, das ihre Lippen umspielte, las Caldenia etwas mit vielen schlüpfrigen Stellen und haufenweise Toten.

»Attosekunde?«, fragte Gaston.

»Ich vermute, das ist ein sehr, sehr kleiner Bruchteil einer Sekunde«, sagte ich.

»Ein Trillionstel«, meldete sich George, ohne aufzusehen, zu Wort.

Jack dachte über seine Antwort nach. »Hast du angefangen, dir die Zeit mit dem Auswendiglernen unnützen Wissens zu vertreiben?«

»Nein, ich bin im WLAN«, erklärte George. »Ich habe es gegoogelt.«

Der Otrokar-Schamane trat in einem zerfledderten schwarzen Umhang aus dem Gang. Sein langes schwarzes Haar, das leicht purpurn schimmerte, fiel ihm über den Rücken. Im Zusammenspiel mit seiner tief gebräunten Haut mit dem fast grünlichen Teint ließ das Haar die hellgrünen Augen in seinem schroffen, kantigen Gesicht förmlich leuchten.

»Seien Sie gegrüßt, Ruga.« Ich senkte den Kopf. »Sind Sie bereit, sich das Gelände anzusehen?«

Er nickte.

Gefolgt von Gaston und dem Schamanen ging ich hinaus. Ich hatte das Gefühl, dass George mir Gaston an die Seite gestellt hatte, denn er folgte mir seit einer halben Stunde auf Schritt und Tritt.

Dagorkun hatte mir mitgeteilt, sie bräuchten eine Lichtung mit einer Länge und Breite von mindestens fünf Akra, was grob einem Quadrat mit einer Seitenlänge von zweiunddreißig Komma fünf Metern entsprach. Ich würde ihnen dafür einen Bereich des neuen Grundstücks überlassen müssen.

Nachdem wir im vergangenen Sommer den außerirdischen Assassinen ausgeschaltet hatten, hatte ich einen Teil des Geldes, das ich von Haus Krahr dafür bekommen hatte, für den Ankauf eines weiteren Hektars Land verwendet. Es grenzte hinten an mein altes an, also auf der Nordseite hinter dem Obstgarten, und war durch einen dichten Eichen-und-Zedern-Wald vor neugierigen Blicken geschützt.

Die Anwesenheit Arlands, Seans und Caldenias hatte das Gasthaus mit viel Energie erfüllt, und es hatte fast über Nacht Wurzeln in dem neuen Gelände geschlagen und die vergangenen rund sieben Monate damit zugebracht, es sich zu eigen zu machen. Dadurch stand mir eine ausreichend große Fläche für das Fest der Otrokars zur Verfügung.

Das neue Grundstück hatte mich nur fünfzehntausend Dollar gekostet, vor allem, weil dort Fledermäuse nisteten und es deshalb nicht als Bauland ausgewiesen werden konnte. Der Zugang zu ihrer Höhle lag ein paar Hundert Meter weiter, östlich der Grenze meines Besitzes, und wenn der Friedensgipfel ein Erfolg wurde, würde ich es erwerben. Die Tiere würden sich möglicherweise als sehr nützlich erweisen können.

Ich blieb stehen und ließ den Blick über das Gelände schweifen. Kleine, knorrige Zedern erhoben sich aus dem Gras, flankiert von einigen Büschen. Ich hatte texanische Zedern nie gemocht. Sie sahen mit ihren rauen Stämmen immer total trocken und verdurstet aus und spien, was das Ganze noch schlimmer machte, jeden Winter so dichte Pollenwolken aus, dass die Motorhauben in der Nähe geparkter Autos über Nacht von einer feinen gelben Staubschicht bedeckt wurden.

»Das ist nicht gut«, sagte der Schamane. »Hier sind zu viele Bäume. Es gibt kein Wasser, und der Boden ist zu uneben.«

Ich atmete ein und ließ meine Magie fließen.

Die Erde rund um die Stämme der Zedern wurde weicher. Wellen durchliefen sie, als hätte jemand einen Stein in einen Teich geworfen. Die Bäume erbebten und versanken komplett im Boden. Sie wanden sich, als sie ins Erdreich gesogen wurden. Ich musste das Holz ja nicht verschwenden. Die Otrokars würden wahrscheinlich welches für das Fest brauchen. Das Gasthaus würde es hacken, den Rest dann absorbieren und auf lange Sicht für seine eigenen Zwecke verwenden.

Gaston hob die Brauen. Der Schamane runzelte die Stirn.

Der Boden gehorchte meinem Impuls und glättete sich wieder. Ein dreißig Zentimeter breiter Graben zog sich rings um die Lichtung. Felsen, Steine und Kiesel, die meisten davon aus hellem Sandstein, drückten sich aus den Tiefen der Erde empor wie Pilzhüte und bildeten den Boden des Grabens. Das Südende davon hob ich etwa zwanzig Zentimeter an, um eine Neigung zu erzeugen.

Ein langer Gartenschlauch schlängelte sich vom Haus heran. Ein zweiter verband sich mit ihm, und sein Ende senkte sich in den Graben. Wasser floss auf die Steine und dann gehorsam durch das soeben entstandene Bachbett. Ich ging am Graben entlang und passte bei Bedarf die Tiefe an.

Der Schamane stieg über den Wasserlauf, fasste in seinen Umhang und brachte einen Beutel aus geschuppter Haut zum Vorschein. Er flüsterte etwas, öffnete den Beutel und warf hellrotes Pulver in die Luft. Einen Augenblick lang hing die rote

Wolke da, gehalten von einer unsichtbaren Kraft, dann fielen die einzelnen Partikel zu Boden.

Die gesamte Gegend veränderte sich subtil. Mit bloßem Auge war kein Unterschied zu erkennen, aber jetzt fühlte sich das Gelände, das mein künstlicher Bach umschloss, irgendwie seltsam an. Es gehörte immer noch zum Gasthaus, reagierte nun jedoch auch auf die Magie des Schamanen.

»Soll ich weitere Veränderungen vornehmen?«, erkundigte ich mich.

Er schüttelte den Kopf. »Das wird genügen. Ich muss hier nur einiges erledigen, ehe das Fest beginnen kann.«

»Brauchen Sie Holz für die Feuer?«

»Ja.«

Ein Stapel Zedernscheite hob sich aus dem Boden.

Ich neigte den Kopf. »Gaston wird Ihnen Gesellschaft leisten, damit es keine Zwischenfälle gibt.«

Der Schamane warf mir einen Blick zu. »Ich stehe jetzt auf dem Land meiner Ahnen. Es gibt Dinge in diesem Leben, die ich fürchte. Vampire gehören nicht dazu.«

»Dennoch würde ich Gaston gerne bei Ihnen lassen. Bitte unterrichten Sie mich, falls Sie sonst noch etwas brauchen.«

Ich ging. Auch ich musste Vorbereitungen treffen. Lord Robarts Gäste aus dem Haus Meer würden eigene Zimmer brauchen. Sie bei der Delegation der Heiligen Anokratie unterzubringen hätte nur Schwierigkeiten provoziert.

* * *

Rote oder blaue Vorhänge? Ich betrachtete die Gästesuite für Nuan Cees »Angestellten«. Als ich ihn nach Einzelheiten über den Gast gefragt hatte, hatte er sich dumm gestellt. Ich hatte versucht, subtile Andeutungen zu machen, dann war ich deutlicher geworden, und schließlich hatte ich unverhohlen gefragt, was für Möbel das neueste Mitglied der Delegation wohl mögen würde. Seine Antwort hatte »Große« gelautet, dann hatte er mich darüber in Kenntnis gesetzt, dass er zu müde sei, um das Gespräch fortzusetzen, und sich jetzt zurückziehen müsse.

Groß für einen Menschen? Für einen Vampir? Für Nuan Cee? Von welchem »groß« redeten wir? Zuerst Sophie, jetzt das. Diese neue Angewohnheit, dass ständig Gäste kamen, sich aber nicht die Zeit nahmen, mich im Vorfeld über ihre Spezies oder irgendwelche Präferenzen zu informieren, fing an, mich ernsthaft zu nerven.

Ich riss mich zusammen, ehe meine Gereiztheit dem Raum schadete. Ich hatte mich für sehr einfache Möbel, einen hellen Bambusboden und beigefarbene Wände entschieden. Das Zimmer brauchte dringend noch etwas Farbe, da würde ich allerdings improvisieren müssen. Bei meinem Glück würde sich der Gast als ravelianische Schnecke entpuppen, und ich würde den ganzen Raum mit Rohöl bestreichen müssen.

»Das muss reichen«, teilte ich Beast mit.

In meinem Kopf erklang ein Glöckchen. Lord Robarts Gäste würden gleich eintreffen. Ich sah auf die Uhr. In weniger als einer Viertelstunde sollte das Fest beginnen.

Das mit der Zeit war ja so eine Sache. Wenn man Kopfschmerzen hatte, kamen einem fünf Minuten wie eine Ewigkeit vor. Wenn man versuchte, Vorbereitungen für ein Fest der Otrokars zu treffen, zwei zusätzliche Gästesuiten zu erschaffen – eine für die Vampire und die andere für die Händler – und einen melodramatischen, zwei Meter zehn großen, igelartigen Chefkoch zu besänftigen, der überzeugt war, dass sein Fisch nicht essbar sein würde, weil er eine Stunde zu lange im Kühlschrank gelegen hatte, vergingen drei Stunden wie im Flug.

Ich eilte in den Empfangsbereich. Die Sonne war untergegangen, der Tag versank im Westen in purpurner Glut. Zwielicht machte sich auf den Straßen breit und tauchte die

Dielen des Ganges in kühle Blau- und Purpurtöne. Keine fünfzehn Minuten, und das Fest würde beginnen.

Als ich dort ankam, stieg George gerade die Treppe herunter. Er trug ein indigoblaues Wams, das sein helles Haar betonte. Der ganz in dunkelbraunes Leder gekleidete Jack folgte ihm.

»Haus Meer trifft in zehn Minuten ein«, teilte ich ihnen mit.

»Gut.« George lächelte. Es war kein nettes Lächeln.

Die Magie des Gasthauses zupfte an mir. Vor dem Gebäude geschah irgendetwas. Ich trat ans Fenster. Die Camelot Road erstreckte sich ein ganzes Stück bis zur Ecke, und dort, halb verborgen von der riesigen Kaktusfeige, die zu beschneiden die Hendersons sich weigerten, stand ein Streifenwagen. Na toll.

»Probleme?«, fragte George.

»Officer Marais' Intuition ist untrüglich.«

George warf seinem Bruder einen Blick zu. Jack zuckte die Achseln und zog sein Hemd aus, unter dem ein harter, muskulöser Oberkörper zum Vorschein kam.

»Jack wird sich darum kümmern«, sagte George.

Genau davor hatte ich Angst. »Bitte tun Sie ihm nicht weh.«

»Der Typ macht Ihnen das Leben zur Hölle, und Sie wollen, dass ich ihm nicht wehtue.« Jack streifte auch die Hose ab. Doch dabei ließ er es nicht bewenden.

Ich wandte den Blick nicht von seinem Gesicht.

»Officer Marais macht mir nicht das Leben zur Hölle. Er versucht vielmehr, seinen Job zu erledigen und hier in der Gegend für Ruhe und Ordnung zu sorgen.«

»Schon gut, schon gut.« Das letzte Kleidungsstück landete auf dem Boden. »Ich bin rechtzeitig zum Feuerwerk zurück.«

Jack streckte sich, dann barst sein Körper auseinander. Fell spross. Für einen Augenblick schien er fast in der Luft zu hängen, dann verformte sich sein Körper, knirschte, zog sich zusammen, und ein großer Luchs landete auf dem Boden.

Okay. Das war ja mal interessant. Was zur Hölle war er? Er gehörte eindeutig nicht zur Sonnenhorde.

»Könnten Sie bitte die Hintertür öffnen?«, fragte George.

Die Hintertür schwang auf, und der Luchs schoss durch die Küche in die Nacht hinaus. Etwas schepperte. Gebrüll hallte durchs Gasthaus.

»Es reicht schon, dass ich mich mit dem Hund abfinden muss. Muss ich auch noch Katzenhaare im Essen haben?«, brüllte Orro. Er hatte wirklich den Beruf verfehlt. Er hätte Shakespeare-Darsteller werden sollen.

Beast bellte schwer beleidigt.

»Entschuldigung.« Ich drehte mich zur Wand. »Bildschirm bitte. Übertragung von der Frontkamera, dreihundert Prozent Vergrößerung.«

An der Wand entstand ein Bildschirm, auf dem klar Officer Marais' Auto und sein Besitzer zu sehen waren, der zurückgelehnt auf dem Fahrersitz saß.

Etwas prallte gegen den Streifenwagen. Er wackelte. Officer Marais richtete sich auf.

Noch ein Aufprall. Dann noch einer.

Officer Marais öffnete die Tür und stieg aus, trat ins Licht einer nahen Straßenlaterne, eine Hand an der Waffe. Er ging ums Auto herum zum Kofferraum.

Die Kräuselmyrtebüsche im gegenüberliegenden Vorgarten raschelten.

Officer Marais drehte sich geschmeidig um und entfernte sich von seinem Auto. Wieder raschelte es in den Büschen, und sie erzitterten, als husche etwas weg vom Auto und auf die Straßenlaterne zu.

Marais ging mit vorsichtigen Schritten hinterher.

Aus den Büschen kam ein Luchs und setzte sich auf den Gehsteig.

Officer Marais erstarrte, die Hand an der Waffe. Sein Gesicht verriet mir, dass er versuchte, sich seine Chancen auszurechnen. Er hatte sich zu weit von seinem Auto entfernt. Wenn er sich umdrehte und weglief, würde der Luchs ihn einholen.

Was nun? Wenn Jack angriff, würde Marais zweifellos schießen. »Ihr Bruder könnte eine Kugel abbekommen.«

»Jack hat viele Talente«, sagte George. Was immer das auch bedeuten mochte.

Der Luchs streckte die Vorderpfoten aus, drehte sich und warf sich auf der Straße auf den Rücken wie eine verspielte Hauskatze.

Officer Marais entspannte sich ein wenig. Seine Schultern wirkten etwas lockerer.

Jack rieb seinen großen Kopf übers Pflaster und schlug mit den Pfoten in die Luft.

»Na du?«, begann Marais zögernd. »Wer ist eine brave Katze?«

Jack drehte sich, schlenderte zum nächsten Busch hinüber und rieb seinen Kopf daran.

»Brave Katze. Mann, bist du aber groß. Bist du irgendwo ausgerissen? Es ist unvernünftig, sich wilde Tiere zu halten.« Officer Marais wich vorsichtig einen Schritt zurück.

Jack wirbelte herum. Er drehte Officer Marais den bepelzten Hintern zu, hob den Schwanz, und ein Hochdruck-Strahl Katzenpisse traf den Officer an der Brust.

O nein.

»Aaaah!« Marais sprang zurück und riss die Waffe hoch, doch Jack war verschwunden, als sei er nie da gewesen.

»Ach du Scheiße!« Marais schüttelte die linke Hand, von der Katzenpisse troff. »Verdammt noch mal.« Er verzog das

Gesicht, als hätte er gerade einen Schluck verdorbener Milch getrunken.

Sein Blick fiel auf seine Brust, und er schluckte krampfhaft. »O Gott.«

Er versuchte, sich zu beherrschen. Sein Kinn bebte. Schließlich beugte er sich vor und würgte trocken.

Ich wusste nicht, ob ich lachen oder mich schlecht fühlen sollte.

»Ach du lieber Gott.« Officer Marais richtete sich auf und ging mit verzerrtem Gesicht zu seinem Wagen. Die Scheinwerfer des Streifenwagens leuchteten auf, der Motor sprang an, und der große Wagen raste davon.

George lächelte. »Ich hab doch gesagt, viele Talente.«

* * *

Ich wartete am Rand des Landeplatzes, als ein karmesinroter Tropfen vom Himmel fiel und sich auflöste, woraufhin plötzlich drei Vampire vor mir standen. Vampire wurden mit den Jahren massiger und ergrauten – sie wuchsen nicht und nahmen nicht zu, sondern wurden einfach massiver, weil ihre Körper immer mehr an Muskelmasse zulegten. Die drei Ritter vor mir waren wahre Hünen.

Während Arlands und Robarts Rüstungen einfach nur Kunstwerke waren, waren die der Neuankömmlinge Kunstwerke, die klarmachen sollten, dass ihre Träger so etwas wie finanzielle Einschränkungen nicht kannten. Sie waren aufwendig dekoriert, nach Maß gefertigt und verwandelten ihre Träger von Lebewesen in mobile, tödliche Festungen.

Mit finsterem Blick standen die Vampire da und bleckten die Fänge, und ich hatte schwer das Gefühl, dass das nicht gut ausgehen würde. Der vorderste trug eine große Axt. Links hinter ihm befand sich ein Vampir mit einer alten Narbe quer über dem Gesicht, der einen Blutstreitkolben schwang, und sein Freund zur Rechten, dessen Haar so hell war, dass es fast weiß wirkte, hatte sich mit einem Schwert mit rasiermesserscharfer, breiter Klinge ausgerüstet.

»Ich grüße Haus Meer«, sagte ich.

Robart, der neben mir stand, wirkte höchst zufrieden. Er war der einzige Marschall, der zur Begrüßung der neuen Gäste erschienen war. Zwei seiner Ritter warteten mit grimmigen Mienen in der Nähe und sahen aus, als rechneten sie jederzeit mit einem Angriff. Offenbar teilten Lord Robarts Untergebene dessen Sympathie für das Haus Meer nicht.

Der älteste Ritter öffnete den Mund. Er war der Größte der drei, eindeutig der Anführer, und seine pechschwarze Mähne war von grauen Strähnen durchzogen. Mir kam der seltsame Gedanke, dass in mehreren Jahrzehnten auch Arland so aussehen würde.

»Seid gegrüßt, Wirtin«, erwiderte er mit einer tiefen, knurrenden Stimme.

»Lord Beneger«, hieß ihn Robart willkommen.

»Lord Robart«, antwortete der Anführer.

Keine Standarte, kein Gepränge, keine Zeremonie. Haus Meer war eingetroffen, ließ aber keinen Zweifel daran, dass dies kein offizieller Besuch war. Ich schloss die Hand um meinen Besen. Ich hatte das bei Vampirdelegationen bisher erst viermal erlebt, und jedes Mal war der Zweck gewesen, dass das Haus sich von den Taten seiner Mitglieder distanzieren konnte. Ein Massaker in meinem Gasthaus würde ich nicht zulassen.

»Folgt mir.«

Ich führte sie durch den Hintereingang auf den Balkon, von dem aus man einen Blick auf das Festgelände hatte. Arland, Lady Isur und der Rest ihrer Vampire befanden sich auf diesem Balkon rechts, Haus Vorga in der Mitte, und Nuan Cees Clan hatte es sich ganz links bequem gemacht.

Unter uns nahmen die Otrokars die Holzstapel in Augenschein. Sie hatten die Scheite, die ich ihnen geliefert hatte, im Süden des Kreises, den mein Bach umgrenzte, aufgeschichtet und am Wasser entlang noch vier kleinere Stapel aufgehäuft. Die Rinde an einigen der Scheite war rot und purpurn. Sie mussten auch eigenes Holz dabeigehabt haben.

Der vernarbte Ritter aus dem Haus Meer sah auf sie hinab und spie auf den Balkon. »Blasphemie.«

Er hatte auf mein Gasthaus gespuckt.

Ich lächelte, so freundlich ich konnte. »Wenn Ihr das nächste Mal zu spucken beschließt, Euer Lordschaft, werden sich unter Euren Füßen die Steine auftun.«

Der vernarbte Ritter funkelte mich an.

»Wir sind hier Gäste, Uriel«, sagte Lord Beneger. »Verzeiht, Wirtin.«

Entschuldigung hin oder her, wenn Lord Uriel das nächste Mal herumrotzte, würde er es bereuen.

Die Otrokars stellten sich im Kreis um den Festplatz auf. Während unseres kurzen Gesprächs hatte sich die Nacht auf sanften Pfoten angepirscht und den Himmel im Osten in ein wunderschönes tiefes Purpur getaucht. Die Dämmerung senkte sich über die Lichtung, die nahende Dunkelheit vertrieb nach und nach das restliche Licht des Sonnenuntergangs. Die Schatten wurden länger und trügerisch, der Wind legte sich, und die ersten Sterne erstrahlten am Himmel.

Der Schamane der Otrokars trat von Norden her in den von meinem Bach umschlossenen Kreis. Er trug nur einen langen, aus mehreren Schichten bestehenden Lederkilt. Seltsame Symbole waren in Hellgrün und Weiß auf seinen nackten Oberkörper gemalt. Das Haar hing ihm offen ins Gesicht. In einige Strähnen hatte er Lederschnüre geflochten, die mit Knöchelchen und Holzperlen verziert waren.

Ohne sein Zutun gingen die beiden Stapel zu seiner Linken und Rechten in Flammen auf. Er schritt weiter, die Linien seines muskulösen, aber schlanken Körpers seltsam anmutig. Das Feuer sprang auf die beiden anderen Stapel über, dann auf den großen.

Ein hypnotischer Rhythmus erhob sich, als die drei Otrokars am Rand der Lichtung auf große, bauchige Trommeln einzuschlagen begannen, und wurde immer drängender. Eine wilde, unheimliche Melodie, gespielt von Flöten, die aus keinem Holz und keinem Gras der Erde bestanden, klang auf wie eine Herausforderung, die grundlegendste Form von Musik, zum Leben erweckt vom Atem eines Lebewesens. Der Schamane wandte den Kopf, und sein langes dunkles Haar flog, als er sich um sich selbst drehte wie ein Derwisch und zu tanzen begann.

Die Otrokars klatschten im Takt, nahmen den Rhythmus der Trommeln auf. Der Schamane wirbelte und wand sich, seine Bewegungen gemahnten an die Anmut und Schnelligkeit eines Jägers, der sich allmählich seiner Beute näherte, wild und seltsam urtümlich, als habe er alle Schichten der Zivilisation abgestreift, bis nur noch die schiere Kreatur übrig war, eine Frucht des Planeten, der sie geboren hatte, zeitlos wie das Leben selbst. Es war unmöglich, den Blick abzuwenden.

Die Otrokars stimmten eine einfache, ausgelassene Melodie an. Ich verstand den Text nicht, aber die Bedeutung war nur zu deutlich. *Ich lebe. Ich habe überlebt. Ich bin hier.*

Mir stockte der Atem. Plötzlich war mir unumstößlich klar, dass ich eines Tages sterben würde. Eines Tages würde ich nicht mehr hier sein. Alles, was ich wollte, all meine Gedanken, meine Sorgen – das alles würde für immer mit mir untergehen. Ich wollte noch so viele Dinge tun. Ich wollte noch so vieles sehen. Daran musste ich mich festhalten. Ich musste mich an jede einzelne Sekunde meines Lebens klammern. Jeder Atemzug war ein Geschenk, für immer verloren an die kalten Sterne, sobald ich wieder ausatmete.

Mir war nach Weinen zumute.

Die Symbole auf dem Körper des Schamanen leuchteten, zuerst schwach, dann immer heller. Die Flammen der Feuer wurden blassgelb, dann oliv und erstrahlten schließlich in einem hellen Smaragdgrün wie die Bemalung des Schamanen. Sie verzehrten kein Holz mehr. Das Feuer brannte aus sich heraus.

Schatten erhoben sich inmitten der Otrokars, durchscheinende Silhouetten ohne Züge, stumm und reglos.

Der Schamane zuckte, bog sich nach hinten, bis sein beweglicher Oberkörper fast parallel zum Boden war, und hatte plötzlich einen schlichten Holzstab in der Hand. Er wirbelte ihn herum, bis er vor unseren Augen verschwamm, stieß ihn in den Boden und krallte mit der freien Hand nach dem Himmel. Die glühenden Kohlen des großen Feuers rollten auf ihn zu, bildeten einen schmalen, glimmenden Pfad von ihm bis zum Feuer.

Der Schamane erstarrte, auf den Zehenspitzen aufgerichtet, beugte sich mit ganz starrem Oberkörper leicht zurück, jeder Muskel in seinem Körper war angespannt wie bei einem genialen Balletttänzer, der in dem Wimpernschlag vor dem Sprung eingefroren war. Seine Augen leuchteten tiefpurpurn, anderweltlich, als starre uns sein ferner Heimatplanet durch ihn hindurch an. Er streckte den linken Arm seitlich aus.

Die Khanum trat aus der Dunkelheit neben ihn. Sie trug ein schlichtes Gewand und war barfuß. Der Schamane umklammerte ihre Schulter.

Eine durchscheinende purpurne Welle wogte durch das grüne Licht des Kohlenpfades. Im Zentrum des lodernden Feuers erschien ein Schatten.

Die Khanum betrat den Kohlenpfad und ging rasch auf die Flammen zu. Mit jedem Schritt wurde der Schatten deutlicher.

Arme bildeten sich, die Umrisse der Schultern und des Halses wurden deutlicher, Haar spross, und in dem ovalen Gesicht bildeten sich Züge. Ein junger Otrokar war in den Flammen zu erkennen. Er sah aus wie Dagorkun.

Sie waren einander jetzt so nah, dass sie ihn fast anfassen konnte. Die Khanum stand ganz still auf den Kohlen, eine Hand erhoben, als wolle sie ihren toten Sohn berühren. Sie verbrannte sich die nackten Füße, weigerte sich aber zurückzuweichen.

Dagorkun trat von der Seite heran und nahm die Hand seiner Mutter. Der Schatten im Feuer nickte seinem Bruder zu. Dagorkun erwiderte das Nicken und führte die Khanum sanft zurück zu den anderen. Der Schatten verschmolz mit dem Licht.

Ich bemerkte, dass ich weinte.

Ein weiterer Otrokar trat zum Schamanen. Eine zweite purpurne Welle, ein zweiter Schatten, ein weiterer Gang über den Kohlenpfad. Es war eine ältere Frau in der Rüstung der Otrokars.

Ein Otrokar nach dem anderen kam, jeder fand jemanden im Feuer, den er geliebt hatte. Tote Ehefrauen und -männer, gefallene Eltern, vor der Zeit verstorbene Kinder … Manche blieben nur für einen kurzen Augenblick, die meisten jedoch länger, ertrugen den Schmerz, um jemanden, den sie verloren hatten, noch einmal zu sehen.

Schließlich trat die letzte Otrokar beiseite, ließ den Geist aus ihrer Vergangenheit ins Licht gehen. Der Schamane bewegte sich, sein Stab zeichnete ein komplexes Muster in die Luft. Eine Otrokar stimmte ein Lied an, zuerst leise, dann immer lauter, eine Kampfansage an die Sterne über uns.

Der Schamane stieß seinen Stab auf den Boden und breitete die Arme aus.

Das Feuer wurde ganz weiß. Winzige Funken wirbelten darin auf wie geisterhafte Glühwürmchen.

Die Stimme der Frau gewann an Kraft, wurde immer lauter, und ihr Lied hielt die Finsternis in Schach wie ein Schild.

> Fürchtet nicht die Finsternis
> Fürchtet nicht die Nacht
> Ihr seid nicht vergessen
> Wir gedenken euer

Das Feuer explodierte. Tausende weiße Funken stoben wirbelnd durch die Luft und schwebten zwischen den Otrokars. Der Schamane streckte die Hand aus, ließ die glimmenden Punkte seine Haut streifen und lächelte.

Die Myriade schimmernder Lichter stieg aufwärts, von einer unsichtbaren Strömung himmelwärts gesogen, immer höher, hinauf bis ins Universum.

KAPITEL 12

Vier lange, E-förmig angeordnete Tische standen im großen Ballsaal: einer quer für den Schiedsmann, die Delegationsleiter und die Ehrengäste, darunter Caldenia und Sophie, und drei senkrecht dazu in jeweils etwa siebeneinhalb Metern Abstand, damit niemand aus Versehen über den anderen stolperte und es nicht zu einem Gemetzel kam.

Wir hatten die Otrokars nach links gesetzt, Clan Nuan in die Mitte und die Heilige Anokratie nach rechts. Ich selbst ließ mich linker Hand am Haupttisch nieder. Ich hatte einen Bärenhunger, aber mitzuessen kam nicht infrage. Ich hatte Orro gebeten, mir einen Teller aufzuheben, weil ich mich voll auf das Bankett konzentrieren musste. Es lag eine solche Anspannung in der Luft, dass man sie mit einem Messer schneiden und mit Honig bestrichen zum Dessert hätte servieren können.

Die drei Delegationen nahmen Platz, ihre Oberhäupter saßen am Haupttisch links und rechts von George, der in der Mitte platziert war. Ein Stuhl neben Nuan Cee blieb leer. Auch Cookies Platz am Händlertisch war verwaist. Nuan Cee hatte ihn nach hinten aufs Feld geschickt, damit er auf seinen Gast wartete.

Den Smaragd hatte ich immer noch nicht gefunden. Bei allem, was geschehen war, war die Suche nach dem Phantomdieb in den Hintergrund getreten. Wenn alles gut ging, würde ich mich nach dem Essen darum kümmern können.

Am Haupttisch in der Mitte erhob sich George. »Ich wollte eine lange, geistreiche Rede halten, aber offenbar sind alle hungrig. Ich war vorhin in der Küche, und der Koch hat sich selbst übertroffen. Auch ich habe nach den ganzen anstrengenden Verhandlungen kaum noch Willenskraft übrig. Danke, dass Sie sich hier so zahlreich versammelt haben. Essen wir.«

Alle klatschten Beifall und stampften zustimmend mit den Füßen. Die Tische versanken im Boden und hoben sich beladen mit allerlei Vorspeisen wieder. Orro kam herein.

»Erster Gang«, verkündete er. »Herzhaftes Thunfischtatar in Miso-Tüte, Gurkenwraps mit Frühlingsgemüsefüllung und sonnengereifte Tomaten mit Basilikum und Mozzarella.«

Er trat zurück. Ich warf einen Blick auf den Tisch. Irgendwie war es ihm gelungen, Thunfischtatar in winzige Hörnchen zu tun. Die Gurkenwraps sahen aus wie zarte Blüten, die in der Mitte mit hauchdünnen roten und grünen Streifen bestückt waren. Die sonnengereiften Tomaten waren geviertelt, mit Basilikum und Mozzarella gefüllt und mit etwas beträufelt, das köstlich und würzig schmeckte. Mir lief das Wasser im Mund zusammen. Die Delegierten fielen über die Vorspeisen her wie ausgehungerte Wölfe über ein lahmes Reh. Das Essen verschwand in alarmierendem Tempo.

Die Magie zupfte an mir. Hinten auf dem Feld war gerade jemand gelandet. Nuan Cees Gast war endlich eingetroffen. Ich tastete mit meiner Magie nach Cookie und spürte, dass er mit dem Gast auf das Haus zukam.

Die Tische versanken. Es ging alles viel schneller als erwartet, doch die Gäste verschlangen die Speisen regelrecht. Einen

Augenblick später tauchten die Esstische wieder auf, beladen mit neuen Tellern.

»Pastagang«, verkündete Orro. »Agnolotti mit Fenchel, Ziegenkäse und Orangen.«

Der Fenchel und der Ziegenkäse hatten mich ein kleines Vermögen gekostet, aber Orro hatte sich gegen jeglichen Kompromiss beim Pastagang verwahrt. Es hatten Fenchel und der teure Käse sein müssen, basta. Nun, wenn sie sich mit Pasta vollstopften, würde sie das wenigstens satt und glücklich machen, und die Wahrscheinlichkeit eines beiläufigen Mordes würde signifikant abnehmen.

Am Tisch der Vampire hatten die drei Neuankömmlinge um Lord Beneger ihr Essen kaum angerührt, sondern saßen einfach nur feindselig da. Auf der Seite der Otrokars beobachteten Dagorkun, eine kleinere Frau zu seiner Linken und ein Berg von einem Mann zu seiner Rechten Beneger sehr aufmerksam und aßen wenig.

Es würde Ärger geben. Ich spürte es.

Ich musste einfach nur bis zum Hauptgang verhindern, dass sie einander angriffen. Orro hatte Brathähnchen zubereitet. Ich hatte keine Ahnung, was genau er damit angestellt hatte, doch allein der Geruch war zum Niederknien. Ich war vor dem Bankett zufällig in die Küche gegangen, um noch einmal nach dem Rechten zu sehen, und konnte mich nicht erinnern, je zuvor so extrem auf gebratenes Hühnchen reagiert zu haben.

Orro war ein Magier. Mich hätte es wahnsinnig gemacht, für fünf verschiedene Spezies Zutaten zu finden, die keine Verdauungsprobleme auslösten. Ihm aber war nicht nur das gelungen, er hatte aus dem, was ihm zur Verfügung stand, auch noch kulinarische Meisterwerke geschaffen.

Zu schade, dass er nach dem Gipfel wieder gehen würde. Er würde mir fehlen, und ich war nicht sicher, was der schlimmere

Verlust sein würde – sein großartiges Essen oder seine dramatischen Ansagen.

»Hauptgang! Brathähnchen mit goldenen Kartoffeln.«

Beneger ergab sich in sein Schicksal und attackierte das Hühnchen. Am anderen Ende des Tisches schob sich Caldenia einen kompletten Schlegel in den Mund und zog den blitzblank abgenagten Knochen wieder hervor. Sophie, die ein wunderschönes, meerschaumgrünes Gewand trug, beobachtete sie mit morbider Faszination.

Der Geruch war einfach zu viel. Es wäre ein Verbrechen gewesen, nichts von diesem Hühnchen zu essen.

Cookie und Nuan Cees Gast erreichten die Hintertür. Ich öffnete sie ihnen und stellte sicher, dass sie auf direktem Weg zum Ballsaal gelangen konnten. Zu meinen Füßen setzte sich Beast auf. Offenbar roch dieser neue Eindringling seltsam.

»Ruhig«, murmelte ich.

Beast wedelte mit dem Schwanz.

Cookie tauchte in der Tür auf und huschte, wunderbar flauschig wie immer, herein.

Die Kreatur hinter ihm war alles andere als das. Sie war zwei Meter zehn groß und trug eine Rüstung, aber nicht die starre Hightech-Metallrüstung der Heiligen Ritter. Nein, diese war für maximale Beweglichkeit ausgelegt.

Sie umgab ihren Träger obsidianschwarz, zeichnete seine Muskeln nach und verdickte sich am Hals, an den Außenseiten der Arme und an der Brust leicht. Auf den ersten Blick wirkte sie gesponnen, wie Nano-Gewebe, doch wenn er sich bewegte, spielte das Licht darauf und brach sich auf Tausenden winziger, grün schimmernder Schuppen. Sie hüllte ihn komplett ein und ging nahtlos in krallenbewehrte Handschuhe an den riesigen Händen über, an den Füßen in so etwas wie Stiefel.

Über der Rüstung trug er eine Art anthrazitfarbenen Wappenrock, der mit einem komplexen grünen Muster bestickt war. Er ließ seine Arme frei und wurde um die Taille mit einem Ziergürtel gehalten, fiel dann aber bis zu seinen Knöcheln. Der Wappenrock war seitlich geschlitzt, sodass eine breite Stoffbahn vorn herabhing, während der Rest seine Seiten und den Rücken bedeckte. Der Saum war ausgefranst und zerfleddert. Der Wappenrock hatte eine Kapuze, die der Neuankömmling sich über den Kopf gezogen hatte. Ich blickte hinein.

Er hatte kein Gesicht.

Unter dem Stoff war nur undurchdringliche, tintenschwarze Finsternis, die wie ein lebendes Wesen dort schwebte, wo man seine Gesichtszüge vermutet hätte. Es war, als hätte die Kreatur weder Muskeln noch Knochen, sondern bestünde aus pechschwarzem Kosmos und würde nur von der Rüstung zusammengehalten.

Alle erstarrten.

»*Turan Adin*«, flüsterte Lord Robart rechts von mir.

Ein qualvoller Augenblick der Stille entstand, der ewig zu währen schien.

»Oh, bei allem, was heilig ist«, brüllte Lord Beneger. »Er ist nur ein Mann! Ihr jämmerlichen Feiglinge, dann tue ich es eben selbst!«

Er sprang über den Tisch, als wöge er nichts. Turan Adin blieb stehen und wartete.

O nein, das kam überhaupt nicht infrage. Glatte Wurzeln brachen aus den Wänden des Gasthauses hervor.

»Nein!«, schrie George. »Lassen Sie es zu!«

Verdammt, ich hatte es langsam satt, dass man mich in meinem eigenen Gasthaus anbrüllte.

Die beiden Ritter Benegers stürmten hinter ihm her. Doch der große Vampirfürst erreichte den Neuankömmling zuerst. Seine Blutaxt summte, fuhr hoch und zuckte dann zu einem verheerenden Schlag herab, so schnell, dass ich es kaum mit den Augen verfolgen konnte.

Turan Adin trat zur Seite. Das hätte nicht möglich sein sollen, aber irgendwie wich er der Axt aus, die ihn hätte vernichten sollen, und schlug mit der rechten Hand zu. Seine Klauen bohrten sich durch den verstärkten Kragen von Lord Benegers kunstvoll verzierter Rüstung.

Der Vampirfürst erstarrte, als ihm der Hieb seinen gesamten Schwung nahm und er an der schlankeren Gestalt Turan Adins zu zerschellen schien wie das Tosen des Ozeans an einem Wellenbrecher. Ein leises Gurgeln entrang sich der Kehle des riesigen Vampirs.

Turan Adin riss seine Hand zurück. Ein Klumpen von Lord Benegers Luftröhre und Haut hing in seinen Krallen. Dann öffnete er die Hand und ließ den blutigen Klumpen fallen.

Der Vampirfürst machte einen Schritt nach vorn und schlug dann bäuchlings auf dem Boden auf. Blut breitete sich auf dem Mosaikporträt des Gertrude Hunt aus.

Mit ohrenbetäubendem Brüllen warfen sich die beiden anderen Vampire des Hauses Meer auf Turan Adin. Er tänzelte zwischen ihnen hin und her, als wäre er Rauch. Eine kurze, schwarze Klinge erschien in seiner Hand. Er rammte sie dem linken Vampir an der Schädelbasis in den Hinterkopf, ließ sie los, benutzte sein Opfer als Schild gegen den Hieb des anderen Ritters, riss die Klinge heraus, als der Vampir auf die Knie fiel, und stieß sie in die linke Flanke des verbleibenden Gegners. Sie drang zwischen den Rippen durch die Rüstung, und er riss sie nach oben.

Ruah, der Schwertkämpfer der Otrokars, sprang auf den Tisch und lief auf ihm auf Turan Adin zu. Sophie sprintete ihm über die Tanzfläche entgegen, der Saum ihres Gewandes war auf einer Seite aufgerissen. Der Schwertkämpfer sah sie. Er kniff die Augen zusammen. Dann veränderte er den Winkel seines Ansturms und rannte direkt auf sie zu. Seine Klinge blitzte orange auf, und Ruah schoss an Sophie vorbei. Sein Schwert bewegte sich so schnell, dass man ihm mit den Augen nicht folgen konnte. Fünf Schritte hinter ihr blieb er stehen. Wenn sich Sophie bewegt hatte, hatte ich es nicht mitbekommen.

Ruah machte noch einen weiteren Schritt. Dann glitt sein Körper auf Hüfthöhe auseinander, die obere Hälfte krachte zu Boden.

Im Speisesaal brach Chaos aus, als die Vampire und Otrokars aufeinander losgingen. Die Angehörigen des Clans Nuan zogen rasiermesserscharfe Dolche und bildeten einen schützenden Kreis um die Großmutter.

Ich klopfte mit dem Besen auf den Boden.

Plötzlich herrschte Totenstille im großen Ballsaal, und niemand rührte sich. Alle, denen es zu diesem Zeitpunkt gelungen war, über den Tisch zu springen und wieder zu landen, waren bis zur Nase im Boden versunken. Alle, die sich in der Luft befunden hatten, klebten an der Wand, umschlungen von den Wurzeln des Gasthauses. Nur die Delegationsleiter, Turan Adin und Sophie standen noch.

»Das ist gut«, sagte ich. »So gefällt es mir. Alles schön still und leise.« Ich wandte mich an George. »Das war der letzte Befehl von Ihnen, den ich befolgt habe. Widersprechen Sie mir noch ein Mal, und es geht Ihnen wie denen.«

* * *

Ich brauchte zwanzig Minuten, um die Gäste in ihre jeweiligen Gemächer zu verfrachten und dort einzusperren, bis sich alle wieder beruhigt hatten. Dann blieben mir nur noch die Delegationsleiter und die Leichen.

Ich wandte mich zuerst an die Khanum und deutete auf die beiden Teile Ruahs. »Sie haben meine Gastfreundschaft mit Füßen getreten«, sagte ich ruhig. Sie hätte Ruah Einhalt gebieten können, hatte es aber nicht getan.

250

Die Khanum wurde puterrot.

»Unter normalen Umständen würde ich Sie zwingen, dieses Haus zu verlassen, doch meine Abmachung mit der Schiedsstelle bindet mich.«

»Sie können sich einen Gefallen ausbitten«, erklärte die Khanum. »Wir werden das wiedergutmachen.«

»Ich werde darauf zurückkommen«, versprach ich und wandte mich an Robart. »Seid Ihr jetzt zufrieden?«

Er wich zurück. »Ich habe nicht …«

»Ihr habt sie hierher eingeladen. Sie kamen wie Diebe in der Nacht, ohne Standarte, ohne sich auf die Ehre ihres Hauses zu berufen. Ihr Kommen hatte nur zwei Ziele: Gewalt und die Vereitelung der Verhandlungen. Ihr wusstet das und habt nichts dagegen unternommen.«

Robart zuckte zusammen.

»Jetzt sind vier Leute tot. Ältere Menschen und Kinder waren in Gefahr.«

Robart wich einen Schritt zurück.

Ich war so wütend, dass meine Stimme scharf und schneidend klang wie ein Messer. Ich hätte aufhören sollen – das ging weit über meine Pflichten hinaus, aber ich war stinksauer.

»Gratuliere. Ihr habt es geschafft. Haus Meer hat Euch benutzt wie eine Marionette. Jetzt werden Eure Leute auf Nexus weiter sterben, während Haus Meer Haus Krahr angreift. Jeder Vampir, der dort sein Ende findet, jeder Ehepartner, der allein weint, jedes Kind, das einen Elternteil verliert, lastet auf Eurem Gewissen. Viel Spaß damit.«

Robart öffnete den Mund.

»Wir werden Wiedergutmachung leisten«, versprach Lady Isur.

Ich ignorierte sie. Ich würde ihnen allen der Reihe nach sagen, was ich von ihnen hielt. »Mr Camarine.«

George nahm jäh eine kühle, königliche Pose ein. Ein paar Tage zuvor hätte mich das beeindruckt. Inzwischen nicht mehr.

»In meinem Gasthaus sind Leute gestorben, weil Sie mir in den Arm gefallen sind. Der Ruf des Gertrude Hunt ist irreparabel in Mitleidenschaft gezogen worden.«

George öffnete den Mund.

»Es liegen Gäste tot auf dem Boden!«, fuhr ich ihn an. »In meinem Gasthaus! Alles, wofür ich gearbeitet habe, wofür ich stehe, ist zerstört. Geld kann da nichts retten. Meine berufliche Integrität steht infrage. Ich habe das zugelassen, weil Sie Spielchen spielen wollten.«

George öffnete erneut den Mund.

»Kein Wort«, gebot ich ihm. »Sie mögen der Schiedsmann sein, aber ich bin nach wie vor die Wirtin hier.«

Ich wirbelte zu dem Schamanen und dem Feldgeistlichen herum. »Ihr werdet die erforderlichen Riten durchführen, um die Geister der Gefallenen zu besänftigen und ihre Seelen ins Jenseits zu geleiten. Reinigt diesen Saal vom Makel ihres Todes. Dann werdet Ihr Euch um die Leichname Eurer Toten kümmern. Begrabt sie, verbrennt sie, übergebt sie ihren Familien, tut, was Ihr tun müsst. Ihr habt diese eine Nacht.«

Der Schamane und der Feldgeistliche sahen einander an.

»Zusammen?«, fragte Odalon.

»Ja. Von mir habt Ihr keine Unterstützung zu erwarten. Ich habe es satt, auf Zehenspitzen um Eure Bräuche herumzuschleichen. Ich habe die Wünsche Eurer Leute respektiert, und sie haben mir ins Gesicht gespuckt. Jetzt lebt damit.«

Ich wandte mich an Turan Adin. »Bitte verzeihen Sie den unfreundlichen Empfang. Folgen Sie mir. Ich habe ein Zimmer für Sie vorbereitet.«

Ich führte ihn aus dem Saal. Meine Zukunft lag in Trümmern. Es würde wirklich schwierig werden, mich von dieser Katastrophe zu erholen.

Wir kamen an der Küche vorbei, und durch die Tür sah ich Orro in Fötushaltung auf dem Boden. O nein.

Ich eilte zu ihm und fiel neben ihm auf die Knie. Sein Kopf und seine Füße waren nicht zu sehen. Er war einfach nur ein Stachelball.

»Sind Sie verletzt? Orro?«

Keine Antwort.

»Orro?«

Von irgendwo in dem Ball erklang eine dumpfe Stimme. »Warum lebe ich eigentlich noch?«

Er war nicht verletzt. Zumindest nicht körperlich. Ich atmete erleichtert auf, setzte mich auf den Boden und tätschelte sanft den dunklen Pelz zwischen den Stacheln. »Sagen Sie so etwas nicht.«

»Das hätte mein Comeback werden sollen.«

»Das ist es doch auch. Dieses Huhn hat himmlisch geduftet. Ich habe noch nie so viele Personen so schnell essen sehen. Caldenia hat ihre Gabel abgeleckt. Sie haben sogar Todfeinde dazu gebracht, für ein paar Augenblicke ihre Rachegelüste zu vergessen.«

»Ich bin nicht einmal bis zur Nachspeise gekommen, dabei hatte ich eine ganze Kavalkade von Desserts. Nicht einmal den Gaumenreiniger nach dem Hauptgericht konnte ich servieren. Ich bin ein Versager.« Seine Stimme zitterte in echter Verzweiflung.

Ich sah Turan Adin an. Er stand wartend an der Wand, ein stummer Schatten.

»Nein, sind Sie nicht. Sie sind der beste Koch, dem ich je begegnet bin. In ein paar Jahren wird sich niemand mehr daran erinnern, dass Leute gestorben sind, aber an dieses Hühnchen wird man sich entsinnen.«

»Glauben Sie?«, fragte er leise.

»Ich weiß es. Die Leute verdrängen unangenehme Erinnerungen und behalten die guten Dinge im Gedächtnis. Ihr Essen macht Leute glücklich, Orro.« Ich sah die Wand neben mir an und streckte dem Gasthaus meine Hand hin. »Ich brauche jetzt das Geschenk.«

Die Wand teilte sich und spie mir eine Geschenkverpackung entgegen. Ich fing sie auf und raschelte mit der Goldfolie, um die sich ein hellrotes Band mit Schleife spannte, in der Hoffnung, Orro würde seine Neugier nicht bezähmen können. Ich hatte das Geschenk auf meiner Einkaufstour erworben und das Gasthaus gebeten, es für mich zu verstecken. Eigentlich hatte ich es ihm nach dem Bankett geben wollen.

»Das habe ich für Sie gekauft. Es wird Ihnen helfen.«

»Mir kann nichts mehr helfen.«

Vorsichtig löste ich das Klebeband, das das Geschenkpapier zusammenhielt. Ich hatte gehofft, durch die Versiegelung den Inhalt etwas länger geheim halten zu können. Das Klebeband ging auf einer Seite ab, und ich öffnete die Verpackung.

Aus dem Ball erklang ein Schnuppern. »Was ist das für ein Geruch?«

»Das ist Ihr Geschenk.« Ich hielt es ihm hin und wedelte damit, damit ihm das Aroma in die Nase stieg. »Köstliches Obst.«

»Ich will nichts.«

»Ich habe es extra für Sie gekauft. Orro, ich habe heute schon so viel durchgemacht. Sie wollen doch nicht meine Gefühle verletzen, oder?«

Der Ball bewegte und entrollte sich, bis Orro auf dem Boden saß. Ich gab ihm sein Geschenk. Er musterte es vorsichtig, schnüffelte am Spalt in der Verpackung, öffnete sie weiter und nahm eine Mango heraus. Die rot-grüne Frucht lag in seiner Handfläche. Er stach mit der Kralle hinein, löste ein Stückchen Schale und leckte an dem hellgelben Fruchtfleisch.

Mit einem leisen Rascheln stellten sich seine Stacheln auf. »Was ist das?«, flüsterte er.

»Mangos.« Mein Vater hatte immer gesagt, mit Mangos könne man bei einem Stachler nichts falsch machen. Mir war allerdings nicht klar gewesen, wie recht er damit gehabt hatte.

Orro leckte wieder an der Frucht, sah sie an und biss plötzlich hinein, zerriss mit den Zähnen das gelbe Fruchtfleisch. Er hatte die halbe Mango verschlungen, ehe ihm wieder einfiel, dass ich noch da war, und er erstarrte, Mangostückchen an den Schnurrhaaren. »Das haben Sie nicht gesehen.«

»Natürlich nicht«, versicherte ich ihm. Ich streckte die Hand aus und streichelte ihm sanft die pelzige Wange. »Sie sind der beste Koch der Galaxie.«

Er blinzelte.

Ich stand auf, verließ die Küche und bedeutete Turan Adin, mir zu folgen.

$$* * *$$

Auf dem gesamten Weg die Treppe hinauf war mir sehr bewusst, dass Turan Adin lautlos hinter mir herging. Seine Anwesenheit jagte mir Schauer über den Rücken, als bestünde er aus Hochspannungsleitungen, die unter Strom standen und summten. Ich hatte sein Zimmer voll in den Sand gesetzt. Es passte kein bisschen zu ihm.

»Entschuldigen Sie die Verzögerung«, murmelte ich.

»Das macht nichts.«

Ich erschrak fast zu Tode. Seine Stimme war leise, eher ein tiefes Zischen als etwas, was aus einer menschlichen Kehle hätte kommen können.

»Es tut mir leid, dass ich in Ihrem Gasthaus töten musste.«

»Schon gut.« Moment mal, was? Es war *nicht* gut. Warum hatte ich das gesagt? »Es war für uns alle ein langer Tag. Sie müssen müde sein. Unsere Räumlichkeiten sind wahrscheinlich bescheidener als das, woran Sie gewöhnt sind.«

O ja, total subtil. *Warten Sie, ich beleidige mal kurz mein eigenes Gasthaus, weil mir nicht einfällt, wie ich Sie sonst dazu bringen könnte, mir Ihre Präferenzen im Hinblick auf Fremdenzimmer zu nennen.*

»Ich bin Krieg gewöhnt«, erwiderte er ruhig. »Alles, was Sie mir bieten könnten, ist besser als das, was ich habe.«

In einem anderen Tonfall hätte es vielleicht wie Prahlerei oder wie der Versuch, Mitleid zu heischen, geklungen, aber von ihm war es eine schlichte Tatsachenfeststellung. Ich hörte so vieles in diesen Worten: Erschöpfung, Bedauern, Trauer, das Akzeptieren unvermeidlicher Gewalt und das dringende Bedürfnis nach Abstand.

Er war müde, hundemüde, und wollte weit weg sein von dem Tod, den er brachte. Es war deutlich spürbar, wie sehr er einfach nur wegwollte. Jeder Wirt, der diese Bezeichnung verdiente, hätte das sofort erkannt. Er brauchte einen Zufluchtsort, und den würde ich ihm geben. Deshalb war ich die Wirtin.

Er war eindeutig männlich. Er war auch Nuan Cees Angestellter, und zwar ein wichtiger, also war er vermutlich Luxus gewohnt. Mehr als danach sehnte er sich allerdings nach Frieden. Nach Reinheit.

Fieberhaft gestaltete ich sein Zimmer um. Wir waren fast an der Tür.

»Ist der Ruf Ihres Gasthauses wirklich unwiderruflich in Mitleidenschaft gezogen worden?«, fragte er.

»Wie viel wissen Sie von den Gasthäusern der Erde?«

»Ich war schon in welchen zu Gast.«

»Dann wissen Sie, dass es für uns oberste Priorität hat, die Sicherheit der Gäste zu gewährleisten. Ich habe mich von den Befehlen des Schiedsmanns beeinflussen lassen, weil ich geglaubt habe, ihm ginge es um Frieden zwischen diesen

Völkern. Ich kenne diese Leute jetzt und begreife, wie sehr der Krieg ihnen wehtut. Mein Mitgefühl hat meine Fähigkeit getrübt, klar zu denken. Nun sind einige Gäste tot. Ich vertraue George nicht mehr, aber was noch schlimmer ist: Ich vertraue mir selbst nicht mehr. All das ist meine Schuld. Ich trage letztlich die Verantwortung.«

Sobald ich hier fertig war, würde ich ins Labor gehen und mich in die Arbeit stürzen, denn wenn ich mir gestattete, über die Spätfolgen des heutigen Abends nachzudenken, würde mir der Kopf platzen. Die Tür zu seinem Zimmer schwang auf. Ich trat zur Seite.

An den Wänden hingen buchenholzfarbene Bahnen groben Stoffs, gerahmt von schmalen Holzleisten. Die obere Hälfte der Wände war in beruhigendem Salbeigrün gestrichen, genau wie die Kuppeldecke, und hatte eine Struktur, die an Pergament erinnerte. Ein polierter Bambusboden nahm die hölzernen Akzente an den Wänden wieder auf, seine Dielen waren im Ton bernsteinfarbenen Honigs gehalten.

An der linken Wand stand ein großer, schlichter, moderner Futon mit klaren Linien und rechten Winkeln. Das Laken war grau, die zahlreichen Kissen weiß mit salbeigrünem und goldenem Saum. Die Stoffbahnen endeten zu beiden Seiten des Bettes, und hier reichte das Salbeigrün der Decke bis zum Boden.

Ein komplizierter, quadratischer keltischer Knoten aus lackiertem Bambus zierte die Wand. Zwei Nachttische flankierten das Bett, einfache Rechtecke mit neun quadratischen Schubladen, fast schwarz gebeizt und dann künstlich gealtert, sodass die blassgoldene Maserung von Akazienholz durchschimmerte. Die Tür zu einem privaten Balkon mit Whirlpool und Blick auf den Obstgarten stand weit offen.

Es war ein ruhiges Zimmer, modern eingerichtet, eindeutig maskulin, friedlich und sauber, ohne steril zu wirken. Es zu betreten fühlte sich an wie der Sprung in einen kühlen See nach einem schnellen, schweißtreibenden Lauf.

»Ich bitte vielmals um Entschuldigung«, wandte ich mich an ihn. »Es tut mir leid, dass man Sie in meinem Gasthaus angegriffen hat. Ich bedaure sehr, dass ich nicht für Ihre Sicherheit sorgen konnte.«

»Danke«, erwiderte er leise.

Die Wand teilte sich, und ein Tablett glitt hervor, auf dem sich einiges von den Köstlichkeiten vom Bankett wiederfand: die Vorspeisen, die Getränke, die Nachspeisen in winzigen Tässchen und in der Mitte das Brathähnchen. Orro musste sich so weit wieder gefangen haben, dass er eine Auswahl hatte zusammenstellen können.

»Das beste Hühnchen der ganzen Galaxie«, sagte Turan Adin mit einem Hauch von etwas in der Stimme, das verdächtig nach Erheiterung klang.

»Natürlich«, stimmte ich ihm zu. »Wir servieren unseren verehrten Gästen nur das Beste.« Ich ging und schloss leise die Tür hinter mir.

* * *

Der Trick dabei, einen unsichtbaren Dieb zu finden, ist, ihn sichtbar zu machen, was klingt wie die naheliegendste Schlussfolgerung der Welt. Es war allerdings ziemlich schwer, dem Gasthaus beizubringen, die kaum merkbare, verschwommene Präsenz des Diebes zu erkennen und sich darauf zu fokussieren.

Ich hob den Kopf vom Bildschirm. Im Keller unter dem Gasthaus befand sich mein Labor, wo ich jetzt saß. Vor mir hatte das Gasthaus eine Wandnische erzeugt – einen Meter fünfzig breit, ebenso tief und etwa zwei Meter siebzig hoch.

»Los«, murmelte ich.

Ein holografischer Projektor in der Rückwand der Nische erzeugte etwas, das dem verschwommenen Bild des Diebes sehr ähnlich war. Die Wand teilte sich, und ein Nebelschwall legte sich darüber. Die Wände der Nische sahen aus wie vorher.

»Licht«, murmelte ich.

Es wurde dunkel. Eine schwarze UV-Lampe strahlte auf und drehte sich langsam. Der Lichtkegel glitt durch die Nische. Einst sterile, weiße Wände leuchteten hellblau.

»Perfekt.«

Mein Bildschirm blinkte und zeigte ein Bild meines Empfangsbereichs. George und Sophie sahen sich dort um, als hätten sie etwas verloren.

»Was ist?«

Die beiden wirbelten herum und stellten sich Rücken an Rücken, hatten plötzlich den gleichen neutralen Gesichtsausdruck. Meine Stimme war aus der Wand gekommen. Üblicherweise tat ich so etwas nicht, weil es kein guter Stil war und Gäste oft nicht so gut auf körperlose Stimmen reagierten, die in ihren Wohnbereichen erklangen, aber ich war immer noch genervt.

»Wir sind gekommen, um nach Ihnen zu sehen«, begann Sophie.

War das nicht süß? Ich hätte ihnen sagen können, sie sollten sich verpissen. Leider war ich nach wie vor Wirtin, und sie waren meine Gäste, denen ich mit umfassender Höflichkeit begegnen würde, auch wenn es mich innerlich zerriss, weil ich meine Wut kaum im Zaum halten konnte.

Ich gab dem Gasthaus ein Zeichen. In der Wand bildete sich eine Treppe, und ich stieg in den Eingangsbereich hinauf. Hinter mir schloss sich der Boden.

George und Sophie sahen mich an.

»Ich hole uns Tee«, erklärte Sophie und ging in die Küche.

»Sie hat Sie überredet, hier herunterzukommen, um mit mir zu reden.« Ich setzte mich aufs Sofa.

»Ja.« Er ließ sich auf einem Stuhl mir gegenüber nieder.

»Und Sie haben ihr den Gefallen getan. Ihre Gefühle sind Ihnen wichtig, also haben Sie darüber nachgedacht und sind zu dem Schluss gekommen, dass dieses Gespräch mit mir Ihre Pläne, wie auch immer die aussehen, nicht allzu sehr gefährden kann, und da sitzen wir nun.«

»Ja.« Er lehnte sich zurück, sein attraktives Gesicht war ernst. Sie musste ihm eingeschärft haben, ehrlich zu sein.

»Alles, was Sie seit Ihrer Ankunft hier getan haben, jedes Wort, jede Meinungsäußerung und jede Handlung, war sorgfältig kalkuliert. Sie haben die Allianz zwischen Robart und Haus Meer zerstört und einen Keil zwischen ihn und seine Delegationskollegen getrieben. Für Arland und Isur ist er jetzt keine Vertrauensperson mehr, und Haus Meer hat keine weitere Verwendung für ihn. Er ist eine Belastung, ein Zeuge und ausschlaggebender Faktor für die Entehrung des Hauses. Er wird jetzt verzweifelt versuchen, Frieden zu stiften. Haus Meer ist groß, fünfmal so groß wie Haus Vorga. Wenn die Ritter von Meer beschließen, über die Schande von Benegers Scheitern hinwegzusehen und gegen Haus Vorga vorzugehen, wird Meer Robarts Haus einfach schlucken, ohne dass es groß auffällt. Robart hat keine andere Wahl, als sich auf Arlands und Isurs Seite zu schlagen und um eine strategische Allianz zu betteln. Andererseits ist Haus Meer entehrt. Es hat drei seiner besseren Kämpfer hergeschickt, und sie sind mit einem einzelnen Mann nicht fertiggeworden. Sie haben schwach und jämmerlich gewirkt. In Anbetracht dessen und der Exkommunikation wird das Haus Schwierigkeiten haben, überhaupt Bündnisse zu schließen.«

»Es wird zur Stabilität der Region beitragen«, stellte George sachlich fest.

»Dann haben Sie vor den Otrokars den Stolz der Horde zerstört. Ich habe Sophies Gesicht gesehen. Sie lebt für

Herausforderungen. Schon als Sie ihr Ruahs Bild gezeigt haben, wussten Sie, dass sie sich auf ihn stürzen und ihn töten würde. Sie haben der Hybris der Horde keinen Dämpfer verpasst, Sie haben sie in den Staub getreten.«

»Ja«, sagte George erneut.

»Jetzt sind die Vampire und die Horde verzweifelt. Beide wurden beschämt. Beide stehen in meiner Schuld, und die Friedensgespräche sind zum Stillstand gekommen. War das alles Teil des Plans?«

»Ja.«

Wenn er noch einmal Ja sagte, würde ich ihm etwas Schweres über den Schädel ziehen.

»Ach, und mein Gasthaus ist ein bedauerlicher Kollateralschaden dabei?«

»Vielleicht.«

»Sind Sie fertig?«

»Noch nicht ganz.«

»Was denn noch? Sie könnten noch die Händler in die Verzweiflung treiben. Ist das der nächste Schritt?«

»Ja«, erwiderte er.

»George, hören Sie mit diesen einsilbigen Antworten auf. Sie haben mein Gasthaus betreten und haben mich und das Gertrude Hunt auf die schlimmstmögliche Weise benutzt. Ich verdiene es, wenigstens das Endziel dieses schrecklichen Schlamassels zu erfahren.«

»Es ist kein Schlamassel«, erklärte er. »Es ist ein sorgfältig geplanter Prozess. Das Ziel war immer das gleiche: das Unmögliche zu erreichen und Nexus Frieden zu bringen.«

Ich beugte mich vor. »Welche Rolle spiele ich dabei?«

»Sie stehen im Mittelpunkt«, antwortete er. »Sie und das Gasthaus. Alles, was geschehen ist, hat nur dazu gedient, auf Sie Einfluss zu nehmen.«

»Wozu?«

»Das kann ich Ihnen nicht sagen. Sie müssen mir vertrauen.«

»Genau das werde ich nie wieder tun. Sie können nicht einfach mit dem Leben anderer spielen.«

»Ich spiele niemals.« Ein Anflug von Verärgerung flog über Georges Gesicht. »Ich sehe mir mein Ziel genau an und bedenke bei allem, was ich tue, inwiefern es diesem Ziel nutzt. Ich kenne den Tod gut. Er ist seit der Kindheit mein ständiger Begleiter. Ich nehme ein Leben niemals als gegeben hin – weder Ihres noch Ruahs, ja nicht einmal Benegers. Um einen Mord zu vermeiden, würde ich so weit gehen, mich und mein Ziel in angemessenem Maße zu gefährden, und meine Angemessenheitsschwelle ist weit höher, als Sie vielleicht denken. Ich töte nur, wenn es absolut nicht anders geht, und Sie können sicher sein, dass ich nur dann ein Leben nehme, wenn ich alle anderen Möglichkeiten geprüft habe und mir keine Wahl bleibt. Aber manche Ereignisse sind größer als die Personen, die sie auslösen, und deshalb werde ich tun, was ich tun muss, um sie herbeizuführen. Es ist fast vorbei, Dina. Bald werden Sie alles verstehen. Ich verspreche, ich werde die Sache nicht unnötig in die Länge ziehen.«

Er erhob sich und ging.

Wen zum Teufel hatte ich da in mein Gasthaus gelassen?

Sophie kam aus der Küche und stellte mir eine dampfende Tasse Tee hin. Ich trank einen Schluck. Kamille.

Sie nahm auf demselben Stuhl Platz, auf dem eben noch George gesessen hatte.

»Wissen Sie, was er plant?«, fragte ich.

»Nein. Ich weiß, dass er hin- und hergerissen ist, was Sie angeht. Er nennt mich sein Gewissen, obwohl ich zumindest auf den ersten Blick die Gewalttätigere von uns beiden bin.«

»Nein«, widersprach ich ihr. »Sie töten schnell und gnädig. George ist gnadenlos.«

»Wenn jemand voller Mitleid und zugleich gnadenlos sein kann, dann er. George war schon immer eine Studie in Gegensätzen.« Sophie trank ihren Tee. »Was haben Sie jetzt vor?«

»Ich werde tun, wofür ich bezahlt werde. Ich habe mein Wort gegeben. Ich werde jetzt nicht kneifen, aber ich werde mich nicht mehr benutzen lassen.«

Sophie lächelte. »Ich wette, genau darauf baut er.«

KAPITEL 13

Ich wachte auf, weil der namenlose Kater mich anstarrte. Seine großen, runden Augen leuchteten wie zwei Monde, in ihnen brach sich das Morgenlicht, das durch die Vorhänge fiel.

Ich hob die Hand. Er betrachtete sie ein paar Sekunden lang, dann kam er langsam näher und rieb seinen weichen Kopf an meiner Handfläche. Aus irgendeinem unerklärlichen Grund ging es mir danach sofort besser. Der Kater rieb sich erneut an mir und ließ sich dann auf dem Bett nieder, um die Decke mit Milchtritten zu bearbeiten. Ich hatte im Internet gelesen, dass manche Leute das als »Treteln« bezeichneten.

Ich ließ die Füße aus dem Bett gleiten. »Beast?«

Das Hündchen kam unter dem Bett hervorgeschossen, sprang an mir hoch und leckte mir das Gesicht ab. Ich umarmte sie. »Wer ist ein braver Hund? Beast ist ein braver Hund!«

Wenigstens Beast liebte mich. Was auch immer ich tat, Beast hielt mich für das großartigste Frauchen in der Geschichte des gesamten Universums. Leider konnte ich nicht den ganzen Tag hier oben bleiben und mit ihr spielen.

Ich stand auf, putzte mir die Zähne, duschte und zog meine blaue Wirtinnenrobe an, alles wie ferngesteuert. Der Schlaf hatte meinem Körper gutgetan, dem Rest von mir aber nicht weitergeholfen. Ich war erschöpft, emotional und geistig ausgelaugt.

»Großer Ballsaal, bitte.«

Ein Bildschirm zeigte mir den gewünschten Raum. Der Feldgeistliche und der Schamane saßen keine fünf Meter voneinander entfernt auf dem Boden und unterhielten sich. Ihre Mienen wirkten nicht feindlich. Die Leichen der drei Vampire lagen in Stasiskammern, die Särgen sehr ähnlich sahen und der Auslöser für viele Vampirlegenden der Erde waren. Ruahs Leichnam war in mit rituellen Runen beschriebene Tuchbahnen gehüllt.

Ich begab mich nach unten. Die beiden heiligen Männer hatten beschlossen, die Leichen von unserer Welt zu schaffen. Ruga, der Schamane, wollte Ruah bei seiner Familie beisetzen. Odalon hatte ein Kommuniqué an Haus Meer verfasst. Er las es mir vor, während wir durch den Obstgarten gingen und die Palette mit den Toten hinter uns herschwebte.

»*Mit großem Bedauern muss ich Euch darüber in Kenntnis setzen, dass Lord Beneger und die Ritter Uriel und Korsarad Turan Adin zum Opfer gefallen sind, nachdem sie ihn beim Betreten des Speisesaales während des Abendessens attackiert hatten.*«

»Wie Feiglinge«, setzte Ruga zu meiner Linken hinzu.

»Zum Opfer gefallen?« Vampire sahen sich als Raubtiere, nicht als Beute. Das war eine schlimme Beleidigung.

»Ganz genau«, lächelte Odalon und bleckte die Fänge. »*Ihr Widerstand währte nur einige Atemzüge lang, und trotz intensivster Bemühungen konnten wir sie nicht retten.*«

Ich musste so spontan lachen, dass ich die Hand vor den Mund hielt, um nicht laut loszuprusten.

»*Nicht einmal das Eingreifen eines Schwertkämpfers der Otrokars konnte ihnen noch helfen, da sie nur Augenblicke nach ihrem unseligen Angriff ihr Ende fanden.*«

Ich sah Ruga an.

Der Schamane zuckte die Achseln. »Es ist nicht mein Kommuniqué.«

Odalon grinste. »*Ich habe die Riten der Absolution und der Durchquerung des Schleiers durchgeführt und die erforderliche Totenwache gehalten. Ich kann nur hoffen, dass die Jahre meines Dienstes am Heiligsten in Taten und Gedanken sowie das Blut meines Körpers und das meiner Feinde, das ich im Namen der Heiligen Anokratie auf den fruchtbaren Schlachtfeldern vergossen habe, ausreichen, um die Seelen der Ritter dem Paradies anzuempfehlen. Die Aufzeichnungen über den Vorfall habe ich Lord Beneger beigegeben.*«

Ich lachte leise. »Wie inständig habt Ihr denn beim Heiligsten darum gebeten, ihnen Zutritt zum Paradies zu gewähren?«

»Nur so inständig, wie es meine Integrität erforderte.« Odalon lächelte. »Was meint Ihr?«

»Das ist der netteste ›Hier habt ihr eure ehrlosen Toten, verpisst euch, und lasst mich bloß in Ruhe‹-Brief, den ich je gelesen habe«, lobte ich ihn.

»Ich habe ihm bei der Formulierung geholfen«, merkte Ruga an.

Ich spürte, dass mich jemand beobachtete. Links von uns stand Turan Adin auf dem Balkon. Als ich die Unterkünfte für alle anderen geplant hatte, hatte ich darauf geachtet, dass die Fenster sämtlicher Räume auf den Obstgarten hinausgingen, sie aber bei einem Sprung vom Balkon an unterschiedlichen Stellen landen würden. Da die bloße Anwesenheit Turan Adins alle durchdrehen ließ, führte sein Balkon tatsächlich hierher, in die Nähe des Landefeldes. Er trug seine Rüstung und den Wappenrock. Die Kapuze hatte er aufgesetzt, doch er schaute zweifellos in unsere Richtung.

Ruga knurrte leise. Odalon blickte zu Turan Adin hinüber, und für einen Moment hatten der Otrokar und der Vampir den gleichen Gesichtsausdruck.

»Diese Kreatur beunruhigt mich«, sagte Ruga.

»Nicht nur dich«, entgegnete Odalon.

»Wegen der Art, wie er tötet?«, vermutete ich.

»Nein.« Ruga schnitt eine Grimasse. »Weil er verzweifelt ist.«

»Das sind wir alle«, stellte Odalon fest. »Niemand will zurück nach Nexus.«

»Ja, wir sind verzweifelt, aber wir hoffen noch, dass der Kampf enden wird.«

»Stimmt«, sagte Odalon. »Dort spüre ich Finsternis.«

Ich sah ihn an.

»Ein echter spiritueller Beistand ist mehr als ein Priester«, erklärte Odalon. »Wir sind die Verbindung zwischen dem Menschlichen und dem Heiligen. Wir weihen unser Leben diesem Dienst, und das betrifft nicht nur die spirituellen, sondern auch die emotionalen Bedürfnisse der uns Anvertrauten. Unsere Empathie ist der Grund, warum wir auserwählt sind und warum wir diese Berufung empfinden.«

»Wir ähneln einander«, bemerkte Ruga. »Wir versuchen, in die Seelen anderer zu blicken und die zerschlissenen Stellen auszubessern.«

Das erklärte, warum die beiden so gut miteinander klarkamen. Wenn man zwei Empathen für ein paar Stunden zusammen in einen Raum steckte, würden sie früher oder später versuchen, eine Verbindung zueinander zu finden, um zu verstehen, wie der jeweils andere empfand.

»Wenn ich in seine Seele schaue«, sagte Ruga und warf einen Blick über die Schulter zu Turan Adin, »sehe ich Konflikt.«

»Verzweiflung ist ein Katalysator, der uns zum Handeln zwingt«, fügte Odalon hinzu. »Sie mobilisiert unsere letzten Kraftreserven, um uns aus der Gefahr zu erretten. Deshalb sind wir hier, bei diesem Gipfel. Wir sind so verzweifelt, dass wir bereit sind, mit unseren Erzfeinden zu verhandeln. Sie lässt uns

Grenzen überschreiten, die normalerweise unüberschreitbar sind.«

»Die Verzweiflung ist ein Feuer«, ergänzte Ruga. »Sie lodert hell, aber sie braucht einen Kamin, ein Ventil.«

»Einen Kamin?« Odalon hob die Brauen.

Der Schamane verdrehte die Augen. »Na schön. Verzweiflung wie die dieser Kreatur ist im Grunde eine fortwährende Kampf-oder-Flucht-Reaktion. Während der Adrenalinschub, der uns kämpfen oder fliehen lässt, normalerweise eine Reaktion auf eine tatsächliche Gefahr ist, ist Verzweiflung das Ergebnis einer vermuteten zukünftigen Gefahr. Sie bereitet den Organismus vor, zwingt ihn, aktiv einen Fluchtweg zu finden, noch bevor sich die Gefahr tatsächlich manifestiert, was zu einer komplexen Abfolge hormoneller Interaktionen führt. Der Stoffwechsel beschleunigt sich, ein ganzer Haufen Drüsen steigert die Produktion, zwanghafte Gedanken entstehen, und so weiter.«

Ich hielt an und kniff mich.

»Ich weiß«, bestätigte Odalon. »Als ich herausgefunden habe, dass er ein Diplom in Mikrobiologie hat, war ich auch ziemlich schockiert.«

»Das ist kein gesunder Zustand«, fuhr Ruga fort. »Verzweiflung ist eigentlich nichts, was länger andauern sollte.«

»Sie ist vielmehr ein kurzfristiger, explosiver Ausbruch des Stoffwechsels«, setzte Odalon hinzu. »Dann sucht sich der Körper ein Ventil für dieses aufgestaute Potenzial. Bei großem Stress zum Beispiel bekommt man vielleicht eine Panikattacke.«

»Turan Adin ist verzweifelt, sitzt aber auch in der Falle«, führte Ruga den Gedanken weiter. »Man merkt es ihm deutlich an. Doch zurück zu meiner Metapher von vorhin – wenn die Verzweiflung ein Feuer ist, tobt das Feuer in ihm in einem Steinbunker. Ich weiß nicht, warum er dort bleibt – ob er verschuldet ist, ob es mit seiner Disziplin zusammenhängt oder ob er einfach annimmt, er handle für eine gute Sache –, was auch immer es ist, es hat einen tief in seiner Psyche verwurzelten Konflikt geschaffen.«

»Er wird diesem Druck nicht mehr lange standhalten können«, stellte Odalon fest. »Sein Körper und seine Seele wollen verzweifelt fliehen, sein Geist hindert sie jedoch daran. Er ist müde und sucht unbewusst nach einem Ausweg. Wenn er merkt, dass ihm nur *ein* Ausweg offensteht, wird er diesen wählen. In spätestens sechs Monaten wird er sich umbringen.«

»Vielleicht auch erst in acht, aber im Grunde sehe ich das genauso«, stimmte Ruga zu.

»Das macht ihn unglaublich gefährlich«, fuhr Odalon fort, »weil ihm alles egal ist. Abgesehen von den Urinstinkten seines Körpers kennt er keinen Selbsterhaltungstrieb.«

»Er würde niemals einfach Selbstmord begehen. Er wird versuchen, im Kampf zu sterben«, setzte der Schamane hinzu, »und ich möchte nicht auf dem Schlachtfeld stehen, wenn er beschließt, dass sein letzter Tag gekommen ist.«

»Das ist furchtbar«, flüsterte ich.

»Krieg ist furchtbar«, erwiderte Odalon. »Er macht die Leute kaputt.«

»Ja, und der Krieg auf Nexus ist besonders furchtbar«, sagte Ruga.

»Warum?«, fragte ich.

»Der moderne Krieg ist auf eine seltsame Weise gnädig«, antwortete Odalon. »Unsere Technologie erlaubt es uns, strategische Ziele präzise zu bombardieren. Todesopfer sterben in der Regel schnell.«

»Der Tod durch ein Bombardement mit hochdichten Strahlen dauert null Komma drei Sekunden«, erklärte Ruga. »Es ist ein unumkehrbarer Verlust eines unersetzlichen Lebens, aber es ist ein Tod ohne Leiden. Auf Nexus funktionieren fortschrittliche Waffen jedoch nicht richtig. Orbitalbombardements kommen nicht infrage, weil Umweltanomalien ein genaues Zielen unmöglich machen. Es bringt auch nichts, den Feind mit Artillerie unter Beschuss zu nehmen.«

»Dabei explodieren häufig Waffen«, übernahm Odalon. »Es gibt Aufzeichnungen über einen massiven Artillerieangriff im ersten Kriegsjahr. Die Geschosse verschwanden und materialisierten sich dreißig Minuten später über dem Haus, das sie abgefeuert hatte.«

»Ich erinnere mich, darüber gelesen zu haben.« Ruga grinste.

»Es ist ein Krieg, der mit barbarischen Waffen im Nahkampf ausgetragen wird«, sagte Odalon. »Wenn man jung und dumm ist und zum ersten Mal davon hört, findet man das ruhmreich. Man träumt davon, wie die antiken Helden zu sein, sich einen Weg durch die Reihen der Feinde zu bahnen. Dann findet man heraus, wie es wirklich ist, sechs Stunden am Stück mit einem Schwert zu kämpfen. Die erste Stunde ist aufregend, wenn man sie überlebt. Der Blutgeruch steigt einem zu Kopf. In der zweiten Stunde wird man verletzt, macht aber weiter. In der dritten Stunde merkt man, dass man vom Blut die Schnauze voll hat. Man will es hinter sich bringen. Man will vom Schlachtfeld runter. In der vierten registriert man plötzlich die Gesichter derer, die man tötet. Man hört ihre Schreie, wenn man ihnen die Gliedmaßen abhackt. Es sind keine abstrakten Feinde mehr. Es sind Lebewesen, die man zerfetzt. Sie sterben da direkt vor einem, und man ist schuld daran. In der fünften blutet und kotzt man und drängt trotzdem weiter, bestraft den eigenen Körper, die eigene Seele. In der sechsten schließlich bricht man zusammen, dankbar, dass man überlebt hat, oder einfach betäubt. Alles riecht nach Blut, und der Gestank macht einen krank. Man hat Schmerzen und versucht, die Augen offen zu halten, denn wenn man sie schließt, sieht man vielleicht die Gesichter derer, die man getötet hat, also schaut man aufs Schlachtfeld und erkennt, dass man nichts gewonnen hat, und wenn der Feldscher einen zusammenflickt, wird einem klar, dass es am nächsten Tag wieder von vorne losgeht.«

Das klang wie die Hölle.

»Das war gut«, sagte Ruga.

»Danke«, erwiderte Odalon.

»Wir sind hoffnungslos zivilisiert«, stellte Ruga fest. »Wir sind für einen solchen Krieg nicht mehr geeignet. Ich glaube, das waren nicht einmal unsere Ahnen. Sie sind viel leichter gestorben als wir, sodass eine einzige lange Schlacht einen Krieg entscheiden konnte. Heute können wir viel mehr Schaden einstecken, und jeden Abend landen alle, die noch atmen, in Regenerationstanks, und ein paar Tage später kämpfen sie weiter. Endlose Schlachten. Endloser Krieg.«

»Endloses Leid.« Jetzt verstand ich, warum sich Arlands Gesicht verändert hatte, als er davon gesprochen hatte.

»Ja«, bestätigte Ruga. »Aber jetzt gibt es keine Hoffnung mehr auf Frieden.«

»Das würde ich nicht sagen«, meinte Odalon. »Das klingt so ausweglos.«

»Deine Leute haben die Händler angegriffen und meine den Schiedsmann.« Ruga seufzte. »Ich prophezeie dir, das ist der Anfang vom Ende.«

Als wir vom Landefeld zurückkamen, sprang Turan Adin von seinem Balkon. Er tat es sehr lässig, als sei ein Sprung neun Meter in die Tiefe für ihn wie für andere Leute Treppensteigen. Der Vampir und der Otrokar neben mir griffen nach ihren Waffen.

»Kann ich Sie ein Stück begleiten?«, fragte er mich mit seiner leisen, zischenden Stimme.

»Natürlich.« Ich sah die beiden Geistlichen an. »Bitte entschuldigt uns.«

Odalon und Ruga zögerten lange. »Wie Ihr wollt«, sagte Odalon schließlich. »Wir gehen schon mal voraus.«

Sie entfernten sich. Ich wartete, bis sie ein Stück weit weg waren, und wandte mich dann Turan Adin zu. »Wollten Sie über etwas Bestimmtes sprechen?«

»Nein.«

Vielleicht wollte er ja Gesellschaft. »Ich wollte mich gerade für ein paar Minuten an meinen Lieblingsplatz setzen, um mich zu sammeln. Möchten Sie mitkommen?«

Er nickte.

Ich führte ihn nach links an den Apfelbäumen vorbei zu einer alten, wuchernden Hecke. Dort trat ich durch eine schmale Lücke und wartete auf ihn. Auf der hufeisenförmigen Lichtung dahinter gab es einen kleinen Teich, der an die Hecke grenzte. Seerosen trieben an der Oberfläche, und zwei große Kois, einer orangefarben, einer weiß mit roten Flecken, glitten sacht durch das seichte Wasser. Am Ufer stand eine kleine Holzbank. Ich nahm am einen Ende Platz, er am anderen.

Stumm saßen wir da und beobachteten die Kois.

»Haben Sie das erschaffen?«, fragte er.

»Ja. Als ich noch jünger war, war es meine Aufgabe, mich um die Gärten zu kümmern. Hier in Texas ist das wegen der Wasserrationierung nicht leicht, aber das Gasthaus sammelt Regenwasser.«

»Ein schöner Teich«, sagte er.

»Danke. Ich hoffe, im Sommer noch weiter daran arbeiten zu können. Ich will ihn ein wenig vergrößern. Vielleicht da drüben ein paar Blumen pflanzen und eine Hängematte aufhängen, damit ich mit einem Buch herkommen und lesen kann …«

Er erhob sich abrupt und ging. Eben war er noch da gewesen, und dann war ich allein. Ich spürte, wie er übermenschlich schnell zum Gasthaus zurückkehrte. Er sprang in die Luft, kletterte an der Wand hoch, erreichte seinen Balkon und verschwand in seinem Zimmer.

Was hatte ich Falsches gesagt?

Ich blieb noch ein oder zwei Minuten sitzen. Doch die innere Ruhe, nach der ich suchte, wollte sich nicht einstellen.

Das Gasthaus klingelte. Die Otrokars in ihren Gemächern versuchten, meine Aufmerksamkeit zu erregen, und auch im Stall geschah etwas.

Ich seufzte, stand auf und ging zum Stall. Dort kauerte Nuan Sama, Nuan Cees Nichte, die Hardwir geholfen hatte, Officer Marais' Auto zu reparieren, neben einem der Eselkamele. Jack saß auf einer Bank und beobachtete sie. Auf Nuan Cees Bitte hin hatte ich ihr gestattet, täglich in den Stall zu kommen, um sich um die Tiere zu kümmern. Üblicherweise begleitete entweder Jack oder Gaston sie.

»Was ist?«, fragte ich sie.

Sie strich sich mit der Pfote über das blaue und cremefarbene Fell. »Tan-tan fühlt sich nicht wohl.«

Das Eselkamel sah sie mit großen, dunklen Augen an.

»Ist sie krank?«

»Nein. Nur alt.« Nuan Sama seufzte. »Ich glaube, dies ist ihre letzte Reise. Ich komme her und besuche sie, sooft ich kann, aber sie ist … Manchmal werden Wesen eben einfach alt.«

»Kann ich irgendetwas tun, um es ihr leichter zu machen?«

»Könnten Sie den Sauerstoffgehalt im Stall erhöhen?« Nuan Sama blickte zu mir auf.

Wenigstens dazu war ich in der Lage. »Reichen dreiundzwanzig Prozent?«

»Das wäre wunderbar. Danke! Dann kann sie leichter atmen.«

»Erledigt.« Ich hatte jemandem geholfen. Der Tag war also nicht komplett vergeudet.

Wieder klingelte das Gasthaus. Die Otrokars waren wirklich beharrlich. Ich erschuf in der nächsten Wand einen Bildschirm. Er zeigte mir Dagorkuns Gesicht.

»Die Khanum lädt Sie zum Morgentee ein.«

Ich wollte keinen Tee, wollte weder politisieren noch klug sein. Ich wollte mir einfach nur in der Küche eine Tasse Kaffee holen. Also würde ich Hilfe brauchen. »Danke. Ich bin sofort da.«

Ich machte eine Geste in Richtung des Bildschirms und ließ mir den überdachten Balkon zeigen, auf dem Caldenia gerne frühstückte. Ihre Hoheit saß auf ihrem Lieblingsstuhl, perfekt gekleidet in einer aufwendig geschnittenen, kobaltblauen Mischung aus Kleid und Kimono, bestickt mit goldenen und roten Blüten.

»Guten Morgen, Hoheit. Möchten Sie mich zum Morgentee bei der Khanum begleiten?«

»Natürlich. Ich bin gleich unten.«

Ich löste den Bildschirm auf und verließ den Stall, um Caldenia an der Treppe abzuholen.

* * *

In den Räumlichkeiten der Otrokars war es ungewohnt still. Ein ernst dreinschauender Dagorkun führte Caldenia und mich wieder auf den Balkon und stellte sich dann hinter seine Mutter, die in einem Seidenmantel auf den bunten Kissen saß. Diesmal gab es ein Feuer in der kreisförmigen Grube, von dem eine würzig riechende Rauchwolke aufstieg. Ich erkannte den Geruch – Jevagras. Die Otrokars verbrannten es vor langen Reisen, damit es ihnen Glück brachte. Die Khanum starrte mit gerunzelter Stirn in die Flammen. Von Caldenia nahm sie keine Notiz.

Ich setzte mich auf die runde Couch. »Sie reisen ab?«

»Morgen Abend.«

»Warum?«

»Die Friedensverhandlungen sind gescheitert.« Die Khanum kniff die Augen zusammen. »Es wird keinen Frieden geben.«

»Ich verstehe das nicht«, erwiderte ich sanft. »Was hat sich geändert?«

»Man hat uns beschämt und blamiert.«

Die Vampire auch, es wäre allerdings sicher nicht die beste Strategie, das einfach so auszusprechen. »Die Heilige Anokratie hat den ersten Schlag geführt.«

Die Khanum seufzte. »Ja, aber jetzt sind wir beide geschwächt. Wir sind hier.« Sie hob die Hand, die Handfläche parallel zum Boden. »Die Händler sind hier.« Sie hob die andere Hand, hielt sie ein wenig höher.

»Die Händler wollen Frieden. Ohne Frieden gibt es keinen Profit.«

»So einfach ist das nicht«, widersprach Dagorkun.

»Wir sind eine Demokratie«, erklärte die Khanum. »Die Männer und Frauen, die hier sind, sind alle hochdekorierte Krieger. Sie sind die Besten der Besten und Oberhäupter bestimmter Fraktionen innerhalb der Horde. Wäre der Friedensvertrag ratifiziert worden, hätte jeder Otrokar seinen Ruf mit seinem ganzen Gewicht und Wert in die Waagschale geworfen. Unser Ruf, unsere Ehre wären es gewesen, die die Vereinbarung für uns bindend gemacht hätten. Mein Volk hatte einen einfachen Befehl: unter Ihrem Dach niemals Gewalt vom Zaun zu brechen. Ruah hat sich dem widersetzt. Das wirft kein gutes Licht auf seinen vorgesetzten Offizier. Auf mich.«

Dagorkun zuckte zusammen.

»Ich bin hergekommen, um zu verhandeln, doch ich konnte meine Untergebenen nicht kontrollieren. Deswegen sind wir als Delegation nicht mehr geeint. Eine Entscheidung für Frieden, die weitreichende Folgen hat und sehr bedeutend ist, muss aber einstimmig fallen. Da meine Ehre befleckt ist, bräuchte ich diese Einstimmigkeit dringender denn je. Ohne ein solches Ergebnis wird der Vertrag dem Rest der Horde nichts bedeuten.«

Ein Otrokar mit einem Tablett, auf dem sich eine Teekanne und vier Tassen befanden, trat heran. Er stellte es auf den Tisch, neigte den Kopf und ging. Dagorkun schenkte die dunkelrote Flüssigkeit in die Tassen. Die Khanum beobachtete ihn mit ausdruckslosem Gesicht. Sie hatte sich so sehr einen Friedensvertrag gewünscht. Mein Herz brach, wenn ich sie so sah.

»Gibt es irgendeine Hoffnung auf Frieden? Irgendeine?«, fragte ich leise. Sie schüttelte den Kopf.

»Ich mag keine Schulden«, stellte die Khanum ausdruckslos fest. »Deshalb möchte ich Sie bitten, den Preis für unseren Fehltritt festzusetzen, ehe wir gehen.«

Ich nippte an meinem Tee.

Eine Nebelschwade löste sich aus dem Boden des Balkons, und darin sah ich für Sekundenbruchteile vage den Umriss des Körpers des Phantomdiebs.

Meine Muskeln verkrampften sich. Mein Körper wurde steif, als sei ich plötzlich aus Stahl, und ich stürzte zu Boden. Mir blieb die Luft weg. Ich rang vergeblich nach Atem. Meine Lunge war wie ein Stein in meiner Brust, füllte sich nicht mehr.

»Dina!« Caldenia sprang an meine Seite.

Ich konnte sie nicht ansehen. Meine Augen bewegten sich nicht.

Gift … Man hatte mich vergiftet.

Das Gasthaus schrie, sein Holz knarrte und ächzte, griff nach mir. Ich drückte mit meiner Magie dagegen.

Nein! Wenn es mich berührte, würde sich das Gift ausbreiten. Ich durfte das Gertrude Hunt nicht töten.

»Sie haben sie vergiftet!«, fauchte Caldenia, und ihre scharfen Zähne blitzten.

Atme, atme, atme … Mein Körper reagierte nicht.

Ich sterbe …

Unter mir tat sich der Balkon auf. Ich fiel durch die Lücke und landete auf dem Tisch in der Küche, direkt zwischen

George, Sophie und Jack. Schmerz fuhr durch meinen steifen Rücken.

Über mir schrie Caldenia durch das Loch im Gewebe der Realität: »Man hat sie vergiftet!«

»Dina!«, rief Sophie aus.

Ich sah Turan Adin. Er war da, und dann verschwand er. Ich konnte nicht einmal aufkeuchen. Meine Lippen bewegten sich nicht.

Georges blasses Gesicht schob sich mit weit aufgerissenen Augen in mein Blickfeld. Die Spitze seines Stocks leuchtete, projizierte Informationen in die Luft, scrollte in schwindelerregendem Tempo.

Nicht genug Luft …

»Nicht schon wieder!«, heulte Orro. »Nein, nein, nein …«

»Bring das in Ordnung«, presste Sophie mit zusammengebissenen Zähnen hervor. »Auf der Stelle, George. Das geht zu weit.«

»Ich kann nicht. Das war nicht Teil des Plans.«

»Tu was!«

»Ich versuch's ja«, knurrte George. »Die Datenbank kennt dieses Gift nicht.«

Das war's, huschte es durch meinen Kopf. *So also werde ich sterben.*

Das Gasthaus verschwamm um mich herum, verformte sich, streckte die Wurzeln nach mir aus.

Nein!

»Das Gasthaus kann heilen«, rief Caldenia. »Lassen Sie es sie heilen!«

»Nein«, fuhr George sie an. »Wenn sich das Gasthaus mit ihr verbindet, kann sich das Gift ausbreiten.«

Danke. Danke, dass Sie auf das Gertrude Hunt aufpassen.

»Stirb nicht, kleiner Mensch«, brüllte Orro. »Stirb nicht.«

Ich sandte meine Magie aus, ließ sie die Wände berühren. *Ich liebe dich. Du bist großartig. Alles wird gut.*

Holz brach knackend, als zerrisse etwas im Gasthaus.

Pssssst. Alles wird gut. Du schaffst das.

Ich wünschte, ich hätte meine Eltern gefunden. Ich wünschte, ich hätte Sean noch einmal gesehen ...

Das Licht verlosch. Ich konnte nicht einmal die Augen schließen, würde sehenden Auges sterben.

Turan Adin erfüllte mein gesamtes Blickfeld. Nuan Cees pelzige Schnauze tauchte neben mir auf.

»Habe ich Ihr Wort darauf?«, fragte der Händler.

Dann wurde alles schwarz.

KAPITEL 14

Ich öffnete die Augen.

Das gedämpfte, matte Licht in dem halbdunklen Zimmer stammte vom Sonnenuntergang. Die Decke kam mir vertraut vor. Ich lag auf der Couch im Empfangsbereich. Ich lebte noch.

Als ich tief Luft holte, spürte ich, wie sich meine Brust hob und senkte. Luft strömte unendlich süß in meine Lunge. Was für eine leichte, kleine Bewegung. Ich würde sie nie wieder einfach als gegeben hinnehmen. Dann sandte ich meine Magie aus. Sie huschte flüsternd durch die Räume, prüfte die Verbindung, und das Gertrude Hunt seufzte erleichtert.

Ich lebte noch.

Der Gedanke zauberte mir ein Lächeln auf die Lippen. Ich streckte mich ein wenig und wackelte mit den Zehen. Jemand hatte mir die Schuhe ausgezogen. Ich drehte leicht den Kopf. Außer mir befand sich nur Turan Adin im Zimmer. Er saß mit gesenktem Kopf auf einem Stuhl, das Gesicht hinter der leeren Schwärze verborgen. Beast lag mit geschlossenen Augen auf seinem Schoß.

Mein Lächeln verschwand. In all der Zeit, in der mir das Gertrude Hunt jetzt gehörte, hatte es sich Beast auf dem Schoß nur einer anderen Person bequem gemacht.

Ich glitt von der Couch. Turan Adin hob den Kopf, regte sich aber nicht. Ich ging auf nackten Sohlen fast geräuschlos zu ihm hinüber, streckte die Hand aus und berührte seine Kapuze. Sie fiel zurück und legte sich in Falten auf seinen Rücken. Einen Augenblick lang sah ich einen Wolfskopf mit gewaltigen Kiefern, dann zerschmolz er von einer Sekunde auf die andere.

Sean Evans blickte mich mit seinen bernsteinfarbenen Augen an. Sein Haar war kurz geschoren. Eine gezackte, nach links geneigte Narbe zog sich über seine Stirn und durch seine Augenbraue bis auf die Wange. Eine weitere verlief rechts an seinem Hals empor und löste sich unter dem Ohr in ein Geflecht kleinerer Narben auf. Was für Verletzungen mochten das gewesen sein, dass die medizinische Ausrüstung der Händler nicht in der Lage gewesen war, ihn ohne bleibende Spuren wieder zusammenzuflicken?

Sein Gesicht war hart, so viel härter, als ich es in Erinnerung hatte, als hätte er auch den letzten Hauch von Sanftheit verloren. Er hatte einen gehetzten Ausdruck in den Augen. Sean sah mich an und gleichzeitig durch mich hindurch, als rechne er damit, dass hinter mir am Horizont eine ferne Bedrohung auftauchte. Der witzige, unbekümmerte Typ war verschwunden. Ich starrte ins Gesicht des Krieges, und er erwiderte meinen Blick.

O nein.

Ich streckte die Hand aus und berührte mit zitternden Fingerspitzen die gezackte Narbe auf seiner Wange. Er drückte den Kopf gegen meine Hand wie ein streunender Hund, der zu lange auf der Flucht gewesen ist und sich verzweifelt nach jedem Krümelchen Zuneigung sehnt. Heiße Tränen brannten in meinen Augen und liefen mir über die Wangen. Beast wimmerte auf seinem Schoß.

»Warum?«, flüsterte ich.

»Ich war Wilmos einen Gefallen schuldig«, erklärte er leise. »Ich habe gesagt, ich bräuchte eine Herausforderung. Turan Adins leben nicht lange. Die Händler rekrutieren einfach einen neuen, wenn der letzte ins Gras gebissen hat. Solange man die richtige Größe hat, kümmert sich die Rüstung um alles andere. Ich habe für sechs Nexusmonate unterschrieben und traf zwei Tage nach dem Tod des letzten Turan Adin dort ein.«

»Sean …«

»Die Armee war für mich kein Problem. Alles, was ich auf diesem Planeten getan habe, war leicht. Was meine Eltern durchgemacht hatten, überstieg alles, was ich je ausprobiert hatte. Es war meine Prüfung. Ich wollte wissen, ob ich das draufhabe. Ob ich genauso ein Überlebenskünstler bin wie sie. Ob sie stolz auf mich sein konnten. Ich wollte endlich ohne Stützräder fahren.«

Sechs Nexusmonate waren nach unserer Zeitrechnung kaum zwei Monate. »Warum hast du nicht wieder aufgehört? Dein Vertrag muss doch irgendwann ausgelaufen sein.«

»Im Raumhafen und in der Kolonie gibt es Zivilisten.« Seine Stimme war rau und leise. »Kinder. Unsere Ressourcen reichen bei Weitem nicht aus. Sie wären überrannt worden. Sie brauchen mich.«

Er saß in der Falle. Seans Eltern waren Werwölfe der Generation Alpha, gezüchtet und genetisch dafür optimiert, die Fluchttore gegen eine angreifende Übermacht zu halten, während der Rest der Bevölkerung ihren sterbenden Planeten verließ. Sean war mit einem überwältigenden Beschützerinstinkt geboren worden, der stärker war als alles andere. Der Belagerung des Raumhafens standzuhalten musste sich für ihn richtig angefühlt haben, so richtig, und als er erst einmal angefangen hatte, hatte er nicht mehr aufhören können. Sein innerstes Wesen hatte ihn dort festgehalten.

Deshalb war er am Teich weggelaufen. Er wusste, er würde nach Nexus zurückkehren. Er würde den Teich niemals im

Sommer sehen. Auch mir würde er nie wieder begegnen. Er würde nie wieder in meinem Garten grillen und Beast Knochen hinwerfen. Ich würde ihn nie wieder einen Witz reißen hören. Er ...

Nuan Cee hatte, unmittelbar bevor ich bewusstlos geworden war, etwas gesagt. *Habe ich Ihr Wort darauf?*

Ein Schauer durchfuhr mich. »Was hast du Nuan Cee versprochen, damit er mich rettet?«

Sean lächelte. »Es gibt nichts zu bedauern. Du lebst. Das macht mich glücklich.«

»Sean?«

Er sagte kein Wort.

Ich wirbelte herum und rannte die Treppe zu den Räumlichkeiten der Händler hinauf.

* * *

Ich fand Nuan Cee allein im Eingangsbereich ihrer Gemächer vor. Er saß vor dem riesigen, leuchtenden Wandbildschirm. Darauf lief beinahe lautlos die Aufzeichnung irgendeines Händlerfestes, bei dem Füchse in bunten Gewändern durch die Straßen tanzten und dabei lange Bänder durch die Luft wirbelten.

»Ich habe dich erwartet«, sagte er ruhig.

»Was hat er dir versprochen?«

»Lebenslange Dienste«, erwiderte Nuan Cee traurig. »Ein Leben für ein Leben. Ein fairer Tausch.«

Nein. Nein, das sah ich überhaupt nicht so. Sean Evans würde nicht für mich sterben. Ich musste ihn auf der Stelle retten. Also ging ich zur Couch hinüber und setzte mich.

Ich blickte auf den Bildschirm. Auf mein Drängen hin wich die Aufzeichnung von dem Fest einem anderen Bild. Gewaltige Baumstämme erhoben sich zwischen grauweißen Steinsäulen, mit Ästen von der Breite eines Highways und Wolken von blauen und türkisfarbenen Blättern. Lange, indigoblaue Ranken trieben rosa Blüten. Goldenes Moos, in dem sich die hellen Sonnenstrahlen brachen, wuchs an den Stämmen. Eine gewaltige Raubkatze mit schwarzer und cremefarbener Zeichnung huschte über die Äste bodenwärts, stets in den Schatten, und ihre gewaltigen, schwarzen Krallen kratzten leicht durch das Moos.

»Ich habe meinen Vater einmal gefragt, wie die Lees zur dominanten Spezies ihres Planeten geworden sind«, sagte ich.

Nuan Cee verzog das Gesicht. Nur wenige kannten den wahren Namen der Spezies der Händler, und andere durften ihn eigentlich nicht laut aussprechen, aber mir war inzwischen alles egal.

Das Raubtier huschte weiter den Stamm hinunter. Die Kamera schwenkte zu einem Punkt weiter unten, wo ein Fuchs zu einem Ball zusammengerollt in einer Gabelung zwischen einem gewaltigen Ast und einem dünneren Zweig kauerte. Sein blaues Fell war weiß und schwarz gestreift. Im Vergleich zu dem Raubtier war er winzig. Das Katzenwesen hätte ihn mit zwei Bissen verschlucken können.

»Schließlich sind sie ziemlich klein und ihr Heimatplanet wirklich gefährlich.«

Das Katzenwesen witterte. Es hatte den Fuchs fast erreicht.

»Weißt du, was mein Vater gesagt hat?«

Die Augen des Fuchses auf dem Bildschirm, die hell indigofarben waren, öffneten sich.

»Er hat gesagt, man könne den Lees nicht trauen, denn sie sind klein, gerissen, und wenn sie auf dem Verhandlungsweg nicht vorankommen, töten sie, um zu kriegen, was sie wollen.«

Auf dem Bildschirm schoss das Füchschen unter dem gewaltigen Ast hervor und setzte ein Blasrohr an die Lippen. Ein winziger Pfeil erschien und bohrte sich ins Fell der Raubkatze. Das

Tier erzitterte, wand sich in Krämpfen und kämpfte darum, sich auf den Beinen zu halten.

Auf sanften Pfoten landete der Fuchs neben ihm und riss einen Dolch aus der Scheide an seiner Hüfte. Dann verzog er die schwarzen Lippen und bleckte scharfe Zähne. Er krauste die Schnauze. Ein irres Funkeln flackerte in seinen Augen. Der Fuchskrieger warf sich auf das zuckende Tier und stach wie rasend immer wieder auf seinen Hals ein, dass das Blut spritzte. Das hatte nichts Raffiniertes an sich, nichts Zivilisiertes oder Ruhiges. Es war reiner, urtümlicher Blutdurst, brutal und gewalttätig.

Nuan Cee wandte den Blick vom Bildschirm ab.

»Ich habe den Umriss der Person gesehen, die mich vergiftet hat. Sie war klein. Klein wie ein Lees. Dann tauchst du mit einem Antidot für ein Gift auf, das nicht einmal in der umfangreichen Datenbank des Schiedsmannes verzeichnet ist. Einer von deinen Leuten hat versucht, mich zu töten.«

»Nicht mit meiner Genehmigung.«

»Das Gasthaus hat den Schuldigen markiert.«

Nuan Cee verzog das Gesicht.

»Warum hast du das getan?«

»Es geschah nicht auf meinen Befehl, und ich werde den Verantwortlichen bestrafen. Jemand hat sich meines Bildstörers bedient, aber ich weiß nicht, wie das sein kann. Er ist sehr teuer, und ich bin der Einzige, der einen besitzt. Er war sicher in meinen Gemächern verstaut und befindet sich auch noch unangetastet dort. Ich habe ihn erst einmal benutzt.«

Er hatte ihn benutzt … »Du hast den Smaragd gestohlen?«

»Ja. In jener Nacht trug ich den Störer unter meiner Kleidung. Alle waren so beschäftigt, und es hat nur ein paar Sekunden gedauert.«

»Du hast meine Gastfreundschaft missbraucht.«

Nuan Cee seufzte. »Ja. Wir stehen in deiner Schuld. Ich verzichte auf den Gefallen, den du mir schuldest.«

Ich hatte es so satt, Gefallen gegen Gefallen zu tauschen. »Lass ihn gehen.«

»Nein.«

»Nuan Cee! Deine Schuld mir gegenüber ist größer als jeder Gefallen. Du hast die Regeln der Gastfreundschaft gebrochen, genau wie den Vertrag deines Volkes mit den Wirtinnen und Wirten der Erde. Du hättest mich sowieso heilen müssen, weil ich Wirtin bin, und wenn die anderen davon erfahren, wird man dich verbannen. Sean wusste das nicht, und du hast das ausgenutzt.«

»Ja. Seine Absprache mit mir hat nichts mit unserer zu tun.«

»Lass ihn gehen.«

»Das ist unmöglich. Alles andere kannst du dir erbitten, aber das kann ich nicht tun.«

»Warum?«, fauchte ich.

Nuan Cee spreizte die Pfoten. »Seit dem Beginn des Krieges auf Nexus hat es zweiundvierzig Turan Adins gegeben. Manche haben nur ein paar Tage überlebt. Er ist jetzt seit anderthalb Zyklen auf Nexus. Du hast ja keine Ahnung, wie außergewöhnlich das ist. Er ist einfach zu gut. Er hat sogar länger durchgehalten als der ursprüngliche. Ich hatte schreckliche Angst, weil er sich geweigert hat, einen weiteren Vertrag zu unterzeichnen. Er hat gesagt, er wolle gehen, sobald wir einen Ersatz für ihn gefunden haben. Aber jetzt wird er bleiben. Alles wird gut.«

»Nein, es wird nicht alles gut. Nexus bringt ihn um.«

»Irgendwann ja. Doch bis dahin wird er unsere Verteidigungsstreitkräfte anführen.«

»Lass ihn gehen. Ich verlange es.«

»Nein. Bitte mich um etwas anderes.«

»Verdammt, hast du denn keinen Krümel Gewissen? Schlummert in deiner Seele ein Quäntchen Freundlichkeit, oder besteht sie ausschließlich aus kalter, dunkler Gier?«

Nuan Cee bleckte die Zähne. »Dreitausend der Unseren sind auf Nexus. Familien und Kinder. Er hält sie am Leben.«

»Was zum Teufel habt ihr euch überhaupt dabei gedacht, Kinder nach Nexus zu bringen? Evakuiert sie.«

»Glaubst du, das hätte ich nicht schon längst getan, wenn es möglich wäre? Sie können nirgends hin, sie sind nirgends willkommen.«

Da begriff ich. Die Kuan Lees, die Ausgestoßenen. Er hatte die Nexus-Kolonie mit den Ausgestoßenen bevölkert.

Nuan Cee wandte sich ab und gestikulierte mit schlaffer Pfote in Richtung Bildschirm. »Archivnummer zehn zweiundvierzig.«

Eine lange Prozession von Füchsen mit kleinen Laternen in den Pfoten erschien auf dem Bildschirm, die der Reihe nach einen Schrein betraten.

»In unserer Gesellschaft ist die Familie alles, der Clan. Wenn ich zurückschaue, sollte ich eine lange, durchgehende Linie meiner Ahnen sehen, die sich weit zurück in die Zeit erstreckt. Sie schenken uns Kraft und Weisheit. Unser Clan. Unser Rudel. Unsere Vergangenheit und die ruhmreichen Taten unseres Clans. Wenn einer von uns ein Verbrechen begeht, sich als schwach oder unwürdig erweist, wird er ausgestoßen. Das ist das Gesetz des Waldes. Nur die Starken und Nützlichen überleben. Die Ausgestoßenen sind von ihrem Clan abgeschnitten. Sie haben keine Schreine. Sie können nicht zu ihren Ahnen beten. Sie können niemanden um Trost oder Rat bitten. Ihre Kinder wachsen ohne Wurzeln auf, wissen nicht, wo sie herkommen, Äste, die für immer vom Baum ihres Clans und ihrer Familie abgeschlagen sind. Manche kennen nicht einmal ihre Väter. Sie haben kein Heim. Sie sind nirgends willkommen.

Mein Vater war ein Kuan. Ein Verbrecher und der Sohn eines Verbrechers.«

Die Großmutter trat lautlos wie ein Geist aus den Schatten, kam zur Couch herüber und setzte sich.

»Als meine Mutter sich in ihn verliebte und ihr Clan ein Vermögen, den Gegenwert eines kleinen Planeten, bezahlte, um ihn in unseren Clan aufzunehmen, hatte er die Wahl. Er konnte mit meiner Mutter gehen und alle Verbindungen zu seinem Clan aufgeben oder ein Ausgestoßener bleiben. Die Mutter meines Vaters riet ihm, sie und seine Schwestern zurückzulassen und nie wieder zurückzuschauen. Seine eigene Mutter. Sie gab ihr Kind auf, um ihm ein besseres Leben zu ermöglichen.«

Nuan Cees Stimme bebte. »Ich kenne meine andere Großmutter nicht. Sie ist inzwischen tot. Ihre Seele schwebt da draußen, verloren und vergangen, weint nach dem Licht, und ich kann nicht einmal in einem Schrein eine Kerze anzünden, die ihr den Weg weisen könnte. Ich bin ein Krüppel. Ich habe es nie übers Herz gebracht, Kinder zu zeugen, denn sie wären Krüppel wie ich. Sie würden die Hälfte ihrer Familie nicht kennen.«

Er wischte sich die Tränen aus den Augen. »Ich habe Jahrzehnte gebraucht, um die Rechte an Nexus zu erlangen. Es ist eine reiche Welt. Ich hatte der Clanversammlung ein Drittel unserer Profite zugesichert. Eine königliche Summe. Dafür durfte ich mich mit den Ausgestoßenen auf Nexus niederlassen. Man ließ mich sie zu einem eigenen Clan formen. Sie werden die Erlaubnis erhalten, eigene Schreine zu errichten.«

Seine Augen leuchteten. »Ihre Kinder werden sich nicht fragen müssen, ob sie nur Staubkörnchen im Nichts sind. Sie werden mit ihrer Vergangenheit verbunden sein, werden ihre Kerzen anzünden und mit den Verstorbenen sprechen. Deshalb haben sich die Ausgestoßenen erboten, nach Nexus zu gehen, obwohl sie wussten, dass sie nie wieder von dort wegkommen und für den Rest der Galaxie, wo die Zeit langsamer verstreicht, lange vor jedem, den sie kannten, tot sein würden. Sie ließen ihre wenigen Besitztümer zurück und vertrauten darauf, dass ich sie dorthin führen würde. Jetzt müssen sie dort für immer bleiben, weil sie nirgends hinkönnen.«

Er hatte Tausende Angehörige seines Volkes nach Nexus geführt, und jetzt waren sie dort gestrandet, saßen zwischen zwei Armeen fest wie zwischen Skylla und Charybdis.

»Ich brauche Frieden, um Profite zu erzielen. Aber jetzt ist der Friedensvertrag Geschichte, und ich muss wenigstens für ihre Sicherheit garantieren, solange ich kann. Du kannst Sean nicht haben. Erbitte dir alles andere, doch nicht das. Wenn er uns verlässt, wird mein Volk sterben.«

Er würde ihn niemals ziehen lassen. Sean würde nach Nexus zurückkehren und dort sterben. Ich musste ihn retten. Ich muss etwas tun. Irgendwas.

»Was, wenn es Frieden gibt?«

»Das wird nicht passieren. Die Otrokars sind aufbruchbereit, und die Anokratie ist durch ihre interne Fehde innerlich zerrissen.«

Ich hatte einen ganz trockenen Mund, leckte mir die Lippen. »Vorschlag: Du schuldest mir etwas. Wenn ich dafür sorge, dass der Friedensvertrag unterzeichnet wird, lässt du Sean gehen.«

Nuan Cee schüttelte den Kopf.

»Du irrst«, sagte seine Großmutter leise.

Ich hätte beinahe einen Herzinfarkt bekommen, denn ich hatte sie noch nie sprechen hören und beinahe vergessen, dass sie anwesend war. Nuan Cee wandte sich verblüfft um.

»Wir haben ihr Schmerz zugefügt«, fuhr die Großmutter fort. »Wir stehen tief in ihrer Schuld. Nach allem, was ihre Eltern für uns getan haben, stehen wir auch in deren Schuld.«

Nuan Cee senkte den Kopf. »Wie du willst. Wenn der Friedensvertrag unterzeichnet und eingehalten wird, werde ich Sean Evans aus meinem Dienst entlassen. Dann sind wir quitt. Versprochen. Ich schwöre es bei der Ehre meiner Ahnen.«

Etwas Besseres würde ich nicht bekommen. Ich musste einen Weg finden, sie an einen Tisch zu kriegen und sie davon zu überzeugen, diesem wahnsinnigen Krieg ein Ende zu setzen.

Verzweiflung legte sich um meinen Hals wie eine Schlinge. Wie um alles in der Welt sollte ich das anstellen? Ich wusste nicht einmal, wo ich anfangen sollte. Ich war gleichzeitig wie betäubt und entsetzt. Ich musste mich bewegen, musste gehen, etwas tun, aber ich blieb einfach wie vom Donner gerührt auf meinem Platz. Alles andere kam mir zu schwierig vor.

Wir saßen im stillen Halbdunkel und beobachteten die Prozession der Füchse im Schrein.

»Nur eine Sache verstehe ich noch nicht«, sagte ich. »Warum hast du den Smaragd genommen?«

Nuan Cee seufzte erneut. »Als ich noch jung und töricht war, tat mein Vater etwas, um mich vor mir selbst zu beschützen. Es ist etwas, das die Erwachsenen der Clans wissen und das die Kinder lernen, wenn sie erwachsen werden. Die Jungen sind so unbedacht, wollen verzweifelt eigenes Geld verdienen und der Galaxie ihren Stempel aufdrücken. Couki ist sehr intelligent, und sein scharfer Verstand wird noch einmal sein Untergang sein. Wenn er erwachsen wird, wird er Geld erben. Er wird es in der Hoffnung einsetzen, beweisen zu können, dass er das Zeug zum Händler hat. Die Basare des Universums sind voller gieriger Haie, und er ist klug, aber nicht erfahren genug, um mit den Schlimmsten von ihnen zu schwimmen. Je klüger jemand ist, desto schneller verliert er sein Geld. Ohne Hilfe von außen wird er innerhalb weniger Monate bankrott sein. In etwa fünf Zyklen nach dem Erwachsenwerden wird er in der Lage sein, den Wert des Smaragdes mit Zinsen zurückzuzahlen. In dieser Zeit kann er lernen und reifen, und der Clan kann seine kleinen Fehler abfedern und verhindern, dass er größere macht.«

»Nuan Cee war ein sehr kluges Kind«, erklärte die Großmutter mit einem Lächeln. »Er hat den ganzen Clan schon vor seinem zwanzigsten Geburtstag zweimal beinahe in den Bankrott gestürzt.«

Sie stellten ihren jungen Erwachsenen Fallen, zwangen sie, bei der Familie zu bleiben. »Macht ihr das mit jedem klugen Kind?«, fragte ich.

»Ja«, erwiderte Nuan Cee.

Ich stand auf. Ich musste ein paar Dinge überprüfen.

KAPITEL 15

Vor der Tür des Händlers traf mich die ungeheure Tragweite meiner Aufgabe wie ein Schlag. Ich schaffte es halb die Wendeltreppe hinunter, dann setzte ich mich auf die Steinstufen. Wie zum Teufel sollte ich das wieder geradebiegen?

Ich wünschte mir mit der Inbrunst einer verängstigten Fünfjährigen, die ganz tief in der Klemme saß, sehnlichst meine Eltern herbei. Ich brauchte Rat. Bestärkung.

Was soll ich nur tun, Mama und Papa? Wie soll ich mit dieser Situation umgehen? Sie wollen alle Frieden, können sich aber nicht dazu durchringen, ihm auch tatsächlich zuzustimmen, und jetzt wird Sean auf einem Höllenplaneten in einem Krieg sterben, den er nie gewinnen wollte.

Er hatte sein Todesurteil unterschrieben, um mich zu retten. Ihm in die Augen zu schauen war, als starrte man auf die Ascheflocken, die von einem Scheiterhaufen aufstiegen. Die Vampire versteckten sich in ihren Zimmern, die Otrokars bereiteten ihre Abreise vor, und die Händler hatten versucht, mich zu vergiften.

Wie sollte ich diesem Chaos ein Ende setzen?

Ich wäre am liebsten in die Luft gegangen. Ich war ungeheuer wütend und hatte meinen Zorn so lange zurückgehalten. Die, die ihn provoziert hatten, waren meine Gäste. Sie hatten mich belogen, von meiner Güte profitiert, um sie im Anschluss schamlos auszunutzen, mich beleidigt, wie eine Idiotin behandelt und versucht, mich umzubringen.

Es war meine Pflicht, für ihre Sicherheit zu sorgen. Das war der Kern meines Wesens, doch so wahr das Universum mein Zeuge war, ich hätte das Gasthaus am liebsten über ihren Köpfen zum Einsturz gebracht und sie unter den Trümmern begraben. Das hätte mir enorm gutgetan.

Druck baute sich in meiner Brust auf, ein drängender, stechender Schmerz. Eine Träne lief mir über die Wange, das äußere Anzeichen meiner völligen Überforderung. Ich kämpfte dagegen an, auch wenn die Last auf mir immer größer wurde. Ich stand kurz vor der Explosion. Wenn ich jetzt gegen die Tränen ankämpfte, würde ich später irgendwann vielleicht zum völlig falschen Zeitpunkt weinen müssen.

Ich war allein. Niemand würde mich hören.

Ich holte tief und zitternd Luft und ließ los. Alle Dämme brachen. All der Stress und all der Schmerz entluden sich in einer Tränenflut. Ich weinte und weinte, und meine Schluchzer klangen, als wollte mir das Herz brechen. Die Tränen flossen, weil ich nicht wusste, was ich tun sollte, weil ich fast gestorben war, weil Zorn an meiner Seele nagte, weil Sean sich für mich geopfert hatte und weil ich mich in diesem Augenblick so gerne in die Arme meiner Eltern geflüchtet hätte.

Langsam beruhigte ich mich. Ich war erschöpft und erleichtert, konnte wieder klar denken.

Eine zarte Ranke wuchs aus der Mauer und streichelte mir über die Wange. Ich betrachtete sie. Eine winzige weiße Blüte bildete sich an der Spitze des dünnen Astes und öffnete sich zu einem Sternchen mit hauchzarten türkisen Staubblättern in der Mitte. Sie verströmte einen schwachen, honigartigen Geruch.

Das arme Gasthaus versuchte, mich aufzumuntern.

Ich atmete den süßen, flüchtigen Duft ein. Genau. Ich war Wirtin. Ich hatte das Universum bereist und es überlebt. Ich würde auch dies überstehen. Es in Ordnung bringen. Ich strich mit den Fingern über die Ranke und flüsterte: »Danke.«

Wären doch nur alle so einfühlsam wie das Gertrude Hunt. Das Gasthaus spürte stets, wie es mir ging … Die Erkenntnis traf mich wie ein Schlag. *George, du Drecksack. Du hinterlistiger, manipulativer Mistkerl.*

Er wusste es. Die Schiedsleute verfügten über eine der umfangreichsten Datenbanken der Galaxie. Er hatte Nachforschungen angestellt, war darauf gestoßen und hatte sich auf die Suche nach einem Wirt gemacht, den er mit seinen Tricks dazu bringen konnte, es durchzuziehen. Er hatte einige von uns wahrscheinlich direkt drauf angesprochen, und deshalb hatten ihn alle fortgeschickt. Kein Wirt, der nicht mit dem Rücken zur Wand stand, genau wie ich jetzt, wäre dazu bereit.

Verflucht, er hatte mir bei unserem ersten Gespräch im Gasthaus deutlich gesagt, was er vorhatte. Ich hatte es nur nicht kapiert. Er hatte den Stein ins Rollen gebracht, und jetzt ergab alles Sinn.

War das Gertrude Hunt dafür überhaupt stark genug? War ich es?

Ich brauchte Informationen. Ich hatte es nur ein einziges Mal miterlebt, und zwar als meine Mutter unser Gasthaus eingesetzt hatte, um einem Mörder ein Geständnis abzupressen. Es musste noch andere solche Ereignisse gegeben haben. Ich stand auf und ging hinunter in mein Labor.

Zwei Stunden später hatte ich Antworten. Die gute Nachricht war, dass das Gertrude Hunt unzweifelhaft stark genug dafür war. Das Gasthaus hatte tiefe Wurzeln. Es war also möglich. Doch ich würde als Katalysator fungieren müssen. Ich war das schwächste Glied der Kette. Es konnte klappen, wenn ich lange genug durchhielt.

Die Aufzeichnungen hatten vor achtzig Jahren geendet, reichten dafür aber drei Jahrhunderte zurück. Die schlechte Nachricht war, dass vier von sechs Wirten in diesem Zeitraum bei dem Versuch den Verstand verloren hatten.

Keine besonders gute Quote.

Ich suchte verzweifelt nach einer anderen Lösung, irgendeinem anderen Ansatz … Vergebens. Mir blieb nichts anderes übrig.

Wenn ich es wagen wollte, musste ich schnell handeln. Die Otrokars würden am Abend aufbrechen, und bis dahin musste alles bereit sein. Meine Gäste würden sich in seltener Einigkeit dagegen sperren. Die Gefallen, die sie mir schuldeten, würden nicht reichen.

Ich musste meine Macht und Autorität als Wirtin deutlich geltend machen, sonst würden sie sich nie auf diese Vorgehensweise einlassen, und das, nachdem jemand versucht hatte, mich in meinem eigenen Gasthaus zu vergiften. Das war, als hätte man einen Barkeeper in seiner eigenen Bar verprügelt. Ich musste den Giftanschlag auf mich aufklären, ihnen die Lösung schnell um die Ohren schlagen und ihnen dann den Rest aufdrücken, ehe sie wirklich Gelegenheit hatten, über die möglichen Konsequenzen nachzudenken.

Den Giftanschlag aufzuklären war nicht das Problem. Wenn ich die Händler zusammentrommelte und das Licht ausmachte, würden die Schuldigen wie ein Weihnachtsbaum strahlen. Doch das wäre nicht besonders beeindruckend. Ich musste neben dem Täter auch noch das Motiv aufdecken, dann wäre die große Enthüllung nur noch das Sahnehäubchen.

Einundzwanzig Jahrhunderte zuvor hatte Marcus Tullius Cicero, römischer Redner und Staatsmann, gefragt: »*Cui bono?*« Wem zum Vorteil? Jedes Verbrechen wurde aus einem Grund begangen, weil sich jemand etwas davon versprach, ob es nun Geld, Ruhm oder Genugtuung war. Ich musste herausfinden, wem mein Tod etwas genutzt hätte.

Ich suchte mir Stift und Papier und notierte meine Gedanken.

Die Gäste, die Frieden wollten, konnten keinen Vorteil daraus ziehen. Mein Tod hätte das Ende der Verhandlungen bedeutet. Zu dieser Gruppe gehörte auch George, der seinerseits nichts anderes als Frieden anstrebte.

Die Gäste, die nicht am Ende des Krieges interessiert waren, hatten davon ebenso wenig. Die Gespräche liefen ohnehin alles andere als gut, und mein Tod wäre zwar ihr Sargnagel gewesen, hätte allerdings auch Risiken geborgen. Er hätte Ermittlungen nach sich gezogen, und man hätte die Schuldigen von der Erde verbannt. Warum hätte jemand das riskieren sollen, wo der Gipfel ohnehin völlig aus dem Ruder gelaufen war?

Die Anokratie hatte kein Motiv. Zunächst einmal mochten Arland und Lady Isur mich. Ich hatte kurz nach seiner Ankunft Robarts Bestrafung durchgeführt, doch der hatte im Augenblick wesentlich größere Sorgen. An dem Kampf im Speisesaal war ich auch nicht direkt beteiligt gewesen.

Die Ouokars schuldeten mir einen Gefallen, aber das konnte sie nicht so belasten, dass sie es riskiert hätten, mich zu töten, vor allem auf diese Art. Mal ganz abgesehen davon, dass ihnen die Teezeremonie heilig war und ihre Entweihung durch einen Mordanschlag einen Angriff auf die Grundfesten ihrer Gesellschaft darstellte.

Die Händler waren mir ebenfalls etwas schuldig, viel entscheidender war jedoch ihr Wunsch, Sean möge ihnen für den Rest seines Lebens dienen. Nuan Cee hatte allerdings nicht wissen können, dass Sean sein Leben für meines geben würde.

In den vergangenen sechs Monaten hatte Funkstille zwischen uns geherrscht, wenn man von der einen Textnachricht absah, mit der er mir in Wilmos' Laden geantwortet hatte. Sean hatte kein einziges Mal versucht, mich zu kontaktieren, mir nie geschrieben und mir nie seine Gefühle offenbart. Nuan Cee hätte nur über Seans Motiv für sein Opfer im Bilde sein können, wenn der ihm erzählt hätte, dass er etwas für mich empfand.

Ich hatte nicht viel Zeit mit Sean verbracht, unsere wenigen gemeinsamen Tage waren jedoch eine echte Ausnahmesituation gewesen, deshalb kannte ich ihn ziemlich gut. Sean hätte seine Empfindungen sicher nicht offen gezeigt. Wenn er mich wirklich liebte, hatte er es geheim gehalten.

Ich hielt inne und kniff die Augen zu. Sean Evans hatte sein Leben für mich geopfert. Das bedeutete höchstwahrscheinlich, dass er mich liebte. Schön, damit würde ich mich später auseinandersetzen müssen. Jetzt musste ich ihn erst einmal retten.

Ich blickte auf den Zettel. Wenn Sean Nuan Cee sein Herz nicht in einem vertraulichen Gespräch ausgeschüttet hatte – und das würde ihm überhaupt nicht ähnlich sehen –, hatte der Händler durch meinen Tod nichts zu gewinnen. Selbst wenn Sean seine Gefühle durch irgendetwas verraten hatte, hatte es keine Garantie gegeben, dass die Händler ihren Vertrag auf Lebenszeit bekommen würden, wenn sie mich in Gefahr brachten. Wenn ich gestorben wäre und die Händler hinterher aufgeflogen wären, hätte man die Familie Nuan von der Erde verbannt, und das war ein verdammt hoher Preis. Aus finanzieller Sicht ergab es keinen Sinn, mich zu töten.

Ich starrte weiter auf den Zettel. Niemand hätte von meinem Tod profitiert. Ich war eine unparteiische Wirtin, kein kriminelles Superhirn und keine gefallene Tyrannin, auf die diverse Kopfgelder ausgesetzt waren …

Oh.

Meine Güte. Das war die Antwort.

* * *

Ich ging in meiner Wirtinnenrobe in die Küche. Beast schoss unter dem Tisch hervor und sprang um meine Füße. Sie musste Sean sich selbst überlassen haben, denn er war allein in seinem Zimmer. Orro hockte reglos auf seinem Stuhl. Er sah mich, dann wurde die Welt um mich herum schummrig, als mir seine kräftigen Arme die Luft aus der Lunge drückten.

»Vorsicht, mein Lieber«, rief Caldenia. »Sie zerquetschen sie ja.«

Orro ließ mich los, und ich rang keuchend nach Luft. Umarmungen von Stachlern waren nichts für Leute mit zartem Körperbau und schwachen Knochen.

»Wie schön, dich wieder auf den Beinen zu sehen«, sagte Caldenia.

Orro setzte sich und wandte in einem plötzlichen Anflug von Verlegenheit den Kopf ab.

»Konntet Ihr die Kanne bergen?«, fragte ich.

Ihre Hoheit wölbte die Brauen. »Hältst du mich für eine Stümperin?«

Sie ging zur Arbeitsfläche, auf der eine Tortenplatte stand, und hob die Metallhaube, die sie abdeckte. Darunter kam die noch immer mit rotem Tee gefüllte Kanne zum Vorschein.

»Wir wissen bedauerlicherweise weiter nicht, worum es sich bei dem Gift handelt«, teilte Caldenia mir mit. »Orro hat angeboten, den Tee zu kosten, doch George hat ihm verboten, sich selbst in Gefahr zu bringen. Die Khanum hat uns aber eine weitere Kanne zur Verfügung gestellt, und ich kann immerhin mit Sicherheit sagen, dass die Flüssigkeiten chemisch nicht identisch sind.«

»Das heißt, der gesamte Kanneninhalt war vergiftet?« Genau, wie ich gedacht hatte.

»Scheint so. Das war entweder ein wohlkalkulierter Plan oder eine äußerst dilettantische Vorgehensweise.«

Oder das Werk von jemandem, der unerfahren und verzweifelt war. »Danke.«

»Ich helfe gern, Liebes.«

Ich ging zu Georges Gemächern und klopfte. Er öffnete. Auf dem Diwan hinter ihm saßen Sophie und Gaston. Jack lehnte mit einem angewinkelten Bein in seiner Lieblingspose an der Wand.

»Ich weiß Bescheid«, sagte ich.

Georges Blick verriet, dass er verstand, was ich meinte. »Es ging nicht anders«, antwortete er.

»Sie sind widerwärtig.«

»Damit werde ich leben müssen«, gab er zurück.

»Ja. Wir werden darauf noch zurückkommen. Ich muss unbedingt wissen, wann Sie die Händler darüber unterrichtet haben, dass der Friedensgipfel hier im Gertrude Hunt stattfinden würde.«

»Standardzeit 2032«, sagte er.

Das galaktische Standardjahr bestand aus fünfhundert »Tagen« zu je fünfundzwanzig »Stunden«. Das Jahr war in vier »Jahreszeiten« unterteilt, die jeweils hundertfünfundzwanzig Tage lang waren. Die erste Ziffer gab Auskunft über die Jahreszeit, die drei anderen identifizierten den Tag. Heute war 2049 Standard. »Keine besonders lange Vorwarnzeit.«

»Nein«, antwortete George.

»Gut. Ich bin in ein paar Stunden zurück. Wahren Sie in der Zwischenzeit den Frieden.«

»Wohin gehen Sie?«, rief mir Gaston nach.

»Zum Waffenhändler«, erwiderte ich und schloss die Tür.

* * *

Wilmos' Laden war eine Insel der Ruhe inmitten des Chaos von Baha-char. Als ich ins kühle Innere trat, empfing mich die leise, beschwingte Melodie eines mittlerweile nicht mehr existierenden Planeten wie der wohlriechende Dampf aus einem Weihrauchkessel. Gorvar, Wilmos' gigantisches Wolfsmonster, hatte sich auf einem langen goldenen Pelz, der unzweifelhaft früher einem wilden Tier gehört hatte, auf dem Boden ausgestreckt. Er betrachtete mich mit seinen orangefarbenen Augen, befand aber, dass ich eine zu geringe Bedrohung darstellte, als dass er sich hätte rühren müssen.

Wilmos kam aus dem Hinterzimmer und wischte sich die Hände an einem Lappen ab.

»Sie haben ihn nach Nexus geschickt.«

»Ich habe mich schon gefragt, wann wir diese Unterhaltung führen würden.« Wilmos wies auf eine hufeisenförmige Couch. »Nehmen Sie Platz.«

Ich kam der Aufforderung nach. »Sie haben gesagt, er sei Ihr Lebenswerk. Dann haben Sie ihn nach Nexus in den Tod geschickt.«

Wilmos brummte leise. Ein gelblicher Schimmer blitzte in seinen Augen auf. »Ich habe ihn nicht dorthin geschickt, sondern vielmehr versucht, es ihm auszureden.«

»Dann haben Sie sich nicht ausreichend Mühe gegeben.«

»Es war hoffnungslos. Es war die undurchführbare Mission. Die, bei der jeder starb, der sie annahm. Er musste sie einfach antreten.«

»Weshalb?«

Wilmos seufzte. »Es ist kompliziert zu erklären.«

»Versuchen Sie es.«

Der alte Krieger beugte sich vor, seine Augen waren nahezu schwarz. »Man wird nicht als Soldat geboren, sondern zu einem gemacht. Wenn die Voraussetzungen stimmen, lassen sich die meisten Leute in Soldaten verwandeln. Sie befolgen Befehle, sie respektieren die Kommandostruktur, und wenn sich die Gelegenheit dazu ergibt, vollbringen sie Heldentaten. Doch tief drinnen hoffen Soldaten, dass es gar keinen Krieg gibt. Wenn sie die Wahl haben, meiden sie den Kampf, und wenn man sie in den Krieg zwingt, kämpfen sie nur, um schnell wieder nach Hause zu kommen. Sean ist kein normaler Soldat. Er ist ein Krieger. Krieg ist etwas Natürliches für ihn, wie für Sie das Atmen. Er zieht ihn an wie das Licht eine Motte.«

Bis sie verbrennt. »Aber warum dieser? Warum nicht irgendein anderer Krieg, einer von der Sorte, die irgendwann vorbei ist?«

»Weil er den härtesten Auftrag wollte, den ich zu bieten hatte, und als ich ihm den anbot, gab es einen festen Endpunkt. Es sollte nur sechs Monate dauern. Er hätte schon längst zurück sein sollen.«

Wilmos rieb sich über das Gesicht. »Es gibt viele Gründe, warum er den Auftrag angenommen hat. Etwa seine Eltern. Er wollte sich davon überzeugen, dass er Schulter an Schulter mit den beiden Personen stehen konnte, die so viel geopfert haben, um ihn in diese Welt zu bringen. Er hat geglaubt, er könne sich und ihnen beweisen, dass alles, was sie für ihn durchlitten hatten, nicht umsonst gewesen war, wenn er im härtesten aller Kriege bestand. Er wollte sie stolz machen. Sein Selbstwertgefühl hat auch eine Rolle gespielt. Er wollte sich im Spiegel betrachten können und dabei wissen, dass all seine Fähigkeiten und seine Kraft von Bedeutung waren. Sie wollen die beste Wirtin sein, die Sie sein können. Er will der beste Soldat sein, der er sein kann.«

Wilmos zuckte die breiten Schultern. »Ich habe auch dazu beigetragen. Ich habe ihm ins Gesicht gesagt, er sei die Krönung meiner Arbeit. Man kann jemanden kaum mehr unter Druck setzen, und wenn ich nicht alt und dumm wäre, hätte ich das auch erkannt. Er wollte mir beweisen, wozu er fähig war. Sean hasst es, andere zu enttäuschen. Sie waren auch nicht unwichtig.«

»Ich?«

»Ich habe ihn gefragt, ob er etwas zurücklässt. Er hat gesagt, er habe ein Mädchen mit Sternenstaub auf der Robe getroffen, und wenn er ihr in die Augen sähe, schaue das Universum zurück.«

»Das hat er gesagt?«

»Ja. Das Blut Auuls fließt in seinen Adern. Wir waren Krieger und Dichter, oft auch beides. Ich habe ihn gefragt, ob dieses Mädchen auf ihn warten würde, und er hat geantwortet, er sei sich nicht sicher.«

Wilmos seufzte. »Was glauben Sie, was er empfunden hat, als er Sie kennengelernt hat? Ich wette, wenn ich Ihnen irgendeine exotische, vernunftbegabte Spezies nenne, können Sie mir ihre Lieblingsfarbe sagen. Sie bewegen sich auf den Straßen Baha-chars und feilschen mit Händlern, Sie öffnen Türen zu Planeten, die Tausende von Lichtjahren entfernt liegen, und Sie nutzen komplizierte technische Geräte, als seien Sie mit ihnen aufgewachsen, denn genau das ist der Fall. Er wusste nur, was er auf der Erde gelernt hatte. Sie waren einander nicht ebenbürtig.«

»Aber ich wollte nie, dass er …«

»Ich weiß, und er weiß es auch. Er wollte ganz schnell lernen. Das hat er auch. Wenn Sie je Probleme mit einem gepanzerten Weltraumfahrzeug oder einer Partikelkanone haben, kann er sie wieder in Ordnung bringen.«

»Ich will nicht, dass er mein Weltraumfahrzeug repariert. Ich will, dass er heimkommt.«

Wilmos rieb sich wieder über das Gesicht, als versuchte er, den Druck wegzuwischen. »Das will er auch. Doch er ist dafür geschaffen, Belagerungen zu überstehen und Zivilisten zu beschützen, und alles, was er seit seiner Geburt erlebt hat – der Moralkodex seiner Eltern, die militärische Ausbildung, sein Dienst –, hat seine genetische Programmierung nur noch verstärkt. Dieser Trottel Nuan Cee hat Nexus mit Flüchtlingen überflutet. Dort verstecken sich ganze Familien in den Bunkern der Kolonie. Sean konnte sie nicht einfach zurücklassen. Biologische Programmierung ist nicht alles, sie ist allerdings auch nicht unerheblich. Bei ihm greifen Programmierung und Moralvorstellungen ineinander. Es gibt kaum eine stärkere Motivation.«

»Sean lässt niemanden im Stich, der seinen Schutz braucht.« Das hatte ich am eigenen Leib erfahren, als man unsere Nachbarn angegriffen hatte.

»Richtig«, bestätigte Wilmos. »Es geht darum, zu tun, was er für richtig hält. Das Überleben anderer hängt von ihm ab. Er hat bewiesen, was er beweisen wollte. Er ist der Beste. Er hat anderthalb Jahre auf einem Planeten überdauert, auf dem selbst erfahrene Söldner nur wenige Tage überleben. Er hat nicht die Kraft, zu siegen, doch er wird sich nie ergeben. Er ist all das, was wir uns erträumt haben, als wir seine Eltern erschufen.«

Ich atmete tief durch. »Er hat einen Vertrag auf Lebenszeit geschlossen, um mich vor dem Tod zu bewahren, als man mich vergiftet hat.«

Wilmos verzog das Gesicht. »Das überrascht mich nicht.«

»Mich schon. Wir haben gerade mal eine Woche miteinander verbracht. *Eine* Woche. Wir haben geflirtet. Uns ein Mal geküsst. Woher kommt diese … Hingabe?«

Der altgediente Werwolf sah mich eine ganze Weile eindringlich an.

»Was ist?«, fragte ich schließlich.

»Ich überlege, wie ich es Ihnen erklären kann, ohne Ihr Verhältnis zueinander endgültig zu zerstören. Ich habe schon genug Schaden angerichtet.«

»Warum sagen Sie es nicht einfach direkt?«

Wilmos holte tief Luft. »Sie sind jung.« Er fuchtelte unsicher mit den Händen herum, als versuche er vergeblich zu jonglieren. »Es ist nur … und bitte verstehen Sie das nicht als Angriff auf sich selbst … In langen, dunklen Nächten stellt man sich das Morgengrauen vor und wartet darauf. Das lässt einen durchhalten, gibt einem Hoffnung. Im Krieg durchforstet man seine Erinnerungen, bis man die richtige findet, den Anker, der einen an zu Hause bindet. Für ihn sind das Sie. Sie stehen für alles Reine, Sanftmütige und Schöne. Sie sind diejenige, die weinen würde, wenn sie erführe, dass er tot ist. Soldaten tun so was. Seemänner und die Besatzungen von Langstreckenraumschiffen auch. Ganz gleich, ob Mann oder Frau. Wir wünschen uns alle jemanden, der daheim auf uns wartet. Das ist denen gegenüber, die wir zurücklassen, nicht immer fair, aber so ist es nun mal.«

Gorvar erhob sich und trottete zu Wilmos, der dem großen Wolf den Kopf streichelte.

»Sean ist kein Idiot. Er weiß, dass zwischen Ihnen nichts Festes entstanden ist, doch er hält es für möglich, dass das noch passiert, wenn er von Nexus zurückkehrt. Er glaubt, Sie hätten eine Chance. Als er sich durch die lange Nacht gekämpft hat, blutgetränkt und ohne Aussicht auf ein Ende, dachte er an Sie.

Er hat daran gedacht, heimzukommen und Sie lächeln zu sehen. Sie geben ihm einen Grund, zu leben. Ihretwegen hat er weitergemacht. Er konnte Sie nicht sterben lassen. Das mit Ihnen war ziemlich aussichtslos, ich weiß. Ich hatte gehofft, dass Sie ihn im schlimmsten Fall auf nette Art in die Realität zurückholen würden, ohne ihm das Herz zu brechen. Nun spielt das keine Rolle mehr. Er wird sein Schicksal in dem Wissen annehmen, Sie beschützt zu haben, und das wird ihn mehr als zufrieden machen.«

»Er wird nirgends hingehen. Ich werde ihn retten«, erklärte ich. Ich würde mich später damit befassen, dass ich offenbar Seans Morgengrauen war. Jetzt musste ich erst mal sein Überleben sichern.

»Das können Sie nicht.« Wilmos' Augen waren voller Schmerz. »Der einzige Weg, ihn zu retten, wäre, Nexus den Frieden zu bringen. Das ist undenkbar. Ich weiß, die Schiedsleute arbeiten daran, doch es ist ein unmögliches Unterfangen. Die Parteien sind schon zu lange verfeindet. Deshalb hat die Schiedsstelle diese Aufgabe auch einem völlig unerfahrenen Schiedsmann übertragen, von dem noch nie jemand gehört hat.«

Gut zu wissen, dass es Georges erster Auftrag war. Ich beugte mich vor. »Sie haben selbst gesagt, ich hätte Sternenstaub auf der Robe und durch meine Augen sähe man das Universum. Ich will Sean retten. Dann überlege ich mir, ob ich ihm eine Chance gebe oder nicht. Im Augenblick steht das in den Sternen.«

Wilmos hob die Brauen.

Unsere Blicke trafen sich. »Ich bin kein Engel, der all seine Wunden heilen wird, ich bin nicht sein Morgengrauen, und ich bin auch nicht sein perfektes kleines Fräulein, das daheim darauf wartet, dass er aus dem Krieg heimkehrt. Das wird er ziemlich schnell lernen, wenn er es nicht schon weiß, und dann wird er sich entscheiden müssen, ob er die Träumereien hinter sich lassen und daran arbeiten will, mich wirklich kennenzulernen. Doch all das wird nicht passieren, wenn es mir nicht gelingt, ihn aus dem Vertrag mit den Händlern zu befreien. Werden Sie mir helfen oder nicht?«

Wilmos starrte mich eine Weile an. »Was brauchen Sie?«

Ich gab ihm einen Zettel. »Auf diese Person sind viele Kopfgelder ausgesetzt.«

Wilmos warf einen Blick auf den Namen und hob erneut die Brauen. »Ja.«

»Ich muss wissen, ob eines davon nach 2032 Standard vom Markt genommen wurde.«

»Das kann ich herausfinden.«

»Außerdem brauche ich den Psi-Verstärker.«

Wilmos lehnte sich zurück. »Der Psi-Verstärker arbeitet mit Lebensenergie.«

»Ich weiß.«

»Er verursacht Höllenqualen. Die Menschen kennen kaum einen größeren Schmerz.«

»Ich weiß.«

Wilmos dachte nach. »Na gut. Ich hoffe, Sie sind sich darüber im Klaren, was Sie tun.«

Das hoffte ich auch.

* * *

Nach der Hitze Baha-chars waren mir die niedrigen Temperaturen im Gasthaus sehr willkommen. Außerdem musste ich den Rollkoffer nicht länger hinter mir herziehen. Ich wollte den Psi-Verstärker nicht direkt am Körper tragen, deshalb hatte Wilmos ihn in eine Tasche mit Rädern gesteckt. Sie war sperrig und stellte ein leichtes Ziel dar. Ich hatte das

Ding fast zwei Kilometer durch die Straßen Baha-chars gezerrt, immer in Sorge, ein kühner Dieb würde versuchen, sie mir abzunehmen.

Doch jetzt war ich endlich daheim. Ich schlenderte mit dem Rollkoffer durch den Flur und schuf einen Bildschirm, um Verbindung zu George aufzunehmen. »Wir treffen uns im Ballsaal.«

Er nickte.

Es würde kein angenehmes Gespräch werden, aber das war mir egal.

Ich ging bis zum Ende des Saals. Wo wäre ein guter Ort …? An der Seite? Nein, ich wollte, dass sie einen Kreis um mich bildeten. Ich blieb mitten im Raum auf dem Mosaik stehen, das das Gertrude Hunt, umgeben von einem stilisierten Besen, darstellen sollte. Das sollte die beste Stelle sein.

In der Mitte des Mosaiks öffnete sich ein kleines Loch, das stetig wuchs und dabei die Steinchen verschluckte. Das war kein Problem. Ich würde es später wieder reparieren.

George betrat den Ballsaal.

»Das ist Ihr erster Einsatz«, begann ich.

»Ja.«

Das Loch war jetzt etwa einen Meter breit. Das würde reichen. Ich hob die Hand, um eine der stärkeren Wurzeln des Gasthauses hervorzulocken. Dünnere würden nicht reichen. Sie waren nur Kapillaren, und ich brauchte eine direkte Verbindung zum Herzen des Gasthauses. Das würde eine Weile dauern.

»Wollten Sie sich damit ein Abzeichen verdienen? Indem Sie Ihren ersten Auftrag ausführen, ohne sich im Geringsten darum zu scheren, was Sie anderen dafür abverlangen?«

»Abzeichen sind etwas für Leute, die auf Anerkennung aus sind«, antwortete George. »Mir sind solche Dinge einerlei.«

»Menschen sind Ihnen anscheinend auch einerlei. Sie sind hergekommen und haben sich mein Vertrauen erschlichen. Sie haben behauptet, nichts über Gasthäuser oder ihre Funktionsweise zu wissen. Dann haben Sie systematisch in die Ereignisse eingegriffen, mich Schritt für Schritt manipuliert und letztlich an diesen Punkt gebracht.«

»Den konnten Sie nur mit wachsender Verzweiflung erreichen«, sagte George.

»Korrekt. Wussten Sie, dass Sean Turan Adin ist und wir eine gemeinsame Vergangenheit haben?«

»Ja. Ich hielt es für möglich, dass Ihnen seine Anwesenheit den letzten Schubs gibt. Nuan Cee wurde immer verzweifelter. Er steht mit dem Rücken zur Wand. Sowohl die Heilige Anokratie als auch die Horde sind kriegerische Kulturen, die Lees dagegen nicht. Dass der Krieg kein Ende nimmt, trifft sie härter als die anderen. Die Verehrung der Ahnen ist ein so wichtiger gesellschaftlicher Grundpfeiler ihrer Kultur, dass sie einander für das Privileg, sich um die Ahnen kümmern zu dürfen, sogar töten. Nuan Cee ist praktisch ausgeschlossen. Seine Besessenheit von der Idee, die Ausgestoßenen zu einem Clan zu machen, beherrscht seit zwanzig Jahren seine Geschäftsstrategien. Er hat sich die Zeit genommen, seine Spuren zu verwischen, aber wenn man seine Finanzmanöver vor dem Hintergrund seiner Abstammung betrachtet, wird das Muster recht schnell deutlich. Als er endlich die Rechte an Nexus erwerben konnte, muss das für ihn ein Triumph gewesen sein. Endlich konnte er seine Leute heilen. Er hat die Kolonisierung überstürzt. Sie war mit großer Wahrscheinlichkeit die emotionalste Entscheidung seiner gesamten Karriere. Dann sah er alles zerfallen.«

»Er hat seine eigenen Leute in Gefahr gebracht.«

George schüttelte den Kopf. »Er glaubte, das Richtige zu tun. Doch ohne Frieden gibt es keinen Clan, keinen Schrein, keinen Abschluss. Er wollte Turan Adin in die Verhandlungen einbeziehen, weil er seine stärkste Waffe ist. Ich musste ihm nur eine passende Ausrede liefern. Ich wusste, da die Verhandlungen stockten und der älteste Sohn der Khanum im vergangenen Jahr auf Nexus gestorben war, würde sie das Herbstfest brauchen. Es war ihre einzige Chance, ihn wiederzusehen. Dafür hätte sie fast alles getan. Daher machte ich Robart deutlich, dass manche Leute eine Situation erst dann begreifen, wenn sie sie vor ihren eigenen Augen haben. Seine gerade geschlossene Allianz mit Haus Meer war noch alles andere als gesichert. Der Kummer über den Tod seiner Geliebten machte ihn blind. Haus Meer wusste das und hatte sehr wenig Vertrauen zu ihm. Als er Meer also metaphorisch und tatsächlich einen Platz am Tisch anbot, ergriff das Haus seine Chance und schickte drei seiner Besten, um die Verhandlungen zu torpedieren, ehe Robart zur Vernunft kam.«

»Wann?«

George sah mich fragend an. »Was wann?«

»Wann haben Sie Robart das vorgeschlagen?«

»Am zweiten Tag der Konferenz.«

Ich starrte ihn an.

»Eine solche Saat muss man im Voraus pflanzen. Robart ist sensibel und besitzt die unglückliche Verbindung aus einem edlen Geist und einem gewissen angeborenen Glauben an die Gerechtigkeit der Welt. Seine Instinkte sagen ihm, wenn er nur das Richtige tut und dafür sorgt, dass alle um ihn herum seinem Beispiel folgen, wird das Leben ihn dafür belohnen. Er ist eine komplexere Version des sprichwörtlichen Ritters ohne Furcht und Tadel, der glaubt, wenn er den bösen Drachen tötet, werde er eine schöne Prinzessin retten, die ihn dann für immer lieben wird, und wenn sie nicht gestorben sind, dann leben sie noch heute glücklich in ihrem Schloss. Er hat so hart gearbeitet, hat sich am Drachen vorbeigekämpft, aber seine Prinzessin ist tot, und sein Schloss ist verlassen und leer. Er hat erfahren müssen, dass das Leben nicht fair ist, sondern vielmehr von Grund auf ungerecht. Es hat ihm seine glückliche Zukunft geraubt, sie zermalmt und in den Staub getreten. Diese Erkenntnis ist zu viel für ihn. Er ist emotional angeschlagen und fällt von einem Extrem ins andere.

Ein Mann in dieser Gefühlslage kann nicht schnell vernünftige Entscheidungen treffen. Ich musste ihm Zeit geben, meinen Impuls zu verdauen, bis seine Gefühle nicht mehr so brodelten. In der Zwischenzeit entwickelte er durch den Umgang mit seinen Gegnern Mitgefühl für sie. Er war mit dem Wunsch hergekommen, alles und jeden niederzubrennen, doch jetzt empfand er plötzlich Mitleid mit dem Feind. Das stürzte ihn in einen unlösbaren Konflikt, also tat er, was ich erwartet hatte: Er kontaktierte seine Verbündeten in der Hoffnung, sie würden sich die Situation anschauen und ihm die richtigen Tipps geben, seine Zweifel ausräumen. Er kam zu dem unvermeidlichen Schluss, dass die Meer selbst an dem Gipfel teilnehmen sollten.«

Er konnte kein Mensch sein. Kein Mensch konnte Wahrscheinlichkeiten so weit im Voraus berechnen.

»Der Rest ergab sich von selbst«, fuhr George fort. »Der Giftanschlag war ein Joker, doch er wirkte sich letztlich positiv für uns aus. Hätte ich die Wahl gehabt, ich hätte Sie nicht vergiftet, Dina. Es war zu riskant. Ich brauche Sie für den letzten Akt dieses Dramas, und ich mag Sie wirklich. Bei aller Skrupellosigkeit sind mir meine Freunde sehr wichtig. Deshalb habe ich nur so wenige. Ich versuche, Freundschaften zu vermeiden.«

»Weil Sie Menschen, die Sie kennen, möglicherweise töten müssen?«

Er nickte. »Ja.«

Eine dicke Wurzel schob sich aus der Öffnung im Boden, umgeben von einem Netzwerk dünnerer Triebe. Ich ließ sie fast einen Meter hoch wachsen und öffnete die Tasche. Darin befand sich ein runder weißer Edelstein von der Größe eines Fußballs, der funkelte wie ein Diamant.

Die dünneren Wurzeln bewegten sich auf ihn zu, hoben den Edelstein an und zerrten ihn zur Hauptwurzel, dann legten sie sich eng um ihn und bildeten einen Kokon. Der Psi-Verstärker war einsatzbereit. Hoffentlich würde sich das Gertrude Hunt in den nächsten paar Stunden mit ihm verbinden.

»Ich verstehe die Khanum, ich verstehe Robart, und ich verstehe Nuan Cee.« Ich schüttelte den Kopf. »Sie hingegen verstehe ich immer noch nicht.«

George seufzte, sein attraktives Gesicht wirkte resigniert. »Na gut. Ich denke, das bin ich Ihnen schuldig.«

Er hob seinen Stock und klopfte damit sachte auf den Boden. Aus dem Knauf des Stocks brach eine große Projektion hervor, die sich vor uns erstreckte und fast die Hälfte des Ballsaals einnahm.

Zerklüftete Berge ragten aus karger braungrüner Erde auf. Auf ihren gelben Flanken brach sich das Licht einer grünen, kränklichen Sonne, die am Himmel prangte wie eine eitrige Wunde. Nexus. Heiß bei Tage, kalt bei Nacht, immer hässlich, und doch verbargen sich immense Bodenschätze direkt unter der Kruste des Planeten.

»Ich war fünf, als mein Großvater starb«, begann George. Seine Stimme klang hohl. »Er war ein Pirat, ein Schwertkämpfer und ein Vagabund. Er erzählte großartige Geschichten. Der beste Großvater, den sich ein Kind nur wünschen kann. Unsere Mutter war schon tot, unser Vater hatte uns verlassen, es gab also nur noch meine ältere Schwester, Jack, mich und meine

Großeltern. Aus diesem Grunde war ich sehr traurig, als er von uns ging.«

Auf dem Bildschirm betrat George die Ödnis von Nexus. Er trug eine einfache Hose und ein schlichtes weißes Hemd. Sein offenes blondes Haar umwehte ihn. Sein Gesicht war heiter und so schön … Er sah fast aus wie ein Engel, eine seltsame, unvergessliche Fata Morgana, heraufbeschworen von einem Planeten, der sich etwas anderes wünschte als Einöde.

Georges Stimme war leise, vertraulich, die Art von Stimme, die andere tief in der Seele berührte. »Ich war so unglücklich, dass ich ihn ins Leben zurückrief. Jeder glaubt, die Toten würden sich als geistlose Monster erheben. Bei Nekromanten trifft das auch zu. Die Toten erheben sich ohne die Last des Lebens, das hinter ihnen liegt, ohne Geist und ohne Schmerz.«

Ich ahnte, was er gleich sagen würde, und hielt den Atem an.

»Bei dem Etwas, das zurückkehrte, handelte es sich nicht um meinen Großvater. Es hatte Krallen und Fänge. Es fraß streunende Hunde. Doch es konnte sprechen und kannte meinen Namen. Es erinnerte sich meiner. Es erinnerte sich, wie der Mann, der es ehemals gewesen war, gestorben war. Es erinnerte sich an den Schmerz in diesem Moment und betrauerte die Liebe, die er verloren hatte.«

Der andere George schritt immer weiter. Die zerklüfteten Klippen machten einem weiten Tal mit rauem, unebenem Grund Platz, das sich vor ihm erstreckte. Er war ganz und gar allein.

»Als die Schiedsstelle mir diesen Auftrag erteilte, ging ich sämtliche Akten noch einmal durch, nur um herauszufinden, dass ich diesen Krieg nicht verstand. Jeder, der auch nur die leiseste Ahnung von Strategie und Taktik hat, hätte erkannt, dass keine der Fraktionen ihn gewinnen konnte. Er frisst

Ressourcen, Zeit und Leben, und je länger er dauert, desto schwächer werden alle Beteiligten. Weshalb sollten diese drei Nationen, die nur aus Pragmatikern bestehen, die alle erfahren darin sind, im Krieg und im Handel ihre Chancen genau abzuwägen, sich unaufhörlich gegenseitig die Köpfe einschlagen, jahrelang Leben in einem Krieg vergeuden, den sie nicht gewinnen können? Warum hörten sie mit den so kostspieligen, völlig sinnlosen Schlachten nicht einfach auf? Es ergab keinen Sinn.«

Der George in der Aufnahme blieb stehen. Ein grellweißes Licht blitzte in seinen blauen Augen auf. Er hob die rechte Hand, seine Finger deuteten wie Krallen himmelwärts.

»Da ich es nicht begriff, ging ich nach Nexus.«

Der Wind fuhr in sein Haar, wurde immer stärker, zerrte an seiner Kleidung.

»Wissen Sie«, sagte er, und seine Stimme war voller Trauer, »die Lebenden lügen. Sie können nicht anders. Sie lügen aus Mitleid, Notwendigkeit und Eigeninteresse. Doch die Toten sprechen stets die Wahrheit.«

Auf dem Bildschirm sah ich den Boden rund um Georges Füße aufbrechen, als hätte sich die trockene Kruste der Wüste auf Nexus jäh verflüssigt.

»Also ging ich nach Nexus und fragte sie.«

Körper erhoben sich, manche faulend, manche schon skelettiert, und sie alle streckten die Hände nach ihm aus. Hunderte Leichname reckten ihm fast schon flehentlich die Gliedmaßen entgegen, und dann hörte ich sie, die dumpfen Klagelaute, die aus zahllosen Wesen gleichzeitig drangen und so schrecklich klangen, dass ich mir die Hände auf die Ohren pressen und nur noch wegrennen wollte.

»Es heißt, die Toten haben keine Erinnerungen und kennen keinen Schmerz.« Georges Stimme war kaum mehr als ein

Flüstern, übertönte aber irgendwie das Jammern der Leichen. »Ich kann das nicht bestätigen.«

Die Toten schrien immer lauter, zerrten flehend an Georges Kleidung. George stand im Zentrum dieses Mahlstroms, die Augen voller Schmerz. Tränen rannen ihm übers Gesicht. Er weinte, und die Toten weinten mit ihm.

»Jetzt verstehe ich es. Sie kämpfen, weil sie nicht aufhören können«, sagte er, und seine Stimme drang trotz des Klagegeheuls irgendwie an mein Ohr. »Sie haben dort ihre Freunde und ihre Liebsten begraben. Der Boden ist mit ihrem Blut getränkt, und sie haben nichts davon. Die Vorstellung, dass die, die sie verloren haben, umsonst gestorben sind, ist zu schmerzhaft und zu schrecklich, um sie zuzulassen. Das ist kein Krieg der Lebenden, sondern ein Krieg der Toten, Dina. Doch Sie müssen mir glauben: Den Toten ist er egal. Ich kann mir Zugang zu ihren letzten Erinnerungen und Gefühlen verschaffen, aber sie sind nicht mehr dieselben Wesen wie zu Lebzeiten. Sie sind Echos eines sterbenden Geistes. Sie besitzen keine Seele.«

Auf dem Bildschirm brach ein weißer Blitz aus George hervor. Die Kadaver fielen alle im selben Augenblick zu Boden. Er stand ganz allein da.

»Die Übrigen haben vergessen, dass sie noch leben. Sie glauben, mit ihren Toten mehr gemein zu haben als mit ihrem Feind. Nichts könnte weiter von der Wahrheit entfernt sein. Ich kenne den Unterschied zwischen Leben und Tod. Zwei lebende Wesen vom entgegengesetzten Rand der Galaxie haben unendlich viel mehr miteinander gemeinsam als die Lebenden und die Toten aus derselben Familie.«

Der echte George, der, der neben mir stand, berührte seinen Gehstock, und die Projektion verschwand.

»Der Krieg auf Nexus muss aufhören«, sagte er. »Doch das wird nicht durch edle Absichten geschehen, denn wenn gute

313

Absichten, Mitgefühl und tiefschürfende Gespräche ihm ein Ende hätten bereiten können, würde schon Frieden herrschen. Um etwas so Schreckliches zu beenden, muss man manchmal unter großen persönlichen Verlusten etwas ebenso Schreckliches tun, und dieses Schreckliche kann nicht von der Hand eines der Hauptdarsteller in diesem Konflikt ausgehen. Sie müssen mit weißer Weste, geeint und schuldlos davonkommen, sonst wird der Frieden nicht von Dauer sein. Jemand muss ihnen ins Gedächtnis rufen, dass sie noch leben, muss die Schuld und die Wut auf sich laden, die damit einhergehen. Dieser Jemand bin ich. Ich übernehme die volle Verantwortung für morgen. Ich habe diese Situation erzwungen. Es tut mir leid, dass Sie auch daran beteiligt sein müssen. Es war unfair von mir, Sie dafür zu benutzen. Niemand wird je erfahren, was Sie getan und welchen Preis Sie dafür gezahlt haben. Unsere Namen werden in Vergessenheit geraten, doch wir beide werden uns daran erinnern und wissen, warum wir es tun mussten. Der Psi-Verstärker arbeitet mit Magie. Ich werde ihn morgen für Sie aufladen.«

Er wandte sich ab und ging, ließ mich auf dem Mosaik stehen.

Es war nicht lange her, da hatte ich zu Sophie gesagt, George sei gnadenlos. Sie hatte geantwortet, er sei voller Mitleid und gnadenlos zugleich, ein Widerspruch in sich. Jetzt verstand ich ihre Worte. Es war kein Widerspruch. George war sich selbst gegenüber gnadenlos.

Wenn all das vorüber war, würden alle – auch ich – jemanden brauchen, dem sie die Schuld für den Schmerz und das Leid geben konnten, die uns bevorstanden. Wir würden eine Zielscheibe brauchen, und er hatte sich freiwillig eine auf die Brust gemalt. Er lud sich alles auf, weil die Toten auf Nexus geweint hatten, als er ihnen ihre Erinnerungen zurückgegeben hatte. Er würde alle Schuld auf sich nehmen und tragen, mir die Absolution erteilen, weil er mich zu meinen Taten gezwungen hatte. Dasselbe hatte er auch gerade eben getan, als er gesagt hatte, er habe mich benutzt.

Ich würde ihn am nächsten Tag im Auge behalten müssen. Er würde so viel wie möglich von sich in den Psi-Verstärker speisen. Ich wollte aber nicht, dass George starb.

KAPITEL 16

Ich stand direkt hinter der Tür und beobachtete den großen Ballsaal durch einen venezianischen Spiegel, den das Gasthaus für mich erschaffen hatte. Der große Raum glänzte an diesem Abend, die Sternbilder an seiner Decke strahlten, der Boden leuchtete geradezu.

Die Heilige Anokratie stand in voller Rüstung rechts, Schulter an Schulter, wie eine Phalanx antiker Krieger, die ihre Körper als Schilde benutzten. Ihnen gegenüber wartete mit grimmigen Gesichtern die Horde, breit aufgefächert, an der Spitze die Khanum, zu ihrer Linken ein großer Schütze, zu ihrer Rechten Dagorkun.

Clan Nuan hatte sich ebenfalls links zusammengedrängt, allerdings ein Stück von den Otrokars entfernt, und schirmte seine Matriarchin ab. Turan Adin hatte in voller Rüstung zwischen ihnen und der Horde Stellung bezogen.

Die Wagenburg stand, die Waffen waren einsatzbereit, und die Mienen zeigten Entschlossenheit. Sie beäugten einander gewaltbereit, musterten aber auch den Spross, der sich in der Raummitte erhob und inzwischen einen Meter zwanzig hoch war. Seine dicken, grünen Kelchblätter waren fest geschlossen.

Meine Eltern hätten sich für mich geschämt. Dies waren die Gäste meines Hauses. Sie hatten fast zwei Wochen im Gertrude Hunt verbracht, an einem Ort, der sie hätte beschützen und behüten sollen, doch sie rechneten jeden Augenblick mit einem Angriff. Wenn das die Vereinigung der Wirte mitbekam, würde das Gertrude Hunt all seine Sterne verlieren. Aber ich konnte es in diesem Augenblick nicht ändern.

George stand mit ernster Miene neben dem Spross. Die Goldstickerei seiner weichen braunen Weste, die im Farbton von Whisky schimmerte, glitzerte schwach im Licht. Seine Leute hatten jeweils hinter den Fraktionen Aufstellung bezogen: Jack hinter den Vampiren, Sophie hinter der Horde und Gaston hinter den Händlern.

Er hatte das vor dem Treffen mit mir besprochen, und als ich nach den Gründen für diese Aufteilung gefragt hatte, hatte er mir mitgeteilt, dass Gaston über eine natürliche Giftresistenz verfügte, Sophie einen starken psychologischen Einfluss auf die Horde hatte und Jack offenbar sehr geübt darin war, gegen gerüstete Soldaten zu kämpfen.

Ich ging im Geiste meine Checkliste durch: Beast und der Kater waren in meinem Schlafzimmer eingeschlossen, und das Gasthaus würde sie nicht herauslassen, die Geräuschdämpfer waren eingeschaltet, und die Fassade zur Straße hin war verstärkt. Ja, alles erledigt. Man hätte jetzt im großen Ballsaal eine Bombe zünden können, ohne dass es jemand außerhalb des Gasthauses mitbekommen hätte.

Das Rascheln von Stoff verriet mir, dass Ihre Hoheit am Fuß der Treppe angelangt war.

Sie trug ein dunkelgrünes, seidig schimmerndes Kleid, das auf einer Seite an der Hüfte mit einer juwelenbesetzten Brosche gerafft war und einen langen Rock mit einer Schleppe mit glitzernder Stickerei hatte. Lange, dazu passende Handschuhe bedeckten ihre Hände und Arme.

Ein luxuriöser Pelzkragen in dunklem Jägergrün, dessen Härchen stufenweise die Farbe änderten, bis sie in blutroten Spitzen endeten, lag um ihre Schultern. Aus dem Kragen ragten zwanzig Zentimeter lange, schwarz-grüne Stacheln, die biologischen Waffen eines schon lange toten außerirdischen Raubtiers. Entsprechende kleine Dornen bedeckten ihre kunstvoll mit Juwelen verzierte Haarspange.

Ein Smaragdhalsband, dessen einzelne Steine jeweils die Größe meines Daumennagels hatten und von kleinen, schillernden Diamanten umrahmt waren, lag um ihren Hals.

Sie sah von Kopf bis Fuß genau nach dem aus, was sie war: ein skrupelloser, gerissener Jäger, bewaffnet mit rasiermesserscharfer Intelligenz und ohne jeglichen moralischen Vorbehalt.

Caldenia erblickte meine Robe. Sie hob die Brauen.

Unter normalen Umständen waren Wirtinnen und Wirte unauffällige Schatten, leicht zu finden, wenn Gäste sie brauchten, aber ansonsten diskret im Hintergrund. Unsere Roben spiegelten das wider: Sie waren grau, braun, dunkelblau oder jägergrün und dienten uns als eine Art Uniform. Wir mussten keinen Eindruck schinden. Ein wenig Stickerei am Saum war das Höchstmaß an Verzierung, das wir uns gestatteten.

Doch ab und an gab es Anlässe, die es erforderten, das volle Ausmaß unserer Macht sichtbar zu machen. Dies war einer dieser Tage.

Ich trug meine Gerichtsrobe. Sie war pechschwarz und verschluckte das Licht, sog den Betrachter an, und wenn man sie zu lange betrachtete, hatte man das seltsame Gefühl, in einen bodenlosen, dunklen Brunnenschacht zu stürzen, als hätte jemand tief aus dem Abgrund urtümliche Dunkelheit emporgezerrt und zu Stoff versponnen.

Das Material der leichten, weiten Robe war so dünn, dass der leiseste Lufthauch es bewegte, und selbst jetzt, wo kein

Lüftchen ging, kräuselte sich der Saum wie durch eine mystische Energie.

Die Robe war für Blicke undurchdringbar. Ganz egal, welche hoch entwickelten optischen Geräte jemand einsetzte, um seine Augen zu verbessern, ich sah immer gleich aus – wie ein Gespenst, eine furchterregende Cousine des Grimmen Schnitters, denn die Kapuze verbarg mein Gesicht, sodass nur Mund und Kinn erkennbar waren. Der Besen in meiner Hand hatte sich in einen obsidianfarbenen Stab verwandelt. Ich war kein Individuum mehr, sondern eine Verkörperung aller Gasthäuser und ihrer Wirtinnen und Wirte.

Es gab auf der Welt nur wenige universelle Prinzipien. Eines davon lautete, dass die meisten auf Wasser beruhenden Lebensformen Tee tranken. Ein anderes besagte, dass wir fürchten, was wir nicht sehen können. Man würde meine Robe anstarren, versuchen, die Umrisse meines Körpers zu erkennen, und wenn der Abgrund den Betrachter zwang, den Blick abzuwenden, würde er nach meinen Augen suchen, um sich zu überzeugen, dass ich keine Bedrohung darstellte. Aber diese Beruhigung würde ihm verwehrt bleiben.

»Nun«, bemerkte Caldenia. »Das dürfte interessant werden.«

»Bleibt an meiner Seite, Hoheit.«

»Das werde ich, meine Liebe.«

Vor mir teilte sich die Wand, und ich betrat den Ballsaal. Sie alle hatten ihren großen Auftritt gehabt. Jetzt war es Zeit für meinen.

Das leise Murmeln erstarb. Stille breitete sich im Saal aus, und durch diese Stille glitt ich geräuschlos über den weißen Marmor. Wenn ich mich bewegte, kroch Dunkelheit über Boden, Decke und Wände, eine bedrohliche Machtdemonstration. Das Licht erstarb. Meine Anwesenheit ließ die Sternbilder erlöschen. *Seht, wie ich eurem Universum ein Ende setze.*

Ich erreichte den Spross. George wich nicht zurück, zog es jedoch eindeutig in Betracht, denn er beugte sich unbewusst nach hinten und versuchte, den Abstand zwischen uns zu vergrößern. Hinter mir wogte Finsternis und verfestigte sich schließlich, ein Anti-Sonnenaufgang, der die Sterne verdunkelte. Caldenia nahm links hinter mir Aufstellung.

Niemand sagte ein Wort.

Vor mir teilte sich der Boden, und ein dünner Stängel des Gasthauses hob ein Tablett empor, auf dem eine gläserne Teekanne stand, die halb voll Wassatee war. Das Licht im Inneren des Tabletts ließ die Teekanne aufleuchten, sodass der Tee funkelte wie ein kostbarer Rubin. Oder wie Blut.

Die Horde erstarrte. Nuan Cee hielt sichtbar den Atem an.

»In diesem Gasthaus hält sich ein Mörder auf.« Meine Stimme hallte durch den großen Ballsaal, ein Bühnenflüstern voller Kraft. »Ein Mörder, den ich jetzt bestrafen werde.«

»Mit welchem Recht?« Die Frage kam von der Seite der Vampire.

Ich hatte die Spannung auf ein Höchstmaß gesteigert. Sie alle waren bereits extrem nervös gewesen. Wenn ich nicht vorsichtig war, würde mir hier alles um die Ohren fliegen.

»Auf Grundlage des Vertrags, den Eure Regierungen unterzeichnet haben. Wer innerhalb eines Gasthauses Gäste angreift, verliert jeglichen Schutz seines Heimatlandes. Sein Status, sein Reichtum und seine Position spielen dabei keine Rolle. Ihr befindet Euch in meiner Domäne. Hier bin ich allein Richter, Geschworene und Henker.«

Ich wandte mich um, und meine Robe glitt sacht über den Boden. Ich umkreiste die Teekanne. Aus der Decke ergoss sich eine Projektion: Ich saß auf dem Diwan, Dagorkun servierte den Tee, Caldenia nahm ihre Tasse.

»Einer der Anwesenden hat versucht, sich ungesehen durch mein Gasthaus zu bewegen. Einer der Anwesenden hat ein Gerät verwendet, das sein Äußeres verborgen hat.«

Die Spannung war mit Händen zu greifen. Ich wartete darauf, dass sie sich mit einem Donnerschlag entlud.

»Dieses Gerät hat dann jemand gestohlen und dupliziert. Der Besitzer hat das Original wieder. Das Duplikat wiederum hat jemand benutzt, um den Tee in diesem Kessel zu vergiften.«

Der rubinrote Tee leuchtete im Licht auf. »Wer?«, verlangte Arland zu wissen, »und wer hat dieses Gerät mitgebracht?«

»Ich«, sagte Nuan Cee.

»Sie!«, fauchte die Khanum.

Hinter mir fächerte sich die Finsternis auf wie eine hungrige Bestie, die bereit war, jemanden zu verschlingen. Alle verstummten.

»Es gibt nur drei Motive für einen Mord: Sex, Rache«, ich machte eine Kunstpause, »und Gier.«

Die Projektion zeigte jetzt einen Vertrag. Groß, fast drei Meter hoch, hing er wie ein Banner von der Decke. Darauf waren Worte zu sehen, die aus seltsamen Schriftzeichen bestanden, und daneben ein Bild Caldenias.

»Weniger als einen Tag, nachdem der Ort dieses Friedensgipfels bekannt wurde, verschwand dieser Vertrag vom Markt«, fuhr ich fort. »Jemand hatte den Auftrag angenommen.«

Die Symbole verwandelten sich in galaktische Standardschrift und zeigten eine Zahl, die groß genug war, um einen kleinen Planeten zu kaufen. Im Hintergrund pfiff Jack.

»Cai Pa?« Caldenia blinzelte. »Willst du mir sagen, dass das alles von diesem wehleidigen Wurm von einem Magnaten ausgeht, der seinen Palast mit juwelenäugigen Porträts seiner schrecklichen Familie vollgehängt hat? Nach zwanzig Jahren will er wegen einer beiläufigen Bemerkung noch immer meinen Tod?«

»Ja.«

Caldenia legte geziert die Hand an die Brust, sodass ihre Fingerspitzen kaum die Haut berührten, lehnte sich zurück und lachte. Es war ein lautes, kehliges Lachen, das den Dschungel dreieckiger, spitzer Zähne in ihrem Mund sichtbar werden ließ.

Alle starrten sie an.

»Nach all den Jahren habe ich's immer noch drauf.« Sie wirkte sehr zufrieden.

»Die Frage ist, warum die gesamte Kanne vergiftet wurde«, sagte ich. »Sie war für drei Leute gedacht, und alle drei wären gestorben. Die Konsequenzen für die beteiligten Fraktionen wären schwerwiegend gewesen.«

Ich kehrte zurück zu der Kanne und hielt die Hand darüber. Das Gefäß reagierte, indem es einen hellen Funken abgab.

»Ein erfahrener Attentäter hätte Zeit und Ort seines Anschlags mit Bedacht gewählt. Ein erfahrener Attentäter hätte die Risiken abgewogen und erkannt, dass man sein Verbrechen entdecken und ihn bestrafen würde. Der verehrte Nuan Cee ist ein erfahrener Attentäter, gerissen, klug und diszipliniert. Er wäre ein solches Risiko nicht eingegangen.«

Ich wandte mich wieder ab. Die Bewegung meiner Beine beim Gehen reichte aus, um meine Robe wogen zu lassen wie von einer geheimnisvollen Kraft, und ich musste so viel Eindruck schinden wie möglich.

»Nein, dieser Attentäter war ungeübt. Unerfahren. Jung. Verzweifelt und leicht in Versuchung zu führen.«

Nuan Cees Lippen bebten und enthüllten die Spitzen seiner Zähne. Er hatte gerade eins und eins zusammengezählt.

»Verrate uns, verehrter Händler, wie lautet die ungeschriebene Regel deines Clans, wenn ein kluges Familienmitglied demnächst erwachsen wird?«

»Der Clan sorgt dafür, dass die betreffende Person der Familie noch eine Weile verbunden bleibt«, erwiderte Nuan

Cee mit zusammengebissenen Zähnen. »Dies geschieht, um das Geld der Familie zusammenzuhalten.«

»Wie zum Beispiel bei Cookie?«

Die Projektion zeigte eine Nahaufnahme des Smaragds, der sich in Luft auflöste. Cookie keuchte.

»Ja«, sagte Nuan Cee.

»Ihr sorgt dafür, dass Kinder, die demnächst erwachsen werden, einen Fehler machen, einen Fehler, durch den sie in der Schuld des Clans stehen, einer Schuld, die sie dann zurückzahlen müssen?« Ich musste es haarklein erklären, damit es auch alle kapierten.

»Ja.«

»Wie viele Jahre Dienst schuldet dir Nuan Sama?«

Der Nuan-Clan schien sich in der Mitte zu teilen, als alle Angehörigen gleichzeitig beiseitetraten. Nuan Cees Nichte stand allein im Kreis ihrer Familienangehörigen.

»Nuan Sama hat nicht nur einen Fehler gemacht«, presste Nuan Cee hervor. »Sie steht tief in der Schuld des Clans.«

»Ich war das nicht.« Nuan Sama lächelte. »Warum hätte ich etwas so Idiotisches tun sollen? Ich liebe meinen Clan. Ich will ihn gar nicht verlassen.«

Wow. Sie hatte echt Chuzpe.

»Als Hardwir das Fahrzeug mit dem Molekularsynthesizer repariert hat, hat er Sie um Hilfe gebeten. Sie sind Expertin für Alterssequenzierung.«

Ich wandte mich zu den Vampiren um. Den Ingenieur hatte ich schon vor der Versammlung befragt. Ich kannte die Antworten auf die Fragen, die ich jetzt zu stellen gedachte.

»Was hat Nuan Sama Euch vor Beginn der Reparaturen vorgeschlagen?«

»Sie sagte, wir sollten unser Vorhaben vorher an einem komplexen Ausrüstungsgegenstand ausprobieren, um optimale Ergebnisse zu garantieren«, antwortete Hardwir.

»Hat sie einen solchen Ausrüstungsgegenstand mitgebracht?«

»Ja.«

»Der geschätzte Ingenieur hat das falsch verstanden«, widersprach Nuan Sama. »Ich habe ihm einen Teil unseres Schiffes gebracht.«

»Ihr habt mir einen Bildstörer gebracht«, erklärte Hardwir. »Wir haben ihn dupliziert, und dann habt Ihr beide Exemplare wieder mitgenommen.«

»Sein Wort steht gegen meines«, beharrte Nuan Sama.

»Außer den Otrokars war nur drei Personen bekannt, dass die Khanum mich zum Tee eingeladen hatte«, fuhr ich fort. »Ihre Hoheit, die ich kontaktiert hatte, unmittelbar nachdem ich selbst die Einladung erhalten hatte, Sie und ich selbst.«

»Das kann die verehrte Wirtin nicht wissen«, entgegnete Nuan Sama. »Schließlich hat sie nicht einmal gemerkt, dass ihr Tee vergiftet war.«

Netter Versuch. »Als Sie das Gift in die Kanne gegeben haben, spürten Sie einen Luftzug. Haben Sie sich gar nicht gefragt, was das gewesen sein könnte?«

Nuan Sama schüttelte den pelzigen Kopf, und die zahlreichen Silberringe in ihren Ohren klirrten leise, als sie gegeneinanderstießen. »Ich war das nicht.«

»Dieser Luftzug war Farbe«, fuhr ich fort. »Das Gasthaus hat Sie markiert. Sollen wir Ihr Fell einmal nach Flecken untersuchen?« Eine Lampe wuchs aus der Decke.

Nuan Sama wartete nicht auf das Licht. Sie sprang senkrecht nach oben und drehte sich in der Luft in dem Versuch, über ihre Clangeschwister hinwegzugelangen. Etwas Pelziges schoss so schnell, dass man mit den Blicken kaum folgen konnte, auf sie zu. Es prallte mitten in der Luft gegen sie und landete mit ihr im Kreis der Clanmitglieder. Es war ihr Onkel. Pfoten packten sie, als ihre Verwandten herbeieilten, um sie zu ergreifen.

»Du hast einen nicht von der Familie abgesegneten Vertrag geschlossen?« Nuan Cees Stimme war voller Trauer.

»Ja«, fauchte sie.

»Warum?«

»Warum?« Nuan Sama erhob ihre zitternde Stimme. »Warum? Muss ich dir das sagen? Ich bin seit Jahren erwachsen. Ich will meine Freiheit. Ich will mein Geld, das Geld, das mir seit dem Erwachsenwerden zusteht und das ihr mir gestohlen habt, du und die anderen. Ihr habt mich in die Falle gelockt und lasst mich schuften wie eine Leibeigene. Merkt ihr denn gar nicht, dass ihr mich erstickt? Ich kann nicht einmal dieselbe Luft atmen wie ihr. Sie ist Gift für mich, Onkel.«

Der Boden unter Nuan Samas Füßen verflüssigte sich. Sie sank ein. Die Füchse versuchten hektisch, sie herauszuziehen. Panik nahm Nuan Sama den letzten Rest Fassung.

»Onkel!«, schrie sie.

Nuan Cee wirbelte zu mir herum. »Nein!«

»Sie gehört mir«, sagte ich und legte all meine Magie in meine unheimliche Stimme.

Nuan Sama war bis zu den Knien eingesunken. Sie schrie und wimmerte jetzt und stieß grelle Fuchslaute aus, während ihre Familie verzweifelt versuchte, sie zu befreien.

»Sie wird ihre Strafe bekommen!«, schrie Nuan Cee.

»Ich weiß«, antwortete ich ihm. »Es wird weder leicht noch angenehm werden.«

»Ein Gefallen der Händler ist mehr wert als das Leben einer ungeschickten Attentäterin«, murmelte Caldenia neben mir. »Ich vermute, du hast einen Plan, meine Liebe?«

»Ja.«

Nuan Cee wirbelte zu Sean herum. Turan Adin schüttelte den Kopf. Ja. Damit hatte ich gerechnet. Wilmos zufolge zwang nichts in Seans Vertrag ihn, den Leibwächter für verzogene, reiche Attentäterinnen zu spielen.

Der Boden erreichte Nuan Samas Hüften. Verzweiflung lag in ihrer Stimme. »Hilf mir, Onkel! Hilf mir!«

Nuan Cee wandte sich an mich. »Ja. Was immer du willst, die Antwort lautet Ja.«

Ich schnippte mit den Fingern. Der Boden verfestigte sich und klemmte die Füchsin ein. Ich brauchte einen optischen Anreiz, falls Nuan Cee es sich anders überlegte.

»Was soll das?« Die Khanum kniff die Augen zusammen.

Ich hörte das laute Summen einer Blutwaffe, die hochfuhr. Die Vampire waren kampfbereit.

»Die Heilige Anokratie, die Horde und die Händler. Sie alle haben innerhalb dieser Wände Blut vergossen. Sie alle schulden mir etwas. Ich fordere diese Schuld ein. Es ist Zeit, die Rechnung zu begleichen.«

»Was wollt Ihr?«, fragte Lady Isur.

»Eure Erinnerungen.«

Ich berührte den Spross mit meinem Stab. Der faserige grüne Kelch öffnete sich. Zarte, durchscheinende Blütenblätter entrollten sich. Sie waren haarfein, schimmerten am Ansatz blassgrün, wurden dann komplett transparent und nahmen schließlich zur Spitze hin einen Magenta-Farbton an. Lange, peitschenartige Staubblätter, die in sanftem, blauem Licht erstrahlten, ragten aus der Blüte auf, rankten sich in sich gewunden empor, und in der Blüte, im Wirbel der Blütenblätter, schimmerte der Psi-Verstärker.

»Sie wollen uns unsere Erinnerungen nehmen?«, fragte Dagorkun.

»Ich will sie Ihnen nicht nehmen. Ich will, dass Sie sie mit mir teilen.«

»Sie wissen nicht, worum Sie da bitten«, fauchte die Khanum.

»Doch.« Sie wusste genau, warum ich darum bat. Der Grund stand direkt neben ihr.

George trat vor, öffnete seinen Manschettenknopf und krempelte den Ärmel hoch, wodurch ein muskulöser, vernarbter Arm sichtbar wurde.

»Das wollt Ihr nicht«, sagte Robart unendlich traurig. »Ihr wollt meine Erinnerungen nicht erleben, Wirtin.«

»Das ist mein Preis. Eure Ehre verlangt, dass Ihr ihn bezahlt. Wenn nicht, dann wird das Folgen haben.«

Ich hatte keine Ahnung, wie diese Folgen aussehen würden, aber es klang beeindruckend.

George krempelte den anderen Ärmel hoch.

»Nun gut.« Der Gesichtsausdruck der Khanum war schrecklich. Sie machte einen Schritt auf mich zu.

Ich schüttelte den Kopf. »Nein. Er.« Ich deutete mit meinem Stab auf den Schamanen.

Ruga runzelte die Stirn. Er trat vor und blieb vor mir stehen, muskulös, wie er war, und den Gürtel seines Kilts behängt mit seinen Amuletten und Totems.

Odalon, der in seiner karmesinroten Kriegsgewandung prachtvoll aussah, bahnte sich einen Weg durch die Gruppe der Vampire und stellte sich neben Ruga.

Ich blickte die Händler an. Nuan Cee wollte zu mir kommen.

Die Großmutter gab ein leises Geräusch von sich, und er verhielt mitten im Schritt. Die Großmutter drehte sich in ihrer Sänfte. Die Füchse, die sie trugen, setzten sie ab. Sie richtete sich darin auf und stieg aus.

Clan Nuan keuchte kollektiv auf.

Die alte Füchsin durchschritt den Saal und stellte sich neben Odalon. Ich hatte die spirituellen Oberhäupter aller drei Fraktionen.

»Bildet jeweils hinter ihnen eine Reihe«, sagte ich. »Die Anführer ganz hinten.«

Der große Ballsaal geriet in Bewegung, als Vampire, Otrokars und der Nuan-Clan sich in drei Reihen hinter ihren spirituellen Oberhäuptern aufstellten.

»Streckt die Hände aus, und ergreift die Hand der Person vor und hinter Euch. Haut an Haut.«

Metall knirschte, und Hightech-Handschuhe wurden abgestreift. Unwillig gehorchten sie.

Ich sah ganz nach hinten, wo die Khanum, Arland und Nuan Cee jeweils am Ende ihrer Reihe standen. »Schließt den Kreis.«

Die Kiefermuskeln der Khanum traten hervor, als sie die Zähne zusammenbiss. Arlands Gesicht hätte genauso gut eine steinerne Maske sein können. Die Handschuhe glitten von seinen Fingern. Er streckte der Khanum und dem Händler je eine Hand hin.

Die Khanum ergriff mit starrer Miene seine Finger. Auf der anderen Seite nahm Nuan Cee Arlands Hand. Robart, der in der Reihe vor Arland stand, drehte sich um und umschloss mit der Linken Arlands nackten Unterarm, legte die Finger um Arlands Handgelenk.

»Tut mir leid, mein Freund«, sagte er.

Arland holte tief Luft. Sie glaubten zu wissen, was auf sie zukam. Aber sie hatten keine Ahnung.

George streckte die Arme aus.

Ich sandte einen magischen Impuls aus. Die leuchtenden Staubblätter streckten sich, umschlossen sie. Ein Muskel in seinem Gesicht zuckte. Er würde den Schmerz sofort spüren. Wenn sich der Verstärker schließlich seiner Magiereserven bediente, würde er Todesqualen leiden.

Ich sah zu Sophie hinüber. Sie nickte. Wir hatten eine Abmachung, und ich zählte darauf, dass sie sich daran hielt.

Ich stieß meinen Stab in den Boden. Er spaltete sich in drei lange, biegsame Metallzweige. Sie schossen auf die drei Wesen vor mir zu und umschlossen ihre freien Hände.

Das würde wehtun. Das würde so wehtun.

Ich schaute an den hinter mir versammelten Personen vorbei zu Turan Adin, der allein dastand. Er kam auf mich zu und legte die Krallenhand auf meine Schulter. Jetzt waren wir alle zu einem lebenden Kreislauf verbunden.

»Nicht loslassen«, sagte ich zu allen Anwesenden. »Ihr würdet es vielleicht nicht überleben.«

Ich stieß die Hand in die Blüte und presste die Handfläche auf den Psi-Verstärker. Auf meinen Befehl hin bildete das Gasthaus eine Ranke aus und fesselte meine Hand daran.

Hinter der Blüte wuchs die Magie des Gasthauses an und schoss durch mich hindurch wie ein unglaublich mächtiger, schmerzhafter Windstoß. Sie raste die Kette entlang, traf die Oberhäupter der Delegationen und verwehte.

War das alles? Es war gar nicht so schlimm gewesen, und jetzt geschah nichts …

Ich spürte, wie hinter der Blüte Magie anschwoll wie ein Tsunami, immer mehr, immer mehr. Ehe ich Gelegenheit hatte, mich darauf vorzubereiten, erreichte sie ihren Scheitelpunkt und traf mich mit voller Wucht.

Schmerz detonierte in mir, zerbarst zu einem Strahlenkranz rot glühender Nadeln. Tränen liefen mir aus den Augen, ich versuchte, Luft zu holen, und eine Kaskade von Erinnerungen strömte auf mich ein.

Robart schrie aus vollem Halse, brüllte unablässig, während er über das Schlachtfeld schaute und sah, wie ein Otrokar seine Axt in die Frau schlug, die er liebte. Ich sah ihren Arm herabfallen, sah den blutigen Stumpf, wo er eben noch gewesen war, und beobachtete gleichzeitig, wie sie Robart in einem Garten küsste, wobei ihre Augen vor Liebe strahlten. Ich spürte sie, spürte ihre Liebe und wie viel er ihr bedeutete.

Sie hätte alles für mich getan. Ich hätte alles für sie getan. In meinen dunkelsten Augenblicken war sie an meiner Seite. Sie hätte ... Sie haben sie in Stücke gehackt, und es waren zu viele zwischen ihr und mir, und ich schlitzte meine Gegner auf und hieb um mich, doch sie war zu weit weg. Sie schrie nach mir. Sie schrie um Hilfe, und ich konnte nichts tun. Ihr Gesicht ... O ihr Sterne, ihr Gesicht ... Bitte, bitte, göttliches Wesen, ich tue alles. Alles. Nimm mich. Nimm mich statt ihrer. Nimm mich statt ihrer, du verdammtes Dreckstück!

Die Axt traf ihr Genick, und ich schrie. Ich schrie, weil der Schmerz aus mir hervorbrach, und wenn ich ihn nicht herausließ, würde er mich in Fetzen reißen.

Die Erinnerungen strömten auf mich ein, trafen mich wie einzelne Sargnägel. Nuan Cee, der weinend den kleinen, pelzigen Leib eines Fuchsbabys in den Armen hielt, gramgebeugt und voller Kummer. Sean, allein in seinen Gemächern, Visionen von Blut und Tod ... Odalon, wie er den Sterbenden Trost spendete. Ruga, der mit der Hand vor dem Mund durch eine improvisierte Leichenhalle schritt. Großmutter Nuan weinend ...

Wir schrien. Wir weinten und klagten gemeinsam, erschüttert von dem Schmerz und dem Verlust.

Eine weitere Erinnerung traf mich wie eine Kugel ins Herz. Ein kleiner Otrokarjunge, der auf unsicheren Beinchen mit ernstem Gesichtsausdruck wacklig zu laufen versuchte, während sich hinter ihm ein riesiger Otrokar auf Hände und Knie niederließ. Der Junge, *mein* Junge, kam auf mich zu. Große, runde Augen.

So ist es recht. Oh! Er ist auf den Hintern geplumpst. Steh auf. Genau so. Braver Junge. Du wirst groß und stark werden. Du wirst wachsen.

Der kleine Junge verwandelte sich in einen schlanken Pubertierenden, der immer noch dieselben runden Augen voller Heiterkeit hatte. Er rannte durch den Garten, sprang auf den

Rücken eines Rukars und gab seinem Reittier die Fersen, dass es plötzlich losgaloppierte.

Komm zurück! Räum dein Zimmer auf! In der Ecke lachte sein Vater. *Willst du ihm das durchgehen lassen?*

Der kleine Junge verwandelte sich wieder, und jetzt war er mein Sohn, mit starken, breiten Schultern, stolzem Gesicht und noch immer mit diesen Augen, diesen großen, grünen Augen, die die Welt so heiter betrachteten, sich umsahen und die Verheißung großer Abenteuer erblickten. Er trug das Lederzeug unseres Volkes und schaute mich über die Schulter hinweg an.

Geh nicht. Zieh deine Rüstung aus, und komm zurück. Komm zu mir zurück, mein teurer Sohn, mein Sohn, mein Kleiner. Er verschwand, hörte auf zu existieren. War weg, als hätte es all die Jahre nicht gegeben. In meinem Schoß lag ein Handschuh. Ein blutiger Handschuh. *Das ist alles, was mir von meinem Sohn geblieben ist.*

Die Erinnerungen rissen nicht ab. Geliebte, Brüder, Schwestern, Eltern, Kinder, immer wieder verlor ich sie, betrauerte sie, erfüllt von so tiefem Kummer, dass er mich innerlich zerriss. Der Wasserfall der Erinnerungen prasselte auf meine Seele ein, zerfetzte sie gnadenlos.

Ich kann nicht. Zu viel. Zu viel. Ich kann nicht.

Wie könnt ihr das aushalten? Wie kann das irgendjemand aushalten? Ich kann es nicht!

Mach, dass es aufhört. Bitte mach, dass es aufhört. Bitte. Ich bitte dich.

Genug!

Die Magie endete. Ein Standbild brannte vor meinen Augen, ein Leichenfeld unter einem blutroten Himmel, doch dann verschwand es ebenfalls.

Das Gasthaus ließ meine Hand los, und ich stürzte zu Boden. Neben mir keuchte George. Er blutete aus Nase und

Augen. Sophie stand neben ihm, das Schwert in den Händen, und die abgetrennten Staubblätter der Blüte lösten sich auf dem Boden auf. Wir hatten vereinbart, dass sie der Sache ein Ende bereiten würde, wenn George an seine Grenzen stieß.

Ringsum krümmten sich Gäste auf dem Boden. Manche weinten, manche hatten ihre Gesichter mit den Händen bedeckt. Ein großer Otrokar wiegte sich hin und her.

Ich leckte mir die trockenen Lippen. Meine Stimme klang rostig. »Beendet es.«

Von der anderen Seite des Raums her starrte mich die Khanum mit gehetztem Blick an.

»Ihr könnt es beenden. Noch heute. Jetzt sofort. Es reicht. Bitte, das muss aufhören.«

* * *

Ich stand lächelnd auf meiner hinteren Veranda und verfolgte, wie die lange Schlange der Otrokars in der Nacht verschwand. Die Händler und die Heilige Anokratie würden ihnen bald folgen. In einer halben Stunde würde das Gasthaus fast leer sein.

Die drei Fraktionen hatten in weniger als einer Stunde einen Friedensvertrag ausformuliert. Sie hatten Nexus entlang der bestehenden Grenzen geteilt, wobei sowohl die Horde als auch die Anokratie ein Stück Land abgetreten hatten, um eine entmilitarisierte Zone zu schaffen, ein Niemandsland, das sie trennen und hoffentlich die Zusammenstöße begrenzen würde. Das Territorium des Nuan-Clans war auf Kosten beider erweitert worden. Dafür hatte der Nuan-Clan seine Import- und Exportpreise um sechzig Prozent gesenkt.

Die Verträge waren unter Dach und Fach, sie hatten darauf gespuckt und sie mit Blut unterschrieben. Alle hatten schmerzliche Zugeständnisse gemacht. Aber es hatten auch alle Vorteile davon zu erwarten. Sie würden größte Probleme haben, den Vertrag zu Hause zu verkaufen, doch zumindest die Teilnehmer waren hochzufrieden damit.

Jetzt gingen sie. So war das bei Wirtinnen. Gäste kamen. Gäste gingen. Ich blieb.

Die Otrokars hatten es eilig. Ich konnte ihnen daraus keinen Vorwurf machen. Alle waren von der Vereinigung traumatisiert, allerdings hatte zumindest niemand den Verstand verloren.

Sophie hatte die Verbindung genau rechtzeitig getrennt. Ich wollte gar nicht darüber nachdenken, was geschehen wäre, wenn sie noch ein oder zwei Minuten gezögert hätte. Ich würde auch so wochenlang Albträume haben.

George stand leichenblass links von mir, flankiert von seinem Bruder und Gaston. Er wäre schon zweimal beinahe gefallen, und sie standen bereit, um ihn aufzufangen. Ich hatte ihm einen Stuhl angeboten, aber den hatte er abgelehnt.

Die Khanum und Dagorkun kamen als Letzte. Sie blieben vor mir stehen. »Ihre Eltern«, sagte Dagorkun leise. »Wir haben Ihre Erinnerungen gesehen.«

O nein. Ich hatte gehofft, dazu würde es nicht kommen. Ich hatte das Gasthaus angewiesen, die traumatischsten Erfahrungen herauszusuchen, die mit Nexus in Verbindung standen.

Das einzige Erlebnis, das ich auf diesem Planeten gehabt hatte, war die Landung dort zusammen mit meinem Bruder Klaus gewesen, sechs Monate nach dem Verschwinden unserer Eltern. Wir hatten damals die Galaxie durchkämmt, um sie zu finden, und der Schmerz war noch ganz frisch gewesen. Ich konnte mich nicht entsinnen, während der Verbindung an sie gedacht zu haben, aber das musste ich wohl getan haben, und jetzt hatte jeder Gast des Gertrude Hunt, der mit dem Gasthaus in Verbindung gestanden hatte, Einblick in einen sehr privaten Bereich meiner Seele gehabt.

Nun, ich hatte ihnen dasselbe angetan. Es war nur fair.

»Wir werden Augen und Ohren offen halten«, sagte Dagorkun.

»Danke«, erwiderte ich.

Die Khanum sah mich an, breitete die Arme aus und umarmte mich fest. Meine Knochen protestierten. Sie ließ los, und die beiden gingen durch den Obstgarten auf den schimmernden Tunnel zu, der zu einem fernen Ort führte.

Die Händler folgten ihnen, einschließlich Nuan Sama, die in eine Art Weltraum-Zwangsjacke gehüllt war. Ich hatte sie Nuan Cee überlassen. Sollten die Händler sich um ihr Verbrechen kümmern. Ich hatte das Gefühl, einen nicht von der Familie abgesegneten Vertrag zu unterzeichnen würde sie schlimmer zu stehen kommen als jede Folter, die ich ihr angedeihen lassen konnte.

Einer nach dem anderen aus dem Nuan-Clan reiste ab, ging auf sein Schiff auf dem Feld zu. Cookie lief grinsend an mir vorbei, einen großen grünen Edelstein in der Pfote. Der Smaragd war also wieder da. Der Nuan-Clan würde einen anderen Weg finden müssen, seine jungen Erwachsenen an sich zu binden. Ich hatte keine Zweifel, dass ihnen das gelingen würde.

Die Großmutter kam in ihrer Sänfte an mir vorbei und bedachte mich mit einem Nicken. Auch Nuan Cee nickte mir zu, und ich erwiderte die Geste. Wenn ich das nächste Mal nach Baha-char reiste, um einen Händler aufzusuchen, würde das Feilschen ganz schön hart werden, aber manche Dinge ließen sich eben nicht ändern. Vielleicht würde ich bei seinen Wettbewerbern einkaufen. Es waren schon seltsamere Dinge passiert.

Die Heilige Anokratie bildete das Schlusslicht. Die in ihren Rüstungen riesig wirkenden Vampire marschierten an mir vorbei. Lady Isur und Lord Robart gingen nebeneinander. Als sie an mir vorbeikamen, berührte Lady Isur sanft Robarts Unterarm. Er sah sie an und legte die Hand auf ihre. Vielleicht würde sich zwischen ihnen in der Zukunft etwas entwickeln. Wer wusste das schon?

Arland kam als Letzter. Er blieb bei mir stehen. »Nun ist es wieder so weit«, sagte er. »Ich gehe.«

»Ich bleibe hier.«

»Lady Dina …«

»Eure Leute warten auf Euch, Lord Arland.«

Er lächelte mit gebleckten Fängen. »Dann bis zum nächsten Mal.«

»Bis zum nächsten Mal.«

»Er empfindet etwas für Sie«, stellte Sophie leise fest.

»Er mag sein Bild von mir«, widersprach ich ihr. »Wir wissen beide, dass das in der Praxis niemals klappen könnte.«

Ich wandte mich an George.

»Nun also zu uns«, setzte er an.

»Ja. Gratuliere zur ersten erfolgreichen Schlichtung.«

»Ohne Sie hätte ich das nicht geschafft«, sagte er.

»Da haben Sie recht. Hätten Sie nicht.«

George lächelte mich an. Die Wirkung seines Lächelns war ungeheuerlich, aber ich war jetzt immun. »Ich schätze, ich habe in Ihrem Gasthaus in Zukunft Hausverbot.«

»Nun, Sie haben meine Apfelbäume gefällt, mich und meine Gäste bewusst emotionalem Stress ausgesetzt und mich zu einem gefährlichen magischen Ritual bewogen, das mich in den Wahnsinn hätte treiben können. Leider würde ich Ihnen zwar gerne Hausverbot erteilen, doch die Schiedsstelle ist ein wertvoller Verbündeter. Also wird das Gertrude Hunt Sie wieder willkommen heißen, sollten Sie unserer Gastfreundschaft bedürfen. Für den dreifachen Preis und nachdem Sie einen wasserdichten Vertrag unterzeichnet haben.«

George lachte. »Nun gut. Ich habe bereits alles bezahlt.«

Ich hatte ihm eine Stunde zuvor die Rechnung ausgehändigt. Mein neuer Kontostand war erfreulich, er hatte unter anderem einen Bonus in Höhe von hunderttausend Dollar mit dem Verwendungszweck »Apfelbäume« überwiesen. Die Zahlung hatte über das komplexe System des Wirtsnetzwerks stattgefunden. Sie würde jeder Steuerprüfung standhalten, solange ich meine Erklärungen ordentlich machte.

»Um den Marschall des Hauses Krahr zu zitieren: bis zum nächsten Mal«, sagte George.

Ja. Aber hoffentlich nicht allzu bald.

Der Knauf seines Stocks leuchtete auf, und der Schiedsmann und seine Leute verschwanden.

Seufzend sank ich auf meinen Liegestuhl. Das Gasthaus hatte entlang des Verandadachs Lampen in Form von Weintrauben ausgebildet, die meinen Sitzplatz in ein weiches Licht tauchten. Endlich. Alle waren weg.

Die Tür öffnete sich, und Caldenia trat auf die Veranda. Ihre Hoheit trug eine hellgrüne Robe im Kimonostil. Sie setzte sich auf den Stuhl neben mir. Orro kam ebenfalls heraus und ragte über mir auf, ein zwei Meter zehn großer, stachliger Schatten.

Oh. Richtig. Auch er musste gehen. Die Küche würde sich ohne ihn sehr leer und still anfühlen. Doch ich konnte ihn mir unmöglich leisten.

»Ich finde, du hast den Schiedsmann zu einfach davonkommen lassen«, sagte Caldenia.

Ich lächelte.

Ihre Hoheit hob die Brauen.

»Ich habe seinen Namen in die Datenbank mit den schwierigen Gästen eingetragen, zusammen mit einer Beschreibung des Apfelbaumvorfalls. Wenn er das nächste Mal ein Gasthaus auf der Erde sucht, wird er größte Schwierigkeiten haben. Tatsächlich bin ich ziemlich sicher, dass er hierher wird zurückkehren müssen. Es ist erschreckend, was ein Zimmer kosten kann, wenn kein anderer Wirt bereit ist, den Gast aufzunehmen.«

Caldenia grinste.

Ich lächelte Orro an. »Vielen Dank für Ihre Hilfe, Orro. Ohne Sie wäre ich komplett aufgeschmissen gewesen. Sie haben das Unmögliche möglich gemacht.«

Er stand weiterhin wortlos da.

Ich hob die Hand. Die Backsteinwand des Gasthauses tat sich auf, und eine kleine Speicherkarte fiel in meine Hand. Ich gab sie ihm. »Das ist Ihre Bezahlung inklusive eines kleinen Bonus. Es ist nicht viel, aber es ist das Mindeste, was ich tun kann.«

»Oh, bitte, meine Liebe.« Caldenia sah Orro an. »Sie hat Empfehlungsschreiben von der Khanum der Horde, drei Häusern der Heiligen Anokratie, dem Nuan-Clan und meiner Wenigkeit erhalten. Das sind Referenzen genug, um Ihre Karriere wieder anzukurbeln.«

Orro bewegte sich. Blitzschnell zuckte seine Hand vor. Ein winziges Törtchen landete vor mir auf dem Tisch, verziert mit einem Klecks hellgelber Sahne und einer winzigen Fondantblume. Ein köstliches Mangoaroma erfüllte die Luft.

»Für mich?«

Er nickte.

»Danke.«

Er räusperte sich und bewegte sich erneut. Vor mir auf dem Tisch lag das Werbeflugblatt eines Lebensmittelladens. Er hatte ein Sonderangebot für Erdbeeren und Kirschen eingekringelt.

»Ich benötige diese Dinge. Ich kann ja nicht aus nichts ein Frühstück zubereiten.«

Ich blinzelte überrascht.

»Abendessen auch nicht. Ich werde das brauchen.« Er blät-
terte um und deutete auf Schweinekoteletts.

»Orro, ich kann es mir nicht leisten, Sie zu behalten. Sie
sind ein Koch mit einem Roten Küchenbeil. Ich habe meist
nicht einmal Gäste …«

Mit stolzgeschwellter Brust stand er da. Seine Stacheln
stellten sich auf, was ihn noch größer wirken ließ. »Dies ist ein
Gasthaus. Ein Gasthaus braucht einen Koch. Sie können es sich
nicht leisten, mich nicht zu behalten. Sie haben nicht einmal
einen gastronomischen Koagulator!«

»Orro …«

»Wenn ich gehe, ruinieren Sie diese Küche.« Er hob das
Kinn. »Ich habe gesprochen.« Er wandte sich ab, ging hinein
und schlug die Fliegengittertür hinter sich zu.

Ich schloss endlich wieder den Mund.

»Den Sternen sei Dank«, seufzte Caldenia. »Nichts gegen
deine Kochkünste, aber der Gedanke, mich wieder damit
zufriedengeben zu müssen, hat mir wirklich Angst gemacht.«

Ich leckte die Glasur von meinem Törtchen. Sie war köstlich. Mmmm, Mango.

»Wo ist dein Werwolf?« Caldenia hob die Brauen.

Eine Stunde zuvor waren Sean und Nuan Cee im Dunkel
der Nacht verschwunden. Ich hatte gesehen, wie sich die
Rüstung von Sean Evans abgeschält und sein Körper wieder
seine menschliche Gestalt angenommen hatte. Er hatte tief Luft
geholt, den Mond angeschaut, dem Händler seine Rüstung
überreicht und war gegangen.

»Der fängt sich wieder«, versicherte ich ihr, leckte erneut
an meinem Törtchen und genoss den Geschmack. »Da bin ich
mir ganz sicher.«

»All die Dinge, die er gesehen hat! Die Dinge, die er
durchgemacht hat! Ich hatte schon Affären mit Männern mit

Kriegstraumata. Das ist ein schwerer Kampf. Ist dir klar, wie hart das wird?«

»Durchaus«, versicherte ich ihr.

»Nun gut.« Ihre Hoheit lehnte sich zurück. »Es wird wenigstens interessant werden, euch zu beobachten. Man muss sich hier ja schon selbst um seine Unterhaltung kümmern.«

Ich lachte und widmete mich meinem Törtchen.

EPILOG

Das Wirtsverzeichnis, ein schlichtes Büchlein, das die Vereinigung der Wirte herausgab, lag offen auf meinem Schoß. Es war nichts Besonderes, sah man einmal von der Tatsache ab, dass darin alle Gasthäuser des Planeten verzeichnet waren. Es erschien monatlich.

Inzwischen musste sich die Katastrophe vom Gertrude Hunt herumgesprochen haben. Gäste waren auf dem Gelände des Hauses gestorben. Ich bereitete mich auf das Schlimmste vor. Ich würde mindestens einen halben Stern verlieren. Vielleicht auch mehr. Da das Gasthaus nur zweieinhalb Sterne hatte, käme der Verlust auch nur eines halben Sterns einem Todesurteil gleich.

Es war Donnerstagabend. Der Himmel vor meinen Fenstern war dunkel.

Ich hatte die letzten drei Tage geschlafen, gegessen und dann wieder geschlafen. Albträume waren gekommen und gegangen, verblassende Überbleibsel der Erinnerungen an Nexus, aber mit denen konnte ich leben. Ich wusste, warum ich sie hatte, musste mich nicht fragen, was sie bedeuteten, und das erleichterte mir die Verarbeitung. Ich musste nur warten, bis sie wieder aufhörten, wie beim Schmerz einer verheilenden Wunde.

Ich hatte Angst vor der Publikation des Verzeichnisses gehabt. Doch hier war es. Ich konnte nichts dagegen tun.

Ich hielt den Atem an und schlug das Kapitel »Neuigkeiten und Veränderungen« auf. Der Name »Gertrude Hunt« war fett gedruckt, was auf Veränderungen hinwies. Zweieinhalb Sterne.

Was?

Vielleicht wussten sie es nicht. Nein, sie mussten es wissen. Etwas so Großes wie der Friedensgipfel zwischen der Anokratie und der Horde ließ sich schlecht verschweigen.

Ich las die kleine Fußnote unter dem Eintrag.

Die Schiedsstelle dankt dem Gertrude Hunt für die Gastfreundschaft und die kontinuierliche Unterstützung unter außergewöhnlichsten Umständen. Wir freuen uns auf unseren nächsten Besuch.

Mir stand kalter Schweiß auf der Stirn. Eine Empfehlung. Eine Empfehlung der Schiedsstelle. Die Schiedsstelle erteilte keine Empfehlungen. Das war wie eine öffentliche Danksagung der britischen Königsfamilie. Unter normalen Umständen hätte sie meine Bewertung um einen ganzen Stern erhöht, aber sie blieb unverändert.

Mir war klar, dass sie Bescheid wussten. Die Vereinigung der Wirte wusste, dass ich Mist gebaut hatte, doch der öffentliche Dank der Schiedsstelle war so bedeutend, dass man beschlossen hatte, es zu ignorieren.

George hatte meine Bewertung gerettet.

Mir fiel wieder ein, dass ich ja atmen musste.

Mir wurde klar, dass ich gewonnen hatte. Das Gertrude Hunt hatte ein höheres Gästeaufkommen, unser Bankkonto hatte eine beträchtliche Überweisung der Schiedsstelle erreicht, und wir hatten unsere Bewertung behalten. Ich grinste.

Ich hatte gewonnen.

Das Gasthaus klingelte und kündigte damit einen Gast an.

Ich tastete mit meiner Magie nach ihm. Der Neuankömmling fühlte sich vertraut an.

Der namenlose Kater und Beast sahen mich an. Ich erwiderte ihren Blick mit großen Augen. Na so was!

Es klopfte. Ich stand auf und öffnete die Tür.

Sean Evans stand auf meiner Veranda. Er trug Jeans, Sportschuhe und ein schlichtes graues T-Shirt. Sein Gesicht war weiter vernarbt, und noch immer verdunkelten Erinnerungen seine Augen. Doch die Hoffnungslosigkeit, die ich zuvor darin gesehen hatte, war verschwunden.

»Hi«, begrüßte er mich.

»Hi.«

»Im Sims Theater ist Achtziger-Nacht«, sagte er.

Das Sims war unsere örtliche Alternative zu einem Kino mit Restaurant. Es hatte kleine Tische, und nachdem man etwas bestellt hatte, servierte ein schnelles, beinahe unsichtbares Team von Kellnern einem Essen, während man sich den Film ansah.

»Was läuft denn?«, fragte ich in unbeschwertem Ton.

»Big Trouble in Little China.«

Ich grinste.

»Ich habe zwei Karten«, fuhr er fort. »Möchtest du mitkommen?«

»Gerne.« Ich schnappte mir meine Tasche vom Tisch und trat zu ihm nach draußen. »Ich finde, ich habe einen freien Abend mehr als verdient.«

»Da hab ich ja Glück gehabt.«

Hinter mir klappte das Gasthaus selbsttätig die Fensterläden zu. Es würde für ein paar Stunden allein klarkommen.

Wir gingen die lange Auffahrt hinunter zu einem an der Straße geparkten Range Rover. Das gefiel mir. Ich ging gern neben ihm her.

»Also, wie hast du den Nachbarn deine Abwesenheit erklärt?«, fragte ich.

»Ich habe ihnen die Wahrheit gesagt. Ich habe weit weg eine Stelle angenommen, um etwas Geld zu verdienen und meinen Horizont zu erweitern.«

Wir erreichten das Auto. Sean spähte in die Seitenstraße und fluchte.

Das kurze Aufheulen einer Sirene schallte durch die Nacht, und Officer Marais' Streifenwagen glitt daraus hervor und hielt in Gegenrichtung neben uns an.

O nein.

»Gibt es ein Problem, Officer?«, fragte Sean.

»Wir wollen ins Kino«, setzte ich hinzu.

Officer Marais kurbelte das Fenster herunter. »Ich hatte letzte Woche fünf Tage Fortbildung in Houston. Ich lasse meine Familie nicht gern über Nacht allein, bin also, statt zu fliegen, jeden Tag nach Houston und zurück gefahren.«

»Das ist ein weiter Weg«, bemerkte Sean. Seine Stimme war täuschend ruhig. Wir waren nicht mehr auf dem Gelände des Gasthauses. Wenn er durchdrehte und Marais aus dem Streifenwagen zerrte, würde ich nicht viel dagegen tun können.

»Jeden Tag zweihundertsiebzig Kilometer«, erzählte Officer Marais weiter. »Die Wege innerhalb von Houston nicht mitgerechnet. Insgesamt zweitausendzweihundertfünfzig Kilometer.«

»Beachtlich«, stellte ich fest.

»Ich habe am Montag getankt, ehe ich nach Houston gefahren bin.« Aha. »Der Tank ist immer noch zu einem Viertel voll.« Oh, Scheiße.

»So ein Dodge Charger hat echt einen unglaublich niedrigen Verbrauch«, erwiderte Sean, ohne eine Miene zu verziehen.

Verdammt, Hardwir.

»Klar. Das hier ist noch nicht vorbei.« Officer Marais lächelte und zeigte dabei zu viele Zähne. »Viel Spaß im Kino.«

Der Streifenwagen rauschte an uns vorbei und verschwand in der Nacht.

Danksagung

Ein Buch entsteht nicht in einem Vakuum, und wir möchten vielen großzügigen Menschen danken, die uns geholfen haben, dieses Projekt zu vollenden.

Großen Dank schulden wir Lora Gasway, die den Entstehungsprozess begleitet hat, Anne Victory für ihre Erfahrung in allen Lektoratsfragen und Linda fürs Korrekturlesen.

Doris Mantair sind wir für die wunderbaren Umschlag- und Innenillustrationen dankbar.

Danken möchten wir auch Shannon Daigle, Sandra Bullock und Kristi DeCourcy für ihre unglaubliche Geduld beim Korrigieren des Manuskriptes während des Entstehungsprozesses und ihre großartigen Vorschläge, die uns geholfen haben, dieses Buch entscheidend zu verbessern. Ohne sie wäre »Dina – Macht des Zaubers« nicht möglich gewesen.

Schließlich möchten wir allen Leserinnen und Lesern danken, die »Dina – Hüterin der Tore« eine Chance gegeben haben. Noch dieses Jahr folgt der dritte Band unserer Serie, und wir hoffen, Sie dann alle wieder mit an Bord zu haben.

Zeitfracht Medien GmbH
Ferdinand-Jühlke Straße 7
99095 Erfurt, Deutschland
produktsicherheit@kolibri360.de

Druck:
CPI Druckdienstleistungen GmbH
im Auftrag der
Zeitfracht Medien GmbH
Ein Unternehmen der Zeitfracht - Gruppe
Ferdinand-Jühlke-Str. 7
99095 Erfurt